Guillaume Musso
Das Mädchen aus Brooklyn

PIPER

Zu diesem Buch

Raphaël kennt Anna erst seit ein paar Monaten, doch er kann sich ein Leben ohne sie nicht mehr vorstellen. Aber wieso weigert Anna sich, ihm von ihrer Vergangenheit zu erzählen? Während eines romantischen Wochenendes an der Côte d'Azur bringt Raphaël sie dazu, ihr Schweigen zu brechen. Was sie dann offenbart, übersteigt jedoch alle seine Befürchtungen. Anna zeigt ihm das Foto dreier Leichen und gesteht: »Das habe ich getan.« Schockiert verlässt Raphaël die Ferienwohnung. Wie konnte er sich so in ihr täuschen? Als er zurückkehrt, ist Anna fort. Und auch zu Hause in Paris trifft er sie nicht an. In ihrem Appartement entdeckt Raphaël Hinweise auf einen Einbruch – und plötzlich fürchtet er, Anna könnte etwas zugestoßen sein. Gemeinsam mit seinem Freund Marc, einem ehemaligen Polizisten, macht er sich daran, seine große Liebe wiederzufinden. Es beginnt eine dramatische, atemlose Suche nach der Wahrheit, die Raphaël nicht nur in die zwielichtigen Straßen Harlems und Brooklyns führt, sondern auch auf die Spuren eines ungeahnten Verbrechens ...

Guillaume Musso, 1974 in Antibes geboren, arbeitete als Dozent und Gymnasiallehrer. Über Nacht wurde er nicht nur zu einem der erfolgreichsten Gegenwartsautoren Frankreichs, sondern auch zu einem weltweiten Publikumsliebling. Seine Romane wurden in über 40 Sprachen übersetzt. Guillaume Musso lebt in Paris und Antibes.

Guillaume Musso

DAS MÄDCHEN
AUS BROOKLYN

Roman

Übersetzung aus dem Französischen
von Eliane Hagedorn und Bettina Runge,
Kollektiv Druck-Reif

PIPER

Mehr über unsere Autoren und Bücher:
www.piper.de

Von Guillaume Musso liegen im Piper Verlag vor:
Nachricht von dir
Sieben Jahre später
Ein Engel im Winter
Vielleicht morgen
Eine himmlische Begegnung
Nacht im Central Park
Wirst du da sein?
Weil ich dich liebe
Vierundzwanzig Stunden
Das Mädchen aus Brooklyn
Das Papiermädchen
Das Atelier in Paris

MIX
Papier aus verantwortungsvollen Quellen
FSC® C083411

Ungekürzte Taschenbuchausgabe
ISBN 978-3-492-31277-6
Juli 2018
© XO Éditions, Paris 2016
Titel der französischen Originalausgabe:
»La fille de Brooklyn«, XO Éditions 2016
© der deutschsprachigen Ausgabe:
Piper Verlag GmbH, München 2017,
erschienen im Verlagsprogramm Pendo
Umschlaggestaltung: zero-media.net, München
Umschlagabbildung: gettyimages/© LT Photo (Stadt)
und gettyimages/© Jordan Siemens (Frau)
Satz: Kösel Media GmbH, Krugzell
Gesetzt aus der Scala
Druck und Bindung: CPI books GmbH, Leck
Printed in the EU

Für Ingrid

und Nathan

Auf und davon ...

Antibes,
Mittwoch, 31. August 2016

Drei Wochen vor unserer Hochzeit kündigte sich dieses lange Wochenende wie ein kostbares Intermezzo an – ein Moment der Intimität unter der Spätsommersonne der Côte d'Azur.

Der Abend hatte wunderbar begonnen: Spaziergang auf der Befestigungsmauer der Altstadt, ein Glas Merlot auf einer Terrasse und ein Teller Spaghetti mit Venusmuscheln unter dem steinernen Gewölbe des *Michelangelo*. Wir hatten über deinen Beruf gesprochen und über meinen und auch über die bevorstehende Zeremonie, die im kleinsten Rahmen geplant war. Zwei Freunde als Trauzeugen und mein Sohn Theo zum Beifallklatschen.

Auf dem Rückweg fuhr ich mit unserem gemieteten Cabrio langsam über die kurvenreiche Küstenstraße, damit du die Aussicht auf die kleinen Buchten des Kaps genießen konntest. Ich erinnere mich genau an diesen Augenblick: an deine klaren smaragdgrünen Augen, deinen unkonventionellen Haarknoten, deinen kurzen Rock, deine dünne Lederjacke, die du offen über einem kräftig gelben T-Shirt mit dem Slogan »Power to the people« trugst. Wenn ich in den Kurven schalten musste, betrachtete ich deine gebräunten Beine, wir tauschten ein Lächeln aus, du trällertest einen alten Hit von Aretha Franklin. Alles war gut. Die Luft war mild und erfrischend. Ich erinnere mich genau an diesen Moment: an das Funkeln in deinen Augen, dein strahlendes Gesicht, deine Haarsträhnen, die im Wind flatterten, deine Finger, die auf dem Armaturenbrett den Takt klopften.

Die Villa, die wir gemietet hatten, lag in der *Domaine des Pêcheurs de Perles*, einer geschmackvollen Wohnanlage mit einem Dutzend Häuser oberhalb des Meers. Während wir die Kiesallee durch den duftenden Pinienwald hinauffuhren, hast du beim Anblick des spektakulären Panoramas vor Begeisterung die Augen aufgerissen.

Ich erinnere mich genau an diesen Moment: Es war das letzte Mal, dass wir glücklich waren.

—

Das Zirpen der Grillen. Das Wiegenlied der Brandung. Die leichte Brise, die seidige feuchte Luft.

Auf der Terrasse, die sich zum Felsrand hin erstreckte, hattest du Duftkerzen und Windlichter angezündet, die die Mücken vertreiben sollten, ich hatte eine CD von Charlie Haden aufgelegt. Wie in einem Roman von

F. Scott Fitzgerald hatte ich mich hinter die Theke der Freiluftbar begeben, wo ich uns einen Cocktail mixte. Deinen Lieblingscocktail: einen Long Island Iced Tea mit viel Eis und einer Limettenscheibe.

Selten hatte ich dich so heiter gesehen. Wir hätten einen schönen Abend verbringen können. Wir hätten einen schönen Abend verbringen *müssen*. Stattdessen war ich von einem Gedanken wie besessen, der mir seit einiger Zeit nicht mehr aus dem Kopf ging, den ich bislang jedoch unterdrückt hatte: »Weißt du, Anna, wir dürfen keine Geheimnisse voreinander haben.«

Warum stieg diese Angst, dich nicht *wirklich* zu kennen, ausgerechnet an diesem Abend wieder in mir hoch? War es die kurz bevorstehende Hochzeit? Die Angst vor diesem Schritt? Das Tempo, in dem wir beschlossen hatten, uns zu binden? Sicher eine Mischung aus allem, wobei meine eigene Geschichte noch hinzukam, die durch den Verrat von Menschen geprägt war, die ich zu kennen geglaubt hatte.

Ich reichte dir dein Glas und nahm dir gegenüber Platz.

»Ich meine es ernst, Anna. Ich will nicht mit einer Lüge leben.«

»Das trifft sich gut, ich nämlich auch nicht. Aber nicht mit einer Lüge zu leben, das bedeutet nicht, keine Geheimnisse zu haben.«

»Du gibst es also zu: Du hast welche!«

»Aber alle haben doch Geheimnisse, Raphaël! Und das ist auch gut so. Unsere Geheimnisse prägen uns.

Sie sind ein Teil unserer Identität, unserer Geschichte, unserer Rätselhaftigkeit.«

»Ich habe keine Geheimnisse vor dir.«

»Ach, das solltest du aber!«

Du warst enttäuscht und wütend. Und ich war es auch. Die ganze Freude und gute Laune vom Beginn dieses Abends waren verflogen. Wir hätten das Gespräch an dieser Stelle abbrechen müssen, aber ich ließ nicht locker, wobei ich sämtliche Argumente aufbot, um zu der Frage zu kommen, die mich nicht losließ.

»Warum weichst du mir immer aus, wenn ich etwas über deine Vergangenheit wissen möchte?«

»Weil die Vergangenheit definitionsgemäß vergangen ist. Man kann sie nicht mehr rückgängig machen.«

Ich reagierte gereizt.

»Du weißt genauso gut wie ich, dass die Vergangenheit Aufschluss über die Gegenwart gibt. Was, um Himmels willen, versuchst du vor mir zu verbergen?«

»Nichts, was unserer Beziehung gefährlich werden könnte. Vertrau mir! Vertrau *uns*!«

»Hör auf mit diesen Floskeln!«

Ich hatte mit der Faust auf den Tisch geschlagen, woraufhin du zusammengezuckt warst. Dein schönes Gesicht veränderte sich und zeigte jetzt einen Ausdruck von Hilflosigkeit und Angst.

Ich war wütend, weil ich unbedingt beruhigt werden wollte. Ich kannte dich erst seit sechs Monaten, und seit unserer ersten Begegnung hatte ich alles an dir geliebt. Aber ein Teil dessen, was mich anfangs be-

tört hatte – deine Rätselhaftigkeit, deine Reserviert-
heit, deine Diskretion, deine Zurückhaltung –, waren
jetzt Anlass zu einer Angst geworden, die mich fest
im Griff hatte.

»Warum willst du unbedingt alles verderben?«, fragtest du, und in deiner Stimme lag Überdruss.

»Du kennst mein Leben. Ich habe mich schon ein
Mal getäuscht und kann mir keinen Irrtum mehr erlauben.«

Ich wusste, wie sehr ich dir wehtat, aber ich hatte das
Gefühl, ich würde alles hören können, würde aus Liebe
zu dir alles ertragen. Solltest du mir etwas Schmerzliches zu gestehen haben, würde ich die Last mit dir teilen und sie damit für dich erleichtern.

Ich hätte den Rückzug antreten und aufhören sollen,
aber die Diskussion ging weiter. Und ich habe dir nichts
erspart. Denn ich spürte, dass du mir dieses Mal etwas
anvertrauen würdest. Also habe ich meine Pfeile systematisch platziert, um dich so zu erschöpfen, dass du
dich nicht mehr verteidigen würdest.

»Ich suche nur die Wahrheit, Anna.«

»Die Wahrheit! Die Wahrheit! Du führst dieses Wort
im Mund, aber hast du dich jemals gefragt, ob du in der
Lage wärst, die Wahrheit auch zu ertragen?«

Dieses Wortgefecht säte Zweifel in mir. Ich erkannte
dich nicht wieder. Dein Eyeliner war verlaufen, und in
deinen Augen brannte ein Feuer, das ich bisher noch
nicht gesehen hatte.

»Du willst wissen, ob ich ein Geheimnis habe,

Raphaël? Die Antwort lautet: Ja! Du willst wissen, warum ich nicht mit dir darüber sprechen will: Weil du, sobald du es kennst, nicht nur aufhören wirst, mich zu lieben, sondern mich sogar verabscheuen wirst.«

»Das stimmt nicht, du kannst mir alles sagen.«

Zumindest war ich in diesem Moment felsenfest davon überzeugt, dass nichts, was du mir enthüllen würdest, mich erschüttern könnte.

»Nein, Raphaël, das sind nur leere Worte! Worte, wie du sie in deinen Romanen schreibst, aber die Wirklichkeit ist stärker als Worte.«

Irgendetwas hatte sich verändert. Ein Damm war gebrochen. Jetzt begriff ich, dass auch du dich fragtest, wie viel Mut ich tatsächlich hatte. Auch du wolltest es jetzt wissen. Ob du mich immer lieben würdest, ob ich dich genügend liebte. Ob unsere Beziehung der Granate, die du zünden würdest, standhielte. Dann hast du in deiner Handtasche gewühlt und dein Tablet herausgeholt. Du hast ein Passwort eingegeben und die Foto-App geöffnet. Langsam hast du dich durch die Bilder gescrollt, um ein bestimmtes Foto zu finden. Du hast mir fest in die Augen geblickt, einige Worte gemurmelt und mir das Tablet gereicht. Und ich sah das Geheimnis vor mir, dessen Enthüllung ich dir abgerungen hatte.

»Das habe ich getan«, wiederholtest du mehrmals.

Wie vor den Kopf geschlagen, starrte ich mit leicht zusammengekniffenen Augen auf das Display, bis es mir den Magen umdrehte und ich mich abwenden musste. Ein Frösteln durchlief meinen Körper. Meine

Hände zitterten, das Blut pochte mir in den Schläfen. Mit allem hatte ich gerechnet. Ich glaubte, alles im Voraus bedacht zu haben. Aber niemals wäre ich auf *diesen* Gedanken gekommen.

Mit weichen Knien stand ich auf. Von Schwindel ergriffen, schwankte ich, aber ich zwang mich, mit festem Schritt das Wohnzimmer zu verlassen.

Meine Reisetasche stand noch im Eingang. Ohne dich auch nur anzusehen, nahm ich sie und verließ das Haus.

—

Fassungslosigkeit. Gänsehaut. Aufsteigende Übelkeit. Schweißtropfen, die meinen Blick trübten.

Ich schlug die Tür des Cabrios zu und fuhr wie ferngesteuert durch die Nacht. Wut und Verbitterung tobten in mir. In meinem Kopf drehte sich alles: die Brutalität des Fotos, Verständnislosigkeit, das Gefühl, dass mein Leben in Scherben vor mir lag.

Nach einigen Kilometern bemerkte ich die gedrungene Silhouette des Fort Carré, auf einem Hügel hinter dem Hafen erbaut, um die Stadt zu verteidigen.

Nein. So konnte ich nicht gehen. Ich bedauerte mein Verhalten bereits. Unter dem Schock hatte ich die Fassung verloren, aber ich konnte nicht verschwinden, ohne mir deine Erklärungen anzuhören.

Ich trat auf die Bremse und wendete mitten auf der Straße, wobei ich auf den unbefestigten Seitenstreifen geriet und beinahe mit einem Motorradfahrer zusammengestoßen wäre, der in der Gegenrichtung fuhr.

Ich musste dich dabei unterstützen, diesen Albtraum aus deinem Leben zu verjagen. Ich musste mich so verhalten, wie ich es versprochen hatte, musste deinen Schmerz verstehen, ihn mit dir teilen und dir helfen, ihn zu überwinden. Mit überhöhter Geschwindigkeit fuhr ich die Straße zurück: Boulevard du Cap, Plage des Ondes, Port de l'Olivette, Batterie du Graillon, dann die schmale Straße entlang, die zu dem Privatgrundstück führte.

Ich parkte das Auto unter den Pinien und eilte zum Haus, dessen Eingangstür halb offen stand.

»Anna!«, rief ich, während ich in den Vorraum stürzte.

Im Wohnzimmer war niemand. Der Boden war von Glasscherben übersät. Ein mit Nippes vollgestelltes Regal war umgestürzt und hatte den niedrigen Glastisch zerbrochen, der in tausend Stücke zersprungen war. Mitten in diesem Chaos lag der Schlüsselbund mit dem Anhänger, den ich dir wenige Wochen zuvor geschenkt hatte.

»Anna!«

Die große, von Vorhängen gerahmte Glasfront stand offen. Ich schob die im Wind flatternden Stoffbahnen zur Seite und trat auf die Terrasse. Wieder rief ich deinen Namen. Ich wählte deine Handynummer, aber mein Anruf wurde nicht angenommen.

Ich sank auf die Knie. Wo warst du? Was war in

den zwanzig Minuten meiner Abwesenheit geschehen? Welche Büchse der Pandora hatte ich geöffnet, als ich die Vergangenheit heraufbeschwor?

Ich schloss die Augen und sah Bruchstücke unseres gemeinsamen Lebens vorüberziehen. Sechs Monate des Glücks, die sich, wie ich erahnte, soeben für immer in Luft aufgelöst hatten. Verheißungen einer Zukunft, einer Familie, eines Babys, die nie Wirklichkeit werden würden.

Ich machte mir Vorwürfe.

Was nützte die Behauptung, jemanden zu lieben, wenn man nicht in der Lage war, diesen Menschen zu beschützen?

Erster Tag
Verwischte Spuren

1. Der Papiermensch

Sobald ich kein Buch mehr unter der Feder habe
oder davon träume, eins zu schreiben,
fühle ich eine Langeweile, dass ich weinen könnte.
Das Leben erscheint mir wirklich nur erträglich,
wenn man es beiseiteschiebt.

Gustave Flaubert, *Briefe an George Sand*

1.
Donnerstag, 1. September 2016

»Meine Frau schläft jede Nacht mit Ihnen ein, zum Glück bin ich nicht eifersüchtig!«

Entzückt über seinen Geistesblitz, zwinkerte mir der Pariser Taxifahrer im Rückspiegel zu. Er verlangsamte das Tempo und setzte den Blinker, um auf den Autobahnzubringer des Flughafens Orly Richtung Innenstadt zu gelangen.

»Man muss wirklich sagen, dass sie beinahe süchtig nach Ihnen ist. Ich habe auch zwei oder drei Ihrer Bücher gelesen«, fuhr er fort, während er sich über seinen Schnurrbart strich. »Das ist alles sehr spannend, aber mir ist das wirklich zu hart. Diese Morde … diese Gewalt … Bei allem Respekt, Monsieur Barthélémy, ich finde, Sie haben eine ungesunde Meinung von der Menschheit. Würde man im echten Leben so vielen Gestörten begegnen wie in Ihren Romanen, sähe es schlecht für uns aus.«

Die Augen auf das Display meines Handys gerichtet, tat ich so, als hätte ich ihn nicht gehört. Das Letzte, worauf ich an diesem Vormittag Lust hatte, war, über Literatur oder über den Zustand der Welt zu diskutieren.

Es war 8:10 Uhr, ich hatte das erste Flugzeug genommen, um schnellstens nach Paris zurückzukehren. Annas Handy leitete die Anrufe direkt auf die Mailbox weiter. Ich hatte ihr Dutzende von Nachrichten hinterlassen, hatte sie mit Entschuldigungen überschüttet, ihr meine Unruhe mitgeteilt und sie angefleht zurückzurufen.

Ich war ratlos. Noch nie zuvor hatten wir uns ernsthaft gestritten.

In der Nacht hatte ich kein Auge zugetan, sondern die ganze Zeit über nach ihr gesucht. Zuerst war ich zum Wachdienst des Anwesens gegangen, wo mir der Zuständige mitteilte, dass während meiner Abwesenheit mehrere Wagen auf das Gelände gefahren seien, darunter auch die Limousine eines privaten Chauffeurdienstes.

»Der Fahrer sagte mir, Madame Anna Becker, wohnhaft in der Villa *Les Ondes*, habe ihn bestellt. Ich rief die

Mieterin über das Haustelefon an, und sie bestätigte mir dies.«

»Wie können Sie sicher sein, dass es sich um einen privaten Chauffeurdienst gehandelt hat?«, fragte ich ihn.

»Er hatte auf der Windschutzscheibe den vorgeschriebenen Aufkleber.«

»Und Sie haben keine Ahnung, wohin er sie gefahren haben könnte?«

»Woher soll ich das wissen?«

Der Chauffeur hatte Anna zum Flughafen gebracht. Diese Schlussfolgerung zog ich zumindest, als ich mich einige Stunden später auf der Internetseite von Air France einloggte. Als ich unsere Flugdaten eingab – unsere Tickets hatte ich gekauft –, entdeckte ich, dass die Passagierin Anna Becker ihr Rückflugticket umgebucht hatte auf die letzte Maschine Nizza–Paris dieses Tages. Der für 21:20 Uhr vorgesehene Abflug hatte aus zwei Gründen erst um 23:45 Uhr starten können: wegen der üblichen Verspätungen des Urlauberrückreiseverkehrs und wegen einer EDV-Panne, die jeglichen Start unmöglich gemacht hatte.

Diese Entdeckung hatte mich ein wenig beruhigt. Anna war zwar wütend genug auf mich, um einen Couchtisch zu zertrümmern und vorzeitig nach Paris zurückzufliegen, aber sie war zumindest gesund und wohlbehalten.

Das Taxi verließ die Autobahn mit ihren tristen, Graffiti besprühten Tunneln, um auf den Périphérique zu

fahren. Der bereits dichte Verkehr kam bei der Porte
d'Orléans noch weiter ins Stocken und dann beinahe
ganz zum Erliegen. Die Autos fuhren Stoßstange an
Stoßstange, gefangen im bläulichen Abgasdunst der
Lastwagen und Busse. Ich schloss mein Fenster. Stick-
oxid, krebserregender Feinstaub, Hupkonzert, Schimpf-
tiraden. PARIS ...

Ich hatte den Taxifahrer aus alter Gewohnheit gebeten, mich nach Montrouge zu bringen. Obgleich wir in
den letzten Wochen zusammengezogen waren, hatte
Anna ihr Appartement behalten, eine Zweizimmerwoh-
nung in einem modernen Wohnhaus in der Avenue
Aristide-Briand. Sie hing an dieser Wohnung und hatte
die meisten ihrer Sachen noch dort gelassen. Ich hegte
die große Hoffnung, dass sie in ihrer Wut auf mich
dorthin zurückgekehrt war. Wir drehten eine endlose
Schlaufe im Kreisverkehr Vache-Noire, bevor wir in der
richtigen Richtung weiterfahren konnten.

»Da wären wir, Monsieur Schriftsteller«, verkündete
mein Chauffeur und hielt vor einem modernen, aber
reizlosen Gebäude am Straßenrand.

Er hatte eine rundliche, gedrungene Figur, einen kah-
len Schädel, einen bedächtigen Blick, schmale Lippen
und eine Stimme wie Raoul Volfoni in dem Film *Mein
Onkel, der Gangster*.

»Können Sie kurz auf mich warten?«, fragte ich.

»Kein Problem. Ich lasse das Taxameter weiter-
laufen.«

Ich warf die Tür zu und nutzte die Tatsache, dass ein

Junge mit Schulranzen auf dem Rücken das Haus verließ, um rasch hineinzuschlüpfen. Der Aufzug war, wie
so oft, defekt. Ich stieg die zwölf Stockwerke ohne Pause
zu Fuß hinauf, bevor ich außer Atem und erschöpft an
Annas Wohnungstür klopfte. Niemand antwortete. Ich
spitzte die Ohren, nahm jedoch kein Geräusch wahr.

Anna hatte den Schlüssel zu meiner Wohnung zurückgelassen. Wenn sie nicht zu Hause war, wo hatte sie
dann die Nacht verbracht?

Ich klingelte an sämtlichen Türen auf dieser Etage.
Der einzige Nachbar, der mir öffnete, war keine Hilfe.
Nichts gesehen, nichts gehört: die übliche Devise, die
das Gemeinschaftsleben in großen Wohnblocks regelt.

Bitter enttäuscht lief ich wieder hinunter auf die
Straße und gab Raoul meine Adresse in Montparnasse.

»Wie lange ist es her seit Ihrem letzten Roman, Monsieur Barthélémy?«

»Drei Jahre«, antwortete ich mit einem Seufzer.

»Ist ein neuer in Vorbereitung?«

Ich schüttelte den Kopf.

»In den kommenden Monaten nicht.«

»Da wird meine Frau aber enttäuscht sein.«

In dem Wunsch, die Unterhaltung zu beenden, bat
ich ihn, das Radio lauter zu stellen, um die Nachrichten
zu hören. In dem populären Sender kamen gerade die
die Neun-Uhr-Kurznachrichten. An diesem Donnerstag, dem 1. September, machten sich zwölf Millionen
Schüler wieder auf den Weg in die Schule, François Hol-
lande verlieh seiner Freude über einen leichten Anstieg

des Wirtschaftswachstums Ausdruck, wenige Stunden vor dem Ende der Wechselperiode hatte der Fußballverein Paris Saint-Germain sich einen neuen Mittelstürmer geleistet, während sich die Republikaner in den USA darauf vorbereiteten, ihren Kandidaten für die bevorstehenden Präsidentschaftswahlen zu nominieren ...

»Ich verstehe das nicht so recht«, beharrte der Taxifahrer. »Haben Sie *beschlossen*, sich einen schönen Lenz zu machen, oder leiden Sie unter einer Schreibblockade?«

»Das ist alles etwas komplizierter«, antwortete ich und blickte aus dem Fenster.

2.

Die Wahrheit war, dass ich seit drei Jahren keine einzige Zeile mehr zu Papier gebracht habe, weil das Leben mich eingeholt hatte.

Ich litt weder unter einer Schreibblockade, noch mangelte es mir an Ideen. Ich erzählte mir im Kopf Geschichten, seit ich sechs Jahre alt war, und in meiner Jugend hatte sich mir das Schreiben als Mittelpunkt meines Lebens aufgedrängt, als geeigneter Weg, meine überbordende Fantasie zu kanalisieren. Die Fiktion war eine Ausflucht. Das billigste Flugticket, um dem trübsinnigen Alltag zu entfliehen. Viele Jahre lang hatte das Schreiben meine gesamte Zeit und all meine Gedanken eingenommen. Mit meinem Notizblock oder Lap-

24

top wie verwachsen, hatte ich immer und überall geschrieben: auf Parkbänken oder im Café sitzend, in der
Metro stehend. Und wenn ich einmal nicht schrieb,
dachte ich an meine Figuren, an ihre Qualen, ihre Lieben. Alles andere zählte nicht wirklich. Die Unzuläng-
lichkeiten der realen Welt hatten wenig Einfluss auf
mich. Immer zurückgezogen und durch eine Kluft von
der Wirklichkeit getrennt, bewegte ich mich in einer
Fantasiewelt, deren einziger Schöpfer ich selbst war.

Seit 2003 – dem Jahr, in dem mein erster Roman
erschien – hatte ich alle zwölf Monate ein Buch veröffentlicht. Hauptsächlich Krimis und Thriller. In Interviews hatte ich mir die Behauptung angewöhnt, ich
würde jeden Tag arbeiten, außer an Weihnachten und
an meinem Geburtstag – diese Antwort hatte ich von
Stephen King übernommen. Aber es war, genau wie bei
ihm, eine Lüge: Ich arbeitete *auch* an Weihnachten und
sah keinen stichhaltigen Grund, warum ich am Erinne-
rungstag an meine Geburt nicht hätte arbeiten sollen.

Denn ich hatte nur selten etwas Besseres zu tun, als
mich vor meinen Bildschirm zu setzen, um Neues von
meinen Figuren zu erfahren.

Ich liebte meinen »Beruf« abgöttisch und fühlte
mich wohl in diesem Universum der Spannung, der
Morde und der Gewalt. Genau wie Kinder – denken Sie
nur an den Menschenfresser in *Der gestiefelte Kater*, an
die verbrecherischen Eltern in *Der kleine Däumling*, an
den Unhold *Blaubart* oder den Wolf in *Rotkäppchen* –
lieben es auch die Erwachsenen, mit der Angst zu spie-

25

len. Auch sie brauchen Geschichten, um ihre Ängste zu vertreiben.

Die Vorliebe der Leser für Krimis hatte mir zehn märchenhafte Lebensjahre beschert, in denen ich in die Bruderschaft der begrenzten Anzahl von Autoren eingetreten war, die vom Schreiben leben konnten. Jeden Morgen, wenn ich mich an meinen Schreibtisch setzte, war ich mir des Glücks bewusst, dass überall in der Welt Menschen auf das Erscheinen meines nächsten Romans warteten.

Aber dieser magische Kreis aus Erfolg und Schaffen war seit drei Jahren wegen einer Frau unterbrochen. Auf einer Lesereise nach London hatte mir mein Presseattaché Natalie Curtis vorgestellt, eine junge englische Wissenschaftlerin, die für Biologie ebenso begabt war wie für Geschäftliches. Sie war an einem medizinischen Start-up-Unternehmen beteiligt, das »intelligente« Kontaktlinsen entwickelte, die verschiedene Krankheiten anhand des Glukosegehalts in der Augenflüssigkeit erkennen konnten.

Natalie arbeitete achtzehn Stunden am Tag. Mit einer verwirrenden Mühelosigkeit jonglierte sie zwischen Softwareprogrammierung, der Überwachung klinischer Studien, der Entwicklung von Geschäftsplänen und verschiedenen Zeitzonen, die sie in alle Welt führten, wo sie weit entfernten Finanzpartnern Rechenschaft ablegte.

Wir bewegten uns in zwei konträren Universen. Ich war ein Papiermensch, sie war ein Wesen der digitalen

Welt. Ich verdiente meinen Lebensunterhalt mit dem Erfinden von Geschichten, sie verdiente ihren mit der Entwicklung von Mikroprozessoren, die so fein waren wie die Haare eines Säuglings. Ich war der Typ Mann, der im Gymnasium Griechisch gelernt hatte, Gedichte von Aragon liebte und Liebesbriefe mit dem Füllfederhalter schrieb. Sie war der Typ ultravernetzte junge Frau, die sich in der kalten und grenzenlosen Welt der Flughafen-Drehkreuze zu Hause fühlte.

Nicht einmal mit dem heutigen Abstand zu ihr gelang es mir, zu verstehen, woher unsere Zuneigung füreinander rührte. Was hatte uns zu diesem Zeitpunkt unseres Lebens glauben lassen, unsere unpassende Geschichte könnte eine Zukunft haben?

»Man liebt, was man nicht ist«, schrieb Albert Cohen. Vielleicht verliebt man sich aus diesem Grund gelegentlich in Personen, mit denen man nichts teilt. Vielleicht lässt uns der Wunsch nach gegenseitiger Ergänzung eine Wandlung, eine Metamorphose erhoffen. Als würde der Kontakt zu dem anderen aus uns ein vollständigeres, reicheres, offeneres Wesen machen. Auf dem Papier ist das ein schöner Gedanke, aber in der Wirklichkeit ist es selten der Fall.

Die Illusion unserer Liebe hätte sich rasch verflüchtigt, wäre Natalie nicht schwanger geworden. Die Aussicht, eine Familie zu gründen, hatte dem Trugbild längeren Bestand gegeben. Zumindest was mich betraf. Ich hatte Frankreich verlassen, um in die Wohnung einzuziehen, die sie in London im Stadtviertel Belgravia gemietet hatte, und sie während der Schwangerschaft begleitet, so gut ich konnte.

»Welche Ihrer Romane sind Ihnen die liebsten?« Bei jeder neuen Lesereise tauchte die Frage aus dem Mund von Journalisten wieder auf. Jahrelang war ich ihr eher ausgewichen und hatte mich mit einer lakonischen Antwort begnügt: »Das kann ich unmöglich sagen. Meine Romane sind für mich alle wie Kinder, wissen Sie.«

Aber Bücher sind keine Kinder. Ich war bei der Geburt unseres Sohnes mit im Kreißsaal. Als mir die Hebamme den kleinen Theo in den Arm legte, wurde mir innerhalb einer Sekunde bewusst, was für eine Lüge diese wiederholte Behauptung in verschiedenen Interviews war.

Bücher sind keine Kinder.

Bücher haben eine Besonderheit, die an Zauberei grenzt: Sie sind der Reisepass an einen anderen Ort, bieten die Möglichkeit zu einer großartigen Flucht aus der Wirklichkeit. Bei den Prüfungen des Lebens, denen man sich stellen muss, können sie als Wegzehrung dienen. Wie Paul Auster behauptet, sind sie »der einzige Ort auf der Welt, an dem zwei Fremde sich auf intime Weise begegnen können«.

Aber sie sind keine Kinder. Nichts lässt sich mit einem Kind vergleichen.

3.

Zu meiner großen Überraschung nahm Natalie zehn
Tage nach der Entbindung ihre Arbeit wieder auf. Ihr
ausufernder Terminplan und ihre zahlreichen Reisen
erlaubten es ihr kaum, die ersten – ebenso zauberhaften
wie erschreckenden – Wochen voll auszukosten, die auf
eine Geburt folgen. Es schien ihr nicht sonderlich nahe-
zugehen. Den Grund dafür begriff ich, als sie mir eines
Abends, während sie sich in dem begehbaren Kleiderschrank auszog, der an unser Schlafzimmer grenzte,
mit tonloser Stimme verkündete:

»Wir haben ein Angebot von Google angenommen.
Sie werden die Mehrheitsanteile des Firmenkapitals
übernehmen.«

Ich war so verblüfft, dass ich einige Sekunden
brauchte, bevor ich erwidern konnte:

»Ist das dein Ernst?«

Mit abwesendem Blick zog sie ihre Schuhe aus und
massierte sich einen schmerzenden Knöchel, bevor sie
mir den Schlag versetzte.

»Absolut. Ich werde schon ab Montag mit meinem
Team in Kalifornien arbeiten.«

Verstört starrte ich sie an. Sie hatte gerade zwölf Flug-
stunden hinter sich, aber ich war derjenige, der sich
fühlte, als hätte er einen Jetlag.

»Das ist doch nicht allein deine Entscheidung, Natalie! Darüber müssen wir sprechen!«

Sie setzte sich niedergeschlagen auf die Bettkante.

»Ich weiß sehr wohl, dass ich dich nicht bitten kann, mitzukommen.«

Ich verlor völlig die Fassung.

»Aber ich bin *gezwungen*, mitzukommen! Darf ich dich daran erinnern, dass wir ein drei Wochen altes Baby haben!«

»Schrei mich nicht an! Ich bin davon am stärksten betroffen, aber ich kann es einfach nicht, Raphaël.«

»Was kannst du nicht?«

Sie brach in Tränen aus.

»Eine gute Mutter für Theo sein.«

Ich versuchte, ihr zu widersprechen, aber sie wiederholte mehrfach diesen schrecklichen Satz, der verriet, was in ihrem Herzen vorging: »Ich bin *dafür* nicht geschaffen. Es tut mir unendlich leid.«

Als ich sie fragte, wie sie sich unsere Zukunft *konkret* vorstellte, warf sie mir einen undefinierbaren Blick zu, bevor sie den Trumpf ausspielte, den sie seit dem Beginn dieses Gesprächs im Ärmel hatte.

»Wenn du Theo in Paris aufziehen möchtest, *allein*, sehe ich darin keinen Nachteil. Um ehrlich zu sein, glaube ich sogar, dass das die beste Lösung für uns alle ist.«

Ich nickte schweigend, schockiert von der ungeheuren Erleichterung, die ich auf ihrem Gesicht las. Dem Gesicht der Mutter meines Sohnes. Dann breitete sich eine bleierne Stille in unserem Schlafzimmer aus, und Natalie nahm ein Schlafmittel, bevor sie sich im Dunkeln hinlegte.

Bereits am übernächsten Tag kehrte ich nach Frankreich zurück in meine Wohnung in Montparnasse. Ich hätte eine Tagesmutter engagieren können, aber ich tat nichts dergleichen. Ich war fest entschlossen, meinen Sohn aufwachsen zu sehen. Vor allem lebte ich in der ständigen Angst, ihn zu verlieren.

Mehrere Monate lang rechnete ich bei jedem Klingeln des Telefons damit, Natalies Anwalt am Apparat zu haben, der mir ankündigen würde, seine Mandantin habe ihre Meinung geändert und beanspruche das alleinige Sorgerecht für Theo. Aber dieser albtraumhafte Anruf kam nie. Zwanzig Monate verstrichen, ohne dass ich von Natalie irgendetwas gehört hätte. Zwanzig Monate, die wie im Flug vergingen. Mein Tagesablauf, früher vom Schreiben bestimmt, verlief nun im Rhythmus von Fläschchengeben, Breifüttern, Windelwechsel, Spaziergängen im Park, Baden bei 37 Grad Celsius und häufigem Wäschewaschen. Daneben zehrten der Schlafmangel, die Sorge beim geringsten Fieber meines Sohnes und die Furcht, dem Ganzen nicht gewachsen zu sein, an mir.

Doch ich hätte diese Erfahrung gegen nichts auf der Welt eintauschen wollen. Wie die fünftausend Fotos bezeugten, die auf meinem Handy gespeichert waren, hatten mich die ersten Lebensmonate meines Sohnes in ein faszinierendes Abenteuer geführt, in dem ich eher die Rolle des Schauspielers als die des Regisseurs innehatte.

4.

Auf der Avenue du Général-Leclerc lief der Verkehr wieder flüssiger. Das Taxi beschleunigte und steuerte auf den hohen Turm von Saint-Pierre-de-Montrouge zu. An der Place d'Alésia bog der Wagen auf die Avenue du Maine ab. Zwischen den Bäumen brach das Sonnenlicht hindurch. Fassaden mit weißen Quadersteinen, unzählige kleine Geschäfte, preiswerte Hotels.

Obwohl ich geplant hatte, Paris vier Tage fernzubleiben, war ich bereits wenige Stunden nach meiner Abreise wieder zurück. Um meine überstürzte Rückkehr anzukündigen, schrieb ich eine SMS an Marc Caradec, den einzigen Mann, auf den ich genügend zählen konnte, um ihm meinen Sohn anzuvertrauen. Die Vaterrolle hatte mich paranoid gemacht, als könnten die Mord- und Entführungsgeschichten, die ich in meinen Krimis inszenierte, mein Familienleben infizieren. Seit Theos Geburt hatte ich nur zwei Menschen erlaubt, sich um ihn zu kümmern: Amalia, der Concierge in meinem Haus, die ich seit beinahe zehn Jahren kannte, und Marc Caradec, meinem Nachbarn und Freund, einem ehemaligen Polizisten der BRB, einer Spezialeinheit zur Bekämpfung des organisierten Verbrechens. Er beantwortete meine Nachricht umgehend:

Keine Sorge. Goldlöckchen schläft noch. Ich warte
Gewehr bei Fuß, dass er aufwacht: Der Fläschchen-

wärmer ist eingeschaltet, das Kompottgläschen aus
dem Kühlschrank genommen und das Hochstühlchen auf die richtige Höhe eingestellt.Erzähl mir
später, was passiert ist.
Bis gleich.

Erleichtert versuchte ich erneut, Anna anzurufen, aber
ich erreichte wieder nur ihre Mailbox. *Handy ausgeschaltet? Akku leer?*

Ich legte auf und rieb mir die Augen, noch immer niedergeschlagen von der Geschwindigkeit, in der meine
Gewissheiten zusammengebrochen waren. In meinem
Kopf ließ ich den Film des Vorabends noch einmal
ablaufen und wusste nicht mehr, was ich davon zu halten hatte. War unser Glück nur eine Luftblase gewesen,
die nun zerplatzt war und eine alles andere als glänzende Realität zum Vorschein brachte? Musste ich mir
um Anna Sorgen machen oder mich vor ihr hüten? Die
letzte Frage bescherte mir Gänsehaut. Es war schwierig,
jetzt auf diese Art an sie zu denken, obwohl ich wenige
Stunden zuvor noch davon überzeugt gewesen war, die
Frau fürs Leben gefunden zu haben: die Frau, auf die
ich seit Jahren gewartet hatte und mit der ich weitere
Kinder haben wollte.

Ich hatte Anna vor sechs Monaten kennengelernt,
in einer Februarnacht in der Kindernotaufnahme des
Hôpital Pompidou, wo ich um ein Uhr morgens angekommen war. Theo hatte anhaltend hohes Fieber. Er
krümmte sich und verweigerte jede Nahrung. Ich hatte

33

der absurden Versuchung nachgegeben, die Liste seiner Symptome in eine Suchmaschine einzugeben. Beim Durchsehen der Internetseiten war ich zu der Überzeugung gelangt, dass er an einer akuten Meningitis litt. Als ich den überfüllten Wartesaal betrat, starb ich fast vor Sorge. Angesichts der Wartezeit beschwerte ich mich am Empfang: Ich brauchte Gewissheit, ich wollte, dass man meinen Sohn sofort behandelte. Er würde vielleicht sterben, er …

»Beruhigen Sie sich, Monsieur.«

Eine junge Ärztin war wie durch Zauberhand aufgetaucht. Ich folgte ihr in das Untersuchungszimmer, wo sie Theo sorgfältig abhörte.

»Ihr Baby hat geschwollene Lymphknoten«, stellte sie fest, als sie seinen kleinen Hals abtastete. »Der Kleine leidet an einer Mandelentzündung.«

»Es ist eine einfache Angina?«

»Ja. Die Schluckbeschwerden erklären, warum er die Nahrung verweigert.«

»Es vergeht also mit einem Antibiotikum?«

»Nein, es handelt sich um eine Virusinfektion. Geben Sie ihm weiter Paracetamol, und er wird in wenigen Tagen wieder gesund sein.«

»Sind Sie sicher, dass es keine Meningitis ist?«, insistierte ich, während ich, völlig groggy, Theo wieder in seiner Babyschale festschnallte.

Sie hatte gelächelt.

»Sie sollten aufhören, im Internet auf medizinischen Seiten zu surfen. Das schürt nur Ängste.«

34

Sie hatte uns in die große Eingangshalle zurückbegleitet. Als es Zeit war, mich von ihr zu verabschieden, deutete ich, beruhigt durch die Gewissheit, dass mein Sohn wieder gesund würde, auf den Getränkeautomaten und schlug vor:

»Darf ich Ihnen einen Kaffee ausgeben?«

Nach kurzem Zögern hatte sie ihrer Kollegin gesagt, sie würde eine kleine Pause machen, und wir hatten uns eine Viertelstunde lang angeregt unterhalten.

Sie hieß Anna Becker, war fünfundzwanzig Jahre alt und absolvierte das zweite Jahr ihrer Assistenzarztzeit in der Pädiatrie. Ihren weißen Kittel trug sie wie einen Burberry-Regenmantel. Alles an ihr war elegant, ohne spröde zu wirken: die selbstsichere Haltung, ihre unglaublich feinen Gesichtszüge, der sanfte und warmherzige Klang ihrer Stimme.

Die Krankenhaushalle, im steten Wechsel zwischen ruhigen Momenten und großer Hektik, badete in einem unwirklichen Licht. Mein Sohn war in seiner Babyschale eingeschlafen. Ich sah Annas Wimpernschlag. Schon lange glaubte ich nicht mehr daran, dass sich hinter einem Engelsgesicht unbedingt eine schöne Seele verbergen musste, aber dennoch ließ ich mich von ihren langen gebogenen Wimpern, ihrer Haut von der Farbe eines Edelholzes und von ihrem glatten Haar betören, das auf beiden Seiten ihres Gesichts symmetrisch herabfiel.

»Ich muss wieder an die Arbeit«, sagte sie und deutete auf die Wanduhr.

Trotz der fortgeschrittenen Zeit hatte sie darauf bestanden, uns zum Taxistand zu begleiten, der etwa dreißig Meter vom Ausgang entfernt war. Es war mitten in der Nacht, mitten in einem eiskalten Winter. Einige flauschige Flocken schwebten vom Himmel, der mehr Schnee verhieß. Als ich Anna neben mir spürte, empfand ich uns in einem merkwürdigen Gedankenblitz bereits als Paar. Ja, sogar als Familie. So als würde die Sternenformation am Himmel uns genau dies ankündigen. Als würden wir drei nun nach Hause fahren.

Ich schnallte den Babysitz auf der Rückbank fest und wandte mich anschließend zu Anna um. Das Licht der Straßenlaternen verlieh ihrem durch die Kälte sichtbaren Atem eine bläuliche Färbung. Ich suchte nach einer Bemerkung, die sie zum Lachen bringen würde, aber stattdessen fragte ich sie, wann ihr Dienst endete.

»Bald, um acht Uhr.«

»Wenn Sie zum Frühstück kommen möchten … Der Bäcker an meiner Straßenecke macht fantastische Croissants …«

Ich gab ihr meine Adresse, und sie lächelte. Mein Vorschlag hing einen Augenblick in der eiskalten Luft, ohne dass ich eine Antwort bekommen hätte. Dann fuhr das Taxi los, und ich fragte mich auf der Heimfahrt, ob wir beide soeben dasselbe erlebt hatten.

Ich schlief schlecht, aber am nächsten Morgen klingelte Anna genau in dem Moment an meiner Tür, als mein Sohn sein Fläschchen ausgetrunken hatte. Es ging Theo schon besser. Ich zog ihm ein Mützchen und einen Schneeanzug an, und um Wort zu halten, machten wir alle drei uns auf den Weg, um fürs Frühstück einzukaufen. Es war Sonntagmorgen. Paris ächzte unter dem Schnee. Von einem metallisch blauen Himmel beschien die Wintersonne die noch makellosen Bürgersteige.

Wir hatten uns gefunden und seit diesem ersten magischen Morgen nicht mehr verlassen. Sechs idyllische Monate waren verstrichen, die eine wundervolle Zukunft verhießen: die glücklichste Zeit meines Lebens.

Ich schrieb nicht mehr, aber ich lebte. Das Erziehen eines Kindes und das Verliebtsein hatten mich im realen Leben verankert und mir klargemacht, dass die Fiktion viel zu lange mein Leben bestimmt hatte. Durch das Schreiben war ich in die Haut vieler verschiedener Figuren geschlüpft. Wie ein eingeschleuster Agent hatte ich Hunderte von Erfahrungen sammeln können. Aber diese verschiedenen kommissarischen Leben hatten mich vergessen lassen, das einzige und einmalige Dasein zu leben, das wirklich existierte: mein eigenes.

2. Der Professor

Die Maske eines Menschen kann so schön sein,
dass ich Angst vor seinem Gesicht bekomme.

Alfred de Musset

1.

»Papa! Papa!«

Sobald ich zur Tür hereinkam, begrüßte mich mein Sohn mit überraschtem, begeistertem Geschrei. Unsicheren Schrittes trappelte Theo eilig auf mich zu. Ich hob ihn hoch und schloss ihn in die Arme. Wie jedes Mal empfand ich dasselbe Gefühl von Verbundenheit, Glück und Erleichterung.

»Du kommst gerade richtig zum Frühstück«, rief Marc Caradec und schraubte den Sauger auf das Fläschchen, das er soeben warm gemacht hatte.

Der ehemalige Ermittler wohnte in einem Künstleratelier, das auf den Innenhof des Gebäudes im Herzen von Montparnasse führte, in dem auch ich lebte. Dank des großen Glasdachs war die sparsam eingerichtete Wohnung lichtdurchflutet: gebürstetes Parkett, Regale

38

aus gekalktem Holz, ein rustikaler Tisch, der aus einem knorrigen Stamm gefertigt war. In einer Ecke des Raums führte eine offene Treppe zum Zwischengeschoss unter der Balkendecke.

Theo griff nach seinem Fläschchen und kletterte damit in seinen Kindersitz. Sofort war seine ganze Aufmerksamkeit auf die warme, cremige Milch gerichtet, die er so gierig trank, als hätte er seit einer Ewigkeit nichts zu essen bekommen.

Ich nutzte die Ruhepause, um zu Marc zu gehen, der in seiner Küchenecke stand. Der Anfang Sechzigjährige hatte stahlblaue Augen, kurzes, struppiges Haar, dichte Brauen und einen grau melierten Bart. Je nach Laune zeigte sein Gesicht einen sanften oder extrem kalten Ausdruck.

»Magst du einen Espresso?«

»Mindestens einen doppelten«, erwiderte ich und setzte mich auf den Barhocker an die Theke.

»Und, willst du mir nicht erzählen, was los ist?«

Während er unseren Kaffee zubereitete, erzählte ich ihm alles – oder fast alles. Annas Verschwinden nach unserem Streit, ihre vermutliche Rückkehr nach Paris, die Tatsache, dass sie sich nicht in ihrer Wohnung in Montrouge befand und ihr Handy ausgeschaltet oder der Akku leer war. Nur von dem Foto, das sie mir gezeigt hatte, sagte ich absichtlich nichts. Ehe ich mit irgendjemandem darüber sprechen konnte, musste ich zunächst mehr in Erfahrung bringen.

Der ehemalige Ermittler lauschte aufmerksam und

konzentriert, die Stirn gerunzelt. Mit seiner Jeans, dem schwarzen T-Shirt und den abgetragenen Oxford-Schuhen vermittelte er den Eindruck, noch im Dienst zu sein.

»Was hältst du davon?«, fragte ich, nachdem ich meine Ausführungen abgeschlossen hatte.

Er verzog das Gesicht und seufzte.

»Nicht viel. Ich hatte ja nicht oft Gelegenheit, mit deiner Liebsten zu reden. Jedes Mal, wenn ich sie im Hof getroffen habe, hatte ich den Eindruck, dass sie mir absichtlich aus dem Weg ging.«

»Das ist ihr Charakter, sie ist zurückhaltend und auch etwas schüchtern.«

Marc stellte eine Kaffeetasse vor mich hin. Seine Ringerstatur mit dem kräftigen Nacken zeichnete sich im Gegenlicht ab. Bevor er bei einer Schießerei anlässlich eines Raubüberfalls an der Place Vendôme schwer verletzt worden war und frühzeitig in Rente gehen musste, war Caradec ein Elitepolizist gewesen, einer der Helden während der großen Zeit der Polizeibrigade BRB. In den 1990er- und 2000er-Jahren war er an mehreren medienträchtigen Ereignissen beteiligt gewesen: Zerschlagung einer Gang in einem südlichen Vorort von Paris, Verhaftung des sogenannten *Dream Teams*, das mehrere Geldtransporter überfallen hatte, Verhaftung der *Siebenschnürer*, einer berüchtigten Gangsterbande, die reiche und berühmte Opfer überfiel, fesselte oder verschnürte und beraubte. Und er war bei der Jagd auf die *Pink Panthers* dabei gewesen, einer Balkan-Gang, die zehn Jahre lang weltweit die größten Schmuck-geschäfte ausgeraubt hatte. Er hatte mir gestanden, wie schwer es ihm fiel, diesen erzwungenen vorzeitigen Ruhestand zu akzeptieren.

»Was weißt du über ihre Eltern?«, fragte er mich, während er mir gegenüber Platz nahm und nach einem Block und einem Stift griff, die gewöhnlich zur Erstellung der Einkaufsliste dienten.

»Nicht viel. Ihre Mutter war Französin, stammte aber von der Insel Barbados. Sie ist an Brustkrebs gestorben, als Anna zwölf oder dreizehn war.«

»Und ihr Vater?«

»Ein Österreicher, der Ende der 1970er-Jahre nach Frankreich gekommen ist. Er ist vor fünf Jahren bei einem Arbeitsunfall in der Werft Saint-Nazaire tödlich verunglückt.«

»Einzelkind?«

Ich nickte.

»Kennst du ihre engen Freunde?«

Ich ging in Gedanken die Liste derjenigen durch, die ich kontaktieren könnte – sie war sehr beschränkt, wenn nicht gar inexistent. Als ich unter den Kontakten in meinem Handy nachsah, stieß ich auf die Nummer von Margot Lacroix, eine Assistenzärztin, die ihr Gynäkologiepraktikum zeitgleich mit Anna im Krankenhaus Robert-Debré absolviert hatte. Sie hatte uns vor einem Monat anlässlich des Richtfests ihres Hauses eingeladen, und wir hatten uns gut verstanden. Anna hatte sie als Trauzeugin gewählt.

41

»Ruf sie an«, riet Caradec mir.

Ich versuchte mein Glück. Margot hob ab und versicherte mir, seit zwei Tagen nichts mehr von Anna gehört zu haben.

»Ich dachte, ihr würdet Flitterwochen an der Côte d'Azur machen! Ist alles in Ordnung?«

Ich ignorierte die Frage, bedankte mich und legte auf. Dann zögerte ich kurz, bevor ich Marc fragte: »Wahrscheinlich macht es keinen Sinn, zur Polizei zu gehen, oder?«

Marc trank seinen Espresso aus.

»Du weißt so gut wie ich, dass sie in diesem Stadium nicht viel tun können. Anna ist erwachsen, und nichts deutet darauf hin, dass sie sich in Gefahr befindet.«

»Kannst du mir helfen?«

Er sah mich von der Seite an.

»An was genau denkst du?«

»Du könntest deine Kontakte bei der Polizei nutzen, um Annas Handy orten zu lassen, Zugriff auf ihre Verbindungen und ihre Kreditkarte zu bekommen, auf die Kontobewegungen und Auswertungen von …«

Er hob die Hand, um mich zu unterbrechen.

»Findest du das nicht etwas übertrieben? Wenn alle Polizisten das jedes Mal machen würden, wenn sie sich mit ihren Freundinnen gestritten haben …«

Verärgert wollte ich mich erheben, doch er hielt mich am Ärmel zurück.

»Moment mal! Wenn du willst, dass ich dir helfe, musst du mir die *ganze* Wahrheit sagen.«

»Ich verstehe nicht.«

»Verkauf mich nicht für blöd, Raphaël! Ich habe dreißig Jahre Verhörerfahrung. Ich spüre, wenn man mich belügt.«

»Ich habe nicht gelogen.«

»Nicht die ganze Wahrheit zu sagen, das heißt lügen. Es gibt zwangsläufig etwas Wichtiges, das du mir verschwiegen hast, sonst wärst du nicht so beunruhigt.«

2.

»Fertig, Papa! Fertig«, rief Theo und schwenkte sein Fläschchen in meine Richtung.

Ich hockte mich neben meinen Sohn, um es ihm abzunehmen.

»Willst du noch etwas, mein Kleiner?«

»Kado! Kado!«, verlangte er, wobei er seine Lieblingssüßigkeit meinte – die Schoko-Keks-Stäbchen Mikado.

Ich erklärte ihm beruhigend:

»Mikado gibt's am Nachmittag.«

Als er begriff, dass er seine Kekse nicht bekommen würde, zeichnete sich auf seinem engelsgleichen Gesichtchen Enttäuschung, ja gar Zorn ab. Er drückte seinen Stoffhund Fifi, von dem er sich nie trennte, an sich und war drauf und dran, in Tränen auszubrechen, als Marc Caradec ihm eine Scheibe getoastetes Brot reichte.

»Hier, mein Kleiner, nimm stattdessen ein Stück Brot!«

43

»Stübro! Stübro!«, rief Theo begeistert.

Man konnte es nicht leugnen – der ehemalige Spezialist für Einbrüche und Geiselnahmen verstand es, mit Kindern umzugehen.

Ich kannte Marc Caradec, seit er vor fünf Jahren in dieses Haus gezogen war. Er war ein eher atypischer Ermittler, ein Freund von klassischer Literatur, alter Musik und des Kinos. Er gefiel mir auf Anhieb, und wir freundeten uns an. Bei seiner Spezialeinheit hatte ihm dieser intellektuelle Touch den Spitznamen »Professor« eingebracht. Als ich meinen letzten Thriller schrieb, hatte ich ihn oft um Rat gebeten. Er geizte nicht mit Geschichten von seinem früheren Job, gab mir viele Tipps und war bereit, mein Manuskript zu lesen.

Nach und nach waren wir gute Freunde geworden. Jedes Mal, wenn Paris Saint-Germain spielte, sahen wir uns zusammen im Stadion *Parc des Princes* das Match an. Und mindestens ein Mal pro Woche verbrachten wir den Abend mit einem Teller Sushi und einer Flasche Bier vor meinem Home Cinema, um uns koreanische Krimis und Klassiker von Jean-Pierre Melville, William Friedkin oder Sam Peckinpah anzusehen.

Ebenso wie unsere Hausmeisterin Amalia war mir Marc eine große und wertvolle Hilfe bei Theos Erziehung. Er passte auf ihn auf, wenn ich etwas zu erledigen hatte, und er gab mir die besten Ratschläge, wenn ich nicht mehr weiterwusste. Und vor allem hatte er mir das Wesentliche beigebracht – nämlich, dass man seinem Kind vertrauen und ihm zuhören muss, bevor man Regeln aufstellt, und dass man keine Angst haben darf, zu versagen.

3.

»›Das habe ich getan‹, waren Annas Worte, als sie mir das Foto auf ihrem iPad gezeigt hat.«

»Und was war auf dem Foto zu sehen?«, wollte Marc wissen.

Wir saßen beide in der Küche. Er hatte uns noch einmal Kaffee gemacht. Sein Blick war auf mich gerichtet. Wenn ich seine Hilfe wollte, blieb mir nichts anderes übrig, als ihm die Wahrheit zu sagen. In ihrer ganzen Grausamkeit. Wegen Theo senkte ich die Stimme, auch wenn er nicht in der Lage war, meine Worte zu verstehen.

»Auf dem Bild waren drei verbrannte Körper zu sehen.«

»Soll das ein Scherz sein?«

»Nein, drei Leichen, die nebeneinander aufgereiht lagen.«

In den Augen des Ermittlers flammte ein Blitz auf. Leichen. Tote. Eine makabere Inszenierung. In Sekundenschnelle hatten wir das Terrain des Ehestreits verlassen und uns auf sein Spezialgebiet begeben.

»War es das erste Mal, dass Anna das erwähnt hat?«

»Natürlich.«

»Und du hast keine Ahnung, was sie mit der Sache zu tun hat?«

Ich schüttelte den Kopf. Doch er insistierte.

»Hat sie dir das einfach so ohne jede Erklärung hingeknallt?«

»Ich sage dir doch, ich habe ihr keine Zeit dazu gelassen. Ich war verblüfft, völlig schockiert! Das Foto war so furchtbar, dass ich gegangen bin, ohne irgendetwas zu fragen. Und als ich zurückkam, war sie schon weg.«

Er sah mich seltsam an, so als würde er daran zweifeln, dass sich die Dinge wirklich *genau so* abgespielt hatten.

»Wie groß waren die Leichen? Waren es Kinder oder Erwachsene?«

»Schwer zu sagen.«

»Und an welchem Ort befanden sie sich? Im Freien, auf einem Seziertisch? Oder ...«

»Ich weiß es nicht, verdammt noch mal! Alles, was ich dir sagen kann, ist, dass sie pechschwarz waren, von Hitze und Flammen zerfressen. Völlig verkohlt.«

Caradec trieb mich in die Enge.

»Versuch, präziser zu sein, Raphaël. Erinnere dich genau. Gib mir mehr Details.«

Ich schloss die Augen und versuchte, das Bild in mir heraufzubeschwören. Und da es mich so sehr angewidert hatte, gelang es mir schnell. Schädel zertrümmert. Brustkorb zerfetzt. Aufgeschlitzter Bauch, aus dem die Eingeweide quollen. Auf Caradecs Drängen hin tat ich mein Bestes, um ihm die verrenkten Glieder und die verbrannte, rissige Haut genau zu beschreiben. Die hellen Knochen, die aus dem Fleisch ragten.

»Auf was lagen sie?«

»Instinktiv würde ich sagen auf dem Boden, vielleicht aber auch auf einem Leintuch.«

»Ist Anna deines Wissens nach clean? Keine Drogen? Keine Geisteskrankheit? Kein Aufenthalt in der Psychiatrie?«

»Ich darf dich daran erinnern, dass du von der Frau sprichst, die ich heiraten will.«

»Beantworte bitte meine Frage.«

»Nein, absolut nichts. Sie beendet bald ihre Zeit als Assistenzärztin. Sie ist extrem begabt.«

»Warum hattest du dann Zweifel an ihrer Vergangenheit?«

»Du kennst doch meine Geschichte, zum Teufel noch mal! Du weißt, wie meine letzte Beziehung geendet hat!«

»Aber was genau hat dich beunruhigt?«

»Eine gewisse Unsicherheit, wenn sie von früher sprach, ein bisschen so, als hätte sie keine Kindheit und Jugend gehabt. Eine extreme Zurückhaltung. Der Wunsch, unbemerkt zu bleiben, der bei ihr eine Art zweite Natur war. Nicht fotografiert werden wollen. Und, ehrlich gesagt, kennst du viele Fünfundzwanzigjährige, die keinen Facebook-Account haben und nicht in den sozialen Netzwerken präsent sind?«

»Das ist wirklich merkwürdig«, stimmte der Ermittler zu, »aber es ist zu vage, um Nachforschungen einzuleiten.«

»Drei Leichen nennst du vage?«

»Beruhig dich! Wir wissen nichts über diese Leichen. Schließlich ist sie Ärztin, sie kann auch während ihres Studiums damit zu tun gehabt haben.«

»Ein Grund mehr, um zu suchen, oder?«

4.

»Ist deine Putzfrau noch nicht da?«

»Sie kommt erst am frühen Nachmittag.«

»Umso besser«, meinte Marc.

Wir waren über den Hof zu meiner Wohnung gegangen und standen jetzt in der Küche, einem lang gestreckten Raum, auf der einen Seite die Rue Campagne-Première und auf der anderen die Impasse d'Enfer. Zu unseren Füßen amüsierten sich Theo und Fifi damit, die Magnete mit Tierbildern vom Kühlschrank abzunehmen und wieder anzubringen.

Nachdem er sich die Spüle genauer angesehen hatte, öffnete Marc die Spülmaschine.

»Was suchst du eigentlich?«

»Etwas, das nur Anna berührt hat. Zum Beispiel die Tasse, aus der sie gestern Morgen ihren Kaffee getrunken hat.«

»Sie trinkt ihren Tee aus diesem Becher«, erklärte ich und deutete auf einen türkisfarbenen, auf dem Tintin abgebildet war und den sie aus dem Museum Hergé mitgebracht hatte.

»Hast du einen Stift?«

Komische Frage an einen Schriftsteller, dachte ich und reichte ihm meinen Roller-Pen.

Er nahm ihn und schob ihn in den Henkel der Tasse, um sie herauszuheben und auf ein Stück Küchenrolle zu stellen, das er auf den Tisch gelegt hatte. Dann öffnete er den Reißverschluss eines kleinen Etuis und zog ein Glasröhrchen mit schwarzem Pulver, einen Pinsel, Klebefolie und eine Spurenkarte heraus.

Ein Forensik-Set.

Mit geübten Bewegungen tauchte er den Pinsel in das schwarze Pulver und stäubte den Becher damit ein, in der Hoffnung, das Ruß-Eisenoxid-Gemisch würde von Anna hinterlassene Fingerabdrücke sichtbar machen.

Eine solche Szene hatte ich schon oft in meinen Krimis beschrieben. Doch was hier geschah, war Wirklichkeit. Und die Person, die wir jagten, war keine Verbrecherin, sondern die Frau, die ich liebte.

Marc blies auf die Tasse, um überschüssiges Pulver zu entfernen, setzte seine Brille auf und betrachtete die Tasse.

»Siehst du den Abdruck? Da ist der Daumen deiner Liebsten«, erklärte er zufrieden.

Er schnitt ein Stück Klebefolie ab und fixierte es unter allen erdenklichen Vorsichtsmaßnahmen auf der Spurenkarte.

»Mach ein Foto davon«, sagte er dann.

»Warum?«

»Ich habe nicht mehr viel Kontakt zu meiner alten Brigade, die meisten meiner ehemaligen Kollegen sind in Rente. Aber ich kenne noch jemanden bei der Kripo, Jean-Christophe Vasseur. Ein Idiot, und noch dazu ein schlechter Ermittler, aber wenn wir einen halbwegs ordentlichen Abdruck haben und ihm vierhundert Euro geben, wird er ihn mit der zentralen Datenbank für Fingerabdrücke abgleichen.«

»Zentrale Datenbank für Fingerabdrücke? Ich bezweifele, ehrlich gesagt, dass Anna jemals in irgendein Verbrechen oder Vergehen verwickelt oder gar im Gefängnis gewesen ist.«

»Vielleicht erleben wir eine Überraschung. Alles, was du mir über ihre auffällige Zurückhaltung erzählt hast, lässt vermuten, dass sie etwas zu verbergen hat.«

»Wir haben doch alle etwas zu verbergen, oder?«

»Hör auf mit deinen Romanfloskeln. Mach das Foto, um das ich dich gebeten habe, und schick es mir per Mail, damit ich Vasseur kontaktieren kann.«

Mit meinem Handy machte ich mehrere Aufnahmen, die ich anschließend mit dem Bildbearbeitungsprogramm optimierte, um den Abdruck so scharf wie möglich wiederzugeben. Dabei betrachtete ich fasziniert die Rillen und Erhebungen, die sich zu einem Labyrinth verschlangen, das einzigartig und geheimnisvoll war und nicht über einen Ariadnefaden verfügte.

»Und was machen wir jetzt?«, fragte ich und schickte die Mail an Caradecs Adresse.

»Wir fahren zu Annas Wohnung nach Montrouge. Und suchen sie so lange, bis wir sie finden.«

3. Die dunkle Nacht der Seele

Fühle dich nie sicher
beim Weibe, das du liebst.

Leopold von Sacher-Masoch, *Venus im Pelz*

1.

Nach den zahlreichen Vignetten zu urteilen, die die Windschutzscheibe von Marc Caradecs Auto zierten, war der Range Rover schon seit den 1980er-Jahren unterwegs.

Der alte Geländewagen, der bereits mehr als dreihunderttausend Kilometer hinter sich hatte, fädelte sich mit der Anmut eines Bulldozers in den Verkehr ein und fuhr dann am Parc Montsouris vorbei, über den Périphérique, die von Graffitis gesäumte Avenue Paul-Vaillant-Couturier und dann an der Schachbrettfassade des *ibis* Hotels in der Rue Barbès entlang.

Ich hatte Theo Amalia anvertraut und war erleichtert, dass Marc mich begleitete. Zu diesem Zeitpunkt hoffte ich, dass alles doch noch in Ordnung kommen würde. Vielleicht würde Anna bald wieder auftauchen. Vielleicht war ihr »Geheimnis« letztlich nicht so schlimm. Sie würde mir alles erklären, das Leben würde wieder seinen normalen Lauf nehmen und unsere Hochzeit zum vorgesehenen Zeitpunkt stattfinden – Ende September, in der kleinen Kirche von Saint-Guilhem-le-Désert, dem historischen Ursprungsort meiner Familie.

Im Wagen hing ein merkwürdiger Geruch – eine Mischung aus getrockneten Kräutern und vagem Zigarrenrauch. Marc schaltete zurück. Der Geländewagen stotterte, als ginge ihm plötzlich die Puste aus. Man konnte ihn nur als rustikal bezeichnen: verschlissene Samtsitze, Stoßdämpfer, die schon seit Langem abgenutzt waren. Er hatte jedoch den Vorteil, dass man aufgrund seiner Höhe und der Panoramascheibe das Verkehrsgewühl überblicken konnte.

Die Avenue Aristide-Briand, ehemals die Nationalstraße 10, glich mit ihren vier breiten Spuren einer Autobahn.

»Hier ist es«, sagte ich und deutete auf ein Haus auf der anderen Straßenseite, in dem Anna wohnte. Aber du kannst da nicht abbiegen, du musst weiterfahren bis zur nächsten Kreuzung und …«

Noch ehe ich ausgesprochen hatte, riss Marc das Steuer herum. Unter einem Konzert aus Hupen und Reifenquietschen wendete er und nahm dabei zwei Wagen die Vorfahrt, deren Fahrer nur durch eine Vollbremsung einen Zusammenstoß verhinderten.

»Bist du verrückt geworden!«

Der Ermittler schüttelte den Kopf und begnügte sich nicht mit dieser ersten, gefährlichen Regelwidrigkeit, sondern fuhr auf den Bürgersteig, um den Range Rover zu parken.

»Hier können wir nicht stehen bleiben, Marc!«

»Wir sind von der Polizei!«, erklärte er und zog die Handbremse an.

Er klappte die Sonnenblende herunter, auf der sich ein Aufkleber mit der Aufschrift »Police Nationale« befand.

»Und wer sollte glauben, dass die Polizei in solchen Schrottkisten herumfährt? Außerdem bist du kein Polizist mehr ...«

Er zog einen Universalschlüssel aus der Gesäßtasche seiner Jeans.

»Einmal Bulle, immer Bulle!«, sagte er und öffnete problemlos die Tür zur Eingangshalle.

Und, o Wunder, seit meinem letzten Besuch war der Lift repariert worden. Ich bestand darauf, einen Blick in die Tiefgarage zu werfen, bevor wir uns zu ihrer Wohnung begaben. Annas Mini stand an seinem Platz. Also kehrten wir zum Aufzug zurück und fuhren in den zwölften Stock. Der Flur war wie ausgestorben. Und wieder trommelte ich, nachdem ich geklingelt hatte, an die Tür und hatte nicht mehr Erfolg als beim ersten Mal.

»Geh zur Seite«, befahl der Ermittler und trat ein paar Schritte zurück.

»Warte, es ist vielleicht nicht sinnvoll ...«

2.

Beim zweiten Schulterstoß sprang die Tür auf.

Caradec trat ein und erfasste die geschmackvoll eingerichteten knapp vierzig Quadratmeter mit wenigen Blicken. Eichenparkett, cremefarbene Wände mit Pastellnoten, skandinavisch möbliertes Wohnzimmer mit offener Küchenzeile, Ankleideraum vor dem Schlafzimmer.

Eine leere und stille Wohnung.

Ich wandte mich um und nahm Schließblech und Türrahmen in Augenschein. Die Tür hatte so schnell nachgegeben, weil beide Schlösser nicht verriegelt gewesen waren. Der Letzte, der die Wohnung verlassen hatte, hatte sie also nur zugezogen, ohne abzusperren. Das war untypisch für Anna.

Die zweite Überraschung war Annas Reisetasche, die im Flur lag. Ein großer Beutel aus geflochtenem Leder mit Reißverschluss und bunten Lederapplikationen. Ich kniete mich hin und sah mir den Inhalt an, fand aber nichts Ungewöhnliches.

»Anna ist also aus Nizza zurückgekommen …«, begann Caradec.

»… und dann wieder verschwunden«, fügte ich kläglich hinzu.

Von plötzlicher Angst übermannt, versuchte ich erneut, sie anzurufen, geriet aber auch dieses Mal an die Mailbox.

»Gut, wir durchsuchen die Wohnung!«, entschied Marc. Dem Instinkt des ehemaligen Ermittlers folgend, öffnete er den Wasserkasten.

»Ich weiß nicht, ob das richtig ist, Marc.«

Nachdem er im Bad nicht fündig geworden war, nahm er sich das Schlafzimmer vor.

»Ich darf dich darauf hinweisen, dass du damit angefangen hast! Hättest du nicht die Vergangenheit deiner Freundin heraufbeschworen, würdest du jetzt in Nizza mit ihr in der Sonne liegen.«

»Aber das ist kein Grund, um …«

»Raphaël«, unterbrach er mich, »als du Anna Fragen gestellt hast, bist du einer Intuition gefolgt, die sich als richtig erwiesen hat. Jetzt musst du die Arbeit auch zu Ende bringen.«

Ich sah mich im Schlafzimmer um. Ein Bett aus hellem Holz, ein Kleiderschrank voller Klamotten, ein Regal, das von medizinischen Werken überquoll, aber auch Lexika und andere Nachschlagewerke enthielt, die mir vertraut waren. Und die Originalausgaben einiger amerikanischer Romane – Donna Tartt, Richard Powers, Toni Morrison …

Nachdem er das Parkett untersucht hatte, durchwühlte Marc die Schubladen

»Sieh dir ihren Computer an«, sagte er, als er bemerkte, dass ich tatenlos herumstand. »Damit kenne ich mich nämlich überhaupt nicht aus.«

Auf der Theke, die das Wohnzimmer von der Küchenzeile abtrennte, entdeckte ich ein MacBook.

Seit ich Anna kannte, war ich höchstens vier, fünf Mal hier gewesen. Diese Wohnung war ihr Rückzugsort und entsprach ihr – elegant, schlicht, fast asketisch. Wie hatte ich sie nur so erzürnen können, dass sie nun wie vom Erdboden verschwunden war?

Ich setzte mich vor den Laptop und schaltete ihn ein. Man konnte direkt und ohne Passwort auf den Desktop zugreifen. Ich wusste, dass das Unterfangen sinnlos war. Anna traute Computern nicht. Wenn sie wirklich etwas zu verheimlichen hatte, dann verbarg sie es meiner Ansicht nach nicht auf ihrem MacBook. Um mein Gewissen zu beruhigen, sah ich trotzdem ihre Mails durch. Die Nachrichten betrafen in erster Linie ihre Kurse und Praktika in Krankenhäusern. In der Mediathek befanden sich jede Menge Mozart, wissenschaftliche Dokumentarfilme und Fernsehserien, die wir uns zusammen angesehen hatten. Eine Kontrolle des Browserverlaufs ergab, dass sie sehr viele Informationssites und die diverser Institutionen besucht hatte, außerdem jede Menge anderer Sites für die Recherchen zu ihrer Doktorarbeit: *Seelische Belastbarkeit: genetische und epigenetische Faktoren.* Sonst entdeckte ich nichts Interessantes. Die Festplatte war fast vollständig mit Notizen, Tabellen, PDF-Dateien und Power-Point-Präsentationen belegt, die mit ihrem Studium zu tun hatten. Der Computer war nicht aufschlussreich wegen dem, was man auf ihm fand, sondern eher wegen dem, was man nicht fand: keine Familienfotos, keine Ferienfilme, keine Mails, die auf einen Freundeskreis schließen ließen.

57

»Du musst auch den Papierkram hier durchgehen«, erklärte Caradec, der mit Kartons voller Verwaltungspapiere hereinkam. Sie enthielten Gehaltszettel, Rechnungen, Zahlungs- und Mietbelege, Kontoauszüge …

Er stellte sie auf der Theke ab und reichte mir dann eine Plastikhülle.

»Das habe ich auch gefunden. Nichts im Computer?«

Ich schüttelte den Kopf und sah mir den Inhalt der Hülle an. Sie enthielt ein Klassenfoto, wie man es in der Grundschule macht. Darauf waren etwa zwanzig adrett gekleidete Mädchen zu sehen, die in einem Pausenhof posierten. Daneben stand eine circa vierzigjährige Lehrerin. Die Schülerin, die in der Mitte saß, hielt eine Schiefertafel in den Händen, auf der geschrieben stand:

Lycée Sainte-Cécile
Terminale S
2008 – 2009

In der letzten Reihe erkannte ich sofort »meine« Anna. Ganz und gar zurückhaltend, leicht gesenkte Augen und abgewandter Blick. Braves Lächeln, marineblauer V-Pullover über einer weißen Bluse, die bis zum obersten Knopf geschlossen ist. Schon damals dieser Wunsch, transparent zu sein, jegliche Sinnlichkeit auszulöschen, um ihre beeindruckende Schönheit vergessen zu machen.

Bloß nicht auffallen. Bloß kein Begehren wecken.

»Kennst du diese Schule?«, fragte Marc und zog eine Schachtel Zigaretten aus der Tasche.

Ich zückte mein Handy, öffnete den Browser und tippte den Namen der Schule bei Google ein. Das Lycée Sainte-Cécile war eine katholische Einrichtung in der Rue de Grenelle, in einem der besseren Viertel der Stadt. Es handelte sich um eine katholische Privatschule für Mädchen.

»Wusstest du, dass Anna dort eingeschrieben war? Das passt nicht wirklich zu dem Bild des armen Kindes aus Saint-Nazaire«, fuhr Marc fort und zündete sich eine Zigarette an.

Wir machten uns an die Auswertung des »Archivs« in den Kartons. Anhand der verschiedenen Dokumente gelang es uns, Annas Werdegang nachzuvollziehen.

Sie lebte seit zwei Jahren in Montrouge. Die Wohnung hatte sie 2014 gekauft, als sie sich im dritten und letzten Jahr ihrer Famulatur befand. Den Kaufpreis von hundertneunzigtausend Euro hatte sie mit fünfzigtausend Euro Eigenkapital und einem Kredit mit zwanzig Jahren Laufzeit bezahlt – das klassische Finanzierungsmodell.

2012 und 2013 hatte sie ein Appartement in der Rue Guillaume gemietet.

Für 2011 fanden wir Mietquittungen für ein Zimmer in der Rue de l'Observatoire, die Zahlungen gingen an einen gewissen Philippe Lelièvre.

Dort endete die Spur. Unmöglich, herauszufinden, wo Anna während der Schulzeit und der ersten Studien-

jahre gelebt hatte. Bei ihrem Vater? Im Studenten-
wohnheim? In einem anderen Zimmer, das sie schwarz
gemietet hatte? Im Internat der Schule?

3.

Caradec drückte seine Kippe in einer Untertasse aus
und seufzte. Nachdenklich schaltete er die Kaffeemaschine ein, die auf der Küchentheke stand, und schob
eine Kapsel hinein. Während das Wasser erhitzt wurde,
sah er die verbleibenden Papiere durch. Die Kopie einer alten Versicherungskarte faltete er zusammen und
steckte sie in seine Tasche. Dann untersuchte er erfolg-
los den Backofen und die Abzugshaube und inspizierte
Wände und Dielen.

Ohne mich zu fragen, machte er uns zwei cremige
Ristretto und trank, in Gedanken versunken, den seinen. Irgendetwas stimmte nicht, aber er wusste noch
nicht, was. Er schwieg eine Weile, bis ihm schließlich
etwas auffiel.

»Sieh dir die Stehlampe an.«

Ich wandte mich zu der Halogenleuchte um, die in
einer Ecke des Wohnzimmers stand.

»Und?«

»Warum ist sie in der anderen Ecke des Zimmers
eingestöpselt, obwohl es direkt daneben in der Fußleiste eine Dreifach-Steckdose gibt?«

Gar nicht dumm …

Ich ging zu der Lampe, kniete mich hin und zog an der Steckdose, die nicht mit einem Kabel verbunden war und sich sofort aus der Wand löste. Ich legte mich auf den Boden, schob die Hand in das Loch und konnte die Fußleiste herausdrücken.

Hinter der Holzleiste war etwas versteckt.

Eine Tasche.

4.

Es war eine große gelbe Stofftasche mit dem Logo der Marke Converse. Der Stoff war von einer feinen Staubschicht bedeckt und verblichen. Der einst senffarbene Ton, der jetzt hellgelb war, verriet das Alter des Beutels.

Die Tasche war ungewöhnlich schwer. Aufgeregt und ängstlich, was ich entdecken würde, öffnete ich den Reißverschluss.

Verdammt!

Ich hatte allen Grund zur Sorge.

Die Tasche war vollgestopft mit Banknoten.

Ich wich einen Schritt zurück, so als wäre das Geld lebendig und würde mir gleich ins Gesicht springen.

Caradec kippte den Inhalt des Beutels auf den Tisch; es waren vor allem 50- und 100-Euro-Noten. Die Scheine türmten sich wie zu einer Pyramide.

»Wie viel ist das?«

Er zählte einige Bündel nach, kniff die Augen zusammen und überschlug im Kopf die Summe.

61

»Ich würde schätzen etwa vierhunderttausend Euro.«

Anna, was hast du getan?

»Woher stammt deiner Meinung nach das Geld?«, fragte ich benommen.

»Bestimmt nicht von ihrer Arbeit im Krankenhaus.«

Ich schloss kurz die Augen und massierte meinen Nacken. So viel Bargeld konnte aus einem Raubüberfall, einem gigantischen Drogendeal, der Erpressung einer wohlhabenden Person stammen. Woher sonst?

Wieder tauchte das Foto der drei verkohlten Leichen vor meinem inneren Auge auf. Es existierte bestimmt eine Verbindung zu dem Geld. Aber welche?

»Es gibt noch weitere Überraschungen, mein Junge!«

In der Tasche gab es ein Seitenfach mit Reißverschluss. Caradec hatte es geöffnet und zwei Personalausweise mit Annas Foto herausgezogen. Auf dem einen, ausgestellt auf den Namen Pauline Pagès, war sie siebzehn, auf dem anderen, ausgestellt auf Magali Lambert, achtzehn Jahre alt. Beide Namen waren mir völlig unbekannt.

Marc nahm sie mir aus der Hand, um sie aufmerksam zu untersuchen.

»Sie sind natürlich falsch.«

Verwirrt ließ ich meinen Blick zum Fenster wandern. Draußen ging das Leben weiter, die Sonne schien ungerührt auf die Fassade des gegenüberliegenden Hauses. Efeu umrankte einen Balkon. Es war noch Sommer.

»Dieser hier ist ein Dreck«, erklärte Marc und wedelte mit dem ersten Ausweis, »eine schlechte Kopie

aus Thailand oder Vietnam. Für achthundert Euro be-
kommst du so was in jedem Gangsterviertel. Solche
Dinger benutzen üblicherweise Drogenabhängige.«

»Und der zweite?«

Mit Expertenblick begutachtete er den Ausweis, so
wie ein Juwelier einen Edelstein prüft.

»Der ist schon viel besser, auch wenn er älter ist.
Wurde wahrscheinlich im Libanon oder in Ungarn gemacht. So was kostet um die dreitausend Euro. Einer
eingehenden Untersuchung hält er nicht stand, aber
damit kommt man problemlos im Alltag zurecht.«

Die Welt um mich herum begann, sich zu drehen.
Ich verlor die Orientierung. Ich brauchte eine gute
Weile, um wieder zu mir zu kommen.

»Jetzt sind die Dinge wenigstens klar«, erklärte Caradec. »Wir haben keine andere Wahl, als zu versuchen,
Anna Beckers Vergangenheit zu verstehen.«

Ich senkte den Kopf. Wieder erinnerte ich mich an
das grauenvolle Foto der drei verkohlten Leichen. Und
Annas Stimme, die leise murmelte: »Das habe ich getan. Das habe ich getan …«

63

4. Verschwinden lernen

> *Die Lügner unter uns werden wissen, dass jede*
> *Lüge ein Quantum Wahrheit enthalten muss,*
> *um überzeugend zu sein.*
> *Ein Spritzer Wahrheit ist oft genug,*
> *aber er muss sein wie die Olive im Martini.*
>
> Sascha Arango, *Die Wahrheit und andere Lügen*

1.

Marc Caradec hatte Schmetterlinge im Bauch. Als wäre er fünfzehn Jahre alt und auf dem Weg zu seinem ersten Rendezvous. Dieselbe Angst, dieselbe Anspannung.

Einmal Bulle, immer Bulle. Das Foto mit den drei verbrannten Leichen, die bis oben hin mit Geldscheinen gefüllte Tasche, die falschen Papiere, Annas Doppelleben: Sofort zirkulierte das Adrenalin in seinen Adern. Seit er durch einen Querschläger aufs Abstellgleis geraten war, hatte er diesen speziellen freudigen Schauder nicht mehr erlebt, den jemand verspürt, der mit Leib und Seele Polizist ist, Ermittler, ein Spürhund, der sich nicht gegen die Mühen einer Treibjagd sträubt. Ein Jäger eben.

Beim Verlassen von Annas Haus hatten Raphaël und er beschlossen, sich zu trennen, und jeder seine eigenen Nachforschungen anzustellen. Marc wusste genau, welche Spuren er verfolgen wollte. Butte aux Cailles, Rue de la Glacière. Er kannte diese Ecke wie seine Westentasche. Er nutzte eine rote Ampel, um auf dem Display seines Handys durch seine Kontakte zu scrollen, und geriet schnell an den gesuchten Namen. Mathilde Franssens. Er war selbst erstaunt, dass er nach so vielen Jahren ihre Nummer noch gespeichert hatte.

Er wählte sie und erkannte zufrieden die Stimme, die gleich nach dem zweiten Klingeln antwortete.

»Marc! Es ist so lange her …«

»Salut, meine Schöne. Es geht dir hoffentlich gut! Immer noch bei der Sozialversicherung?«

»Ja, aber ich konnte mich endlich von der Filiale in Évry verabschieden. Ich arbeite jetzt im siebzehnten Arrondissement, Centre des Batignolles. Im März gehe ich in Rente.«

»Die ersehnte Befreiung also. Sag mal, könntest du, solange du noch an deinem Arbeitsplatz bist, eine Nachforschung für mich anstellen über …«

»Habe ich es mir doch gedacht, dass dein Anruf nicht rein freundschaftliche Gründe hat.«

»… eine junge Frau namens Anna Becker? Ich habe ihre Versicherungsnummer, wenn du sie dir notieren möchtest.«

Die Ampel schaltete auf Grün. Während er losfuhr, zog er die gefaltete Kopie aus seiner Tasche und diktierte Mathilde die Sozialversicherungsnummer.

»Wer ist das?«

»Fünfundzwanzig Jahre alt, dunkelhäutig, ein hübsches Mädchen, das gerade sein Medizinstudium beendet. Sie ist verschwunden, und ich helfe der Familie, sie wiederzufinden.«

»Als Freiberufler?«

»Als Ehrenamtlicher. Du kennst ja den Spruch: Einmal Bulle, immer Bulle.«

»Was genau willst du wissen?«

»Ich nehme jede Information, die du bekommen kannst.«

»Okay, ich werde sehen, was sich machen lässt. Ich rufe dich an.«

Zufrieden legte Marc auf. Nächste Etappe: Philippe Lelièvre.

Bei einer Recherche auf seinem Handy hatte er festgestellt, dass Lelièvre als Zahnarzt in den Gelben Seiten verzeichnet war. Seine Praxis hatte dieselbe Hausnummer wie die Wohnung, die Anna Anfang der 2010er-Jahre gemietet hatte.

Am Boulevard de Port-Royal betrachtete er die gläsernen Vordächer der RER-Haltestelle und, ein Stück weiter entfernt, die begrünte Fassade des Restaurants *La Closerie des Lilas*. Er setzte den Blinker, um in die Avenue de l'Observatoire abzubiegen, und fuhr an dem Brunnen mit den schnaubenden Pferden vorbei. Er parkte unter den Kastanien, schlug die Autotür zu und nahm sich die Zeit, seine Zigarette zu Ende zu rauchen. Dabei schweifte sein Blick zur anderen Seite des Parks, wo die Pfeiler der roten Backsteinfassade des Centre Michelet an die warmen Farben Afrikas und Italiens erinnerten.

Während Caradec in Gedanken versunken die kleinen Kinder beobachtete, die auf dem Spielplatz herumtobten, wurde er von seinen eigenen Erinnerungen eingeholt. Als er noch am Boulevard Saint-Michel gewohnt hatte, war er gelegentlich mit seiner Tochter zum Spielen hierhergekommen. Eine besonders glückliche Zeit in seinem Leben, deren Wert er erst später erkannt hatte. Er kniff die Augen zusammen, aber anstatt zu verschwinden, wurden es immer mehr Bilder, von anderen Orten, anderen Freuden, untermalt vom Lachen seiner damals fünf- oder sechsjährigen Tochter. Ihre Begeisterung auf der Rutsche, ihre ersten Runden auf dem Karussell von Sacré-Cœur. Er sieht sie wieder vor sich, wie sie herumspringt, um die Seifenblasen zu fangen. Er sieht sie wieder in seinen Armen am Strand von Palombaggia, wie sie mit dem Finger auf die Drachen am Himmel zeigt.

Ab einem bestimmten Alter hat ein Mann vor nichts mehr Angst, außer vor seinen Erinnerungen. Während er mit dem Fuß seine Kippe auf dem Gehsteig zerdrückte, versuchte er, sich zu entsinnen, wo er das gehört hatte. Er überquerte die Straße, klingelte am Eingang des Gebäudes und eilte im Laufschritt die Treppe hinauf.

Wie so mancher Polizist im Ruhestand hatte er seinen Dienstausweis behalten, den er nun der hübschen Brünetten am Empfang unter die Nase hielt.

»BRB, Mademoiselle, ich würde gern den Doktor sprechen.«

»Ich sage ihm Bescheid.«

Es tat gut, wieder die alten Instinkte und Reflexe zu spüren, und die Bewegung, diese gewisse Art, sich durchzusetzen, die Autorität des Dienstausweises …

Er wartete, auf den Tresen am Empfang gestützt. Die Zahnarztpraxis musste kürzlich renoviert worden sein, denn es roch noch nach frischer Farbe. Der Raum sollte Hightech und Gemütlichkeit verbinden: Theke und Stühle aus hellem Holz, Glaswand und Bambus-Sichtblende. Als »beruhigende« musikalische Untermalung hörte man das Meeresrauschen, begleitet von romantischen Melodien für Flöte und Harfe. Unerträglich.

Anders, als Marc ihn sich vorgestellt hatte, war Lelièvre ein junger Zahnarzt, der die vierzig noch nicht überschritten hatte. Runder Kopf, kurzer Haarschnitt, orangefarbenes Brillengestell, das die Augen umrahmte. Sein kurzärmeliges Hemd ließ auf seinem Unterarm ein eindrucksvolles Einhorn-Tattoo sehen.

»Kennen Sie diese Frau, Monsieur?«, fragte Caradec, nachdem er sich vorgestellt hatte.

Er hielt dem Arzt sein Handy hin, auf dem ein neueres Foto von Anna zu sehen war, das Raphaël ihm geschickt hatte. Ohne zu zögern, antwortete Lelièvre:

»Natürlich. Das ist eine Studentin, der ich vor vier

oder fünf Jahren ein Zimmer vermietet habe. Anna …
irgendwas.«

»Anna Becker.«

»Richtig. Ich erinnere mich gut, sie studierte Medizin an der Fakultät Paris-Descartes.«

»Woran erinnern Sie sich sonst noch?«

Lelièvre nahm sich Zeit, in seinem Gedächtnis nachzuforschen.

»An nichts Besonderes. Sie war die perfekte Mieterin. Unauffällig, niemals mit der Miete in Verzug. Sie zahlte bar, aber ich habe alles bei der Steuer angegeben. Wenn Sie den Nachweis wollen, bitte ich meinen Steuerberater …«

»Nicht nötig. Bekam sie viel Besuch?«

»Gar keinen, soweit ich mich erinnere. Sie schien Tag und Nacht nur zu lernen. Aber warum diese Fragen? Ist ihr etwas zugestoßen?«

Caradec rieb sich den Nasenrücken, ohne zu antworten.

»Eine letzte Frage, Doktor: Wissen Sie, wo Anna wohnte, bevor sie sich bei Ihnen eingemietet hat?«

»Natürlich, mein Exschwager hat ihr ein Zimmer vermietet.«

Den Polizisten durchzuckte ein Schauer. Genau die Art von Information, nach der er suchte.

»Er heißt Manuel Spontini«, ergänzte der Doktor. »Nach der Scheidung musste er seine Wohnung in der Rue de l'Université und das dazugehörende separate Zimmer verkaufen.«

»Das Zimmer, in dem Anna wohnte?«

»Richtig. Meine Schwester wusste, dass ich einen Mieter suchte. Sie hat Anna meine Adresse gegeben.«

»Wo finde ich denn diesen Spontini?«

»Er hat eine Bäckerei in der Avenue Franklin-Roosevelt, aber ich warne Sie, er ist ein Dreckskerl. Meine Schwester hat viel zu lange gewartet, bis sie ihn verlassen hat.«

2.

Der Suche nach einem Taxi an der Porte d'Orléans überdrüssig, war ich in einen Bus der Linie 68 gestiegen.

»Haltestelle Rue du Bac? Bis dahin fahren sie keine zwanzig Minuten«, hatte mir der Fahrer versprochen.

Ich ließ mich auf einen Sitz fallen. Ich war wie benommen, zerstört, einem Zusammenbruch nahe. Ich rief mir alles ins Gedächtnis, was ich innerhalb weniger Stunden entdeckt hatte: das Foto der drei Leichen, die halbe Million Euro hinter der Fußleiste, die falschen Papiere. Das alles entsprach ganz und gar nicht der jungen Frau, die ich kannte: die strebsame Medizinstudentin, die vorbildliche Kinderärztin, aufmerksam und sanft mit den Kindern, die fröhliche und heitere Gefährtin. Ich fragte mich, durch welches Ereignis Annas Leben so aus den Fugen geraten war.

Ich versuchte, mich wieder zu fassen, und nutzte die

Fahrt, um im Internet mein nächstes Ziel zu betrachten: das Lycée Sainte-Cécile.

Diese reine Mädchenschule war eine etwas spezielle katholische Einrichtung. Eine kleine, nicht staatliche Schule, die vom nationalen Bildungswesen unabhängig war, deren Schülerinnen jedoch im Gegensatz zu denen zahlreicher privater »Büffelanstalten« sehr gute Prüfungsnoten erzielten, vor allem in den wissenschaftlichen Fächern.

Die religiöse Ausrichtung der Schule war keine Fassade: Abgesehen von den beiden wöchentlichen Messen und den Gebetsgruppen, mussten die Schülerinnen jeden Mittwochnachmittag an einer Katechese teilnehmen und sich an diversen karitativen Aktionen beteiligen.

Der Busfahrer hatte nicht gelogen. Es war noch nicht elf Uhr, als ich in der Rue du Bac ankam.

Saint-Thomas-d'Aquine. Das Herz des eleganten Paris. Des Adels und seiner vornehmen Stadthäuser. Der Ministerien und Bürgerhäuser aus Quaderstein mit Schieferdächern und makellosen Fassaden.

Nach wenigen Schritten hatte ich die Rue de Grenelle erreicht. Ich klingelte und zeigte dem Concierge meinen Ausweis. Hinter der schweren Tür verbarg sich ein gepflasterter Hof mit viel Grün und Blumen, bepflanzt mit Zierkirsche und Lorbeer. Wie ein Kreuzgang als Geviert angelegt, stand in der Mitte des Hofs ein Steinbrunnen, der dem Ort das Flair eines toskanischen Gartens verlieh. Eine Glocke schlug zum Ende der Unterrichtsstunde. Nun durchquerten kleine Gruppen von Schülerinnen, die marineblaue Faltenröcke und Jacken mit aufgesticktem Wappen trugen, in aller Ruhe den Hof. Das Grün, das Murmeln des Wassers und die Schuluniformen katapultierten den Besucher weit weg von Paris. Man fühlte sich in die 1950er-Jahre zurückversetzt, nach Italien, nach Aix-en-Provence oder in ein englisches College.

Ein paar Sekunden lang dachte ich an den Hof *meines* Gymnasiums. Salvador-Allende, im Departement Essonne. Anfang der 1990er-Jahre. Tausend Meilen von diesem Kokon entfernt. Zweitausend Schüler in einer Einfriedung aus Beton. Gewalt, Drogen, ein verbauter Horizont. Lehrer, die alle versuchten, von dort wegzukommen, die wenigen guten Schüler, die gehänselt und verprügelt wurden. Eine andere Welt. Eine andere Realität. Eine schmutzige Realität, der ich mich entzogen hatte, indem ich Geschichten schrieb.

Ich massierte mir die Schläfen, um diese Erinnerungen zu vertreiben, und erkundigte mich bei einem Gärtner, der ein Salbeibeet wässerte.

»Der Leiter dieser Schule? Tja, das ist Madame Blondel, unsere Direktorin. Die Dame da hinten, vor der Tafel unter den Arkaden.«

Clotilde Blondel … Ich erinnerte mich, den Namen auf der Website gelesen zu haben. Ich dankte ihm und ging zu der Direktorin. Es war die Frau, die ich auf Annas Klassenfoto gesehen hatte. Die kleine schlanke Dame in den Fünfzigern, in einem leichten Tweedkostüm und sienabrauner Polobluse. Clotilde Blondel trug ihren Namen zu Recht: blond, strahlend, eine Mischung aus Greta Garbo und Delphine Seyrig. Im spätsommerlichen Gegenlicht leuchtete ihre Silhouette.

Ihre Hand lag auf der Schulter einer Schülerin. Ich nutzte ihr vertrauliches Gespräch, um sie zu beobachten. Feine Gesichtszüge, alterslos, natürliche Anmut ohne jede Arroganz. Sie passte perfekt in diesen Garten, zwischen die beiden Statuen von der Jungfrau Maria und der heiligen Cäcilie. Etwas sehr Mütterliches ging von ihr aus: eine beruhigende Herzlichkeit und Stabilität. Das junge Mädchen, mit dem sie sprach, lauschte konzentriert den Worten, der sanften und tiefen Stimme.

Als die Unterhaltung beendet war, näherte ich mich, um mich vorzustellen:

»Guten Tag, Madame, ich bin …«

Ihre Augen hatten einen smaragdgrünen Glanz.

»Ich weiß sehr wohl, wer Sie sind, Raphaël Barthélémy.«

Verwirrt zog ich die Augenbrauen hoch.

Sie fuhr fort:

»Einmal, weil ich zu Ihren Leserinnen gehöre, vor allem jedoch, weil Anna seit sechs Monaten nur noch von Ihnen spricht.«

Ich konnte meine Überraschung kaum verbergen. Clotilde Blondel schien sich über meine Verwirrung zu amüsieren. Aus der Nähe weckte sie meine Neugier noch mehr. Fein gemeißelte Gesichtszüge, Fliederparfum, helle Haarsträhnen, die über ihre Wangenknochen fielen.

»Madame Blondel, haben Sie Anna kürzlich gesehen?«

»Wir haben letzte Woche zusammen gegessen. Wie jeden Dienstagabend.«

Ich fuhr zusammen. Seit ich Anna kannte, hatte sie immer behauptet, Dienstagabend beim Sport zu sein. Aber darauf kam es nun auch nicht mehr an …

Clotilde nahm mein Unbehagen jedoch wahr.

»Raphaël, da Sie heute gekommen sind, wissen Sie, wer ich bin, oder?«

»Nun ja, eigentlich nicht. Ich bin hier, weil ich mir Sorgen um Anna mache.«

Ich reichte ihr die Klarsichthülle.

»Durch dieses Foto habe ich den Weg zu Ihnen gefunden.«

»Wo haben Sie das her?«

»Aus Annas Wohnung. Es muss von Bedeutung sein, denn es ist das einzige Foto, das es dort gab.«

Sie reagierte empört.

»Sie haben ohne ihre Erlaubnis bei ihr herumgeschnüffelt?«

»Lassen Sie es mich erklären.«

Mit wenigen Sätzen informierte ich sie über Annas Verschwinden, wobei ich die Gründe für unsere Auseinandersetzung verschwieg.

Sie hörte mir zu, ohne irgendwelche Gefühlsregungen zu zeigen.

»Wenn ich es richtig verstehe, haben Sie mit Ihrer Verlobten gestritten. Und um Ihnen eine Lektion zu erteilen, ist sie ohne Sie nach Paris zurückgekehrt. Ich hoffe zumindest, dass Ihnen das eine Lehre sein wird.«

Ich hatte nicht vor, mir das gefallen zu lassen.

»Ich glaube, Sie unterschätzen den Ernst der Lage. Der Grund für meinen Besuch geht über den Rahmen eines Beziehungsstreits hinaus.«

»Ich empfehle Ihnen dringend, künftig nicht mehr in ihren Sachen herumzuschnüffeln. Ich kenne Anna und garantiere Ihnen, dass dies zu den Dingen gehört, die sie überhaupt nicht schätzt.«

Ihre Stimme hatte sich verändert, sie war fester, rauer geworden.

»Ich glaube, dass ich das Recht hatte, so zu handeln.«

In ihren Pupillen schien sich ein Tropfen schwarzer Tinte zu verteilen, der den Glanz ihrer Augen auslöschte.

»Nehmen Sie das Foto und gehen Sie!«

Sie machte auf dem Absatz kehrt, aber ich ließ nicht locker:

»Ich würde im Gegenteil gern über ein anderes Foto mit Ihnen sprechen.«

Da sie sich entfernte, hob ich die Stimme, um meiner letzten Frage Gewicht zu verleihen.

»Madame Blondel, hat Anna Ihnen schon die Aufnahme mit den drei verkohlten Leichen gezeigt?«

Einige Schülerinnen rissen entsetzt die Augen auf. Die Direktorin fuhr herum.

»Ich denke, wir gehen besser in mein Büro.«

3.
8. Arrondissement

Caradec setzte den Blinker, klappte die Sonnenblende herunter und parkte in einer Lieferzone der Place Saint-Philippe-du-Roule.

Die Schaufenster der Bäckerei Spontini zogen sich um die Ecke der Rue de La Boétie und der Avenue Franklin-Roosevelt. Schokoladenbraune Markise, goldfarbene Zierblende: Die Bäckerei-Konditorei bot eine große und hochwertige Auswahl an Brot- und Gebäcksorten an. Marc betrat den Laden und beobachtete die Verkäuferinnen, die sich in diesem Geschäftsviertel auf den mittäglichen Andrang vorbereiteten und in den Vitrinen Sandwiches, Gemüsetartes und vakuumverpackte Salate auslegten. Der Anblick weckte Marcs Appetit. Durch Raphaëls unerwartete Rückkehr hatte er sein Frühstück ausgelassen und seit dem Vorabend nichts mehr gegessen. Er bestellte sich ein Sandwich mit Parmaschinken und bat, mit Manuel Spontini sprechen zu können. Mit einer Kopfbewegung deutete die Bedienung zu dem Bistro auf der gegenüberliegenden Straßenseite.

Caradec überquerte die Straße. Manuel Spontini saß

76

in Hemdsärmeln vor einem Glas Bier auf der Terrasse und las die Sportzeitung *L'Équipe*. Mit einem Zigarillo im Mundwinkel und einer Ray-Ban-Sonnenbrille auf der Nase, Koteletten und buschigem Haar, erinnerte er an Jean Yanne in Filmen von Chabrol oder Pialat.

»Manuel Spontini? Können wir uns kurz unterhalten?«

Caradec nahm ungefragt Spontini gegenüber Platz und stützte die Ellenbogen auf den Tisch, als wolle er ihn zu einer Kraftprobe herausfordern.

»Aber ... wer sind Sie, zum Henker?«, keifte der Bäcker und wich zurück.

»Capitaine Caradec, BRB. Ich führe Ermittlungen über Anna Becker durch.«

»Kenne ich nicht.«

Ungerührt zeigte Marc ihm Annas Foto auf dem Display seines Handys.

»Nie gesehen.«

»Ich rate dir, etwas genauer hinzusehen.«

Spontini seufzte und beugte sich über das Display.

»Hübsche kleine Negerpuppe! Die würde ich gern mal aufs Kreuz legen.«

Blitzartig packte Caradec Spontini an den Haaren und schlug seinen Kopf auf den Metalltisch, wodurch das Bierglas ins Wanken geriet, umfiel und auf dem Bürgersteig zerbrach.

Bei dem Geschrei des Bäckers eilte der Kellner des Cafés herbei.

»Ich rufe die Polizei.«

»Ich bin die Polizei, Kleiner!«, entgegnete Marc und zog mit der freien Hand seinen Ausweis heraus. »Bring mir lieber ein Perrier.«

Der Kellner wandte sich ab. Caradec lockerte seinen Griff.

»Du hast mir beinahe die Nase gebrochen, verdammte Scheiße!«, jammerte Spontini.

»Schnauze. Erzähl mir von Anna. Ich weiß, dass du ihr ein Zimmer vermietet hast. Red schon.«

Spontini griff nach ein paar Papierservietten und drückte sie auf seine blutende Nase.

»So hieß sie nicht.«

»Erzähl.«

»Sie hieß Pagès. Pauline Pagès.«

Caradec zog Annas falschen Ausweis aus der Tasche und warf ihn auf den Tisch.

Spontini nahm das Dokument und schaute es an.

»Ja, den hat sie mir gezeigt, als ich sie das erste Mal gesehen habe.«

»Wann war das?«

»Keine Ahnung.«

»Streng deinen Grips ein bisschen an.«

Während man Marc sein Perrier brachte, tauchte Spontini in seine Erinnerungen ab. Nachdem er das Blut abgetupft hatte, begann er, laut zu überlegen:

»Wann wurde Sarkozy zum Präsidenten gewählt?«

»Im Mai 2007.«

»Gut. Im folgenden Sommer gab es ein heftiges Unwetter in Paris, bei dem unser Haus unter Wasser gesetzt wurde. Wir mussten einen Teil des Daches erneuern und die kleinen Zimmer renovieren. Im Herbst waren die Arbeiten beendet. Ich habe in meinen drei Geschäften einen Aushang aufgehängt. Und deine hübsche Mischlingsbarbie war die Erste, die sich vorgestellt hat.«

»Das war also in welchem Monat?«

»Oktober, würde ich sagen. Ende Oktober 2007. Spätestens Anfang November. Sonst noch Wünsche? Bei allem, was man uns abverlangt, soll ich ein zwölf Quadratmeter großes Zimmer angeben? Das habe ich unter der Hand vermietet, jeden Monat sechshundert Euro bar auf die Hand, entweder oder. Und das Mädchen hat immer gezahlt.«

»2007 war sie noch minderjährig. Sie dürfte sechzehn gewesen sein.«

»Das stand nicht in ihren Papieren.«

»Ihre Papiere waren falsch, und das hast du geahnt.«

Manuel Spontini zuckte die Schultern.

»Ob sie fünfzehn oder neunzehn war, ich wüsste nicht, was das ändern sollte. Ich habe nicht versucht, sie flachzulegen. Ich habe ihr lediglich ein Zimmer vermietet.«

Genervt schob er seinen Stuhl zurück und versuchte aufzustehen, aber Caradec hielt ihn am Arm zurück.

»Als du sie das erste Mal gesehen hast, wie war sie da?«

»Keine Ahnung, verdammt! Das ist beinahe zehn Jahre her!«

»Je schneller du antwortest, desto schneller sind wir fertig.«

Spontini stieß einen gedehnten Seufzer aus.

»Ein bisschen ängstlich, ein bisschen neben der Spur. Ich glaube übrigens, dass sie in den ersten Wochen ihre Bude so gut wie nie verlassen hat. Als hätte sie vor allem Angst.«

»Weiter. Noch zwei oder drei Infos, dann verziehe ich mich.«

»Was weiß ich ... sie sagte, sie sei Amerikanerin, aber sie sei nach Paris gekommen, um hier zu studieren.«

»Wie, Amerikanerin? Hast du das geglaubt?«

»Auf jeden Fall hatte sie einen amerikanischen Akzent. Und genau genommen war mir das auch scheißegal. Sie hat mir drei Monatsmieten im Voraus bezahlt, der Rest hat mich nicht interessiert. Sie hat behauptet, ihre Eltern würden das finanzieren.«

»Bist du ihren Eltern je begegnet?«

»Nein, ich bin nie irgendjemandem begegnet. Ach doch ... einer vornehmen Blonden, die manchmal zu Besuch kam. Ungefähr vierzig, so die verklemmte Kostüm-Dame. Die hätte ich mir tatsächlich ganz gern mal zur Brust genommen. So der Typ Sharon Stone oder Geena Davis, verstehst du?«

»Weißt du, wie sie heißt?«

Der Bäcker schüttelte den Kopf. Caradec fuhr fort:

»Noch mal zu dem Mädchen. Hätte sie in einer dubiosen Sache stecken können?«

»Was, zum Beispiel?«

»Drogen? Prostitution? Erpressung?«

Spontini bekam große Augen.

»Ich glaube, du tickst nicht ganz richtig. Wenn du meine Meinung hören willst, war das einfach ein Mädchen, das studieren und in Ruhe leben wollte. Ein Mädchen, das keine Probleme wollte.«

Mit einer Handbewegung entließ Marc den Bäcker. Er selbst blieb noch einen Moment auf dem Stuhl sitzen und verdaute die Informationen, die er soeben zusammengetragen hatte. Er wollte gerade aufbrechen, als sein Handy vibrierte. Mathilde Franssens. Er hob ab.

»Du hast Informationen für mich?«

»Ich habe die Akte von Anna Becker gefunden, ja. Aber das passt überhaupt nicht zu dem, was du mir erzählt hast. Wenn ich den Angaben glaube, ist dieses Mädchen …«

4.

»Vor diesem Moment habe ich mich immer gefürchtet. Ich wusste, dass er irgendwann kommen würde, aber ich hätte nicht gedacht, dass es auf diese Art passieren würde.«

Clotilde Blondel saß an einer Glasplatte, die auf zwei verchromten Böcken lag. Ihr modern eingerichtetes Büro kontrastierte mit dem jahrhundertealten Gemäuer von Sainte-Cécile. Ich hatte Möbel aus dem 18. Jahrhundert und Bücherregale mit Werken der Dichtergruppe

La Pléiade und vielen alten Bibelausgaben erwartet. Stattdessen befand ich mich in einem schmucklosen Raum mit weißen Wänden. Auf dem Schreibtisch ein Laptop, ein Smartphone in einem Lederetui, ein Fotorahmen aus hellem Holz und die Reproduktion einer erotischen Statue von Brancusi.

»Madame Blondel, seit wann kennen Sie Anna?«

Die Direktorin blickte mir in die Augen, doch anstatt mir zu antworten, schleuderte sie mir wie eine Warnung entgegen:

»Anna ist total in Sie verliebt. Es ist das erste Mal, dass ich das bei ihr erlebe. Und ich hoffe sehr, dass Sie diese Liebe auch verdienen.«

Ich wiederholte meine Frage, aber sie ignorierte sie erneut.

»Als Anna mich um meine Meinung gebeten hat, habe ich ihr geraten, Ihnen die Wahrheit zu sagen, aber sie hatte Angst vor Ihrer Reaktion. Angst, Sie zu verlieren ...«

Schweigen. Dann murmelte sie:

»Ganz ohne Zweifel hatte Sábato recht, als er sagte: ›Ich glaube, dass die Wahrheit in der Mathematik am Platze ist, in der Chemie, in der Philosophie. Nicht im Leben.‹«

Ich rutschte nervös auf meinem Stuhl hin und her. Clotilde Blondel wusste ganz offensichtlich sehr viel. Um ihr Vertrauen zu gewinnen, beschloss ich, ihr nichts zu verheimlichen, und erzählte ihr alles, was ich bei Anna gefunden hatte: die vierhunderttausend Euro und die falschen Ausweise auf die Namen Magali Lambert und Pauline Pagès.

Sie hörte mir zu, ohne Überraschung erkennen zu lassen, als riefe ich ihr nur etwas Vergessenes in Erinnerung, etwas, das plötzlich wieder auftaucht und beunruhigend ist.

»Pauline Pagès. Unter diesem Namen hat Anna sich vorgestellt, als ich sie das erste Mal gesehen habe.«

Erneute Stille. Sie griff nach ihrer Handtasche, die neben ihr auf einem Hocker lag, und holte ein Päckchen mit langen dünnen Zigaretten heraus. Mit einem Feuerzeug zündete sie sich eine an.

»Es war der 22. Dezember 2007. Ein Samstagnachmittag. Ich erinnere mich genau an das Datum, weil an diesem Tag in der Schule Weihnachten gefeiert wurde. Das war ein sehr wichtiger Augenblick für unsere Einrichtung. Jedes Jahr versammeln wir unsere Schülerinnen und ihre Eltern, um gemeinsam die Geburt Christi zu feiern.«

Ihre Stimme hatte jetzt einen tiefen, rauen Klang. Die Stimme einer Raucherin.

»An diesem Tag schneite es«, fuhr sie fort, während sie den mentholhaltigen Rauch ausstieß. »Ich werde mich bis an mein Lebensende an dieses junge, bildschöne Mädchen erinnern, das in seinem kittfarbenen Regenmantel aus dem Nichts auftauchte.«

»Was hat sie Ihnen gesagt?«

»Mit einem leichten Akzent, den sie zu verbergen versuchte, hat sie mir eine Geschichte erzählt. Eine

Geschichte, die mehr oder weniger kohärent war. Sie behauptete, die Tochter französischer Entwicklungshelfer zu sein, die nach Mali ausgewandert waren. Sie sagte, sie habe einen Großteil ihrer Schulzeit im französischen Collège und Lycée in Bamako verbracht, ihre Eltern wünschten jedoch, dass sie ihr Abitur in Paris mache. Daher wollten sie sie im Sainte-Cécile anmelden. Begleitend zu diesem Antrag reichte sie mir einen Umschlag, der das Schulgeld für ein Jahr enthielt, also etwa achttausend Euro.«

»Die ganze Geschichte war erfunden?«

»Komplett. Ich habe das französische Lycée in Bamako angerufen, damit man mir die Abmeldung faxt, eine Bescheinigung, die unerlässlich ist, um eine neue Schülerin anmelden zu können. Man hatte ihren Namen dort noch nie gehört.«

Ich verstand überhaupt nichts mehr. Je weiter ich mit meinen Nachforschungen kam, desto mehr entzog sich mir das Bild, das ich von Anna hatte.

Clotilde Blondel drückte ihre Zigarette aus.

»Am nächsten Tag ging ich zu der Adresse, die Anna mir genannt hatte: ein Zimmer, das sie in der Rue de l'Université gemietet hatte. Ich habe den Tag mit ihr verbracht, und mir war sofort klar, dass sie die Art Mensch ist, der man nur ein Mal im Leben begegnet. Eine Einzelgängerin, halb Frau, halb Kind, auf der Suche nach einem Neuanfang, aber fest entschlossen, es zu schaffen. Sie war nicht zufällig nach Sainte-Cécile gekommen: Sie hatte einen genauen beruflichen Plan, wollte Ärztin werden, war von außergewöhnlicher Intelligenz und besaß viele Talente, die einen Rahmen zur Entfaltung brauchten.«

»Und was haben Sie beschlossen?«

Jemand klopfte an die Tür des Büros: der stellvertretende Schulleiter, der sich mit der Planung der Stundenpläne herumschlug. Clotilde bat ihn, sich noch einen Moment zu gedulden.

Sobald er die Tür wieder hinter sich geschlossen hatte, fragte sie mich:

»Raphaël, kennen Sie das Evangelium nach Matthäus? ›Aber das Tor, das zum Leben führt, ist eng und der Weg dorthin schmal. Nur wenige finden ihn.‹ Es war meine christliche Pflicht, Anna zu helfen. Und helfen bedeutete zu diesem Zeitpunkt, sie zu verstecken.«

»Verstecken vor wem?«

»Vor allen und niemandem. Genau da lag das Problem.«

»Was heißt das konkret?«

»Ich habe Anna in unserer Schule aufgenommen, ohne dass sie beim Schulamt gemeldet war.«

»Ohne ihr weitere Fragen zu stellen?«

»Ich musste ihr keine Fragen stellen. Ich habe ihr Geheimnis selbst entdeckt.«

»Und was war dieses Geheimnis?«

Ich hielt den Atem an. Endlich war die Wahrheit zum Greifen nah. Aber Clotilde Blondel verpasste meiner Illusion eine kalte Dusche.

»Es ist nicht an mir, Ihnen die Wahrheit zu sagen. Ich

habe Anna geschworen, ihre Vergangenheit niemandem zu enthüllen. Und dieses Versprechen werde ich niemals brechen.«

»Sie könnten mir doch wenigstens ein bisschen mehr sagen.«

»Unnötig, weiter zu insistieren. Sie werden von mir kein weiteres Wort darüber hören. Glauben Sie mir, wenn Sie ihre Geschichte eines Tages erfahren sollen, dann aus ihrem eigenen Mund und nicht von jemand anderem.«

Ich dachte über das eben Gehörte nach. Irgendetwas stimmte nicht.

»Bevor ich von meinen Romanen leben konnte, war ich ein paar Jahre lang Lehrer. Ich kenne das System. Wenn man nirgends eingeschrieben ist, kann man den ersten Teil des Abiturs nicht ablegen.«

Sie nickte.

»Sie haben recht. Anna hat in diesem Jahr keine Prüfungen gemacht.«

»Aber damit war das Problem ja nur aufgeschoben und nicht gelöst, oder?«

»Ganz richtig, es gab keine andere Möglichkeit: Wenn Anna studieren wollte, musste sie ihr Abitur machen.«

Sie zündete sich eine neue Zigarette an und zog mehrmals hektisch daran, ehe sie weitersprach:

»Während des Sommers, vor Beginn des neuen Schuljahrs, war ich verzweifelt. Diese Geschichte machte mich schier krank. Inzwischen betrachtete ich Anna als Teil meiner Familie. Ich hatte ihr versprochen, ihr zu helfen, stand aber einem anscheinend unlösbaren Problem gegenüber, und wir steuerten auf eine Katastrophe zu.«

Sie senkte den Blick. Ihr Gesicht war verkrampft, vermittelte den Eindruck, als erlebe sie diese schmerzlichen Momente erneut.

»Aber es gibt immer eine Lösung, und wie sooft befindet sie sich direkt vor unseren Augen.«

Bei diesen Worten griff sie nach einem Fotorahmen, der vor ihr auf dem Schreibtisch stand. Ich nahm die Aufnahme, die sie mir reichte, und betrachtete sie genau, ohne etwas zu verstehen.

»Wer ist das?«, fragte ich.

»Meine Nichte. Die echte Anna Becker.«

5.

Marc Caradec trat das Gaspedal durch.

Seit der Ermittler Paris verlassen hatte, fraß er Kilometer, ohne sich um die Straßenverkehrsordnung zu kümmern. Er wollte, er *musste* mit eigenen Augen die Informationen von Mathilde Franssens, seiner Freundin bei der Sozialversicherungsbehörde, überprüfen.

Er hupte einen Lkw an, der versuchte, einen anderen zu überholen, und zog im letzten Moment nach rechts, um die Autobahnausfahrt zu erwischen. Die Spirale des Zubringers vermittelte ihm den Eindruck, als tauchte sein Wagen ins Leere. Schwindel. Ohrensausen.

Von dem Sandwich, das er während des Fahrens gegessen hatte, war ihm übel geworden. Ein paar Sekunden lang hatte er fast das Gefühl, sich hier, mitten im Autobahnkreuz, zu verirren. Dann sah er wieder klarer und orientierte sich an den Angaben seines Navi.

Ein Kreisverkehr am Ortseingang von Châtenay-Malabry, anschließend eine schmale Straße Richtung Bois de Verrières. Marc entspannte sich erst vollständig, als die Natur allmählich die Oberhand über den Beton gewann. Während er durch Reihen von Kastanien, Haselnusssträuchern und Ahornbäumen fuhr, öffnete er das Fenster. Ein letzter Abschnitt sandige Straße, dann tauchte das Gebäude vor ihm auf.

Er parkte den Range Rover auf einem befestigten Kiesplatz, stieg aus und schlug die Tür zu. Die Hände auf dem Rücken verschränkt, blieb er ein Weilchen stehen, um das Gebäude zu betrachten – eine verblüffende Mischung aus altem Gestein und moderneren Materialien: Glas, Metall, lichtdurchlässiger Beton. Das ehemalige, zweihundert Jahre alte Hospiz war durch die Installation von Sonnenkollektoren auf dem Dach und eine begrünte Mauer modernisiert oder – in den Augen Caradecs – eher massakriert worden.

Der Ermittler ging zum Eingang des Bauwerks. Eine so gut wie menschenleere Halle, niemand hinter der Empfangstheke. Er blätterte die Prospekte durch, die vor ihm lagen und in denen die Einrichtung vorgestellt wurde.

Das medizinische Pflegeheim Sainte-Barbe betreute

etwa fünfzig Patienten mit Mehrfachbehinderung oder autistischem Syndrom. Benachteiligte, die nicht mehr autonom leben konnten und deren Gesundheitszustand ständige Pflege erforderte.

»Kann ich Ihnen helfen?«

Caradec drehte sich zu der Stimme um. Eine junge Frau im weißen Kittel war dabei, Geldstücke in einen Automaten zu werfen.

»Polizei. Marc Caradec, Capitaine der BRB«, stellte er sich vor.

»Malika Ferchichi, ich bin medizinisch-psychologische Betreuerin hier im Heim.«

Die Französin nordafrikanischer Herkunft drückte auf den Knopf, um ihr Getränk anzufordern, aber das Gerät blockierte.

»Immer noch außer Betrieb! Meine Güte, die Kiste muss mich schon fast ein halbes Monatsgehalt gekostet haben!«

Marc packte das Gerät und begann, es zu schütteln. Nach ein paar Sekunden dieser Behandlung fiel die Dose schließlich in das Entnahmefach.

»Die wenigstens bekommen Sie«, sagte er und reichte ihr die Cola Zero.

»Ich bin Ihnen einen Gefallen schuldig.«

»Das trifft sich gut, weil ich Sie tatsächlich um etwas bitten möchte. Ich bin gekommen, um Informationen über eine Ihrer Patientinnen zu überprüfen.«

Malika öffnete ihre Dose und nahm einen Schluck. Während sie trank, musterte der Polizist ihre kakaobraune Haut, ihren Mund mit den rosa geschminkten Lippen, den strengen Haarknoten, die saphirblauen Augen.

»Ich würde Ihnen gern Auskunft geben, aber Sie wissen sehr wohl, dass ich das nicht darf. Wenden Sie sich an den Direktor, der …«

»Warten Sie, es ist nicht nötig, für eine einfache Kontrolle die ganze Verwaltungsmaschinerie in Gang zu setzen.«

Malika betrachtete ihn mit spöttischem Blick.

»Natürlich, so können Sie in aller Ruhe außerhalb der Vorschriften agieren!«

Sie trank noch einen Schluck.

»Ich kenne die kleinen Tricks der Polizei. Mein Vater ist auch ›aus diesem Stall‹, wie es bei Ihnen heißt.«

»In welcher Abteilung arbeitet er?«

»Drogendezernat.«

Caradec überlegte einen Moment.

»Sind Sie die Tochter von Selim Ferchichi?«

Sie nickte.

»Sie kennen ihn?«

»Vom Hörensagen.«

Malika blickte auf ihre Armbanduhr.

»Ich muss wieder an die Arbeit. Freut mich, Sie kennengelernt zu haben.«

Die Dose in der Hand, entfernte sie sich in einem gut beleuchteten Flur, aber Caradec holte sie ein.

»Die Patientin, von der ich sprach, heißt Anna Becker. Können Sie mich nicht einfach zu ihr bringen?«

Sie liefen über einen schmalen Innenhof, der von üppigen Sukkulenten, Bambushecken, Kakteen und Zwergpalmen überwuchert war.

»Sollten Sie die Absicht haben, sie zu befragen, sind Sie auf dem Holzweg.«

Sie kamen in einen sonnigen Garten, der sich zum Wald hin öffnete. Patienten und Pflegepersonal beendeten ihre Mahlzeit im Schatten von Ahornbäumen und Birken.

»Ich verspreche Ihnen, dass ich nicht versuchen werde, sie zu befragen, ich möchte lediglich wissen, ob ...«

Malika deutete mit dem Zeigefinger in Richtung Wald.

»Sie ist da hinten, auf dem Stuhl. Anna Becker.«

Caradec legte sich die Hand zum Schutz vor der Helligkeit über die Augen. In einem elektrischen Rollstuhl saß eine junge Frau von etwa zwanzig Jahren mit Kopfhörern und schaute in den Himmel.

Sie war in einen Rollkragenpullover gezwängt und hatte ein kantiges Gesicht, umrahmt von rotblondem Haar, das mit Kleinmädchen-Haarspangen gebändigt war. Ihre Augen hinter den getönten Brillengläsern starrten reglos ins Leere.

Malika ergriff wieder das Wort.

»Das ist ihre Lieblingsbeschäftigung: Hörbücher.«

»Um der Wirklichkeit zu entfliehen?«

»Um zu reisen, zu lernen, zu träumen. Sie braucht mindestens eines pro Tag. Werden Sie mich festnehmen, wenn ich Ihnen sage, dass ich für sie tonnenweise Bücher im Internet herunterlade?«

»Woran genau leidet sie?«

Der Ermittler zog sein Notizbuch heraus, um in seinen Notizen nachzulesen.

»Man hat mir gegenüber die Friedrich-Krankheit genannt, stimmt das?«

»Friedreich-Ataxie«, korrigierte Malika. »Das ist eine neurodegenerative Erkrankung. Eine seltenes, genetisch bedingtes Leiden.«

»Kennen Sie Anna schon lange?«

»Ja, ich habe aushilfsweise im heilpädagogischen Zentrum in der Rue Palatine gearbeitet, wo sie bis zu ihrem neunzehnten Lebensjahr lebte.« Caradec suchte die Zigarettenschachtel in seiner Jackentasche.

»Wie alt war sie, als die Diagnose gestellt wurde?«

»Das war sehr früh. Ich würde sagen, da war sie acht oder neun Jahre alt.«

»Wie äußert sich diese Krankheit?«

»In Gleichgewichtsstörungen, einer sich verkrümmenden Wirbelsäule, die Füße verformen sich, die Koordination der Extremitäten verabschiedet sich.«

»Wie haben sich die Dinge bei Anna entwickelt?«

»Geben Sie mir auch eine Zigarette.«

Marc kam der Bitte gerne nach und beugte sich zu der jungen Frau vor, um ihr Feuer zu geben. Ihr Körper verströmte einen frischen Duft: Zitrone, Maiglöckchen, Basilikum. Eine grüne Welle, verwirrend und erregend.

92

Sie führte die Zigarette an ihre Lippen, nahm einen Zug und fuhr fort:

»Anna konnte schon recht früh nicht mehr gehen. Dann, mit etwa dreizehn Jahren, hat sich die Krankheit etwas stabilisiert. Dabei müssen Sie beachten, dass die Friedreich-Ataxie die intellektuellen Fähigkeiten nicht angreift. Anna ist eine intelligente junge Frau. Sie hat nicht im klassischen Sinn studiert, aber bis vor Kurzem hat sie ihre Tage damit zugebracht, vor einem Computer die MOOC, das sind anspruchsvolle, kostenlose Onlinekurse in Softwareentwicklung, zu verfolgen.«

»Aber die Krankheit ist weiter fortgeschritten«, ergänzte Caradec.

Malika nickte.

»Ab einem gewissen Stadium fürchtet man vor allem Herz- und Atmungskomplikationen wie Kardiomyopathien, die das Herz strapazieren.«

Caradec gab ein Knurren von sich und atmete geräuschvoll tief durch. Er spürte Wut in sich aufsteigen. Das Leben war ein Miststück. Beim Austeilen der Karten bekamen manche Menschen ein zu schwieriges Blatt. Diese Ungerechtigkeit brannte ihm auf der Seele. Ohne es zu bemerken, war er seit diesem Morgen empfindlicher geworden. Überempfindlich. So war es bei Ermittlungen immer gewesen. Gefühle, Begehren, Gewalt verstärkten sich in ihm. Ein Vulkan vor dem Ausbruch.

Malika ahnte seine Verstörtheit.

»Auch wenn es keine wirkliche Behandlung gibt, versuchen wir, den Patienten die bestmögliche Lebensqualität zu verschaffen. Physiotherapie, Ergotherapie, Logopädie und Psychotherapie leisten gute Dienste. Darin liegt der Sinn meiner Arbeit.«

Marc schwieg und stand reglos da. Er ließ die Zigarette zwischen seinen Fingern verglühen. Wie war ein solcher Identitätstausch möglich gewesen? Was die Datensicherheit betraf, wusste er natürlich, dass die Krankenversicherung sehr durchlässig war – Betrug in zweistelligen Millionenbeträgen, Krankenversichertenkarten ohne jede Glaubwürdigkeit –, er hatte allerdings noch nie von einer so durchtriebenen Täuschung gehört.

»Jetzt muss ich aber wirklich gehen«, sagte Malika.

»Ich gebe Ihnen für alle Fälle meine Handynummer.«

Während Marc seine Nummer aufschrieb, stellte er eine letzte Frage:

»Bekommt Anna viel Besuch?«

»Vor allem von ihrer Tante, Clotilde Blondel, die alle zwei Tage kommt, und von einer anderen jungen Frau: Mischling, glattes Haar, immer gut gekleidet.«

Caradec zeigte ihr das Display seines Handys.

»Ja, das ist sie«, bestätigte Malika. »Wissen Sie, wie sie heißt?«

5. Die kleine Indianerin und die Cowboys

> *Die Welt [...] ist der endlose Krieg*
> *zwischen einer Erinnerung und der,*
> *die ihr entgegensteht.*
>
> Haruki Murakami, *1Q84*

1.

Das Taxi setzte mich an der Ecke Boulevard Edgar-Quinet/Rue Odessa ab. Ich sah auf meine Uhr. Fast Mittag. In zehn Minuten würden die Angestellten, die in diesem Viertel arbeiteten, im Sturm die Sonnenplätze erobern. Doch jetzt konnte ich noch einen Tisch ergattern. Ich wählte einen auf der Terrasse des *Colombine et Arlequin*.

Ich bestellte eine Flasche Wasser und ein Tatar von der Dorade. Ich kam oft hierher, um schnell eine Kleinigkeit zu essen oder um zu schreiben, und die meisten Bedienungen kannten mich. An allen Tischen und auf dem Bürgersteig Sonnenbrillen, kurze Ärmel, leichte Röcke – ein eindeutiges Zeichen dafür, dass es noch

Sommer war. Die wenigen Bäume auf dem kleinen Platz vermochten nichts gegen die Hitze auszurichten, die auf dem Asphalt lastete. Im Süden hätte man Sonnenschirme aufgespannt, aber die Pariser fürchteten so sehr, das Wetter könnte nicht von Dauer sein, dass sie lieber einen Sonnenstich riskierten.

Ich schloss die Augen und genoss die Wärme auf meinem Gesicht – so als könnte sie mir helfen, meine Gedanken zu ordnen.

Ich hatte lange mit Caradec telefoniert. Wir hatten unsere Informationen ausgetauscht und abgemacht, uns hier zu treffen, um Bilanz zu ziehen. Während ich auf ihn wartete, öffnete ich mein Notebook. Um klarer zu sehen, musste ich mir Notizen machen, Hypothesen zu »Papier« bringen.

Ich hatte jetzt keinen Zweifel mehr daran, dass die Frau, die ich liebte, nicht die war, die zu sein sie vorgab. Marc und ich waren zwei verschiedenen Spuren gefolgt, und so war es uns gelungen, den Lebenslauf von Anna – die nicht Anna hieß – bis Herbst 2007 zurückzuverfolgen.

Ich rief mein Textverarbeitungsprogramm auf und machte mich daran, die wichtigsten Entdeckungen aufzulisten.

Ende Oktober 2007: Ein junges Mädchen von etwa sechzehn Jahren kommt mit über vierhunderttausend Euro Bargeld nach Paris. Sie versucht, sich zu verstecken, und findet Unterschlupf in einem Zimmer, das

sie von einem skrupellosen Typen mietet und bar
bezahlt. Sie steht durch irgendetwas, das sie erlebt
hat, unter Schock, ist aber clever genug, sich falsche
Papiere zu besorgen. Der erste Ausweis ist von mise-
rabler Qualität, der zweite schon sehr viel besser.
Im Dezember wird sie in der katholischen Schule
Sainte-Cécile vorstellig, und es gelingt ihr, unter der
Identität von Anna Becker, der Nichte der Direktorin
Clotilde Blondel, aufgenommen zu werden und ihr
Abitur zu machen.
Dieser Identitätstausch ist ein kluger Schachzug,
denn die richtige Anna Becker sitzt in einem Heim für
Behinderte im Rollstuhl und kann weder reisen noch
Auto fahren oder ein Studium absolvieren.
2008 gibt die »falsche« Anna an, ihre Papiere ver-
loren zu haben, und lässt sich einen neuen Pass und
einen neuen Personalausweis anfertigen. Jetzt ist die
Illusion perfekt. »Anna« hat nun echte Papiere mit
ihrem eigenen Foto und lebt offiziell unter einer Identität, die nicht die ihre ist. Obwohl sie eine Sozialversicherungsnummer hat, ist sie vorsichtig und hält
sich genau an bestimmte Regeln – sie bezahlt ihre
Arztbesuche und Medikamente selbst, damit sich die
Krankenkasse nicht zu sehr für sie interessiert.

Als der Kellner mein Essen brachte, hob ich den Kopf.
Ich trank einen Schluck Wasser und aß etwas von der
Dorade. Zwei Frauen benutzten dieselbe Identität. Der
Plan, den Clotilde Blondel ausgeheckt hatte, war ge-

wagt, aber doch fundiert genug, um schon seit zehn Jahren zu funktionieren. Unsere Nachforschungen waren zwar nicht vergeblich gewesen, doch im aktuellen Stadium hatten sie vor allem unbeantwortete Fragen aufgeworfen.

Wer ist »Anna« wirklich?
Wo lebte sie, bevor sie nach Paris kam?
Woher stammen die vierhunderttausend Euro, die wir bei ihr gefunden haben?
Wer sind die drei verkohlten Leichen auf dem Foto?
Warum behauptet »Anna«, schuld an ihrem Tod zu sein?
Warum ist sie verschwunden, nachdem sie mir einen Teil der Wahrheit enthüllt hat?
Wo ist sie jetzt?

Automatisch wählte ich erneut ihre Nummer. Doch, wie erwartet, hörte ich, wie schon fünfzig Mal seit dem Vortag, nur die Ansage auf ihrer Mailbox.

Da kam mir plötzlich eine Idee.

2.

Als ich vor sechs Jahren für Recherchen in New York gewesen war, hatte ich mein Handy versehentlich in einem Taxi liegen lassen. Ich war von einem Abendessen im Restaurant ins Hotel zurückgefahren und hatte es nicht gleich bemerkt. Bis es mir auffiel und ich die Taxizentrale anrief, war es schon zu spät – einer der nächsten Fahrgäste hatte es gefunden und an sich genommen. Ohne mir große Hoffnungen zu machen, hatte ich eine SMS vom Mobiltelefon meines Pressesprechers gesendet und kurz darauf einen Anruf von jemandem erhalten, der sich in schlechtem Englisch ausdrückte und anbot, mir mein Handy gegen einhundert Euro zurückzugeben. Der Einfachheit halber ließ ich mich auf den Vorschlag ein, und wir verabredeten uns in einem Café am Times Square. Kaum dort angekommen, rief der Erpresser an, um mir zu sagen, der Preis hätte sich geändert. Er verlangte jetzt fünfhundert Dollar, die ich ihm an einer Adresse in Queens zu übergeben habe. Daraufhin tat ich das, was ich gleich hätte tun sollen – ich erzählte meine Geschichten den erstbesten Polizisten, die ich traf. Und innerhalb weniger Minuten war mein Handy mithilfe der Geolokalisierung geortet und der Dieb festgenommen worden, und ich bekam mein Mobiltelefon zurück.

Warum sollte ich das nicht auch mit Annas Handy versuchen?

Weil es vermutlich ausgeschaltet oder der Akku leer ist ...
Probier es trotzdem.

Mein Laptop stand noch immer geöffnet vor mir. Ich fragte den Kellner nach dem Passwort, um mich ins WLAN des Lokals einzuloggen, und rief die Site *Cloud Computering* des Herstellers auf. Die erste Etappe war nicht schwierig, man brauchte nur den Benutzernamen, das heißt, die E-Mail-Adresse, einzugeben. Ich trug die von Anna ein, doch beim zweiten Schritt stieß ich auf Probleme – ihr Passwort.

Ich verlor keine Zeit damit, es auf gut Glück zu versuchen. So was funktioniert nur in Filmen und Fernsehserien. Ich klickte den Link »Passwort vergessen« an, und eine neue Seite öffnete sich, auf der ich aufgefordert wurde, zwei Sicherheitsfragen zu beantworten, die Anna festgelegt hatte, als sie ihr Passwort konfiguriert hatte.

* Was war Ihr erstes Auto?
* Wie lautet der Name des Films, den Sie bei Ihrem ersten Kinobesuch gesehen haben?

Die erste Frage war einfach, denn Anna hatte nur ein einziges Auto in ihrem ganzen Leben besessen: einen hellbraunen Mini, den sie vor zwei Jahren gebraucht gekauft hatte. Selbst wenn sie ihn nicht oft benutzte, liebte sie dieses kleine Cabriolet. Jedes Mal, wenn sie von ihm sprach, sagte sie nicht »der Mini« oder das »Cabriolet«, sondern »der Mini Cooper«. Diese Antwort trug ich also in das vorgesehene Feld ein und war mir meiner Sache sicher.

Bei der zweiten Frage hingegen viel weniger.

Was Filme betraf, so hatten wir beide nicht immer denselben Geschmack. Ich liebte Tarantino, die Cohen-Brüder, Brian De Palma, alte Thriller und kleine B-Pictures. Sie zog intellektuellere Regisseure vor wie Michael Haneke, die Dardenne-Brüder, Abdellatif Kechiche, Fatih Akin, Krysztof Kieslowski.

Das brachte mich nicht viel weiter. Es gibt nur wenige Kinder, die ihre Kinoerfahrungen mit *Das weiße Band* oder *Die zwei Leben der Veronika* beginnen.

Ich ließ mir Zeit zum Nachdenken. Ab welchem Alter nahm man Kinder mit ins Kino? Ich erinnerte mich genau an mein erstes Mal: Im Sommer 1980 hatte ich im *Olympia* in Cannes *Bambi* gesehen. Ich war sechs Jahre alt und hatte vorgegeben, etwas im Auge zu haben, um meine Tränen beim Tod von Bambis Mutter zu rechtfertigen.

»Anna« war heute fünfundzwanzig. Wenn sie ihren ersten Film mit sechs Jahren gesehen hatte, war das 1997. Ich konsultierte auf Wikipedia die großen Kinohits dieses Jahres, und dabei stach mir *Titanic* ins Auge – ein weltweiter Erfolg. Etliche Kinder hatten damals vermutlich ihre Eltern gequält, um ihn sehen zu dürfen. Überzeugt, die richtige Antwort gefunden zu haben, tippte ich in Windeseile den Filmtitel ein, drückte auf »weiter« und ...

Ihre Antwort entspricht nicht der, die Sie bei Ihrer Anmeldung hinterlegt haben. Überprüfen Sie bitte die Angaben und versuchen Sie es erneut.

Enttäuschung. Ich hatte mich zu schnell hinreißen lassen, und jetzt blieben mir nur noch zwei Versuche.

Dieses Mal überstürzte ich nichts, sondern dachte

zuerst nach. Anna und ich waren nicht dieselbe Generation. Sie war sicherlich im Kino gewesen, bevor sie sechs war, aber in welchem Alter?

Google! Ich tippte »in welchem Alter geht man mit seinen Kindern ins Kino?«. Dutzende von Seiten wurden angezeigt. Vor allem Familienforen und Frauenzeitschriften. Ich überflog die ersten. Die übereinstimmende Meinung lautete: Zwei Jahre ist zu früh, man kann es mit drei oder vier Jahren versuchen.

Ich kehrte zu Wikipedia zurück. 1994. Anna ist drei Jahre alt, und ihre Eltern sehen sich mit ihr ... den *König der Löwen* an. Ich machte mir keine Illusionen. Die Sache schien einfach, aber es gab zu viele Möglichkeiten, zu viele Dinge, die beachtet werden mussten. Es würde mir nie gelingen, Annas Passwort herauszufinden.

Der Form halber versuchte ich es noch einmal. 1995. »Anna« ist vier. Ich schloss die Augen, um sie mir in diesem Alter vorzustellen. Ein kleines Mädchen tauchte vor mir auf. Dunkle Haut, feine Züge, grüne, fast durchsichtige Augen, schüchternes Lächeln. Es ist das erste Mal, dass sie ins Kino geht. Ihre Eltern sehen sich mit ihr ... Ein erneuter Blick auf Wikipedia. In diesem Jahr war *Toy Story* der absolute Hit. Ich gab die Antwort ein und legte den Finger auf die Enter-Taste. Doch bevor ich sie drückte, schloss ich ein letztes Mal die Augen. Das kleine Mädchen war noch immer da. Schwarze Zöpfe, Jeans-Latzhose, buntes Sweatshirt, tadellose Schuhe. Sie scheint zufrieden. Weil ihre Eltern mit ihr *Toy Story* anschauen? Nein, das passte nicht zu der »Anna«, die ich kannte. Ich fing noch einmal von vorn an. Weihnachten 1995. »Anna« ist fast fünf. Sie geht zum ersten Mal ins Kino, und sie hat den Film *selbst* ausgesucht. Denn sie ist schon intelligent und unabhängig. Sie weiß, was sie will. Einen schönen Zeichentrickfilm, in dem sie sich mit der Heldin identifizieren und etwas lernen kann. Wieder sah ich mir die Liste der besten Filme an und lauschte auf die innere Stimme des kleinen Mädchens. *Pocahontas.* Die Tochter des Indianerhäuptlings Powhatan, dem der Zeichner die Züge von Naomi Campbell verliehen hatte. Ich fröstelte. Noch ehe ich die Antwort bestätigte, war ich überzeugt, recht zu haben. Ich gab die magischen zehn Buchstaben ein, und eine neue Seite öffnete sich, auf der ich das Passwort zurücksetzen konnte. Ja! Diesmal hatte ich die richtige Antwort gefunden. Ich startete das Geolokalisierungsprogramm, und gleich darauf blinkte ein blassblauer Punkt auf meinem Bildschirm.

3.

Meine Hände zitterten, und mein Herz klopfte wie wild. Eine Nachricht teilte mir mit, Annas Telefon sei ausgeschaltet, doch das System speichere die letzte bekannte Position des Apparats vierundzwanzig Stunden lang.

Die verachtenswerten Vorzüge der globalen Überwachung.

Ich starrte auf den kleinen Kreis, der inmitten des Departements Seine-Saint-Denis blinkte. Auf den ersten Blick eine Art Industriegebiet zwischen Stains und Aulnay-sous-Bois.

Ich schrieb eine SMS an Caradec: Bist du noch weit weg?, auf die er sofort antwortete: Boulevard Saint-Germain, warum?.

Beeil dich, ich habe eine ernst zu nehmende Spur.

Während ich auf ihn wartete, machte ich einen Screen-Shot und notierte die Adresse, die angezeigt wurde: Avenue du Plateau, Stains, Île-de-France. Ich wechselte zur Satellitenansicht und zoomte das Gebäude, das mich interessierte, so nah wie möglich heran. Von oben gesehen glich es einem riesigen Betonklotz, den man irgendwo ins Brachland gesetzt hatte.

Mit wenigen Klicks zoomte ich es näher heran. Es handelte sich um ein Möbellager. Ich biss mir auf die Lippe. Lagerhallen am Stadtrand, das verhieß nichts Gutes.

Ein entferntes anhaltendes Hupen, das eher dem Brüllen eines Elefanten als einem akustischen Warngeräusch glich, ließ die Terrasse erzittern.

Ich blickte auf, legte zwei Geldscheine auf den Tisch, packte meine Sachen zusammen und stieg in Caradecs alten Range Rover, der auf der Rue Delambre auftauchte.

6. Riding with the King

Das Leben schlug manchmal Kapriolen,
und wenn es das tat, war es flink.

Stephen King, *Der Anschlag*

1.

Der Weg nahm kein Ende. Zuerst am Invalidendom
vorbei und über die Seine, dann die Champs-Élysées
hinauf zur Porte Maillot. Anschließend über den Périphérique und die Autobahn zum Stade de France und
weiter auf der Nationalstraße, die sich von La Cour-
neuve nach Saint-Denis und Stains schlängelt.

Selbst im Sonnenlicht wirkten die Vororte trist, ganz
so, als hätte der Himmel seine Farbe verändert, sich ver-
wässert, langsam bedeckt und seine Strahlkraft verloren, um sich den Sozialwohnungen und seelenlosen
Bauten anzupassen, die sich an den Straßen aufreih-
ten, deren Namen wie eine Lobeshymne auf den Kom-
munismus klangen: Romain-Rolland, Henri-Barbusse,
Paul Éluard, Jean-Ferrat...

Der Verkehr trieb Caradec zur Verzweiflung. Trotz

der durchgezogenen weißen Linie überholte er einen Lieferwagen. Dieses Manöver hätte fast böse geendet, denn ein riesiger, chromverzierter schwarzer Geländewagen kam auf uns zugerast, dessen Maul den Eindruck erweckte, uns verschlingen zu wollen. Beinahe wären wir mit dem Monstrum zusammengestoßen. Doch Caradec riss unter einem Schwall von Flüchen im letzten Moment das Steuer herum.

Er war jetzt fest davon überzeugt, dass wir Anna finden mussten. Ich sah, dass er vor Wut bebte, weil er frustriert war und sich ohnmächtig fühlte und weil die unerwartete Wendung, die unsere Nachforschungen nahmen, ihn ebenso ratlos machte wie mich. Wir hatten die Fahrt genutzt, um unsere Informationen auszutauschen und zusammenzutragen. Auch wenn unsere Nachforschungen durchaus fruchtbar gewesen waren, war es uns doch nur gelungen, ein flüchtiges Porträt der jungen Frau zu zeichnen, von der wir beide nicht mehr wussten, ob sie Täterin oder Opfer war.

»Das hätten die Bullen auch nicht besser gemacht«, versicherte er, als er mich beglückwünschte, das Handy geortet zu haben. Ich spürte, dass er an diese neue Spur glaubte. Sein Blick war konzentriert auf die Straße gerichtet. Er fuhr schnell und bedauerte ganz offensichtlich, nicht über Sirene und Blaulicht zu verfügen, wie »in der guten alten Zeit«.

Auf dem Display des Navi flimmerte die Anzahl der Kilometer, die uns noch von unserem Ziel trennten. Den Kopf an die Seitenscheibe gelehnt, betrachtete ich die Plattenbauten und Fertighäuser, die abgeblätterten Fassaden, die Verwaltungsgebäude, die, kaum dass sie errichtet waren, schon alt aussahen und mit Graffiti besprüht waren. Nach der Scheidung meiner Eltern hatte ich die Côte d'Azur verlassen, war mit meiner Mutter in einen Pariser Vorort gezogen und in einem solchen Viertel aufgewachsen, das nichts als Hoffnungslosigkeit ausstrahlt. Jedes Mal, wenn ich wieder in eine ähnliche Umgebung kam, hatte ich den unangenehmen Eindruck, ihr nie wirklich entkommen zu sein.

Grün, orange, dann rot. Caradec ignorierte den Farbwechsel der Verkehrsampel und fuhr weiter in einen Kreisverkehr, um von dort in eine Sackgasse abzubiegen, an deren Ende ein vierstöckiger Klotz aus Stahlbeton lag. Das Lager von *BoxPopuli – Ihr Spezialist für Möbelaufbewahrung.*

Der Ermittler stellte den Range Rover auf einem fast leeren Parkplatz ab.

»Nach welchem Plan gehen wir vor?«, fragte ich beim Aussteigen.

»Nach diesem«, antwortete er und zog seine Polymer Glock.

Caradec hatte seine Pistole ebenso wenig zurückgegeben wie seinen Dienstausweis. Ich verabscheute Feuerwaffen zutiefst, und selbst in diesem Moment war ich nicht bereit, meine Prinzipien aufzugeben.

»Nein, ernsthaft, Marc.«

Er schlug die Autotür zu und lief ein paar Schritte über den heißen Teer.

»Verlass dich auf meine Erfahrung. In solchen Situationen ist der beste Plan, gar keinen zu haben.«

Er schob die Pistole in seinen Gürtel und ging entschlossen auf das massige Gebäude zu.

2.

Ein Hin und Her von Gabelstaplern und Rollcontainern. Geruch nach verbranntem Karton. Das Erdgeschoss öffnete sich auf einen großen Warenumschlagplatz, vor dem zahlreiche Wagen standen.

Caradec klopfte an die Glasscheibe eines Büros am Anfang der Betonrampen, die zu den oberen Stockwerken führten.

»Polizei«, rief er und wedelte mit seinem Dienstausweis.

»Jetzt bin ich aber platt! Ich habe vor nicht einmal zehn Minuten angerufen«, rief der kleine Mann, der an einem Metallschreibtisch saß.

Marc sah sich zu mir um. Sein Blick sagte: »Ich verstehe kein Wort, aber lass mich nur machen«.

»Patrick Ayache«, stellte sich der Angestellte vor, während er zu uns trat. »Ich bin der Verwalter des Lagers.«

Ayache hatte einen starken Akzent der ehemaligen nordafrikanischen Kolonien. Er war stämmig und jovial, das kantige Gesicht war von einem dichten Haarschopf umgeben. Sein Hemd war weit geöffnet und ließ auf seiner Brust eine Goldkette erkennen. Hätte ich ihn zu einer Romanfigur gemacht, hätte man mich der Karikatur beschuldigt.

Ich überließ Marc das Reden.

»Erklären Sie uns, was passiert ist.«

Mit einer Handbewegung forderte Ayache uns auf, ihm zu folgen, und lief über eine Brücke, die dem Personal vorbehalten war und zu einer Reihe von Aufzügen führte. Er trat beiseite, um uns den Vortritt zu lassen, drückte dann den Etagenwahlknopf zum letzten Stock und rief:

»Das ist das erste Mal, dass ich so was erlebe!«

Während die Kabine nach oben schwebte, sah ich durch die Glasscheibe in der Tür endlose Reihen von Holzboxen und versiegelten Containern.

»Der Lärm hat uns aufgeschreckt«, fuhr er fort. »Klang wie ein Einbruch – eine Reihe von heftigen Schlägen und krachendes Metall.«

Die Türen des Aufzugs öffneten sich auf einen gefliesten Flur.

»In dieser Etage befinden sich die Self-Storage-Boxen. Die Kunden können eine Box mieten, die so groß ist wie eine Garage und zu der sie rund um die Uhr Zugang haben.«

Der Verwalter lief ebenso schnell, wie er sprach. Seine Schuhe knirschten auf dem Plastikbodenbelag, und wir hatten Mühe, ihm zu folgen. Ein Gang nach dem anderen, und alle sahen gleich aus. Wie ein deprimierender, grässlicher Riesenparkplatz.

»Hier ist es!«, verkündete er schließlich und deutete auf eine große Box, deren Tür zertrümmert war.

Ein grauhaariger Schwarzer bewachte den Eingang. Er trug ein weißes Poloshirt, einen khakifarbenen Blouson und eine Schiebermütze.

»Das ist Pape«, stellte ihn Ayache vor.

Ich ging an Caradec vorbei, um den Schaden in Augenschein zu nehmen.

Von den Doppeltüren war nicht viel übrig geblieben.

Sie waren aus den Angeln gerissen worden. Selbst die beiden Verstärkungsstangen hatten dem Angriff nicht standgehalten. Die Türblätter aus galvanisiertem Stahl waren verbogen und wie zusammengefaltet. In den Metallhalterungen hingen die Teile von zwei zerrissenen Ketten, die Vorhängeschlösser baumelten in der Luft.

»War das ein Panzer?«

»Sie haben fast recht!«, sagte Pape. »Vor zwanzig Minuten hat ein Geländewagen den Zugang zur Lagerhalle durchbrochen. Er ist über die Rampe hier raufgefahren und immer wieder gegen die Tür gedonnert, bis sie nachgegeben hat. Sie haben das Auto als Rammbock benutzt.«

»Die Überwachungskameras haben alles aufgezeichnet«, versicherte Ayache. »Ich zeige ihnen den Film.«

Ich stieg durch die Bresche, um in die Box zu gelangen. Zwanzig Quadratmeter im kalten Licht. Leer. Außer den soliden Metallregalen, die am Boden verschweißt waren, und zwei Sprühdosen. Eine schwarze und eine weiße. Sie sahen aus wie Thermosflaschen, auf die man einen Sprühknopf geschraubt hatte. An einem der Metallpfosten hingen Stricke, Reste von Klebeband und Kabelbinder, die durchschnitten worden waren.

Hier war jemand eingesperrt gewesen.

Anna war hier eingesperrt gewesen.

»Riechst du das?«, fragte Marc.

Ich nickte. Das war in der Tat das Erste, was mir aufgefallen war. In dem Raum herrschte ein starker Geruch, der schwer zu beschreiben war – eine Mischung aus frisch geröstetem Kaffee und regenfeuchter Erde.

Der Ermittler kniete sich hin, um die Sprühflaschen zu untersuchen.

»Weißt du, was das ist?«

»Darf ich vorstellen: Ebony & Ivory«, erklärte er mit sorgenvoller Miene.

»Schwarz und weiß, wie der Songtitel von Paul McCartney und Stevie Wonder?«

»Das ist eine selbst hergestellte Mischung, basierend auf Detergenzien, wie sie in Krankenhäusern benutzt werden. Eine Mischung, die jede DNA-Spur an einem Tatort auslöscht. Profi-Material. Das perfekte Phantom-Set.«

»Warum zwei Sprays?«

»Ebony enthält superwirksame Detergenzien, die neunundneunzig Prozent der DNA-Spuren eliminieren.«

Dann deutete er auf die weiße Flasche.

»Ivory ist ein Mittel, welches das verbleibende Prozent überdeckt. Kurz gesagt, du siehst vor dir das Wundermittel, das alle Spurentechniker der Welt in ihre Schranken verweist.«

Ich verließ die Box und kehrte zu Ayache zurück.

»Wer hat diesen Container gemietet?«

Der Verwalter hob hilflos die Arme.

»Eben niemand. Er steht seit acht Monaten leer.«

»Was war sonst noch in der Box?«, fragte Caradec, der zu uns getreten war.

»Nichts«, antwortete Pape eilig.

Der Ermittler seufzte. Mit widerwilliger und zugleich besorgter Miene näherte er sich Patrick Ayache und öffnete den Mund, so als wolle er ihn bedrohen, legte ihm dann aber die Hand auf die Schulter. Blitzschnell glitt Caradecs Pranke von dort zu seinem Hals. Sein Daumen drückte auf den Kehlkopf, während der Zeigefinger auf den Halswirbel presste. Von dem zangenartigen Griff halb erstickt, gab Ayache klein bei. Entsetzt angesichts dieser plötzlichen Gewalt, zögerte ich einzugreifen. Caradec bluffte, obwohl die beiden Männer offenbar die Wahrheit sagten. Das zumindest glaubte ich, bis der Verwalter zum Zeichen der Kapitulation die Hand hob. Marc lockerte seinen Griff gerade so weit, dass Ayache wieder ein wenig Luft bekam. Dann stieß Ayache in einem erbärmlichen Versuch, das Gesicht zu wahren, hervor:

»Ich schwöre Ihnen, dass wir nichts anderes gefunden haben als die beiden Gegenstände, die ich im Büro der Security verwahrt habe.«

3.

Das Büro der Security war, Ayache zufolge, ein kleiner Raum mit einem Dutzend Monitoren, auf denen die Schwarz-Weiß-Bilder des Video-Überwachungssystems zu sehen waren.

Der Verwalter nahm an seinem Schreibtisch Platz und öffnete eine Schublade.

»Das haben wir unter dem Regal gefunden«, erklärte er und legte seine beiden Trophäen auf den Tisch.

Die Erste war Annas Handy, das ich sofort an dem Rot-Kreuz-Aufkleber auf dem Gehäuse erkannte. Ayache erwies sich als äußerst hilfsbereit und lieh mir sogar sein eigenes Ladegerät, doch es gelang mir nicht, das Mobiltelefon einzuschalten. Das Display war zersplittert. Ein solcher Schaden entstand nicht durch einfaches Fallenlassen. Das sah ganz so aus, als hätte es jemand mit dem Absatz malträtiert.

Der zweite Gegenstand war von größerem Wert. Es handelte sich um eine kleine Tasche aus glänzendem Eidechsenleder, das mit rosafarbenen Quarzsteinen besetzt war. Es war eines der ersten Geschenke, die ich Anna gemacht hatte, und sie hatte es am Vorabend bei unserem Restaurantbesuch bei sich gehabt. Ich sah mir schnell den Inhalt an – Brieftasche, Schlüsselbund,

113

Papiertaschentücher, Stift, Sonnenbrille. Nichts Besonderes.

»Hier sind die Videos. Da können Sie sich die Verwüstung ansehen.«

Ayache hatte sich erholt, und es hielt ihn nicht mehr auf seinem Stuhl. Wie in einer amerikanischen Fernsehserie machte er sich selbst zum Großmeister der Bilder, ließ die Aufnahmen langsamer laufen, spulte vor und zurück.

»Hör auf mit dem Getue und fahr den Film ab!«, erregte sich Marc.

Verblüfft starrten wir auf das erste Bild: Der Wagen erinnerte an eine muskulöse Wildkatze, bereit zum Angriff. Eine massige Silhouette mit getönten Scheiben und einem doppelten Kühlergrill aus Chrom.

Wir wechselten wütend einen Blick, das war der Geländewagen, der uns beinahe angefahren hätte.

Die ersten Bilder der Videoüberwachung zeigten, wie er die Eingangssperre der Lagerhalle durchbrach und dann über die Rampe nach oben fuhr. Im letzten Stock tauchte er wieder auf.

»Stopp!«, rief Caradec.

Ayache hielt den Film an. Als ich mir den riesigen SUV genauer ansah, erkannte ich das Modell – ein BMW X6, eine Mischung aus Sport- und Nutzfahrzeug. Als einer meiner Freunde, ebenfalls Krimiautor, sein zweites Kind bekommen hatte, hatte er sich einen solchen Wagen angeschafft und seine »Vorzüge« gerühmt: mindestens zwei Tonnen schwer, fünf Meter lang und über einen Meter fünfzig hoch. Der SUV, den ich jetzt auf dem Bildschirm sah, schien mit seinem Frontschutzbügel, den getönten Scheiben und den verdeckten Nummernschildern noch bedrohlicher.

Marc betätigte die *Play*-Taste.

Der Fahrer des Geländewagens wusste ganz genau, warum er da war. Ohne zu zögern, fuhr er zum letzten Gang, wendete und blieb unter der Überwachungskamera stehen. Man konnte nur die Kühlerhaube und ein gutes Dutzend Boxen sehen … und dann gar nichts mehr.

»Dieser Dreckskerl hat die Kamera weggedreht«, zischte Caradec.

Was für ein Pech. Der Typ – übrigens bewies nichts, dass es sich nicht um eine Frau gehandelt oder sich mehrere Personen in dem Fahrzeug befunden hatten –, hatte ganz offensichtlich die Kamera zur Wand gedreht, sodass jetzt auf dem Monitor nur noch ein graues Flimmern zu sehen war.

Wütend schlug Caradec mit der Faust auf den Tisch. Doch der Magier Ayache hatte noch einige Überraschungen parat.

»Zeig ihm dein Handy, Pape!«

Der Schwarze hielt es schon in der Hand. Ein breites Grinsen erhellte sein Gesicht.

»*Ich* habe alles aufnehmen können! Der alte Pape ist etwas schlauer als …«

»Gib her!«, rief Marc und entriss ihm das Mobiltelefon.

Er ließ das Video ablaufen.

Erste Enttäuschung – das Bild war dunkel, kontrast-arm und körnig. Mutig, aber nicht wirklich kühn, hatte sich Pape in gebührender Entfernung vom Gesche-hen gehalten. Man konnte die Szene mehr ahnen, als dass man sie genau gesehen hätte, doch das Wichtigste war da. Mit einem Höllenlärm fuhr der Geländewagen immer wieder gegen die Tür, bis sie nachgab. Dann sprang ein vermummter Mann aus dem Wagen und lief in die Garage. Als er kurz darauf wieder herauskam, trug er Anna über der Schulter.

Diese schrie und wehrte sich, was bewies, dass es sich nicht um einen edlen Ritter handelte, der gekom-men war, um sie zu befreien. Der Typ öffnete den Kof-ferraum und warf sie rücksichtslos hinein. Dann beugte er sich erneut kurz ins Wageninnere, tauchte mit den beiden Spraydosen wieder auf und lief in die Box, um dort seine Reinigungsarbeiten zu erledigen. Das Video endete, als der SUV mit Vollgas anfuhr, um das Lager zu verlassen.

In der Hoffnung, noch irgendein Indiz zu entdecken, startete Marc den Film erneut und stellte den Ton auf die höchste Lautstärke.

Und wieder tauchten die qualvollen Bilder vor uns auf: die wilde Fahrt des Geländewagens, die Zerstörung der Box und Anna, die dem Unbekannten ausgeliefert war.

Unmittelbar, bevor er sie in den Kofferraum warf, konnte ich etwas hören. Anna rief nach mir.

Sie schrie meinen Vornamen.

»Raphaël! Hilf mir, Raphaël! Hilf mir!«

4.

Türenschlagen, Rückwärtsgang, dann ein Satz nach vorn.

Caradec fuhr mit quietschenden Reifen an. Durch den heftigen Start in meinen Sitz gedrückt, schnallte ich mich rasch an und beobachtete, wie sich das Bild des Betonklotzes im Rückspiegel entfernte.

Ich war aufgeregter denn je, zerfressen von Sorge um Anna. Sie so um Hilfe rufen zu hören, hatte mich erschüttert, und ich wagte kaum, mir vorzustellen, was sie durchlitten haben musste. Ich hoffte inständig, dass sie trotz ihrer großen Angst daran glaubte, dass ich sie finden würde. Während Marc in Richtung Nationalstraße jagte, versuchte ich, meine Gedanken zu ordnen. Für einen Augenblick hatte die Überraschung meine Denkfähigkeit verdrängt. Ich war völlig verloren. Seit dem Morgen hatten wir viel Neues erfahren, doch es wollte mir nicht gelingen, die Elemente in einen Zusammenhang zu bringen und ihnen irgendeinen Sinn zu geben.

Ich konzentrierte mich. Was war wirklich sicher? Nicht viel, selbst wenn auf den ersten Blick bestimmte Fakten unbestreitbar waren. Nach unserem gestrigen Streit war Anna von Nizza aus nach Paris zurückgeflogen. Sie war gegen ein Uhr morgens in Orly gelandet. Wie die Reisetasche in ihrer Wohnung bewies, war sie vermutlich mit einem Taxi nach Montrouge gefahren. Und dann? Das Weitere war eher eine Vermutung: Sie hatte irgendjemanden angerufen, um ihm zu sagen, dass sie mir das Foto der drei Leichen gezeigt hatte. Wen und warum? Ich hatte nicht die geringste Ahnung. Aber von diesem Augenblick an war alles ins Wanken geraten. Vielleicht war es zu einem Gespräch gekommen, das in einen Streit ausgeartet war. Man hatte sie entführt und für einige Stunden in dem Möbellager am nördlichen Stadtrand eingesperrt. Bis ein anderer Unbekannter die Box mit seinem »Panzer« aufbrach – aber nicht, um sie zu befreien, sondern um ihre Gefangenschaft zu verlängern.

Ich rieb mir die Augen und öffnete das Fenster, um frische Luft hereinzulassen. Ich hatte das Gefühl, durch trübes Wasser zu schwimmen. Mein Szenario war vielleicht nicht falsch, aber es fehlten zu viele Teile des Puzzles.

»Du wirst schnell eine Entscheidung treffen müssen.«

Marcs Stimme riss mich aus meinen Gedanken. Er hatte sich eine Zigarette angezündet und raste mit Höchstgeschwindigkeit dahin.

»Wie meinst du das?«

»Willst du, dass wir die Polizei einschalten?«

»Nach dem, was wir gesehen haben, wäre es schwierig, es nicht zu tun, meinst du nicht?«

Er nahm einen tiefen Zug aus seiner Zigarette und kniff die Augen leicht zusammen.

»Das musst du entscheiden.«

»Ich spüre eine gewisse Abwehr bei dir.«

»Ganz und gar nicht, aber eines muss dir klar sein – die Bullen wirst du nicht mehr los. Wenn du erst einmal in das Räderwerk geraten bist, kommst du nicht wieder raus. Sie werden ermitteln. Und in deinem und Annas Leben herumschnüffeln. Und alles wird ausgepackt und öffentlich gemacht. Du hast nichts mehr unter Kontrolle und kannst nicht mehr zurück.«

»Was genau wird geschehen, wenn wir uns entschließen, zur Polizei zu gehen?«

Marc zog Papes Telefon aus der Tasche.

»Mit diesem Video haben wir schon einen großen Teil ihrer Arbeit erledigt. Jetzt, da wir einen konkreten Beweis dafür haben, dass Anna in Gefahr ist, kann der Staatsanwalt nicht umhin, von einem besorgniserregenden Verschwinden oder einer Entführung auszugehen.«

»Was kann die Polizei mehr tun als wir?«

Caradec warf die Kippe aus dem Fenster und überlegte.

»Zuerst werden sie Annas Telefondaten auswerten und die Liste der Anrufe überprüfen.«

»Was sonst noch?«

»Sie werden versuchen, der Spur von Ebony & Ivory zu folgen, aber das wird sie nicht weit bringen. Dann gehen sie die Anmeldungen für den Geländewagen durch. Die Nummernschilder waren zwar unkenntlich gemacht, aber da es sich um ein eher seltenes Modell handelt, werden sie leicht das amtliche Kennzeichen herausfinden …«

»… und feststellen, dass der Wagen gestohlen wurde.«

Er nickte.

»Ganz genau.«

»Ist das alles?«

»Im Moment kann ich mir nichts anderes vorstellen.«

Ich atmete tief durch.

Etwas hinderte mich daran, zur Polizei zu gehen – nämlich die Tatsache, dass Anna sich jahrelang so sehr bemüht hatte, ihre Identität zu verbergen. Es schien mir eigenartig, dass eine Sechzehnjährige sich derart verstecken musste. Bevor ich ihre Tarnung auffliegen ließ, musste ich zunächst herausfinden, wer sie wirklich war.

»Wenn ich mich entscheide, die Nachforschungen auf eigene Faust fortzusetzen, kann ich dann auf dich zählen?«

»Ich bin dein Mann, aber du musst dir der Gefahr bewusst sein und deine Entscheidung sorgfältig abwägen.«

»Was ist mit der Polizei von Seine-Saint-Denis, die Ayache informiert hat?«

Caradec zerstreute meine Befürchtungen.

»Die hatten es ja nicht gerade eilig, zu kommen.

Glaub mir, die machen uns keine Probleme. Bis auf Weiteres handelt es sich ausschließlich um einen Garageneinbruch. Ohne das Video sind diese Kerle nicht glaubwürdig. Es gibt keine Fingerabdrücke am Tatort, und wir haben die beiden einzigen Gegenstände mitgenommen, die zu Anna hätten führen können – ihr Telefon und das Handtäschchen. Übrigens, bist du dir sicher, dass es darin nichts gibt, was uns weiterbringen könnte?«

Um mein Gewissen zu beruhigen, überprüfte ich ein weiteres Mal den Inhalt des kleinen Eidechsenetuis. Brieftasche, Papiertaschentücher, Sonnenbrille, Filzstift.

Nein, ich betrachtete den letzten Gegenstand eingehender. Das Plastikröhrchen mit der Kappe, das ich zunächst für einen Stift gehalten hatte, war in Wirklichkeit … ein Schwangerschaftstest. Als ich mir das Ergebnisfenster genauer ansah, entdeckte ich zwei parallele blaue Striche.

Die Rührung nahm mir den Atem. Eisige Pfeile bohrten sich in meinen Körper und lähmten mich. Die Realität um mich herum verblasste. Das Blut pulsierte in meinen Schläfen. Ich versuchte vergeblich, zu schlucken.

Der Test war positiv.

Du bist schwanger.

Ich schloss die Augen. Momentaufnahmen explodierten wie Bombensplitter in meinem Kopf. Die Bilder unseres letzten Abends, bevor es zum Streit kam.

Glasklar sah ich deinen Gesichtsausdruck vor mir, dein strahlendes Gesicht. Ich hörte dein Lachen und entschlüsselte die Tonlage deiner Stimme. Dein Blick, deine Worte, jede deiner Gesten hatten jetzt einen neuen Sinn. Du wolltest es mir gestern Abend sagen. Da war ich mir ganz sicher. Bevor ich alles verdorben habe, wolltest du mir sagen, dass du unser Kind erwartest.

Ich öffnete die Augen. Meine Nachforschungen hatten sich verändert. Ich suchte nicht mehr nur die Frau, die ich liebte, sondern auch *unser Kind*!

Das Pfeifen in meinen Ohren ließ nach. Als ich mich Caradec zuwandte, telefonierte er. Ich war so schockiert gewesen, dass ich nicht einmal den Klingelton gehört hatte. Da es auf dem Périphérique einen Stau gab, hatte er an der Porte d'Asnières die inneren Boulevards genommen und fuhr jetzt durch die Rue de Tocqeville, um den starken Verkehr auf dem Boulevard des Malesherbes zu meiden.

Er hatte das Handy zwischen Kinn und Schulter geklemmt und schien ebenso verstört wie ich.

»Verdammte Scheiße! Vasseur, bist du dir deiner Sache ganz sicher?«

Ich konnte die Antwort seines Gesprächspartners nicht hören.

»Okay«, murmelte der Ermittler und legte auf.

Er war leichenblass und schwieg eine Weile. Seine Züge waren entgleist. So hatte ich ihn noch nie gesehen.

»Wer war das?«

»Jean-Christophe Vasseur, der Bulle bei der Kripo, dem ich das Foto von Annas Fingerabdrücken geschickt habe.«

»Und?«

»Er hat eine Entsprechung gefunden. Anna ist im Zentralen Fingerabdruckregister gelistet.«

Ich bekam Gänsehaut.

»Wie heißt sie wirklich?«

Der Ermittler zündete sich eine Zigarette an.

»Anna heißt in Wahrheit Claire Carlyle.«

Schweigen. Dieser Name sagte mir etwas. Ich hatte ihn vor langer Zeit schon einmal gehört, aber ich wusste nicht mehr in welchem Zusammenhang.

»Was wirft man ihr vor?«

Caradec schüttelte den Kopf und stieß den Rauch aus.

»Eben nichts. Claire Carlyle müsste seit Jahren tot sein.«

Er sah mich an und las das Unverständnis auf meinem Gesicht.

»Claire Carlyle ist eines der Opfer von Heinz Kieffer«, erklärte er.

Das Blut gefror in meinen Adern, und ich fühlte mich, als stürzte ich in einen Abgrund des Grauens.

Zweiter Tag
Der Fall Claire Carlyle

7. Der Fall Claire Carlyle

Es war eine grausige, finstere Nacht.

Jean Racine, *Athalja*

1.

Der Tag brach an.

Rosafarbenes Licht fiel auf die Spielsachen, die mein Sohn überall im Wohnzimmer verstreut hatte. Schaukelpferd, Puzzles, Bücherstapel, eine Holzeisenbahn …

Kurz nach sechs Uhr war die Nacht einem kobaltblauen, klaren Himmel gewichen. In der Passage d'Enfer hatten die Vögel wieder zu singen begonnen, und auf meinem Balkon wurde der Duft der Rosengeranien intensiver. Als ich aufgestanden war, um die Lampen auszuschalten, war ich auf eine Plastikschildkröte getreten, die daraufhin begonnen hatte, lautstark einen Abzählreim von sich zu geben, und ich hatte beinahe eine Minute gebraucht, um sie zum Schweigen zu bringen. Wenn Theo schlief, konnte ihn zum Glück nicht einmal ein Feuerwerk aus seinen Träumen reißen. Ich lehnte seine Zimmertür an, damit ich ihn hören würde, sobald er aufwachte, öffnete das Fenster, um auf den Sonnenaufgang zu warten, und verharrte eine Weile dort – die Ellenbogen auf die Brüstung gestützt –, in der Hoffnung, im Licht der Morgendämmerung etwas Trost zu finden.

Wo bist du, Anna? Oder sollte ich von nun an besser Claire sagen …

Die kalten Farben waren heller geworden, schlugen in Violett um, bevor sie in einer fast unwirklichen Klarheit einen orangefarbenen Schimmer auf das Eichenparkett warfen. Der ersehnte Trost wollte sich jedoch nicht einstellen.

Ich schloss das Fenster wieder und holte mehrere Blätter Papier aus dem Ausgabefach meines Druckers. Diese befestigte ich auf der Kork-Pinnwand, die ich beim Schreiben meiner Romane üblicherweise dafür nutzte, die Materialsammlung zu ordnen.

Ich hatte die Nacht mit ausgiebigen Recherchen im Netz zugebracht. Auf den Onlineseiten der Presse und in den digitalen Bibliotheken hatte ich Hunderte von Artikeln überflogen, mehrere Bücher heruntergeladen, eine Menge Fotos ausgedruckt. Ich hatte mir auch alle Sendungen mit Lokalnachrichten angesehen, die über den Fall berichtet hatten (*L'heure du crime, Faites entrer l'accusé, On the Case with Paula Zahn …*).

Ich verstehe jetzt, warum du deine Vergangenheit vor mir verborgen halten wolltest.

Wenn ich eine Chance haben wollte, dich wiederzufinden, musste ich in kürzester Zeit das aus mehreren

Hundert Seiten bestehende »Dossier« über dein Verschwinden durcharbeiten.

Momentan stand es nicht mehr zur Debatte, die Polizei einzuschalten. Es war mir völlig gleichgültig, ob du
ein unschuldiges Opfer oder eine skrupellose Täterin
warst. Für solche Spitzfindigkeiten war kein Platz mehr.
Du warst ganz einfach die Frau, die ich liebte und die
unser Kind unter dem Herzen trug, und aus ebendie-
sem Grund wollte ich dein Geheimnis so lange wie
möglich wahren. So wie es dir beinahe zehn Jahre lang
gelungen war.

Ich griff nach der Thermoskanne neben dem Computer und leerte den Rest in meine Tasse, womit ich
den dritten Liter Kaffee in dieser Nacht getrunken hatte.
Dann setzte ich mich in den Loungesessel gegenüber
der Korktafel.

Aus einiger Entfernung betrachtete ich die Dutzende
von Fotos, die ich dort angeheftet hatte. Das erste, links
oben, war die Kopie der Suchanzeige, die in den Stunden nach deinem Verschwinden verteilt worden war.

**Verschwinden einer Minderjährigen gibt Anlass
zur Sorge**
Claire, 14 Jahre
Seit dem 28. Mai 2005 in Libourne vermisst
Größe 1,60 m; dunkelhäutig, grüne Augen, kurzes
schwarzes Haar, englischsprachig
Bekleidet mit: Bluejeans, weißes T-Shirt, gelbe Sport-
tasche

Alle sachdienlichen Informationen bitte an:
Gendarmerie Libourne
Polizeigebäude – Kommissariat Bordeaux

Dieses Foto bringt mich aus der Fassung. Ich sehe dich und sehe doch eine andere. Du sollst vierzehn Jahre alt sein, man könnte dich jedoch leicht für sechzehn oder siebzehn halten. Ich erkenne deine bernsteinfarbene Haut, dein frisches Gesicht, deine ebenmäßigen Gesichtszüge. Aber der Rest ist mir fremd: diese vorgetäuschte Selbstsicherheit, der provozierende Blick einer etwas störrischen Jugendlichen, das kurze gewellte Haar, zum Pagenkopf geschnitten, die geschminkten Lippen eines Mädchens, das schon als Frau wahrgenommen werden möchte.

Wer bist du, Claire Carlyle?

Ich schloss die Augen. Ich war mehr als erschöpft, aber ich hatte nicht die Absicht, mich auszuruhen. Im Gegenteil. In meinem Kopf spielte ich einen Film von all den Dingen ab, die ich in den letzten Stunden erfahren hatte. Den Film über den »Fall Claire Carlyle«, wie die Ereignisse damals von den Medien genannt wurden.

2.

Am Samstag, den 28. Mai 2005 verbringt Claire Carlyle, eine vierzehnjährige New Yorkerin, die sich zu einem Sprachkurs in Aquitanien aufhält, den Nachmittag mit einer Gruppe von fünf Freundinnen in Bordeaux. Die Mädchen essen mittags auf der Place de la Bourse einen Salat, bummeln über die Uferstraßen, naschen bei Baillardran ein paar *Canelés* und shoppen im Viertel Saint-Pierre.

Um 18:05 Uhr steigt Claire am Bahnhof Saint-Jean in einen Nahverkehrszug, um nach Libourne zurückzufahren, wo die Larivières wohnen, ihre Gastfamilie. Begleitet wird sie von Olivia Mendelshon, einer anderen amerikanischen Schülerin, die dieselbe Schule besucht. Der Zug fährt um 18:34 Uhr ein, und eine Überwachungskamera nimmt in dem Moment, als die beiden Mädchen den Bahnhof fünf Minuten später verlassen, sehr deutliche Bilder von ihnen auf.

Claire und Olivia laufen auf der Avenue Gallieni noch ein kleines Stück gemeinsam. Dann, als ihre Wege sich gerade getrennt haben, hört Olivia einen Schrei, dreht sich um und nimmt flüchtig einen Mann wahr, »ungefähr dreißig Jahre alt, blond«, der ihre Freundin in einen grauen Kleintransporter stößt. Dann rast der Wagen davon. Und verschwindet.

Olivia Mendelshon besaß die Geistesgegenwart, sich das Kennzeichen des Lieferwagens zu merken und sofort zur Gendarmerie zu gehen. Obgleich es den Entführungsalarm *Alerte-Enlèvement* damals noch nicht gab – er wird sechs Monate später erstmals getestet, um im Departement Maine-et-Loire ein sechsjähriges Mädchen wiederzufinden –, wurden auf den meisten Fernstraßen unverzüglich Straßensperren errichtet. Ein Zeugenaufruf und eine Personenbeschreibung des mutmaßlichen Entführers wurden rasch und umfassend verbreitet – ein Phantombild, das nach Olivias Angaben erstellt worden war und einen Mann mit eingefallenem Gesicht, Topfschnitt und tiefliegenden Augen mit irrem Blick zeigte.

Bei den Straßenkontrollen konnte der Verdächtige nicht festgenommen werden. Ein graues Nutzfahrzeug vom Typ Peugeot Expert mit dem von Olivia genannten Kennzeichen wurde am nächsten Tag ausgebrannt in einem Wald zwischen Angoulême und Périgueux gefunden. Das Fahrzeug war am Vortag als gestohlen gemeldet worden. Hubschrauber überflogen den Wald. Man grenzte einen recht großen Suchbereich ab, der von zahlreichen Einheiten mit Spürhunden durchkämmt wurde. Den Kriminaltechnikern, die an den Fundort eilten, gelang es, Fingerabdrücke und DNA-Spuren zu sichern. Auf dem Boden fand man auch Reifenabdrücke neben der verkohlten Karosserie. Zweifellos stammten sie von einem Auto, in das man Claire umgeladen hatte. Es wurden Abgüsse angefertigt, der nächtliche Regen hatte den Boden jedoch aufgeweicht, sodass eine Identifizierung reiner Zufall gewesen wäre.

3.

War Claires Entführung vorsätzlich geplant worden, oder war sie das Ergebnis der spontanen Entscheidung eines zufällig vorbeikommenden Geistesgestörten gewesen?

Die Ermittlungen, die der Kriminalpolizei von Bordeaux übertragen wurden, erwiesen sich als kompliziert. Der Verdächtige konnte weder durch die DNA-Spuren noch durch die Fingerabdrücke identifiziert werden. Mithilfe von Dolmetschern führten die Ermittler ausführliche Befragungen der Schüler und Lehrer durch. Alle gehörten der Mother of Mercy Highschool an, einer katholischen Institution für Mädchen an der Upper East Side, die einen Schüleraustausch mit dem Lycée Saint-François-de-Sales in Bordeaux unterhielt. Man befragte die Gastfamilie – Monsieur und Madame Larivière –, ohne viel in Erfahrung zu bringen. Man überwachte die Sexualstraftäter der Region, führte in Bahnhofsnähe eine Funkzellenabfrage für die Tatzeit durch. Wie bei jeder Ermittlung, die von den Medien aufgegriffen wurde, erhielt das Kommissariat Dutzende frei erfundene Hinweise und anonyme Briefe ohne Belang. Nach einem Monat musste man sich der grauenvollen Wahrheit stellen: Die Ermittlungen waren nicht einen Zentimeter vorangekommen.

So, als wäre nichts geschehen …

4.

Im Prinzip hatte das Verschwinden von Claire Carlyle alles, um das Interesse der Medien zu wecken. Dennoch war die Maschinerie nicht so in Gang gekommen wie bei vergleichbaren Fällen. Ohne dass ich es mir wirklich erklären konnte, hatte irgendetwas die Welle des Mitgefühls gebremst, das dieses Drama verdient gehabt hätte. War es die amerikanische Nationalität von Claire? Die Tatsache, dass sie auf den Fotos älter aussah, als sie tatsächlich war? Die Überfülle weiterer Nachrichten zur damaligen Zeit?

Ich hatte Zeitungen von damals gefunden. In der Inlandspresse waren die Schlagzeilen am Tag nach Claires Verschwinden der Innenpolitik vorbehalten. Der Sieg des »Nein« im Referendum zur Europäischen Verfassung hatte wie ein Erdbeben gewirkt, er schwächte Präsident Chirac ebenso wie die Opposition, führte zum Rücktritt des Premierministers und zur Regierungsumbildung.

Die erste Meldung des französischen Nachrichtendienstes AFP, die vom »Fall Carlyle« sprach, war voller Ungenauigkeiten. Der Redakteur behauptete, warum auch immer, Claires Familie stamme aus Brooklyn, während sie seit Langem in Harlem lebte. In einer zweiten Meldung wurde der Fehler korrigiert, aber da war es schon zu spät: Die falsche Information hatte sich wie ein Virus verbreitet, wurde von einem Artikel in den nächsten übernommen und machte aus Claire Carlyle »das Mädchen aus Brooklyn«.

In den ersten Tagen erfuhr der Fall in den Medien der USA beinahe ein größeres Echo als in Frankreich. Die *New York Times* hatte der Entführung einen seriösen und auf die Fakten beschränkten Artikel gewidmet, der mir jedoch nichts Großartiges enthüllte. Die *New York Post*, Königin der Boulevardblätter, hatte sich beinahe eine Woche lang an dieser Geschichte berauscht. Mit ihrem wohlbekannten Sinn für Genauigkeit und Nuancen hatte die Tageszeitung die verrücktesten Hypothesen veröffentlicht, sich regelrecht darauf eingeschossen, Frankreich in Misskredit zu bringen, und ihren Lesern davon abgeraten, dort ihren Urlaub zu verbringen, wenn sie nicht wollten, dass ihre Kinder entführt, vergewaltigt und gequält würden. Dann, von einem Tag auf den anderen, war die Zeitung der Sache überdrüssig geworden und hatte sich auf andere Skandale – den Prozess gegen Michael Jackson –, anderen Klatsch und Tratsch – die Verlobung von Tom Cruise – und auf andere Dramen gestürzt – in New Jersey hatte man drei kleine Kinder erstickt im Kofferraum eines Autos aufgefunden.

Der beste französische Artikel, den ich gelesen hatte, stammte aus der Regionalpresse. Ihn hatte Marlène Delatour verfasst, eine Journalistin der Tageszeitung *Sud-Ouest*, die der Familie Carlyle eine Doppelseite gewidmet hatte. In dem Artikel zeichnete sie ein Porträt von Claire, das meiner Vorstellung von ihrer Jugend sehr gut entsprach. Ein junges Mädchen, ohne Vater aufgewachsen, schüchtern und fleißig, das sich für Bücher und Lernen begeisterte und dessen größter Wunsch es war, Rechtsanwältin zu werden. Trotz ihrer einfachen Herkunft hatte diese ausgezeichnete Schülerin dafür gekämpft, ein Stipendium zu bekommen, und konnte nach einer um ein Jahr verkürzten Schulzeit in das anspruchsvollste Gymnasium New Yorks eintreten.

Der Artikel war anlässlich der Ankunft von Claires Mutter in Frankreich geschrieben worden. Am 13. Juni 2005 war Joyce Carlyle von Harlem nach Bordeaux gereist, nachdem sie begriffen hatte, dass die Ermittlungen nicht von der Stelle kamen. Im Rundfunk- und Fernseharchiv INA hatte ich einige Bilder ihres Aufrufs in den Medien sehen können, der vor allem in den 20-Uhr-Nachrichten von France 2 übertragen worden war. Darin flehte sie den Entführer ihrer Tochter an, ihr nichts anzutun und sie freizulassen. Auf den Bildern hatte sie Ähnlichkeit mit der ehemaligen amerikanischen Sprinterin Marion Jones: Das geflochtene, zum Knoten zusammengefasste Haar, ein längliches Gesicht, eine zugleich spitze und breite Nase, weiße Zähne und schwarze Augen. Doch die Züge dieser Marion Jones waren von Kummer und schlaflosen Nächten gezeichnet, die Lider geschwollen.

Eine Mutter, verloren und um Fassung ringend, in einem fremden Land, die sich fragen musste, durch welche Ironie des Schicksals es möglich sein konnte, dass sich ihre Tochter, nachdem sie vierzehn Jahre lang sicher in East Harlem gelebt hatte, nun tief in der französischen Provinz in Todesgefahr befand.

5.

Länger als zwei Jahre verharrten die Ermittlungen also an einem toten Punkt, bis sie auf spektakuläre Weise wieder in Schwung kamen und ein besonders widerwärtiges Nachspiel erlebten.

Am 26. Oktober 2007 brach in der Morgendämmerung in einem einsamen Haus mitten im Wald in der Nähe von Saverne, an der Grenze zwischen Lothringen und dem Elsass, ein Feuer aus. Franck Muselier, ein Gendarm aus der Region, der auf dem Weg zu seinem Revier war, bemerkte den Rauch von der Straße aus und löste als Erster Alarm aus.

Als die Feuerwehr eintraf, war es bereits zu spät. Die Flammen hatten das Gebäude zerstört. Sobald der Brand unter Kontrolle war, wagten sich die Hilfskräfte in das Inferno und entdeckten überrascht die tatsächliche Architektur des Hauses. Das anscheinend klassische Gebäude war in Wirklichkeit ein halb unterirdisches, modernes Konstrukt. Eine kompakte spiralförmige Festung, angeordnet um eine gewaltige Wendeltreppe, die zu einer Reihe von tiefer gelegenen Zimmern in den Untergrund führte.

Zu Zellen.

Zu Verliesen.

Im Erdgeschoss fand man die Leiche eines Mannes, der eine hohe Dosis Schlafmittel und Angstlöser eingenommen hatte. Bei der späteren Identifizierung stellte sich heraus, dass es sich um den Eigentümer des Hauses handelte: Heinz Kieffer, einen siebenunddreißigjährigen deutschen Architekten, der seit vier Jahren in der Region lebte.

In drei »Zimmern« entdeckte man, mit Handschellen an die Rohrleitungen gefesselt, jeweils die Leiche einer Jugendlichen. Es dauerte mehrere Tage, bis man anhand des Gebisses und der DNA die Namen der Opfer ermitteln konnte.

Louise Gauthier, zum Zeitpunkt ihres Verschwindens am 21. Dezember 2004 vierzehn Jahre alt. Sie verbrachte damals die Ferien bei ihren Großeltern in der Nähe von Saint-Brieuc in den Côtes-d'Armor.

Camille Masson, zum Zeitpunkt ihres Verschwindens am 29. November 2006 sechzehn Jahre alt. Sie war in einem kleinen Ort zwischen Saint-Chamond und Saint-Étienne zu Fuß vom Sport nach Hause unterwegs gewesen.

Und schließlich Chloé Deschanel, am Tag des Dramas fünfzehn Jahre alt. Sie war am 6. April 2007 spurlos verschwunden, als sie in Saint-Avertin, einem Vorort von Tours, auf dem Weg zur Musikschule war.

Drei Jugendliche, die Heinz Kieffer über einen Zeitraum von zweieinhalb Jahren in drei weit voneinander entfernten Regionen Frankreichs entführt hatte. Drei schwache Opfer, die er aus ihrem Schülerinnenleben gerissen hatte, um sich seinen makabren Harem zuzulegen. Drei Mädchen, deren Verschwinden zur damaligen Zeit nicht eindeutig als Entführung eingestuft wurde. Louise Gauthier hatte mit ihren Großeltern gestritten, Camille Masson war eine Spezialistin im Weglaufen, und die Eltern von Chloé Deschanel hatten das Verschwinden ihrer Tochter erst verspätet gemeldet, was die Ermittlungen natürlich erschwert hatte. Und was die Sache noch schlimmer machte: Aufgrund der geografischen Entfernung schien keiner der zuständigen Ermittler eine Verbindung zwischen den drei Fällen hergestellt zu haben …

In den letzten zehn Jahren hatten zahlreiche Forschungsarbeiten versucht, die Psyche von Heinz Kieffer zu »verstehen« – wenn es bei einem Menschen, dessen Verhalten ein solches Ausmaß an Abscheulichkeit erreicht hat, überhaupt etwas zu verstehen gab. Der Entführer, dem man den Beinamen »deutscher Dutroux« gegeben hatte, war ein Rätsel geblieben, das die Analysen der Polizei, Psychiater und Journalisten nicht zu lösen vermocht hatten. Kieffer hatte keine kriminelle Vorgeschichte, tauchte in keiner Polizeiakte auf, war nie durch sein Verhalten auffällig geworden.

Bis Ende 2001 hatte er in einem angesehenen Architekturbüro in München gearbeitet. Die Leute, die damals seinen Weg kreuzten, hatten keine schlechte Erinnerung an ihn, wobei sich die meisten gar nicht an ihn erinnerten. Heinz Kieffer war ein Einzelgänger, ein durchscheinendes Wesen. Ein echter *Mr. Cellophane.*

Man wusste nicht mit Sicherheit, was Kieffer mit seinen Opfern »gemacht« hatte. Die drei verkohlten Leichen waren in einem zu schlechten Zustand, als dass ihre Obduktion Spuren sexuellen Missbrauchs oder von Folter hätte nachweisen können. Die Ermittlung der Brandursache hingegen ließ keinen Raum für Zweifel. Im Haus war Benzin vergossen worden. Genau wie ihr Kerkermeister waren die Jugendlichen mit Schlafmitteln und Angstlösern vollgepumpt gewesen. Aus einem unbekannten Grund hatte sich Kieffer anscheinend zum erweiterten Suizid entschlossen und seine drei Gefangenen mit in den Tod genommen.

Einige mit dem Fall befasste Kriminologen hatten Architekten als Berater hinzugezogen. Nach einem genauen Studium der Pläne und der Beschaffenheit der »Höhle des Grauens« und ihrer schalldichten Mauern waren diese zu dem Schluss gekommen, dass möglicherweise keines der Mädchen von der Existenz der beiden anderen etwas gewusst hatte. Auch wenn die Vermutung unter Vorbehalt geäußert wurde, hatte die Presse diese Version übernommen. Eine trostlose Vorstellung, die einen vor Grauen erstarren ließ.

6.

Die Entdeckung der drei Leichen fand in den Medien große Resonanz. Polizei und Justiz gerieten in eine heikle Situation, da die Versäumnisse der Ermittler und

Untersuchungsrichter offenkundig wurden. Drei junge Französinnen waren gestorben, getötet von einem Teufel, nachdem sie Monate und Jahre eingekerkert und misshandelt worden waren. Wer war dafür verantwortlich? Alle? Niemand? Die Behörden begannen, sich gegenseitig die Schuld zuzuschieben.

Die Analysen am Ort des Verbrechens dauerten zwei ganze Tage. In der Kanalisation des Hauses und in Kieffers Pick-up fand man Haare und andere frische DNA-Spuren, die weder zu dem Verbrecher noch zu seinen drei Opfern gehörten. Die Ergebnisse wurden rund zehn Tage später veröffentlicht: Es gab zwei genetische Fingerabdrücke, von denen einer nicht identifiziert werden konnte. Der andere gehörte der jungen Claire Carlyle.

Kaum war diese Information bekannt geworden, fand man heraus, dass Heinz Kieffer zum Zeitpunkt von Claires Entführung seine Mutter besucht hatte, die in einem Pflegeheim in Ribérac in der Dordogne lebte, knapp sechzig Kilometer von Libourne entfernt. Wieder suchte man die Gewässer rund um das Gebäude ab, setzte Bagger ein, forderte Hubschrauber mit Wärmebildkameras an, um den Wald zu überfliegen, und rief Freiwillige dazu auf, das Gebiet weiträumig zu durchkämmen.

Und die Zeit verging.

Und die Hoffnung schwand, zumindest die, die Leiche der jungen Frau zu finden.

Auch wenn Claire Carlyle nie gefunden wurde, bestand für niemanden ein Zweifel daran, dass sie tot war. Einige Tage oder Stunden bevor Kieffer die Mädchen ermordete und seinem Leben ein Ende setzte, hatte er Claire an einen entlegenen Ort gebracht, sie umgebracht und sich der Leiche entledigt.

Die Akte blieb dennoch weitere zwei Jahre offen, ohne dass die Ermittler irgendwelche neuen Fakten finden konnten. Ende 2009 unterzeichnete der zuständige Untersuchungsrichter schließlich die Todeserklärung von Claire Carlyle.

Anschließend hörte man nie mehr etwas über »das Mädchen aus Brooklyn«.

8. Geistertanz

Die Wahrheit ist wie die Sonne.
Sie erhellt alles, lässt
sich aber nicht betrachten.

Victor Hugo, *Océan*

1.

»Los, los, aufgestanden!«

Caradecs Stimme holte mich aus dem Schlaf. Ich schreckte hoch und riss die Augen auf. Ich war schweißgebadet, mein Herz schlug zum Zerspringen, und ich hatte einen pelzigen Geschmack im Mund.

»Wie, zum Teufel, bist du reingekommen?«

»Ich habe doch deinen Zweitschlüssel.«

Mit einem frischen Baguette in der einen und einer Einkaufstasche in der anderen Hand kam er offenbar von der Bäckerei an der Ecke. Ich hatte das Gefühl, Sand unter den Lidern zu haben. Zwei Nächte hatte ich nicht geschlafen, das ging über meine physischen Kräfte. Ich unterdrückte ein Gähnen und erhob mich mühsam aus meinem Sessel, um Marc in die Küche zu folgen.

Ich warf einen Blick auf die Wanduhr – fast acht. *Verdammt!* Die Müdigkeit hatte mich einfach übermannt, und ich hatte über eine Stunde geschlafen.

»Ich habe schlechte Neuigkeiten«, erklärte Marc und schaltete die Kaffeemaschine ein.

Seit er hereingeplatzt war, sah ich ihm zum ersten Mal in die Augen. Seine finstere Miene verhieß nichts Gutes.

»Kann es denn noch schlimmer kommen?«

»Es geht um Clotilde Blondel.«

»Die Schulleiterin?«

Er nickte.

»Ich komme gerade aus dem Lycée Sainte-Cécile.«

Ich glaubte, meinen Ohren nicht zu trauen.

»Du bist ohne mich hingefahren?«

»Ich war vor einer Stunde hier, um dich abzuholen«, erwiderte er verärgert. »Aber du hast geschlafen wie ein Stein, also bin ich allein gefahren. Ich habe die ganze Nacht nachgedacht: Blondel ist eine unserer wichtigsten Spuren. Wenn ich recht verstanden habe, was du mir erzählt hast, dann weiß sie viel mehr, als sie dir sagen wollte. Ich dachte, wenn sie das Video des Angriffs auf ihren Schützling sieht, würde sie auspacken.«

Ehe er fortfuhr, kippte er Kaffeepulver in den Filter.

»Doch als ich in der Rue de Grenelle ankam, gab es jede Menge Polizei vor dem Schultor. Einige habe ich erkannt, es waren die Jungs von der Kripo des dritten Arrondissements. Die ganze Truppe von Ludovic Cassagne. Ich bin in meinem Auto sitzen geblieben und habe mich im Hintergrund gehalten, bis sie weg waren.«

Mich beschlich eine böse Vorahnung.

»Was hatte die Polizei denn dort im Sainte-Cécile zu suchen?«

»Der stellvertretende Schulleiter hatte sie gerufen, nachdem er Clotilde Blondel reglos auf dem Hof gefunden hatte.«

Auch wenn ich nicht sicher war, richtig verstanden zu haben, riss mich diese Information doch aus meiner Lethargie.

»Ich habe mit dem Gärtner sprechen können«, fuhr Marc fort und schob Brotscheiben in den Toaster. »Er hat sie gefunden, als er um sechs Uhr morgens seinen Dienst antrat. Die Polizei glaubt, dass jemand sie aus dem Fenster ihres Büros gestoßen hat – ein Sturz aus dem dritten Stock.«

»Ist sie tot?«

Marc verzog zweifelnd das Gesicht.

»Nach dem, was der Typ mir gesagt hat, atmete sie zwar noch, befand sich aber in einem kritischen Zustand.«

Er zog ein Notizbuch aus der Tasche seiner Jeans, setzte seine Brille auf und las seine Aufzeichnungen.

»Die Rettungskräfte haben sie auf der Stelle ins Krankenhaus Cochin gebracht.«

Ich griff nach dem Telefon. Ich kannte zwar niemanden in Cochin, doch ich hatte einen Cousin, Alexandre Lèques, der Leiter der Kardiologie im Hôpital Necker war. Ich hinterließ ihm eine Nachricht mit der Bitte, seine Beziehungen spielen zu lassen und sich nach Clotilde Blondels Befinden zu erkundigen.

Dann ließ ich mich, niedergedrückt von einem Gefühl der Panik und des schlechten Gewissens, auf die Bank sinken. All das war meine Schuld. Indem ich Anna in die Enge getrieben hatte, hatte ich sie gezwungen, mir eine Wahrheit zu enthüllen. Ohne es zu wollen, hatte ich die Geister der Vergangenheit heraufbeschworen, die einen Sturm der Gewalt losgetreten hatten.

2.

»Läschchen, Papa, Läschchen!«

Verschlafen tauchte Theo aus seinem Zimmer auf und kam ins Wohnzimmer getrippelt. Lächelnd griff er nach der Flasche, die ich ihm gerade aufgewärmt hatte, und krabbelte in seinen Babysitz.

Seine weit geöffneten Augen glänzten, und er trank die Milch so gierig, als hinge sein Leben davon ab. Ich betrachtete sein hübsches Gesicht – die blonden Locken, die Stupsnase, die leuchtend blauen, klaren Augen – und versuchte, Kraft und Hoffnung daraus zu schöpfen.

Mit der Kaffeetasse in der Hand lief Marc vor meiner Kork-Pinnwand auf und ab.

»Das ist das Foto, das sie dir gezeigt hat, ja?«, mutmaßte er und deutete auf einen Farbausdruck, den ich aufgehängt hatte.

Ich nickte. Die Aufnahme zeigte die drei verkohlten Leichen der Jugendlichen, die Kieffer entführt hatte. Jetzt konnte ich den Opfern einen Namen geben: Louise Gauthier, Camille Masson, Chloé Deschanel.

»Wo hast du das gefunden?«, fragte er, ohne das Bild aus den Augen zu lassen.

»In einer Sonderausgabe der Regionalzeitung, die in Zusammenarbeit von *La Voix du Nord* und *Le Républicain lorrain* entstanden ist. Es war auf einer Doppelseite über Kieffer und ›seine Höhle des Grauens‹ abgebildet. Übrigens merkwürdig, dass der Chefredakteur das zugelassen hat.«

Marc trank einen Schluck Kaffee und seufzte. Er kniff die Augen zusammen und überflog die Artikel, die ich in chronologischer Reihenfolge dort angepinnt hatte.

»Was hältst du davon?«

Nachdenklich öffnete er das Fenster, um zu rauchen, und versuchte, das Geschehen zu rekonstruieren.

»Mai 2005: Claire Carlyle wird am Bahnhof von Libourne von Kieffer entführt. Er bringt sie mit dem Auto zu seiner ›Höhle‹ im Osten Frankreichs. Dort hat der Pädophile bereits eine Gefangene: die kleine Louise, die er in der Bretagne gekidnappt hat. Monatelang durchleben die beiden Mädchen die Hölle. Kieffer vergrößert seinen Harem, Ende 2006 entführt er Camille Masson und im darauffolgenden Frühjahr Chloé Deschanel.«

»So weit kann ich dir folgen.«

»Im Oktober 2007 ist Claire seit zweieinhalb Jahren in seiner Gefangenschaft. Um seine Opfer besser missbrauchen zu können, verabreicht Kieffer ihnen Schlaf- und Beruhigungsmittel. Da er immer mehr unter Druck gerät, nimmt er auch selbst welche. Eines Tages nutzt Claire eine Unaufmerksamkeit ihres Peinigers, um zu fliehen. Als Kieffer ihr Verschwinden bemerkt, gerät er in Panik. Er rechnet damit, dass die Bullen jeden Augenblick auftauchen können, und tötet seine Opfer, bevor er sich selbst umbringt, indem er das Haus anzündet, dann ...«

»Das verstehe ich nicht.«

»Wieso?«

Ich trat auch zum Fenster und hockte mich auf die Tischkante.

»Kieffers Haus war eine wahre Trutzburg. Einzelzellen mit verstärkten Türen, ein Alarm- und automatisches Schließsystem. Ich denke, so einfach konnte Claire nicht fliehen.«

Caradec entkräftete mein Argument.

»Man kann aus jedem Gefängnis ausbrechen.«

»Na gut, nehmen wir an, es wäre so gewesen. Claire schafft es, herauszukommen.«

Ich erhob mich, griff nach einem Stift und deutete auf den Auszug einer Straßenkarte, die ich im A3-Format ausgedruckt hatte.

»Hast du gesehen, wo das Haus liegt? Mitten im Wald von Petite Pierre. Zu Fuß braucht man Stunden, um die ersten Wohnhäuser zu erreichen. Kieffer hätte ausreichend Zeit gehabt, das Mädchen wieder einzufangen.«

»Vielleicht hat Claire sein Auto geklaut.«

»Nein, man hat seinen Pick-up und sein Motorrad vor der Haustür gefunden. Und nach allem, was ich gelesen habe, besaß er keine weiteren Fahrzeuge.«

Caradec überlegte laut weiter.

»Dann hat sie vielleicht auf der Flucht jemanden angehalten, der sie mitgenommen hat?«

»Soll das ein Scherz sein? Bei dem Medienrummel, den der Fall aufgewirbelt hat, hätte sich die Person gemeldet. Und wenn Claire wirklich davongekommen wäre, wie erklärst du dir dann, dass sie nicht die Polizei verständigt hat? Allein schon, um die anderen Mädchen zu retten. Warum hat sie sich nie irgendwo gemeldet? Warum hätte sie in Paris bleiben sollen, wo sich doch ihre Mutter und ihre Schule in den USA befanden?«

»Genau das kann ich eben nicht erklären.«

»Gut, sie wusste vielleicht nicht zwangsläufig, dass noch andere Mädchen dort eingesperrt waren, aber was ist mit dem Geld? Die Vier- oder Fünfhunderttausend, die wir in der Stofftasche gefunden haben?«

»Die hat sie Kieffer geklaut«, mutmaßte Caradec.

Doch auch diese Hypothese war nicht stichhaltig.

»Die Polizei hat die Konten genau unter die Lupe genommen: Heinz Kieffer hatte sich durch den Bau des Hauses schwer verschuldet. Er besaß keinerlei Ersparnisse. Er hat sogar seine Mutter angepumpt, die ihm jeden Monat fünfhundert Euro überwies.«

Marc drückte seine Kippe in einem meiner Geranientöpfe aus, machte eine verärgerte Handbewegung, so als wolle er die entmutigenden Gedanken beiseiteschieben, und fuhr dann fort:

»Raphaël, um Claire zu finden, müssen wir von vorn anfangen. Lass uns die richtigen Fragen stellen. Du hast die ganze letzte Nacht daran gearbeitet, also ist es an dir, mir zu sagen, welche Fragen uns wirklich weiterbringen.«

Ich griff zu einem Stift, nahm einen alten Zettel von der Pinnwand und schrieb einige Überlegungen auf:

Wer hat Claire in die Box des Lagers gesperrt?
Wer hat sie herausgeholt?
Warum hält man sie noch immer gefangen?

Caradec griff die letzte Frage auf.

»Man hält sie gefangen, weil sie dir die Wahrheit sagen wollte. Anna wollte dir gestehen, dass sie Claire Carlyle ist.«

»Marc, du hast mir immer erklärt, bei Ermittlungen sei die einzige wichtige Frage die nach dem Motiv!«

»Das stimmt, und in unserem Fall bedeutet es, dass wir uns überlegen müssen, wem es schaden würde, wenn Anna die Wahrheit enthüllt hätte und man plötzlich erfahren würde, dass Anna Becker in Wirklichkeit die kleine Claire Carlyle ist, die zehn Jahre zuvor von Heinz Kieffer entführt wurde?«

Die Frage stand eine Weile im Raum, ohne dass einer

von uns beiden sie aufgegriffen hätte, und unser Eindruck, ein wenig vorangekommen zu sein, verflog. Das Wesentliche hatten wir noch nicht erkannt.

3.

Das Lätzchen um den Hals, saß Theo auf einem Hocker und verzehrte gierig sein Honigbrot. Marc saß neben ihm, entwickelte nach einer zweiten Tasse Kaffee neue Hypothesen und gab sie zum Besten.

»Wir müssen uns mit den Ermittlungen im Fall Kieffer beschäftigen. Zum Tatort fahren und herausfinden, was in der Nacht vor dem Brand in diesem Haus geschehen ist.«

Ich persönlich war nicht davon überzeugt, dass dies die richtige Vorgehensweise war. Seit einer Weile war mir etwas Offensichtliches klar geworden: Marc beurteilte die Sache wie ein Ermittler, ich hingegen wie ein Schriftsteller.

»Erinnerst du dich an unser Gespräch über das Schreiben, Marc? Als du mich gefragt hast, wie ich meine Protagonisten anlege, habe ich dir geantwortet, dass ich nie einen Roman beginne, ohne ganz genau die Vergangenheit meiner Helden zu kennen.«

»Du legst für jeden von ihnen eine Art Biografie an, nicht wahr?«

»Ja, und bei dieser Gelegenheit habe ich auch von dem *Ghost* gesprochen.«

»Sag mir noch einmal, was das war.«

»Der *Ghost*, das Phantom, das Gespenst – so nennen bestimmte Dramaturgielehrer ein Schlüsselereignis, eine grundlegende Veränderung in der Vergangenheit der Protagonisten, die sie bis in die Gegenwart beeinflusst.«

»Ihre Schwachstelle sozusagen?«

»In gewisser Weise. Ein Schock, etwas Verdrängtes, ein Geheimnis, das ihre Persönlichkeit, ihre Psyche, den inneren Werdegang und zum Teil ihr Verhalten erklärt.«

Er beobachtete, wie ich Theo den klebrigen Mund abwischte.

»Und worauf genau willst du hinaus?«

»Ich muss den *Ghost* von Claire Carlyle finden.«

»Den wirst du entdecken, wenn wir wissen, was in der Nacht vor dem Brand in Kieffers Haus geschehen ist.«

»Nicht zwingend. Ich glaube, da ist noch etwas anderes. Eine andere Wahrheit, die erklärt, warum Claire Carlyle, wenn ihr wirklich die Flucht gelungen sein sollte, weder die Polizei informiert noch versucht hat, ihre Familie wiederzusehen.«

»Und wo finden wir deiner Meinung nach diese Erklärung?«

»Dort, wo alle Erklärungen dieser Welt entstehen – am Ort der Kindheit.«

»In Harlem?«, fragte er und trank einen Schluck Kaffee.

»Ganz genau. Also, das ist mein Vorschlag, Marc: Du setzt die Nachforschungen in Frankreich fort und ich in den Vereinigten Staaten!«

Caradec verschluckte sich an seinem Kaffee. Als er aufhörte zu husten, sah er mich ungläubig an.

»Ich hoffe, das meinst du nicht ernst.«

4.

Am Kreisverkehr an der Place d'Italie bog unser Taxi in den Boulevard Vincent-Auriol ein.

»Auto, Papa! Auto!«

Theo saß auf dem Rücksitz auf meinem Schoß und war der glücklichste kleine Junge der Welt. Beide Hände an die Scheibe gelegt, belustigte ihn das Schauspiel des Pariser Verkehrs. Ich hingegen hatte den Kopf auf seinen nach Weizen duftenden Haarschopf gesenkt und versuchte, aus seiner Begeisterung für mich etwas von dem Optimismus herauszufiltern, den ich so dringend brauchte.

Wir waren auf dem Weg zum Flughafen. Es war mir gelungen, Marc von meiner Idee zu überzeugen. Dann hatte ich mit wenigen Mausklicks ein Ticket nach New York reserviert, Theos und meine Sachen in einen Koffer gepackt und ein Hotel gebucht.

Mein Handy vibrierte. Ich zog es gerade noch rechtzeitig aus der Tasche, um den Anruf anzunehmen. Die Nummer, die auf dem Display angezeigt wurde, war

153

die meines Cousins, der in der Kardiologie des Hôpital Necker arbeitete.

»Hallo, Alexandre, danke für deinen Rückruf.«

»Alles in Ordnung bei dir?«

»Etwas schwierig im Moment. Und bei dir? Wie geht es Sonia und den Kindern?«

»Sie werden so schnell groß. Ist das Theo, den ich da im Hintergrund krähen höre?«

»Ja, wir sitzen im Taxi.«

»Gib ihm einen Kuss von mir. Hör zu, ich habe etwas über Clotilde Blondel in Erfahrung bringen können.«

»Und?«

»Tut mir leid, aber die Sache ist wirklich ernst. Mehrere Rippen, ein Bein und das Becken gebrochen, ausgekugelte Hüfte, Schädeltrauma. Als ich meinen Freund im Hôpital Cochin angerufen habe, war sie noch im OP.«

»Ist sie in Lebensgefahr?«

»Im Moment schwer zu sagen. Weißt du, diese Art von Polytrauma kann sehr riskant sein.«

»Hat sie Hämatome im Gehirn?«

»Ja, und im gesamten Atmungsapparat, Pneumothorax, Hämothorax, ganz zu schweigen von den Verletzungen im Wirbelkanal.«

Ein kurzer zweifacher Piepser unterbrach unser Gespräch. Eine Nummer, die mit 02 begann.

»Entschuldige, Alex, ich habe noch einen anderen Anruf. Etwas Wichtiges. Kannst du kurz warten und mich dann weiter über die Entwicklung der Dinge informieren?«

»In Ordnung.«

Ich bedankte mich und nahm den neuen Anruf an. Wie ich gehofft hatte, war es Marlène Delatour, die Journalistin der Zeitung *Sud-Ouest*, die sich damals mit dem Fall Carlyle beschäftigt hatte. Letzte Nacht, nachdem ich den Artikel gelesen hatte, hatte ich sie im Internet ausfindig gemacht. Sie hatte die Redaktion gewechselt und arbeitete jetzt für die *Ouest France*. Ich hatte ihr eine Mail geschickt, in der ich erklärt hatte, ich würde eine Art Anthologie der Kriminalfälle des 21. Jahrhunderts schreiben und deshalb gern wissen, inwieweit sie sich an den Fall erinnerte.

»Vielen Dank für Ihren Anruf.«

»Wir sind uns vor einigen Jahren schon mal kurz begegnet. Ich habe Sie 2011 während des Literatur- und Filmfestivals *Étonnants Voyageurs* interviewt.«

»Ja, natürlich, ich erinnere mich«, log ich.

»Sie schreiben also jetzt keine Romane mehr, sondern Essays?«

»Manchmal übersteigt das Grauen, das man in der Rubrik ›Vermischtes‹ findet, die Fiktion.«

»Da bin ich ganz Ihrer Meinung.«

Ich klemmte das Handy zwischen Kinn und Schulter. So hatte ich die Hände frei und konnte meinen Sohn festhalten. Theo hüpfte auf dem Sitz herum, um die Metro zu sehen, die über die Brücke fuhr.

»Erinnern Sie sich noch gut an den Fall Carlyle?«

»O ja. Um ehrlich zu sein, habe ich mich damals ziemlich mit Claire identifiziert. Wir hatten etliche Gemeinsamkeiten: Wir kannten beide unseren Vater nicht und wurden nur von der Mutter aufgezogen, wir kamen beide eher aus bescheidenen Verhältnissen, und die Schule war für uns der Weg zum sozialen Erfolg ... Sie war ein bisschen wie meine kleine Schwester aus Amerika.«

»Sind Sie sicher, dass Claire ihren Vater nicht kannte?«

»Meiner Meinung nach wusste nicht einmal die Mutter, von wem sie schwanger war.«

»Sind Sie sich da ganz sicher?«

Ich hörte einen Seufzer am anderen Ende der Leitung.

»Fast. Das zumindest hat mir Joyce Carlyle zu verstehen gegeben, als ich sie zu diesem Thema befragt habe. Das war zwei Wochen nach der Entführung während ihres Aufenthalts in Frankreich. Die Ermittlungen hatten sich totgelaufen. Ich habe es nicht in dem Artikel geschrieben, aber ich habe erfahren, dass Joyce vor der Geburt ihrer Tochter jahrelang süchtig war – Crack, Heroin, Crystal –, sie hat alles genommen. Ende der 1980er-Jahre verdiente sie sich mit Prostitution das Geld für ihren Stoff.«

Diese Enthüllung bereitete mir Übelkeit. Nach kurzem Zögern entschied ich mich dagegen, Marlène Delatour zu erzählen, dass ich mich auf dem Weg nach New York befand. Sie war eine gute Journalistin. Wenn sie den Eindruck bekäme, dass ich mich sehr für die Sache interessierte, könnte sie eine mögliche Story wittern. Nachdem ich alles dafür getan hatte, der Polizei die Geschichte zu verheimlichen, würde ich mich jetzt nicht in die Höhle des Löwen wagen, indem ich mich einer Journalistin anvertraute.

Ich versuchte also, gleichgültig zu wirken, als ich fragte:

»Waren Sie seither noch einmal mit Joyce in Kontakt?«

Marlène schwieg verwundert und erklärte dann:

»Das wäre schwierig gewesen, denn sie ist zwei Wochen später gestorben.«

Ich fiel aus allen Wolken.

»Das habe ich nirgendwo gelesen.«

»Ich selbst habe es erst viel später erfahren, nämlich als ich im Sommer 2010 in New York Urlaub machte. Als ich Harlem besichtigte, hatte ich den Wunsch, mir das Haus anzusehen, in dem Claire aufgewachsen war. Ich hatte mir die Adresse wegen des Namens gemerkt – Bilberry Street Nummer sechs – Blaubeerstraße ... Erst als ich dort war und mich mit den Lebensmittelhändlern im Viertel unterhielt, habe ich gehört, dass Joyce Ende Juni 2005 gestorben war. Nur vier Wochen nach der Entführung ihrer Tochter.«

Wenn diese Information den Tatsachen entsprach, änderte das vieles.

»Woran ist sie gestorben?«

»Was glauben Sie? Eine Überdosis Heroin, bei sich

157

zu Hause. Sie war fünfzehn Jahre clean gewesen, aber durch das Drama rückfällig geworden. Nach so langer Enthaltsamkeit reicht schon eine geringe Dosis, um jemanden umzubringen.«

Das Taxi fuhr über den Pont Bercy und weiter an den Quais entlang. Auf der anderen Seite der Seine zog die Stadtlandschaft vorbei: das Schwimmbad Josephine Baker, das auf einem Floß eingerichtet war, die eckigen Türme der Bibliothek François Mitterrand, die trägen Lastenkähne und die niedrigen Bögen des Pont Tolbiac.

»Was können Sie mir sonst noch über den Fall erzählen?«

»So aus dem Stegreif fällt mir nicht viel ein, aber ich kann mir meine Notizen ansehen.«

»Das wäre sehr …«

Sie unterbrach mich.

»Warten Sie, da ist doch noch etwas. Während der Ermittlungen zirkulierte das Gerücht, Joyce habe einen Privatdetektiv beauftragt, um eigene Nachforschungen anzustellen.«

»Woher wissen Sie das?«

»Damals war ich mit einem Mann zusammen, Richard Angeli, ein junger Polizeibeamter der Kripo von Bordeaux. Unter uns gesagt ein Vollidiot, aber er war unglaublich ehrgeizig und gab mir auch öfter Informationen.«

Ich verrenkte mich, um einen Stift aus der Tasche zu ziehen, und notierte den Namen auf dem einzigen Stück Papier, das ich zur Hand hatte: *Camille macht eine*

Dummheit – das Lieblingsbuch meines Sohnes, das ich mitgenommen hatte, um ihn auf der Reise zu beschäftigen.

»Was genau war seine Aufgabe?«

»Er war der Leiter der Sonderkommission, die nach der Entführung von Claire Carlyle eingerichtet wurde. Nach dem, was er mir erzählt hat, waren seine Kollegen und der Richter außer sich vor Wut, dass ein Außenseiter ihre Ermittlungen störte.«

»Wer war es? Ein amerikanischer Detektiv?«

»Das weiß ich nicht. Ich habe ein wenig nachgeforscht, aber nichts Konkretes herausgefunden.«

Es folgte ein Schweigen, dann sagte sie:

»Raphaël, wenn Sie etwas herausfinden, informieren Sie mich bitte, ja?«

»Natürlich.«

An ihrer Stimme hörte ich, dass es nur weniger Minuten bedurft hatte, um Marlène Delatour erneut mit dem »Claire-Carlyle-Virus« zu infizieren.

Das Taxi war jetzt hinter der Porte de Bercy auf den Périphérique gefahren. Mein Sohn hatte sich beruhigt und hielt seinen Plüschhund, den treuen Fifi, an sich gedrückt.

»Ich hatte immer den Eindruck«, fuhr die Journalistin fort, »dass uns in diesem Fall irgendetwas entgangen ist. Polizei, Journalisten, Richter – alle haben sich die Zähne an der Sache ausgebissen. Selbst nach Auswertung der DNA-Spuren bei Heinz Kieffer blieb ein ungutes Gefühl.«

Es war das erste Mal, dass ich jemanden hörte, der die offizielle Version infrage stellte.

»Was genau meinen Sie damit? Kieffer sah dem Phantombild sehr ähnlich.«

»Ein Phantombild, das nach *einer einzigen* Zeugenaussage angefertigt worden war.«

»Der von Olivia Mendelshon.«

»Ein Mädchen, das die Polizei nur wenige Stunden hat befragen können, weil die Eltern sie am nächsten Tag mit in die USA genommen haben.«

»Da kann ich Ihnen nicht ganz folgen. Stellen Sie die Schlussfolgerung infrage, dass …«

»Nein, nein«, unterbrach sie mich. »Ich habe auch keine andere Theorie und keine anderen Beweise, aber ich habe das schon damals sonderbar gefunden: ein einziger Zeuge, später dann DNA-Spuren, aber keine Leiche. Kommt Ihnen das nicht auch seltsam vor?«

Nun seufzte ich.

»Die Journalisten wittern immer und überall das Schlechte.«

»Und die Schriftsteller haben ein Problem mit der Realität.«

9. Die Blaubeerstraße

Es gibt keine allgemein gültige Wahrheit,
wahr sind die Dinge, wie sie dem einzelnen
Menschen jeweils erscheinen.

Maj Popken, *Wie wirklich ist die Wahrheit*

1.

Sobald das Taxi über die Brooklyn Bridge gefahren war, fand ich das vertraute, rege Leben von Manhattan wieder. Seit Theos Geburt war ich nicht mehr hier gewesen, und jetzt wurde mir bewusst, wie sehr mir der stahlblaue Himmel und das bunte Treiben gefehlt hatten.

Ich kannte New York seit meinem achtzehnten Lebensjahr. In dem Sommer nach meinem Abitur war ich aus einer Laune heraus einer jungen Dänin, in die ich mich verliebt hatte, nach New York gefolgt. Drei Wochen nach unserer Ankunft hatte Kirstine, die in der Upper East Side als Au-pair-Mädchen arbeitete, plötzlich beschlossen, dass unsere Romanze beendet sei. Damit hatte ich nicht gerechnet, und es verletzte mich sehr, doch schnell tröstete mich die Erkundung der Stadt über diesen ersten Liebeskummer hinweg.

Ich blieb ein Jahr in Manhattan. In den ersten Wochen arbeitete ich in einem Diner an der Madison Avenue, dann folgten verschiedene kleine Jobs – Eisverkäufer, Bedienung in einem französischen Lokal, Aushilfe in einem Videoclub, Verkäufer in einer Buchhandlung an der East Side. Das war eine der interessantesten Phasen meines Lebens. In New York traf ich Menschen, die mich nachhaltig prägten, und erlebte entscheidende Ereignisse, die zum Teil mein weiteres Leben beeinflussten. Seither war ich zweimal im Jahr mit stets gleichem Enthusiasmus zurückgekommen – bis zu Theos Geburt.

Im Flugzeug hatte ich die WLAN-Verbindung genutzt, um Mails mit der Rezeption des *Bridge Club* zu wechseln, jenem Hotel in TriBeCa, in dem ich seit zehn Jahren abstieg und das trotz seines Namens nichts mit Kartenspielern zu tun hatte. Sie hatten ihre gute Kinderbetreuung angepriesen, und ich hatte ein Mädchen engagiert, das sich um Theo kümmern sollte, während ich meine Nachforschungen betrieb. Ich hatte auch einen Buggy gemietet und eine Liste mit Einkäufen erstellt, die das Hotel für mich erledigen wollte: zwei Pakete Windeln, Reinigungstücher, Watte, Reinigungsmilch und Gläschen mit Babynahrung.

»Ihr Sohn ist nicht zu überhören«, hatte mir der Kabinensteward beim Aussteigen gesagt. Das war freundlich ausgedrückt, denn Theo war unerträglich gewesen,

162

und ich hatte mich für ihn fast geschämt. Müde und überdreht hatte er den ganzen Flug über Theater gemacht, war nicht auf seinem Platz geblieben und hatte das Personal und die anderen Reisenden der Businessclass gestört. Erst im Taxi auf dem Weg zum *Bridge Club* war er eingeschlafen.

Im Hotel angekommen, nahm ich mir nicht die Zeit, meinen Koffer auszupacken. Ich wechselte die Windel meines Sohns und legte ihn ins Bett, um ihn dann in Mariekes Obhut zu übergeben – ein junges deutsches Kindermädchen, von dem meine Großmutter behauptet hätte, sie sei »viel zu schön, um aufrichtig zu sein«.

Um siebzehn Uhr stürzte ich mich in die Rushhour. Die Straßen, der Lärm, das rege Treiben. Der gnadenlose Kampf um ein Taxi. Doch um diese Zeit war man mit der Subway schneller dran. An der Station Chambers Street stieg ich in die Linie A und fuhr Richtung Norden, um eine halbe Stunde später an der 125th Street wieder auszusteigen.

Ich kannte Harlem nicht besonders gut. Während meines ersten Aufenthalts in den 1990er-Jahren war das Viertel zu heruntergekommen und gefährlich gewesen, als dass irgendein vernünftiger Mensch hier längere Zeit hätte verbringen wollen. Wie die anderen Touristen auch unternahm ich nur eine Stippvisite, um meinen Mut auf die Probe zu stellen, besuchte eine Gospelmesse und machte ein Foto von den Neonlichtern des *Apollo* Theaters, aber das war auch schon alles.

Neugierig, wie sich das Viertel wohl entwickelt haben

mochte, ging ich ein Stück zu Fuß. Im Flugzeug hatte ich einen Artikel gelesen, der erklärte, die Immobilienfirmen hätten Harlem jetzt – in der Hoffnung, ihm ein neues, modernes Gesicht zu verleihen – den pompösen Namen »SOHA« für SOuth HArlem gegeben.

Und tatsächlich hatte diese Gegend nichts mehr mit dem ehemaligen Ganovenviertel zu tun und entsprach fast den Beschreibungen in den Touristenführern.

Auf der 125th Street, die auch den Namen Martin Luther King Boulevard trug, fand ich all das wieder, was ich an Manhattan liebte. Die lebendige Atmosphäre, der Singsang der Sirenen, der Wirbelsturm an Farben, Gerüchen, Akzenten. Die orange-blauen Verkaufskarren der Brezel- und Hotdogverkäufer, von denen eine weiße Rauchwolke aufstieg, das endlose Geplapper der fliegenden Händler, die unter geflickten Sonnenschirmen ihre Waren zu verkaufen versuchten. Kurz – der Eindruck eines riesigen, aufregenden und sehr organisierten Chaos.

Sobald man die großen Straßen verließ, wurde das Viertel sehr viel ruhiger. Ich brauchte eine Weile, um mich zu orientieren und besagte Bilberry Street zu finden – eine atypische Gasse zwischen der 131th und der 132nd Street und eine Querstraße zum Malcom X Boulevard.

An diesem sommerlichen Spätnachmittag fiel durch das Blattwerk der Kastanienbäume ein weiches Licht auf die Bürgersteige und Fenster. Zu beiden Seiten der Straße erhoben sich rote Backsteinhäuser mit geschnitz-

164

ten, bunt bemalten Portalvorbauten aus Holz, Balkonen mit schmiedeeisernen Gittern und Treppen, die in kleine Gärten führten. Und auch das war der Zauber von New York – die vielen Male, wenn man sich sagt: »Ich habe absolut nicht den Eindruck, in New York zu sein.«

Als ich an diesem Nachmittag auf Claires Kindheit zulief, war ich nicht mehr in Harlem. Ich war im tiefsten amerikanischen Süden, in Georgia oder South Carolina, in der Nähe von Savannah oder Charleston.

Auf den Spuren des Mädchens aus Brooklyn.

2.

Departement Moselle, Autobahn A4
Ausfahrt 44: Phalsbourg/Sarrebourg

Als Marc Caradec vor der einzigen Zahlstelle wartete, warf er einen Blick auf seine Omega Speedmaster und rieb sich die Augen. Seine Kehle war trocken, die Pupillen waren geweitet. Er war gegen elf Uhr in Paris losgefahren und hatte die vierhundert Kilometer in viereinhalb Stunden zurückgelegt – mit einer einzigen Pause, um auf der Höhe von Verdun vollzutanken.

Der Ermittler reichte dem Angestellten eine Handvoll Münzen und fuhr weiter über die Landstraße nach Phalsbourg.

Die alte befestigte Stadt am Rand des Naturparks der Vogesen war die letzte in Lothringen, bevor man ins Elsass gelangte. Marc parkte den Range Rover auf der

165

sonnenbeschienenen Place d'Armes. Er zündete sich eine Zigarette an und beschirmte die Augen mit der Hand, um sie vor dem grellen Licht zu schützen. Die alte ockergelbe Kaserne, die riesige Bronzestatue, die einen Marschall des Kaiserreichs zeigte, die außergewöhnliche Größe des Platzes – all das verwies auf das kriegerische Erbe der Stadt. Eine Erinnerung an die noch nicht allzu weit zurückliegende Zeit der Militärparaden und Truppenaufmärsche, bei denen Zwanzigjährige mitmarschierten, bevor sie als Kanonenfutter dienten. Er dachte an seinen Großvater, der im Dezember 1915 in Main de Massiges in der Champagne »von Feindeshand« gestorben war. Doch heute war der Platz friedlich, weder Stiefelknallen noch kriegerische Gesänge, stattdessen lachende Menschen auf den Terrassen der Cafés, die unter den Kastanienbäumen ihren Cappuccino tranken.

Marc hatte die lange Fahrt genutzt, um sich neue Informationen zu besorgen. Einige Telefonate hatten ausgereicht, um Franck Muselier aufzuspüren – jenen Polizisten, der als Erster den Brand in Kieffers Haus entdeckt und Alarm ausgelöst hatte. Er war heute der Leiter der Gendarmeriebrigade von Phalsbourg. Marc hatte Kontakt mit seinem Sekretariat aufgenommen und rasch einen Termin bekommen. Die junge Frau am Telefon hatte ihm erklärt, die Gendarmerie sei im selben Gebäude untergebracht wie das Rathaus. Er erkundigte sich bei einem Gemeindeangestellten, der gerade die Bäume beschnitt, nach dem Weg und überquerte

dann den mit grauen Steinen und rosa Granit gepflas-
terten Platz.

Er atmete tief durch. Schon lange hatte er Paris nicht
mehr verlassen und war froh, dass ihn seine Ermittlungen von der Hauptstadt wegführten. Eine Weile gab er
sich der Ruhe des Ortes hin und versetzte sich in Gedanken in die Zeit der Dritten Republik zurück: die französische Nationalflagge flatterte am Dachspitz des Rat-
hauses im Wind, die Kirchenglocken schlugen die halbe
Stunde, vom Schulhof drang der Pausenlärm.

Die Häuser rund um den Platz verstärkten dieses Gefühl der »kraftvollen Ruhe« – Sandsteinfassaden, dunk-
les Gebälk, sehr hohe Dächer, mit Lehmziegeln gedeckt.

Caradec betrat das Rathaus – ein ehemaliges Wach-
haus, in dem auch das historische Museum und die
Post untergebracht waren. Im Inneren empfing ihn
eine angenehme Frische. Mit der hohen Gewölbedecke,
der dunklen Holzverkleidung und den Marmorstatuen
erinnerte das Erdgeschoss an eine Kirche. Auf Nach-
frage erhielt er die Auskunft, die Büros der Gendarmerie befänden sich im obersten Stock. Er lief die steile
Eichentreppe hinauf und gelangte schließlich auf einen
Flur, der zu einer Glastür führte.

In diesen eher modern eingerichteten Räumen ging
es relativ ruhig zu. Die Polizistin am Empfang ausgenommen, schienen die Büros ausgestorben.

»Kann ich Ihnen helfen?«

»Marc Caradec, ich habe einen Termin mit Franck
Muselier.«

»Solveig Maréchal«, stellte sie sich vor und strich sich eine Haarsträhne hinters Ohr, »wir haben telefoniert.«

»Sehr erfreut.«

Sie griff zum Hörer.

»Ich gebe ihm Bescheid, dass Sie da sind.«

Caradec öffnete den obersten Knopf seines Hemdes. Hier unter dem Dach war es unglaublich heiß. Die ganze Etage hatte schräge Wände, deren helle Holzverkleidung wirkte, als wäre sie von der Sonne karamellisiert.

»Der Lieutenant-Colonel empfängt Sie in zwei Minuten, möchten Sie ein Glas Wasser?«

Das nahm er gern an, und die Polizistin servierte ihm ein Glas Wasser und eine Art süße Brezel, die aus Brandteig gemacht war und die er mit Appetit verzehrte.

»Sie sind Ermittler, nicht wahr?«

»Warum? Weil ich wie ein Schwein esse?«

Solveig lachte hell auf. Sie wartete, bis er sein Gebäck gegessen hatte, und führte ihn dann in das Büro ihres Vorgesetzten.

3.
New York

Die Nummer sechs in der Bilberry Street – dort, wo Claire ihre Kindheit verbracht hatte und ihre Mutter gestorben war – war ein pflaumenfarbenes Haus mit weißer Doppeltür und einem Spitzgiebel.

Nachdem ich es eine Weile betrachtet hatte, tauchte eine Frau unter dem Vordach auf. Sie hatte rotes Haar, Sommersprossen, einen blassen Teint und war hochschwanger.

»Kommen Sie von der Immobilienagentur?«, fragte sie und bedachte mich mit einem vernichtenden Blick.

»Nein, Madam, ganz und gar nicht. Ich heiße Raphaël Barthélemy.«

»Ethel Faraday«, sagte sie und reichte mir die Hand. »Sie haben einen französischen Akzent«, stellte sie fest. »Kommen Sie aus Paris?«

»Ja, ich bin heute Morgen hier angekommen.«

»Ich bin Engländerin, aber meine Eltern leben seit ein paar Jahren in Frankreich.«

»Ach ja?«

»Ja, im Luberon, in dem kleinen Ort Roussillon.«

Wir wechselten noch einige Belanglosigkeiten über Frankreich und ihre Schwangerschaft – wie unerträglich es war, bei dieser Hitze schwanger zu sein, und vielleicht war es auch keine gute Idee, mit zweiundvierzig noch ein drittes Kind zu bekommen –, »übrigens, ich kann nicht mehr stehen, stört es Sie, wenn ich mich setze? Ich habe gerade Eistee gemacht, möchten Sie ein Glas?«

Ganz offensichtlich langweilte Ethel Faraday sich und war froh über Gesellschaft. Als wir unter dem Vordach vor unseren Gläsern saßen, erklärte ich ihr, zumindest zum Teil, den Grund meines Besuchs.

»Ich bin Schriftsteller und stelle Nachforschungen

über ein verschwundenes Mädchen an, das seine Kindheit in Ihrem Haus verbracht hat.«

»Ach, tatsächlich?«, meinte sie überrascht. »Wann war das denn?«

»In den 1990er-Jahren und Anfang der 2000er.«

Sie runzelte die Stirn.

»Sind Sie sicher, dass das hier war?«

»Ja, ich denke schon. Dieses Haus hat doch Joyce Carlyle gehört, oder?«

Sie nickte.

»Mein Mann und ich haben es ihren Schwestern abgekauft.«

»Ihren Schwestern?«

Ethel machte eine Handbewegung in Richtung Osten.

»Angela und Gladys Carlyle. Sie wohnen weiter unten in der Straße in der Hausnummer 299. Ich kenne sie nur flüchtig, um nicht zu sagen, gar nicht. Ich persönlich habe nichts gegen sie, aber sie sind nicht gerade die sympathischsten Frauen des Viertels.«

»Wann haben Sie das Haus gekauft?«

Sie nagte an ihrer Unterlippe und überlegte.

»Das war 2007, als wir aus San Francisco zurückgekommen sind. Ich war damals mit dem ersten Kind schwanger.«

»Wussten Sie zu diesem Zeitpunkt, dass in diesen Wänden jemand an einer Überdosis gestorben war?«

Ethel zuckte die Schultern.

»Das habe ich später erfahren, aber es hat mir nichts

ausgemacht. Ich glaube nicht an diesen ganzen Quatsch von Fluch und Geisterhaus. Irgendwo muss man ja schließlich sterben, oder?«

Sie trank einen Schluck Tee und deutete dann auf die Nachbarschaft.

»Und unter uns gesagt, das ist Harlem. Sehen Sie all diese hübschen Häuschen, von denen heute anständige kleine Familien träumen. Ehe sie in den 1980er-Jahren renoviert wurden, standen sie leer und waren von Squattern und Dealern besetzt oder zu Crack Houses umgewandelt worden. Es würde mich wundern, wenn Sie ein einziges Haus finden würden, in dem nicht jemand gewaltsam zu Tode gekommen ist.«

»Wussten Sie, dass Joyce Carlyle eine Tochter hatte?«

»Nein.«

»Das kann ich kaum glauben.«

Verwundert fragte sie:

»Und warum sollte ich lügen?«

»Jetzt mal ernsthaft: Haben Sie nie von dem jungen Mädchen aus dem Viertel gehört, das 2005 in Westfrankreich entführt wurde?«

Sie schüttelte den Kopf.

»2005 haben wir in Kalifornien im Silicon Valley gelebt.«

Um sich etwas abzukühlen, hielt sie das Glas an ihre Stirn und fuhr dann fort:

»Nur um Sie recht zu verstehen – Sie erklären mir, dass die Tochter der ehemaligen Besitzerin entführt wurde?«

»Ja, von einem unvorstellbaren Monster namens Heinz Kieffer.«

»Und wie hieß sie?«

»Claire. Claire Carlyle.«

Als ich schon nichts mehr von ihr erwartete, wurde Ethel Faraday plötzlich kreidebleich, und ihre Züge erstarrten.

»Ich ...«

Sie begann den Satz und hielt dann plötzlich inne. Ihr Blick trübte sich und verlor sich, so als würde er alten Erinnerungen folgen.

»Wenn ich nachdenke, dann ist doch etwas geschehen«, fuhr sie nach einer Weile fort. »Es war ein seltsamer Anruf, als wir gerade unsere Einweihung feierten. Es war am 25. Oktober 2007. Wir hatten dieses Datum gewählt, weil es auch der dreißigste Geburtstag meines Mannes war.«

Um nachzudenken, machte sie erneut eine Pause, die mir unendlich lang erschien.

Ich drängte sie:

»Sie haben also an diesem Tag einen Anruf erhalten ...«

»Es war gegen acht Uhr, und das Fest war in vollem Gang. Musik und Stimmengewirr. Ich war in der Küche beschäftigt und steckte gerade die Kerzen auf den Kuchen, als das Telefon klingelte. Ich habe abgehoben, und noch ehe ich ein Wort sagen konnte, brüllte eine Stimme: ›Ich bin es, Mom, Claire! Ich bin geflohen, Mom! Ich bin geflohen!‹«

Ich erstarrte, als hätte man mir einen Elektroschock versetzt. Der Zeitunterschied zwischen Frankreich und der Ostküste betrug sechs Stunden, das bedeutete, dass Claire gegen zwei Uhr nachts telefoniert hatte. Also wenige Stunden vor Ausbruch des Brandes. Wie Marc und ich vermutet hatten, war es ihr gelungen, sich aus Kieffers Klauen zu befreien, aber im Gegensatz zu unserer Annahme nicht am Morgen, sondern am Vorabend. Das änderte alles …

Jetzt war Ethel in Schwung gekommen.

»Ich habe gefragt, wer da spricht, und ich denke, an meiner Stimme hat sie erkannt, dass ich nicht ihre Mutter war.«

Irgendetwas passte nicht.

»Aber wie hat Claire nach so langer Zeit bei Ihnen anrufen können? Sie haben doch nicht die Nummer der früheren Besitzerin übernommen?«

»Eben doch! Die Leitung war nur vorübergehend abgemeldet, und als wir AT&T kontaktiert haben, schlugen sie uns diese Lösung vor. Das war damals üblich. Und vor allem war es billiger, als einen neuen Anschluss zu beantragen, und nachdem wir etwas knapp bei Kasse waren …«

»Und nach diesem Anruf haben Sie nicht die Polizei informiert?«

Verärgert sah sie mich aus großen Augen an.

»Was reden Sie da? Warum hätte ich das tun sollen? Ich kannte den Fall nicht und habe nicht begriffen, wer das Mädchen war.«

»Was haben Sie ihr geantwortet?«

»Ich habe ihr die Wahrheit gesagt, nämlich, dass Joyce Carlyle tot ist.«

4.

Franck Muselier, hochgewachsen, mit rauer Stimme und rundem Gesicht, kam auf Marc zu und schüttelte ihm die Hand.

»Danke, dass Sie mich empfangen. Marc Caradec, ich bin ...«

»Ich weiß genau, wer Sie sind, Capitaine!«, unterbrach Muselier ihn und bot ihm einen Platz an. »Der Held der BRB – die salvadorianische Gang, die Bande aus dem südlichen Vorort, die gepanzerten Wagen des Dream Teams – Ihr Ruf eilt Ihnen voraus!«

»Wenn Sie es sagen.«

»Auf alle Fälle haben Sie unseren Neid geweckt, in einem Kaff wie diesem hat man es nicht mit so aufregenden Fällen zu tun.«

Muselier zog ein Taschentuch heraus und tupfte sich die Stirn ab.

»Und wir haben nicht mal eine Klimaanlage!«

Er bat Solveig, ihnen Wasser zu bringen, und betrachtete sein Gegenüber mit einem geduldigen Lächeln.

»Also gut, was verschafft mir die Ehre?«

Bei einem Polizeibeamten zog Caradec es vor, mit offenen Karten zu spielen.

»Ich muss Sie gleich darauf hinweisen, damit es keine Missverständnisse gibt: Ich bin im Ruhestand und arbeite auf eigene Faust.«

Muselier zuckte die Schultern.

»Das ist kein Problem, wenn ich kann, helfe ich Ihnen gern.«

»Danke. Ich interessiere mich für den Fall Claire Carlyle.«

»Das sagt mir nichts«, versicherte er und zog das Hemd über seinen Bauch.

Marc runzelte die Stirn und erklärte:

»Claire Carlyle. Eines der Opfer von Heinz Kieffer. Die Kleine, deren Leiche man nie gefunden hat.«

Museliers Miene erhellte sich, zeigte aber auch den Anflug von Unbehagen.

»Okay, jetzt weiß ich Bescheid. Ist es wegen des jungen Boisseau? Hat er Sie engagiert?«

»Ganz und gar nicht. Wer ist Boisseau?«

»Vergessen Sie's«, erwiderte der Beamte ausweichend, nachdem Solveig ihnen zwei Flaschen Wasser gebracht hatte und dann wieder gegangen war.

Muselier öffnete die seine und führte sie an den Mund.

»Was genau wollen Sie über Kieffer in Erfahrung bringen? Sie wissen doch, dass ich nicht mit den Ermittlungen befasst war, ja?«

»Aber Sie waren als Erster an der Brandstelle, und ich möchte mehr über die Umstände erfahren.«

Muselier lachte nervös.

»Ich würde es gern meinem Instinkt zuschreiben, aber in Wirklichkeit war es reiner Zufall. Wenn Sie mir vorher den Grund Ihres Besuchs gesagt hätten, hätte ich meine alte Aussage heraussuchen lassen. Wenn Sie möchten, kann ich sie Ihnen faxen.«

»Gern. Aber einstweilen können Sie mir vielleicht das Wesentliche erklären.«

Muselier kratzte sich am Ohr, stemmte sich aus seinem Stuhl hoch und wandte sich zu der Karte, die hinter seinem Schreibtisch hing.

»Also, kennen Sie die Gegend ein bisschen?«

Ohne eine Antwort abzuwarten, fuhr er fort:

»Hier in Phalsbourg sind wir an der Grenze zwischen Lothringen und Elsass, okay?«

Er griff nach einem Lineal, das auf seinem Schreibtisch lag, und deutete auf die Karte, die eine Reliefdarstellung der Gegend zeigte, wie sie früher in Schulen verwendet wurde.

»Ich wohne im Elsass, aber zu jener Zeit habe ich in Sarrebourg im Departement Moselle gearbeitet. Jeden Morgen mehr als dreißig Kilometer Weg.«

»Auch nicht schlimmer als die öffentlichen Verkehrsmittel in Paris«, bemerkte Marc.

Muselier ignorierte seinen Einwand.

»Als ich an diesem Tag zur Arbeit gefahren bin, habe ich über dem Wald eine schwarze Rauchwolke bemerkt. Das hat mich beunruhigt, und ich habe Alarm gegeben. Das ist alles.«

»Um wie viel Uhr war das?«

»Gegen acht Uhr dreißig.«

Marc trat zu der Karte.

»Wo liegt Kieffers Haus?«

»Ungefähr dort«, antwortete Muselier und deutete auf eine Stelle mitten im Wald.

»Und Sie fuhren also wie jeden Morgen zur Gendarmerie …«

Caradec zog einen Stift aus der Tasche und folgte dem Weg, den der Polizist hatte nehmen müssen.

»Und während Sie hier entlangfuhren, sahen Sie den Rauch, der von … dort kam.«

»Ja, Capitaine.«

Marc blieb höflich.

»Ich bin schon über den Saverne-Pass gefahren. Ehrlich gesagt, kann ich nicht nachvollziehen, wie man in diesem Teil des Waldes auch nur die geringste Sicht haben soll.«

»Volltreffer!«, gab Muselier zurück. »Wie ich in meiner Aussage zu Protokoll gegeben habe, fuhr ich nicht auf der Hauptstraße.«

Er griff erneut zu seinem Lineal.

»Ich befand mich auf einem Abschnitt der D 133, etwa hier.«

»Ohne Ihnen zu nahe treten zu wollen, Colonel, was hatten Sie morgens früh auf einem so abgelegenen Waldweg verloren?«

Muselier lächelte noch immer.

»Gehen Sie gern auf die Jagd, Capitaine? Denn das ist meine große Freude, meine Leidenschaft.«

»Was kann man denn hier jagen?«

»Rehe, Hirsche, Wildhasen. Mit etwas Glück erwischt man auch ein Rebhuhn oder einen Fasan. Kurz, zu diesem Zeitpunkt – es war ein Freitagmorgen im Oktober – hatte die Jagdsaison schon seit ein paar Wochen begonnen, aber an allen vorhergehenden Wochenenden war das Wetter schlecht gewesen.«

Er setzte sich wieder und fuhr fort:

»Nichts als Regen. Aber dann kündigte der Wetterbericht zwei Tage schönes Wetter an. Ich gehörte dem *Cercle des Chasseurs de Moselle* an, und zusammen mit meinen Jagdfreunden wollten wir die Zeit nutzen. Ich befand mich also auf dieser kleinen Straße, um den nächsten Tag vorzubereiten, die Wege und Zäune zu überprüfen. Ich beobachte gern den Sonnenaufgang über dem Wald, wenn es vorher geregnet hat, ich liebe diesen Duft des Unterholzes.«

Du bist Gendarm, mein Lieber, kein Waldhüter, dachte Marc, enthielt sich aber jeglichen Kommentars. Dieser Typ war zu glatt und unverbindlich, da stimmte etwas nicht, aber Marc fand keinen Angriffspunkt.

Er seufzte insgeheim und brachte das Gespräch auf das Wesentliche zurück.

»Sie haben also von der Straße aus Rauch gesehen...«

»Genau, und da ich mich in meinem Dienstwagen befand, nebenbei gesagt ein toller Renault Megane, konnte ich per Funk die Kollegen und die Feuerwehr verständigen.«

»Dann sind Sie zum Ort des Geschehens gefahren?«

»Ja, um die Ankunft der Hilfskräfte zu sichern und mich zu überzeugen, dass sich weder Spaziergänger noch Jäger in der Umgebung befanden, ist doch logisch, oder?«

»Ja, Sie haben Ihre Arbeit gemacht.«

»Nett, dass Sie das anerkennen.«

Muselier lächelte und putzte seine Ray-Ban-Aviator mit dem Hemdzipfel. Doch Caradec wollte nicht aufgeben.

»Wenn Sie erlauben, hätte ich noch ein oder zwei Fragen.«

»Aber bitte schnell«, erklärte sein Gegenüber und sah auf die Uhr. »Ich muss zu meinen Leuten am Kreisverkehr der A4. Die Bauern haben dort heute Morgen eine Barrikade errichtet und ...«

Caradec unterbrach ihn:

»Ich habe mir noch einmal die damaligen Zeitungsartikel angesehen. Dort wird sehr wenig über Kieffers Auto gesprochen. Jenes, in dem man die DNA-Spuren von Claire Carlyle gefunden hat.«

»Man hat nicht nur die Abdrücke dieses Mädchens gefunden«, ergänzte Muselier, »sondern von *allen* Opfern. Und wissen Sie, warum? Weil dieser Irre sie alle in dem Wagen transportiert hat. Während die Kriminaltechniker ihre Arbeit machten, habe ich mir diese Art Leichenwagen genauer ansehen können. Kieffer hatte so etwas wie einen Käfig eingerichtet, eine große Kiste, wie ein schalldichter Sarg.«

Caradec suchte in seiner Tasche und zog einen Zeitungsartikel heraus, den er in Raphaëls Wohnung mitgenommen hatte.

»Das ist das einzige Foto, das ich gefunden habe«, erklärte er und reichte es seinem Gegenüber.

Muselier sah sich die grobkörnige Schwarz-Weiß-Aufnahme an.

»Genau das ist er. Ein Pick-up Nissan Navara.«

»Und was ist das dahinter?«

»Das ist Kieffers Motorrad. Eine 125er Cross-Maschine. Sie war auf der Ladefläche befestigt.«

»Was hatte die denn da zu suchen?«

»Woher soll ich das wissen?«

»Als Polizeibeamter sollten Sie eine Erklärung haben.«

Muselier schüttelte den Kopf.

»Diese Frage habe ich mir nie gestellt. Wie ich Ihnen schon erklärt habe, war ich nicht mit den Ermittlungen betraut. Sagen Sie mal, unter Kollegen könnten wir uns doch auch duzen, oder?«

»Natürlich«, versicherte Marc. »Kanntest du Kieffer, bevor die Sache aufgeflogen ist?«

»Ich habe ihn nie getroffen oder von ihm gehört.«

»Aber du warst doch ganz in der Nähe auf der Jagd.«

»Der Wald ist riesig«, antwortete Muselier. »Gut, ich muss jetzt wirklich los.«

»Eine letzte Frage, wenn es möglich ist«, sagte Marc, der sitzen geblieben war. »Wie kannst du dich zehn Jahre nach dem Vorfall noch an die Automarke erinnern? Das Foto ist völlig unscharf.«

Der Polizist ließ sich nicht beeindrucken.

»Eben wegen der Geschichte mit Boisseau! Ich dachte, dass du darüber mit mir sprechen wolltest.«

»Erzähl mal.«

Nach kurzem Zögern nahm Muselier wieder Platz. Irgendetwas an diesem Gespräch gefiel ihm. In diesem Katz-und-Maus-Spiel hatte er den Eindruck, unschlagbar zu sein.

»Kennst du die Familie Boisseau-Desprès?«

Marc schüttelte den Kopf.

»Na, da bist du nicht der Einzige. Selbst hier in der Gegend wissen nur wenige Bescheid. Dabei findet man ihren Namen auf der Liste der fünfhundert wohlhabendsten Familien Frankreichs. Sehr zurückhaltende Menschen, die aus einer alten, in Nancy ansässigen Industriellenfamilie stammen. Heute stehen sie an der Spitze eines kleinen Imperiums, das Baumaterialien verkauft.«

»Was hat das mit meinem Fall zu tun?«

Muselier genoss sichtlich Caradecs Ungeduld.

»Stell dir vor, vor sechs Monaten tauchte hier plötzlich ein Sprössling der Familie auf – Maxime Boisseau, ein gerade mal zwanzigjähriger Kerl, hektisch und aufgeregt, der sich sichtlich unwohl in seiner Haut fühlte. Er saß auf demselben Stuhl wie du jetzt und erzählte mir wirres Zeug. Er erklärte, er würde gerade eine Psychoanalyse machen und sein Therapeut hätte ihm geraten, zur Polizei zu gehen, damit er endlich als Opfer anerkannt würde ...«

Caradec wurde ungeduldig.

»Kannst du mir bitte die Kurzfassung liefern?«

»Also, ich habe mir seine Geschichte aufmerksam angehört, und es ging um Folgendes: Der Junge behauptet, am 24. Oktober 2007, damals war er zehn, im Zentrum von Nancy von einem Typen entführt worden zu sein.«

»Am 24. Oktober? Zwei Tage vor dem Brand?«

»Ganz genau. Eine Blitzaktion. Es sollen kaum vierundzwanzig Stunden zwischen der Entführung und der Übergabe des Lösegeldes vergangen sein. Er hat mir erzählt, er hätte damals die Geistesgegenwart gehabt, sich das amtliche Kennzeichen seines Entführers zu merken. Neun Jahre später hat er es uns gesagt. Wir haben es in die Suchmaschine eingegeben, und – rate mal?«

»Es war die Nummer von Kieffers Pick-up«, mutmaßte Marc.

»Bingo! Du musst zugeben, die Geschichte ist total verrückt, oder? Zuerst dachten wir, der Junge tischt uns Märchen auf, aber wie du selbst bemerkt hast, wurde die Autonummer nicht in den Zeitungen erwähnt.«

»Was hat dir Boisseau noch gesagt?«

»Ihm zufolge hat sein Vater das Lösegeld gezahlt, ohne zu diskutieren oder die Polizei zu verständigen. Die Übergabe hat in einem Waldstück in der Gegend stattgefunden. Kieffer hat fünfhunderttausend Euro, verpackt in eine gelbe Stofftasche, bekommen.«

Als er die Tasche erwähnte, zuckte Marc innerlich

182

zusammen, doch er ließ sich nichts anmerken. Er hatte nicht die Absicht, dem Polizisten in irgendeiner Form entgegenzukommen.

»Hat er dir Einzelheiten über seine Gefangenschaft erzählt? Ist er misshandelt worden?«

»Er versichert, Kieffer habe ihn nicht angerührt. Aber dann war seine Geschichte nicht mehr stimmig. Manchmal sagte er, Kieffer habe eine Komplizin gehabt, dann wieder war das nicht so eindeutig.«

Eine Komplizin?

»Warum ist er zu dir gekommen?«

»Aus demselben Grund wie du. Er hat im Internet recherchiert und ist mehrmals auf meinen Namen gestoßen.«

»Und warum haben die Eltern keine Anzeige erstattet?«

»Damit die Sache nicht bekannt wird. Und genau das wirft ihr Sohn ihnen vor! Die Boisseau-Desprès waren der Meinung, sie hätten ihr Problem selbst geregelt, und eine halbe Million war für sie keine große Sache. Schweigen ist Gold, in diesem Fall stimmt das Sprichwort voll und ganz.«

Solveig klopfte an die Tür und öffnete sie, ohne zu warten.

»Meyer versucht, Sie zu erreichen, Colonel: Sie haben begonnen, mit einem Traktor die Statue auf dem Kreisverkehr an der A4 zu attackieren.«

»Verdammte Scheiße, diese Drecksbauern!«, schrie Muselier und erhob sich.

183

Caradec folgte seinem Beispiel.

»Kannst du mir die Aussage von Maxime Boisseau geben?«

»Ich habe sie nicht aufgenommen. In strafrechtlicher Hinsicht ist sein Fall heute nicht mehr interessant. Wen sollte man auch heute noch belangen?«

Caradec seufzte.

»Weißt du wenigstens, wo er wohnt?«

»Nicht wirklich. Er ist mit seiner Familie zerstritten. Das Letzte, was ich gehört habe, ist, dass er in einer großen Buchhandlung in Nancy arbeitet, in *La Halle du Livre*.«

»Kenne ich.«

Während Muselier seine Jacke anzog, erklärte Solveig Marc:

»Ich arbeite für die Zeitschrift der Gendarmerie Nationale. Im Moment schreibe ich einen Artikel über die großen Persönlichkeiten unseres Hauses. Dürfte ich Sie vielleicht interviewen?«

»Ich habe jetzt wirklich keine Zeit.«

»Dann nur eine ganz kleine Frage: Welche Eigenschaften sind Voraussetzung, um ein großer Ermittler zu werden?«

»Zweifelsohne die Entwicklung eines persönlichen Lügendetektors. Das war mir bei meinen Fällen immer am Nützlichsten: Ich weiß, wenn mich jemand belügt.«

»Und, habe ich dich belogen?«, fragte Muselier.

»Ja, Sie haben mich ein Mal belogen«, bekräftigte Caradec und kehrte dabei zum »Sie« zurück.

Die Anspannung stieg.

»Ach ja? Du bist ja ganz schön unverschämt! Erklär mir, wann ich dir nicht die Wahrheit gesagt habe!«

»Genau das muss ich noch herausfinden.«

»Na, wenn du es weißt, kannst du ja wieder vorbeikommen!«

»Darauf können Sie sich verlassen.«

10. Zwei Schwestern lebten in Frieden

Niemand ist unschuldig,
es gibt nur bestimmte Stufen von Verantwortung.

Stieg Larsson, *Verdammnis*

1.

Die Straße, die von Phalsbourg nach Nancy führt, war unglaublich monoton, aber auf Caradec, am Steuer seines alten Range Rover, wirkte sie überaus beruhigend, ja geradezu erholsam.

Die endlosen Weiden, die Herden, der Geruch nach Dünger – Felder, so weit das Auge reichte, und die Traktoren, die auf dem Asphalt dahinschlichen, wollte er oft gar nicht überholen.

Auf seinem Armaturenbrett die kaleidoskopische Spiegelung der Sonne. Im Autoradio der raffinierte und minimalistische Sound des Jazztrompeters Kenny Wheeler. Seit etwa zehn Jahren lief diese CD in seinem Wagen immer wieder von vorn. Es war das letzte Geschenk seiner Frau, bevor sie ihn verlassen hatte.

Vor ihrem Tod.

Während der gesamten Fahrt dachte Marc an das, was ihm der Gendarm erzählt hatte. Er ging in Gedanken ihr Gespräch noch einmal durch, als hätte er es aufgenommen. Er verarbeitete, was er gehört hatte. Er beglückwünschte sich, seinem Instinkt gefolgt zu sein. Er hatte sofort die Intuition gehabt, dass Muselier ein wichtiger Zeuge sein müsste, den die ersten Ermittler unterschätzt hatten. Er wusste, dass der Gendarm ihn belogen hatte. Jetzt musste er ihn nur noch in die Mangel nehmen.

Als er den Stadtrand von Nancy erreichte, zögerte er kurz, Raphaël eine Nachricht auf dem Anrufbeantworter zu hinterlassen. *Nein, zu früh.* Er wollte lieber warten, bis er noch mehr konkrete Hinweise hatte.

Im Zentrum angelangt, war er versucht, den Wagen mit Warnblinklicht vor der Buchhandlung abzustellen, verzichtete dann aber doch darauf. Das Risiko, abgeschleppt zu werden, war viel zu groß. Er fand einen Platz auf dem *Parking Saint-Jean* in der Nähe des Bahnhofs und des großen Einkaufszentrums – einem Betonmonster aus den 1970er-Jahren.

Zu Fuß verließ er das reizlose Viertel, das durch die vielen Baustellen noch hässlicher wurde.

Grau, düster, trist: So hatte er Nancy in Erinnerung. Und doch hatte er hier 1978 diejenige kennengelernt, die seine Frau werden sollte. Zu jener Zeit junger *Inspecteur* – so sagte man damals –, frisch von der Polizeischule in Cannes-Écluse, hatte Marc widerwillig an einer einwöchigen Fortbildung teilgenommen, die auf dem Campus der Geistes- und Sozialwissenschaften der Uni von Nancy organisiert worden war.

Und dort, in einem Hörsaal, war er Élise zum ersten Mal begegnet. Sie war Studentin der Klassischen Literatur, zwanzig Jahre alt und wohnte in einem Studentenheim in der Rue Notre-Dame-de-Lourdes.

Marc arbeitete in Paris. Während er darauf wartete, dass Élise ihren Magister abschloss, pendelte er zwischen den beiden Städten hin und her. Er erinnerte sich, an manchen Abenden einfach aus einer Laune heraus mit seinem R8 Gordini nach Nancy gedüst zu sein. Er spürte, wie sein Blick sich trübte. Man erlebt solche Dinge nur ein einziges Mal, doch in jenem Moment ist einem selten klar, wie wertvoll sie eigentlich sind. Und das war eines der Dramen seines Lebens.

Verdammt! Er durfte die Schleusen seiner Erinnerungen nicht öffnen. Er musste sie eindämmen, sich gegen sie wehren, ihnen keinen Zentimeter zugestehen, sonst wäre er verloren.

Er blinzelte, doch das Bild von Élise war unweigerlich wieder aufgetaucht. Ein echtes Mädchen aus dem Osten. Energischer und doch melancholischer Gesichtsausdruck, aschblondes Haar, kristallfarbene Augen. Auf den ersten Blick eine kühle Schönheit, distanziert, fast unnahbar. Doch im näheren Kontakt genau das Gegenteil: humorvoll, lebendig, begeisterungsfähig.

Élise war es, die ihn an die Literatur, die Malerei und die klassische Musik herangeführt hatte. Anspruchsvoll, aber nicht snobistisch, hatte sie stets ein Buch zur

Hand: einen Roman, einen Gedichtband, einen Aus-
stellungskatalog. Die Kunst, das Imaginäre und die Fantasie gehörten fest zu ihrer Welt. Indem sie ihm Zugang
zu dieser Dimension gewährte, hatte Élise ihn verändert. Dank ihrer Interessen hatte Caradec eine Erkenntnis gewonnen, dass die Welt sich nicht nur auf die
schmutzige Realität seiner Ermittlungen beschränkte.
Die Welt war viel größer, ungreifbarer, schwindelerre-
gender.

Während er durch die Stadt schlenderte, spürte Marc,
dass er dabei war, den Kampf zu verlieren. In seiner
Brieftasche öffnete er das Fach, das für die Münzen reserviert war, und zog eine Laxonanil heraus, die er in
zwei Teile zerbrach. Seine letzte. Eine Tablette unter seiner Zunge. Die Rettung durch Chemie, um nicht unter-
zugehen. Um dem Schmerz zu entgehen, dass er Élise
nicht ausreichend hatte lieben können. Dass er sie nicht
hatte zurückhalten können.

Die Wirkung des Medikaments setzte augenblicklich
ein. Die Bilder waren nun weniger aggressiv, die Anspannung ließ deutlich nach. Während die Erinnerung
an seine Frau verblasste, kamen ihm die Zeilen von
Flaubert, die sie bisweilen zitierte, wieder in den Sinn:
»Jeder von uns trägt in seinem Herzen eine Königs-
kammer. Ich habe sie zugemauert, aber sie ist noch
da.«

2.

An diesem Spätsommernachmittag schien die traurige Vergangenheit der Bilberry Street so weit entfernt, dass man hätte glauben können, sie sei eine reine Erfindung. Die Blätter rauschten in der Brise, die in den Ohren der Passanten wie eine zarte Melodie klang. Wie ein impressionistischer Maler zauberte die Sonne Goldschuppen auf die Palisaden und ließ dabei ein melancholisches Bild entstehen – etwas zwischen Norman Rockwell und Edward Hopper.

Auf Höhe der Hausnummer 299 saßen zwei farbige Frauen auf ihrer Veranda und überwachten ein kleines Mädchen und einen etwa zwölfjährigen Jungen, die beide dabei waren, ihre Hausaufgaben zu erledigen.

»Suchen Sie was, Sir?«

Diejenige, die mich angesprochen hatte, die ältere von beiden, musste Angela sein, die große Schwester von Joyce Carlyle.

»Guten Tag, ich heiße Raphaël Barthélémy und würde Ihnen gern ein paar Fragen stellen zu …«

Die ging sogleich zum Angriff über.

»Sie sind Journalist?«

»Nein, ich bin Schriftsteller.«

Das war etwas, das mich immer schon verblüfft hatte: wie sehr die meisten Menschen Journalisten verabscheuten, während ihnen Schriftsteller eher behagten.

»Fragen worüber?«

»Über Ihre Schwester Joyce.«

Mit einer nervösen Geste flog ihre Hand durch die Luft, als wollte sie eine Wespe verjagen.

»Joyce ist seit zehn Jahren tot! Für wen halten Sie sich, dass Sie glauben, Sie hätten das Recht, an ihr Andenken zu rühren?«

Angela hatte eine tiefe und feste Stimme. Sie erinnerte an eine Schauspielerin des Blaxploitation-Genres. Afrolook, krauses, fülliges Haar. Eine Art Pam Grier, gekleidet in ein buntes T-Shirt und einen ärmellosen Lederblouson.

»Es tut mir leid, schmerzhafte Erinnerungen wachzurufen, aber ich habe vielleicht Neuigkeiten, die Sie interessieren könnten.«

»Welche Neuigkeiten?«

»Was Ihre Nichte Claire betrifft.«

Heiße Glut loderte in ihren Augen auf. Sie sprang aus ihrem Schaukelstuhl hoch, um mich zu attackieren.

»Hör auf mit deinen Erpressungsversuchen, Weißgesicht! Wenn du uns was mitzuteilen hast, dann rück damit raus, sonst schneide ich dir die Eier ab!«

Gladys, die jüngere, kam mir zu Hilfe.

»Lass ihn reden, Angie, er macht einen guten Eindruck.«

»Einen Parasiteneindruck, genau!«, wetterte sie und eilte mit den Kindern ins Haus, als wollte sie die beiden in Sicherheit bringen.

Ich unterhielt mich mehrere Minuten mit Gladys. Sie

war sehr viel »klassischer« als ihre Schwester, mehr wie Claire: langes, glattes Haar, feine Züge, das Gesicht leicht geschminkt. Mit ihrem weißen ausgeschnittenen Kleid, das nur wenig von ihren nackten Beinen verbarg, erinnerte sie mich an das Bild auf der Plattenhülle von *Four seasons of Love*. Das Album von Donna Summer befand sich in der Plattensammlung meiner Eltern und hatte mich früher total begeistert.

Freundlich und neugierig war sie bereit, über ihre verstorbene Schwester zu sprechen. Ohne dass ich sie dazu drängen musste, bestätigte sie mir, was Marlène Delatour, die Journalistin von *Ouest France*, erzählt hatte: Joyce Carlyle war knapp einen Monat nach der Entführung von Claire an einer Überdosis gestorben.

»Nach all diesen Jahren der Abstinenz war Joyce plötzlich rückfällig geworden?«

»Wie sollte man ihr das vorwerfen? Das Verschwinden ihrer Tochter hat sie zerstört.«

»Doch zum Zeitpunkt ihrer Überdosis bestand doch noch die Hoffnung, Claire lebend zu finden.«

»Der Stress und die Verwirrung haben sie vernichtet. Haben Sie Kinder, Mister Barthélémy?!«

Ich zeigte ihr das Foto von Theo auf meinem Handy.

»Er strahlt Lebensfreude aus!«, rief sie. »Er sieht Ihnen sehr ähnlich.«

Es war albern, aber diese Bemerkung tat mir jedes Mal gut. Als ich mich bei ihr bedankte, öffnete sich die Tür des Hauses. Ein Album unter den Arm geklemmt, erschien Angela und setzte sich zu uns an den Tisch.

Sie hatte sich beruhigt und mischte sich in das Gespräch ein, das sie ganz offensichtlich vom Fenster aus verfolgt hatte.

»Wenn Sie Joyce verstehen wollen, müssen Sie immer eine Wahrheit im Kopf behalten: Unsere Schwester war eine Exaltierte, eine Leidenschaftliche, eine Verliebte. Das ist ein Charakterzug, der nicht der meine ist, den ich jedoch respektiere.«

Ein Satz von Anatole France hallte in meinem Kopf wider: »Ich habe den Wahnsinn der Leidenschaft stets der Weisheit der Gleichgültigkeit vorgezogen.«

Nachdenklich fächelte sich Angela mit dem Fotoalbum Luft zu.

»Als sie noch jünger war, hat sich Angela oft die Flügel verbrannt. Mit der Geburt von Claire wurde sie ruhiger. Sie war eine kultivierte Frau und eine gute Mutter, aber sie besaß diesen schwarzen Funken, diesen selbstzerstörerischen Trieb, den manche Menschen in sich tragen. Eine Art innere Bestie, die man über Jahre bändigen kann, bis man glaubt, man hätte sie niedergestreckt. Doch die Bestie stirbt niemals, und der Funke wartet nur auf den Augenblick, sich wieder entzünden zu können.«

»Haben Sie es nicht kommen sehen? Ich stelle mir vor, während dieser Zeit haben Sie sich sehr um sie gekümmert.«

Mit unendlicher Traurigkeit sah sie mich an.

»*Ich* habe sie mit der Spritze in der Armbeuge auf dem Boden des Badezimmers gefunden. Und sicher bin ich auch ein bisschen mitverantwortlich für ihren Tod.«

3.
Nancy

Caradec bahnte sich einen Weg durch die Menge. Im Sonnenlicht schien die alte Hauptstadt der Herzöge wie neu belebt im Vergleich zu seinen Erinnerungen. Das schöne Wetter veränderte alles, gab der Stadt gleichsam die Vitamine zurück, die ihr während der Regentage gefehlt hatten. Heute hatten sogar die kleinen Häuser in der Rue Claudion etwas Mediterranes. Die Rue Saint-Jean in der Fußgängerzone strotzte geradezu vor Leben.

Rue Saint-Dizier. *Hall du Livre.* Die große Buchhandlung war noch so, wie Marc sie in Erinnerung hatte. Er entsann sich genau der Pflastersteine im Erdgeschoss, der Gänge in den oberen Etagen, durch die der Eindruck entstand, man befände sich auf einem Schiff.

Kaum eingetreten, wandte er sich an einen Angestellten, der gerade dabei war, Wörterbücher in einen leuchtend bunten Verkaufsständer zu ordnen.

»Ich suche Maxime Boisseau.«

»Abteilung Kriminalromane, dritter Stock.«

Im Eiltempo rannte Marc die Treppe hoch, doch bei den Krimis angelangt, traf er lediglich auf eine Buchhändlerin, die einem Kunden ihre Begeisterung für *City of the Death/Nécropolis*, dem Meisterwerk von Herbert Liebermann, zu vermitteln suchte.

»Maxime? Der hilft wegen des Schulbeginns einem Kollegen in der Schreibwarenabteilung aus.«

Caradec machte knurrend kehrt. *Schulbeginn* … Mist, das traf sich schlecht. Noch dazu war es Freitagnachmittag, und nach Unterrichtsschluss wäre in der Abteilung Schulbedarf die Hölle los.

Die beiden Verkäufer waren völlig überlastet. Auf der roten Weste des Jüngeren prangte ein Schildchen mit seinem Vornamen.

»Maxime Boisseau? Capitaine Caradec, Spezialeinheit zur Bekämpfung des organisierten Verbrechens. Ich muss Ihnen ein paar Fragen stellen.«

»Ja, aber ich … nicht hier«, stammelte er.

Maxime Boisseau wirkte viel jünger, als Marc sich ihn vorgestellt hatte. Er hatte ein hübsches, aber gequältes Gesicht, das keinen Zweifel an seiner Verletzlichkeit ließ. Caradec musste sofort an Montgomery Clift in seinen ersten Rollen denken: *Red River* und *A Place in the Sun*.

»Du kannst eine Pause machen«, erklärte der Kollege, der für die Abteilung verantwortlich war. »Ich werde Mélanie Bescheid geben.«

Maxime zog seine Mitarbeiterweste aus und folgte Caradec, der sich mit den Ellenbogen einen Weg durch die Menge bahnte.

»Bei diesem Andrang hatte ich keine Zeit, zu Mittag zu essen«, sagte Boisseau, als sie auf dem Bürgersteig angelangt waren. »Es gibt eine Sushi-Bar etwas weiter oben. Sagt Ihnen das zu?«

»Ein saftiges Steak wäre mir lieber, aber warum nicht?«

Fünf Minuten später saßen die beiden Männer Seite an Seite auf Barhockern. Das Restaurant funktionierte nach dem Prinzip *Running Sushi*: Kleine Teller unter Plastikhauben fuhren auf einem Förderband vorbei. Um diese Uhrzeit hatte es gerade erst geöffnet und war noch fast leer.

»Ich habe Colonel Muselier doch schon alles erzählt«, sagte Boisseau und trank sein mit Minze aromatisiertes Vittel mit dem Strohhalm.

Caradec spielte mit offenen Karten.

»Vergiss diesen Idioten. Wie du ja gesehen hast, wird er dir nicht helfen.«

Auch wenn dem jungen Buchhändler diese direkte Ausdrucksweise nicht zu missfallen schien, verteidigte er den Gendarm zunächst.

»Auf der anderen Seite hatte Muselier nicht unrecht: Neun Jahre nach der Tat macht meine Geschichte keinen Sinn mehr.«

Marc schüttelte den Kopf.

»Sie macht sehr wohl Sinn und könnte uns auch noch in einer anderen Angelegenheit helfen.«

»Wirklich?«

»Lass mich dir zunächst ein paar Fragen stellen, dann erkläre ich dir den Rest, okay?«

Der junge Mann nickte. Marc legte die Geschichte

in groben Zügen dar, wie Muselier sie ihm erzählt hatte.

»Stimmt es, dass du damals zehn Jahre alt warst?«

»Zehneinhalb. Ich war gerade in die erste Klasse im Gymnasium gekommen.«

»Wo hast du gewohnt?«

»Bei meinen Eltern in einem Stadthaus an der Place de la Carrière.«

»In der Altstadt, nicht wahr? Unweit der Place Stanislas?«

Boisseau nickte und fuhr fort:

»Jeden Mittwochnachmittag fuhr mich der Chauffeur zum Religionsunterricht.«

»Wo war das?«

»In der Basilique Saint-Epvre. Ich hatte meinen Vater, was den Unterricht betraf, angelogen, um etwas mehr Zeit für mich zu haben. Der Chauffeur setzte mich in der Rue de Guise ab, und jedes zweite Mal lief ich, statt zu den Priestern, zum Parc Orly. Es gab dort einen Animateur, der Schauspielunterricht für Kinder gab. Der Eintritt war frei. Keine Einschreibung, keine Bürokratie, einfach toll.«

Marc nahm einen kräftigen Schluck von seinem Bier und griff zu einem Teller mit Sashimi.

Maxime fuhr mit bebender Stimme fort:

»Auf dem Rückweg hat mich der Typ erwischt. Ich nahm immer eine Abkürzung am Universitätsklinikum. Ich habe ihn nicht kommen sehen, und kurz darauf fand ich mich hinten in seinem Jeep wieder.«

»Wusste er, wer du warst?«

»Daran besteht kein Zweifel. Das waren übrigens seine ersten Worte: ›Alles wird gut: Dein Vater wird dich hier schnell herausholen.‹ Er muss mich seit Wochen beobachtet haben.«

»Wie lange hat die Fahrt in etwa gedauert?«

»Ungefähr zwei Stunden. Als wir bei ihm mitten im Wald ankamen, regnete es und war fast dunkel. Er hat mich zunächst in einem Werkzeugschuppen in der Nähe des Hauses eingesperrt. Ich hatte wohl Fieber wegen des Schocks. Ich fantasierte, brüllte und konnte gar nicht mehr aufhören. Um ehrlich zu sein, hab ich mir vor Angst in die Hose gemacht, und zwar im wahren wie im übertragenen Sinn. Er hat mir zwei oder drei Ohrfeigen verpasst und dann beschlossen, mich in sein Haus zu lassen. Zunächst hat er mir die Augen verbunden und mich dann viele Stufen nach unten geführt. Er hat eine Tür aufgeschlossen, dann eine weitere. Schließlich hat er mich einem Mädchen anvertraut. Sie hatte eine sehr sanfte Stimme und roch gut. Nach Veilchenwasser, wie frisch gebügelte Wäsche. Sie erklärte mir, sie würde meine Augenbinde nicht abnehmen, aber ich solle mich nicht fürchten. Sie hat mich gewaschen und sogar in den Arm genommen, damit ich einschlafe.«

»Kennst du den Namen dieses Mädchens?«

Boisseau nickte.

»Sie sagte, sie würde Louise heißen.«

Caradec blinzelte.

Louise Gauthier, das erste Opfer, vierzehn Jahre alt, als sie während der Sommerferien 2004 bei ihren Großeltern verschwunden war.

Jetzt begann Maximes Stimme beim Sprechen zu beben.

»Wenn man bedenkt, dass ich während all der Jahre geglaubt habe, sie sei seine Komplizin gewesen! Erst unlängst habe ich nach Lektüre der Artikel über diesen Typen, Heinz Kieffer, erahnen können, wer sie war! Es war ...«

»Ich weiß, wer sie war. Hattest du Kontakt zu anderen Mädchen während deines Aufenthalts dort?«

»Nein, nur Louise. Nichts hat für mich darauf hingedeutet, dass es weitere Mädchen im Haus gab.«

Den Blick ins Leere gerichtet, schwieg Maxime eine Weile.

»Wie lange hat es gedauert, bis deine Eltern das Lösegeld zusammenhatten?«, wollte Caradec wissen.

»Nur wenige Stunden. Kieffer war nicht so dumm, eine übertrieben hohe Summe zu verlangen. Fünfhunderttausend Euro in nicht markierten, kleinen Scheinen. Wie Sie mit Sicherheit wissen, ist das Vermögen meiner Familie enorm. Es war ein Betrag, den mein Vater im Handumdrehen auftreiben konnte.«

»Wo fand die Übergabe des Lösegelds statt?«

»Im Wald von Laneuveville-aux-Bois, ein Kaff in der Nähe von Lunéville.«

»Wie kannst du dich an alle diese Einzelheiten erinnern?«

Boisseau erklärte:

»Am nächsten Tag, als wir sein Haus verließen, hat er mich gefesselt, aber dieses Mal hatte ich keine Augenbinde und saß neben ihm auf dem Beifahrersitz. Auf dem Weg hielt er vor einer Telefonzelle am Straßenrand. Er rief meinen Vater an, um ihm den Ort der Übergabe mitzuteilen.«

»Und wie war Kieffer in diesem Moment?«

»Unheimlich hektisch. Unkontrolliert und total paranoid. Es war verrückt gewesen, mich vorn sitzen zu lassen. Auch wenn er nur die kleinen Straßen genommen hat, hätte man mich bemerken können. Er hatte eine Strumpfmaske übergezogen und führte Selbstgespräche. Er war übererregt, als hätte er etwas genommen.«

»Drogen, meinst du?«

»Ja, bestimmt.«

»Und wann hast du sein Nummernschild gesehen?«

»Im Licht der Scheinwerfer, als ich zu meinem Vater gelaufen bin.«

»Das war also im Wald? Ihre beiden Wagen standen sich gegenüber?«

»Genau, wie in *Der Clan der Sizilianer*. Mein Vater hat ihm den Koffer voller Geld zugeworfen, Kieffer hat den Inhalt überprüft und mich dann freigelassen. Ende der Geschichte.«

»Warte, warte. Welcher Koffer? Dein Vater hatte das Geld in einen Beutel gesteckt, oder?«

»Nein, es war ein Aktenkoffer, wie Geschäftsleute sie bei sich haben.«

»Muselier hat mir gesagt, du hättest von einer gelben Stofftasche gesprochen.«

Boisseau wurde ungehalten.

»Das habe ich nicht gesagt! Es war ein Diplomatenkoffer, Typ Samsonite, von dem mein Vater mehrere besaß. Anschließend hat Kieffer das Geld vielleicht in eine Stofftasche umgepackt. Das würde mich übrigens nicht wundern. Er misstraute allem. Er glaubte vielleicht, man könnte ihn mit einem Sender oder so was orten.«

Caradec senkte den Blick und sah Boisseaus Fingernägel, die abgekaut waren bis aufs Nagelbett. Der Junge war ein Dünnhäuter, ein Nervenbündel. Sein Engelsgesicht war verzerrt vor Stress und Angst.

»Was war dann mit deinen Eltern?«

»Eben nichts. Kein Gespräch, kein Dialog. Für sie war das alles nur meine Schuld. Zwei Tage später haben sie mich in ein Internat gesteckt. Erst in der Schweiz, dann in den USA. Wir haben nie wieder über dieses Ereignis gesprochen, und mit der Zeit hab ich es selbst verdrängt.«

Marc runzelte die Stirn.

»Willst du damit sagen, dass du keinen Zusammenhang zwischen deiner Geschichte und der von Kieffers Opfern gesehen hast?«

»Nein, ich lebte doch in Chicago und war weit von alledem entfernt. Bis vor sechs Monaten hatte ich nie etwas von Kieffer gehört.«

»Und was war der Auslöser? Muselier hat von einer Psychotherapie gesprochen.«

»Ja, ich wollte in den USA bleiben und Schauspiel- unterricht am Broadway nehmen, aber ich musste nach dem Abitur nach Frankreich zurück. Aus gesundheit- lichen Gründen. Es ging mir wirklich nicht besonders gut. Ich hatte immer schon die Neigung, mich vor allem zu fürchten, doch meine Angstattacken traten immer häufiger auf. Ich litt unter Selbstmordgedanken, Verfol- gungswahn und allen möglichen Halluzinationen. Ich befand mich an den Toren zur Hölle. Ich wurde für sechs Monate in die Spezialklinik von Sarreguemines eingewiesen. Dort fasste ich langsam wieder Fuß, zu- nächst mithilfe von Psychopharmaka, dann dank eines Therapeuten.«

»Und während dieser Sitzungen kamen die Erinne- rungen an die Entführung wieder hoch ...«

»Ja, und das wurde alles noch schlimmer, als ich ent- decken musste, dass mein Entführer Kieffer gewesen war und er wenige Stunden später sein Haus in Brand gesteckt hatte. Ich hätte diese Mädchen retten können, verstehen Sie?«

»Da wäre ich nicht so sicher«, erwiderte Marc.

Boisseau fing an zu schreien:

»Ich kannte sein Nummernschild, verdammt! Wenn wir zur Polizei gegangen wären, hätte man die Mäd- chen noch rechtzeitig gefunden!«

Marc packte ihn bei den Schultern, um ihn zu be- ruhigen.

»Deine Eltern sind dafür verantwortlich, nicht du.«

»Diese Idioten! Damit ihr Name nicht in der Rubrik

›Vermischtes‹ auftaucht, haben sie es vorgezogen, ein Raubtier in Freiheit zu lassen. Der Gedanke macht mich wahnsinnig!«

»Hast du mit ihnen darüber gesprochen?«

»Ich rede nicht mehr mit ihnen, seitdem mir klar geworden ist, was sie getan haben. Ich werde ihr Erbe ausschlagen. Ich will ihnen nichts schuldig sein. Meine Großeltern haben meine Behandlung bezahlt.«

Marc seufzte.

»Du bist für diesen ganzen Mist nicht verantwortlich – du warst gerade mal zehn Jahre alt!«

»Das entschuldigt nichts.«

»Das entschuldigt alles! Viele haben sich in dieser Angelegenheit mehr oder weniger Schlimmes vorzuwerfen. Aber glaube mir, du gehörst nicht dazu.«

Maxime stützte den Kopf in die Hände. Er hatte sein Sushi nicht angerührt. Caradec seufzte. Dieser Junge gefiel ihm irgendwie: direkt, sensibel, verletzlich, ehrlich. Er wollte ihm wirklich helfen.

»Hör mir gut zu, ich weiß, es ist leichter gesagt als getan, aber du *musst* einen Weg finden, all das hinter dir zu lassen, okay? Was hast du hier überhaupt noch zu suchen?«

»Wo?«

»Hier in Nancy. Verschwinde von hier, aus der Stadt, der Gegend, mit der dich viel zu viele schlechte Erinnerungen verbinden. Nimm das Geld von deinen Eltern an, flieg nach New York, schreib dich in diese Kurse ein. Man hat nur ein Leben, und das vergeht schnell.«

»Das kann ich nicht.«

»Warum?«

»Ich sagte Ihnen schon, ich bin krank. Ich habe psychische Probleme. Der Therapeut, der mich betreut, ist hier und ...«

»Warte!«, fiel ihm der Ermittler ins Wort und hob die Hand.

Vom Rand der Theke angelte er sich eine Visitenkarte des Restaurants und kritzelte eine Telefonnummer darauf, die er Boisseau reichte.

»Esther Haziel«, entzifferte der junge Mann. »Wer ist das?«

»Eine ehemalige Psychiaterin von Sainte-Anne. Frankoamerikanerin. Sie arbeitet heute in Manhattan. In einer Praxis und im Krankenhaus. Wenn du dort Probleme hast, suchst du sie auf, mit Grüßen von mir.«

»Woher kennen Sie sie?«

»Auch ich habe Hilfe gebraucht. Depressionen, Wahnvorstellungen, Krisen, Angst vor anderen und vor mir selbst, die Tore zur Hölle, wie du sagtest, all das habe ich auch durchgemacht.«

Maxime traute seinen Ohren nicht.

»Das würde man nicht glauben, wenn man Sie so sieht. Und sind Sie jetzt geheilt?«

Caradec schüttelte den Kopf.

»Nein, von solchen Dingen wird man nie geheilt. Das ist die schlechte Nachricht.«

»Und die gute?«

»Die gute ist, dass man lernen kann, damit zu leben.«

4.
Bilberry Street

Angela Carlyle legte ein altes, mit Stoff überzogenes Album auf den Verandatisch – ein Buch der Erinnerungen, wie die Menschen es früher zusammenstellten, statt Hunderte Fotos in ihrem Handy zu speichern und dann zu vergessen.

Mit liebevollen Gesten begannen Gladys und Angela, vor meinen Augen darin zu blättern. Jetzt waren die Schleusen der Wehmut geöffnet. Durch die Bilder lebte Joyce wieder ein wenig auf. Das tat ihnen weh, das tat ihnen gut.

Die Jahre zogen vorüber: 1988, 1989, 1990 ... und die Aufnahmen spiegelten nicht das wider, was ich erwartet hatte. Zu jener Zeit war Joyce nicht der drogensüchtige Zombie, den die Journalistin Marlène Delatour mir beschrieben hatte. Vielmehr war sie eine heitere, glückstrahlende Frau. Hatte die ehemalige Redakteurin der *Sud-Ouest* sich geirrt? Oder hatte sie mir eine Kurzfassung gegeben, wie das in ihrem Beruf so häufig vorkam?

Den beiden Schwestern gegenüber vermied ich vorsichtshalber zunächst das Thema Prostitution.

»Eine französische Journalistin hat mir erzählt, Joyce sei zu der Zeit vor der Geburt von Claire crack- und heroinsüchtig gewesen.«

»Das stimmt nicht!«, empörte sich Angela. »Joyce

hat niemals Crack angerührt. Sie hatte Probleme mit Heroin, das wohl, doch das war lange Zeit davor! Claire wurde 1990 geboren. Damals hatte Joyce schon ewig nichts mehr mit Drogen zu tun. Sie lebte wieder bei unseren Eltern in Philadelphia, hatte einen Job in einer Bibliothek gefunden und arbeitete sogar ehrenamtlich in einem Sozialzentrum der Stadt.«

Ich notierte mir in Gedanken die Informationen, betrachtete gleichzeitig die Fotos: Bilder von Claire als kleinem Mädchen, zusammen mit ihrer Mutter, ihren Tanten und ihrer Großmutter. Heftige Emotionen übermannten mich. Die Frau, die ich liebte, im Alter von sechs oder sieben Jahren zu sehen, das hatte etwas Verwirrendes und Schmerzliches. Ich dachte an das Leben, das in ihren Bauch wuchs. Vielleicht ein kleines Mädchen, das ihr ähneln würde. Wenn es mir nur gelänge, sie wiederzufinden …

Hier war man erneut weit von den erbärmlichen Klischees entfernt, die in der Presse veröffentlicht worden waren. Die Carlyle-Schwestern waren kultiviert und eher vermögend. Ihre Mutter Yvonne war Juristin und hatte ihr ganzes Leben lang in der Kanzlei des Bürgermeisters von Philadelphia gearbeitet.

»Gibt es denn keine Fotos von Ihrem Vater?«, fragte ich.

»Es ist schwer, ein Phantom zu fotografieren«, erwiderte Gladys.

»Eher einen Lufthauch«, berichtigte Angela. »Einen Lufthauch mit einem Zipfelchen.«

Die beiden Schwestern brachen in unbändiges Lachen aus, und ich konnte nicht umhin, auch zu schmunzeln.

»Und Claire? Wer ist ihr Vater?«

»Wir wissen es nicht«, erwiderte Gladys und zuckte die Schultern.

»Joyce hat nie darüber gesprochen, und wir haben auch nie versucht, es herauszufinden.«

»Es fällt mir schwer, Ihnen zu glauben. Als Kind hat Ihre Nichte sich doch bestimmt Fragen gestellt!«

Angela runzelte die Stirn, beugte sich zu mir vor und knurrte:

»Sehen Sie irgendeinen Mann in diesem Album?«

»Nein.«

»Sehen Sie Männer in diesem Haus?«

»Nein, das auch nicht.«

»Es gibt keine, es hat nie welche gegeben, und es wird auch nie welche geben. Wir, die Carlyles, sind einfach so. Wir leben ohne Männer. Wir sind Amazonen.«

»Ich bin nicht sicher, dass dieser Vergleich besonders zutreffend ist.«

»Warum?«

»In der griechischen Mythologie heißt es, die Amazonen hätten die Gliedmaßen ihrer männlichen Kinder gebrochen oder ihnen die Augen ausgestochen, um Sklaven aus ihnen zu machen.«

»Sie wissen genau, was ich meine. Wir erwarten nichts von Männern, du Grünschnabel. Das ist unsere Philosophie, ob dir das nun gefällt oder nicht.«

»Man kann nicht alle Männer in einen Topf werfen.«

»Doch, doch, alle Männer sind gleich: unehrlich, treulos, feige, verlogen, angeberisch. Ihr seid nicht verlässlich. Ihr haltet euch für Krieger, doch ihr seid nichts als erbärmliche Marionetten, gesteuert von euren Trieben. Ihr haltet euch für mannhaft, dabei seid ihr nichts als Schürzenjäger.«

Ich fand Gefallen an dem Wortwechsel und erzählte ihnen von meiner Erfahrung mit Nathalie, die mich einen Monat nach der Geburt unseres Babys verlassen hatte. Doch das reichte nicht aus, um sie gnädig zu stimmen.

»Ach, das ist einfach nur die Ausnahme, die die Regel bestätigt«, verkündete Angela.

Die Sonne ging langsam unter. Es wurde ein wenig kühler. Mein Äußeres flößt immer Vertrauen ein, und so hatten sich die Schwestern, ohne zu wissen, wer ich wirklich war, zu der einen oder anderen Vertraulichkeit hinreißen lassen. Obwohl sie das Gegenteil behauptete, spürte ich, dass meine Geschichte Angela berührt hatte.

Sie klappte das Album zu. Für einen Augenblick schoben sich Wolken vor die Sonne.

»Warum sagten Sie vorhin, dass Sie sich ein wenig verantwortlich für Joyce' Tod fühlen?«

»Wir tragen alle einen Teil Verantwortung«, bekräftigte Gladys.

Angela seufzte.

»Die Wahrheit ist, dass wir an dem Wochenende, als es passiert ist, nicht einmal hier waren. Wir waren bei unserer Mutter in Philadelphia. Joyce wollte uns nicht begleiten. Ich hatte den Verdacht, sie könnte rückfällig geworden sein, auch wenn sie das Gegenteil behauptete.«

Gladys ging noch mehr ins Detail.

»Wir sind schnell hin- und zurückgefahren, weil unsere Mutter an der Hüfte operiert worden und ans Bett gefesselt war. Sie war auch halbtot vor Sorge wegen Claires Entführung, und ehrlich gesagt weiß ich nicht, ob unsere Anwesenheit hier irgendetwas geändert hätte.«

»Wie genau hat sich das Ganze abgespielt?«

Angela ergriff erneut das Wort.

»Ich habe Joyce' Leiche bei unserer Rückkehr am Sonntagabend im Badezimmer vorgefunden. Eine Nadel steckte in ihrer Armbeuge. Allem Anschein nach ist sie gefallen und hat sich den Schädel am Badewannenrand zertrümmert.«

»Gab es keine Ermittlungen?«

»Doch, natürlich«, bestätigte Gladys. »Und da es sich um einen gewaltsamen Tod handelte, hat der Gerichtsmediziner eine Autopsie angeordnet.«

Und Angela fügte hinzu:

»Die Polizei hat besonders darauf bestanden, weil am Tag ihres Todes ein anonymer Anruf eingegangen war, in dem ein Überfall auf Joyce angekündigt wurde.«

Gänsehaut überzog mich wie eine Woge von den Füßen bis zum Kopf. Ich kannte dieses Gefühl. Es gibt beim Schreiben eines Romans immer den einen Moment, in dem die Figuren einen überraschen. Entweder fangen sie an, etwas zu wollen, was nicht geplant war, oder sie hauen einem mitten in einem Dialog, den man gerade niedergeschrieben hat, eine Erkenntnis um die Ohren. In letzterem Fall kann man immer noch die *Delete*-Taste benutzen und so tun, als wäre nichts gewesen. Meistens aber trifft man nicht diese Wahl, denn das Unvorhergesehene ist der aufregendste Moment beim Schreiben. Der Moment, an dem die Geschichte eine unerwartete Wendung nimmt. Genau diesen Eindruck hatte ich bei Angelas Enthüllung.

»Die Ermittler haben die letzten Telefonate auf Joyce' Handy ausgewertet. Sie haben ihren Dealer – ein kleiner Fisch in ihrem Viertel – verhaftet und vernommen. Der Typ hat zugegeben, Joyce eine größere Ladung für ein Wochenende geliefert zu haben, doch er hatte ein sicheres Alibi für den Nachmittag des Todes und wurde somit freigelassen.«

Ich fragte theatralisch:

»Hatte irgendwer das geringste Motiv, Ihre Schwester zu ermorden?«

Gladys stieß traurig einen Seufzer aus.

»Ich glaube nicht, aber wenn man mit Drogen zu tun hat, hat man immer Umgang mit dem Abschaum der Menschheit.«

Jetzt meldete sich wieder Angela zu Wort.

»Auf alle Fälle hat die Autopsie die Überdosis bestätigt. Die Kopfverletzung hatte sie sich durch den Aufprall auf dem Wannenrand zugezogen.«

»Und der anonyme Anruf?«

»Das war damals im Viertel üblich. Ein Spiel zwischen den Jungen, um die Bullen auf Trab zu halten und zu ärgern.«

»Finden Sie nicht, dass das trotzdem ziemlich viele Zufälle auf einmal sind?«

»Natürlich, und deshalb haben wir ja auch einen Anwalt engagiert, der uns gewisse Grundlagen der Untersuchung mitgeteilt hat.«

»Und?«

Plötzlich verschleierte sich ihr Blick. So als würde sie bedauern, zu viel gesagt zu haben. So als würde ihr klar werden, dass sie nichts von mir wusste. Als würde sie sich plötzlich daran erinnern, dass ich ihr eine halbe Stunde zuvor gesagt hatte: »Ich habe vielleicht Neuigkeiten über Ihre Nichte, die Sie interessieren könnten.«

»Was wollten Sie mir vorhin mitteilen? Welche Informationen haben Sie über Claire?«

Ich hatte gewusst, dass dieser Moment kommen und höchst unangenehm sein würde. Mein Handy lag noch auf dem Tisch. Unter den Fotos suchte ich ein ganz besonderes. Eine Aufnahme von Claire und mir: ein Selfie von dem Abend, bevor wir am Hafen von Antibes im Restaurant waren, im Hintergrund die Festung.

Ich zeigte Angela die Aufnahme.

Natürlich kann man Fotos manipulieren, aber dieses log nicht.

»Claire lebt«, sagte ich.

Sie betrachtete die Aufnahme eine Zeit lang, bevor sie

mein Smartphone mit einer weit ausholenden Bewegung auf den Bürgersteig warf.

»Verschwinden Sie von hier! Sie sind ein Betrüger!«, schrie sie, bevor sie in Tränen ausbrach.

11. Frauen, die keine Männer liebten

Das saubere rote Blut im weißen Schnee
war sehr schön.

Jean Giono, *Ein König allein*

1.

»Nein, Papa! Theo selber machen! Theo selber machen!«

Mein Sohn, der auf einem Hochstühlchen saß, riss mir den Plastiklöffel aus der Hand, um sein Püree mit Schinken allein aufzuessen. Nachdem ich mich überzeugt hatte, dass sein Lätzchen richtig zugebunden war, griff ich nach meinem Caipirinha und nahm Platz, um der Darbietung dieses Gelages beizuwohnen. Theos Bewegungen waren noch unsicher. Auf Nase, Kinn, Haaren, Boden, Stuhl – ich hatte den Eindruck, das Püree landete überall, außer in seinem Mund. Doch es schien ihm unglaublichen Spaß zu machen, und auch ich musste lachen.

Die Atmosphäre erinnerte an Italien. Wir saßen unter den Arkaden im Innenhof des *Bridge Club*. Eine grüne

Oase der Ruhe mitten in New York. Eine bukolische Auszeit, die allein schon den Wahnsinnspreis dieses Hotels rechtfertigte.

»Überall …«, sagte Theo

»O ja, mein Junge, du hast es überall verteilt. Kein Grund, stolz zu sein. Möchtest du jetzt einen Joghurt?«

»Nein, runter!«

»Ich habe nicht ›bitte‹ gehört.«

»Bitte, Papa, runter.«

Na, dann würde er eben seinen Joghurt später essen. Ich wischte ihm Gesicht und Hände mit einer Serviette ab, was gar nicht so einfach war, weil Theo ständig den Kopf von einer Seite zur anderen drehte, um mir zu entkommen. Dann nahm ich ihm das Lätzchen ab, hob ihn aus dem Stuhl und ließ ihn zwischen den Palmen, den exotischen Pflanzen und den von hängendem Efeu bewachsenen Wänden herumlaufen.

In der Mitte des Patios waren die in Marmor gehauene Statue eines schlafenden Engels und ein eindrucksvoller zweistöckiger Springbrunnen von Hecken und Blumen umgeben. Ich sah zu, wie sich mein Sohn zwischen den sorgfältig geschnittenen Büschen hindurchschob, die ein geometrisches Motiv bildeten. Das Labyrinth aus Kubricks *Shining* kam mir in den Sinn und ließ mich erschauern.

»Lauf nicht zu weit weg, Theo, ja?«

Er wandte sich zu mir um und bedachte mich mit einem bezaubernden Lächeln und einem kleinen unbeholfenen Handzeichen.

Ich zog mein Mobiltelefon heraus, um den Schaden zu begutachten, den Angelas Behandlung ihm zugefügt hatte. Das Display war gesprungen, aber der Rest war gut genug geschützt, um noch zu funktionieren. Ich loggte mich ins WLAN des Hotels ein und versuchte zehn Minuten lang, Claires Freundin Olivia Mendelshon ausfindig zu machen – die einzige Zeugin der Entführung. Ich zweifelte zwar daran, dass sie mir zehn Jahre später irgendetwas Entscheidendes erzählen könnte, aber es war eine der wenigen Spuren, die mir noch blieben. Ich war schon ziemlich demoralisiert. Ständig musste ich an Claire denken, die zum zweiten Mal in ihrem Leben entführt worden war.

Die Kellnerin kam zu mir.

»Da ist jemand, der Sie sprechen möchte, Mister Barthélémy.«

Ich wandte den Kopf zum Eingang, der sich neben der Cocktailbar befand. Es war Gladys, die jüngere der Carlyle-Schwestern. Statt ihres weißen Kleides trug sie jetzt eine Perfecto-Lederjacke, einen grell gemusterten Hosenanzug und schwindelerregend hohe Absätze. Ich beobachtete, wie sie katzenhaft und geschmeidig über den mit marokkanischen Lampen gesäumten Weg auf mich zukam.

Ich war erleichtert, sie zu sehen. Ehe ich gegangen war, hatte ich die Anschrift des Hotels auf meine Visitenkarte geschrieben, die ich unter das Glas des Verandatischs geschoben hatte.

»Hallo Gladys, nett, dass Sie gekommen sind.«

Sie nahm auf einem Korbstuhl mir gegenüber Platz und schwieg.

»Ich verstehe die Reaktion Ihrer Schwester sehr gut.«

»Angela hält Sie für einen Hochstapler, der uns Geld aus der Tasche ziehen will.«

»Ich will kein Geld.«

»Ich weiß. Ich habe Ihren Namen im Internet gegoogelt und denke, dass Sie genügend verdienen.«

Die Bedienung trat an unseren Tisch, und Angela bestellte einen grünen Tee mit Minze.

»Zeigen Sie mir noch einmal das Foto«, sagte sie dann.

Ich reichte ihr mein Telefon, auf dem mehrere Bilder von Claire zu sehen waren. Sie starrte wie hypnotisiert darauf, bis ihr schließlich die Tränen kamen.

»Wenn Sie kein Geld wollen, was wollen Sie dann?«

»Ihre Hilfe, um die Frau wiederzufinden, die ich liebe.«

Ohne Theo aus den Augen zu lassen, der fasziniert die getigerte Katze des Hotels beobachtete, erklärte ich ihr ausführlich und in allen Einzelheiten, warum ich Claire suchte. Von meiner Begegnung mit ihr über unseren Streit in Südfrankreich bis hin zu der Verkettung von Umständen, die mich nach New York geführt hatten. Um des Guten nicht zu viel zu tun, ließ ich nur Claires Schwangerschaft aus.

Sie hing an meinen Lippen und lauschte mir gebannt mit einer Mischung aus Ungläubigkeit und Faszination. Gladys war eine intelligente Frau. Sie dachte kurz nach und bemerkte dann:

»Wenn das, was Sie mir da sagen, wahr ist, verstehe ich nicht, warum Sie nicht die Polizei verständigt haben.«

»Weil Claire das nicht gewollt hätte.«

»Wie können Sie sich da so sicher sein?«

»Denken Sie doch mal nach. Seit fast zehn Jahren geht sie der Polizei aus dem Weg! Ich will das Geheimnis wahren, das sie so sorgfältig gehütet hat.«

»Indem Sie ihr Leben aufs Spiel setzen?«, rief Gladys.

Darauf hatte ich keine Antwort. Ich hatte eine Wahl getroffen, die ich für das kleinere Übel hielt, und ich war entschlossen, die volle Verantwortung dafür zu übernehmen.

»Ich tue mein Möglichstes, um sie zu finden.«

»Hier in Harlem?«

»Ich glaube, ein Teil der Erklärung für ihr Verschwinden liegt hier. In ihrer Vergangenheit.«

»Aber Sie sind Schriftsteller und kein Polizist.«

Ich sah davon ab, ihr zu erklären, dass beides in meinem Kopf nicht so weit voneinander entfernt war. Stattdessen versuchte ich, sie zu beruhigen.

»Ein Freund von mir, Marc Caradec, ist ein bekannter Ermittler, und er setzt die Suche in Frankreich fort.«

Ich beobachtete Theo, der sich bemühte, auf einen tönernen Pflanzentopf zu klettern, der doppelt so groß war wie er.

217

»Pass auf, Theo!«

Red du nur, Papa ...

Gladys schloss die Augen, als könne sie so besser nachdenken. Das Plätschern des Brunnens erinnerte mich an die entspannende Wirkung der CDs, die mein Akupunkteur in seinem Wartezimmer abspielte.

»In meinem Innersten habe ich mir immer eine kleine Hoffnung bewahrt, dass Claire noch lebt«, gestand Gladys schließlich. »Ich war zwanzig Jahre alt, als meine Nichte entführt wurde, und ich erinnere mich, dass ich in den darauffolgenden Wochen ...«

Gladys suchte nach Worten.

»... oft das Gefühl hatte, beobachtet zu werden. Dafür gab es keine konkreten Anhaltspunkte, aber es war irgendwie sehr real.«

Ich hörte ihr zu.

»Selbst als man ihre DNA bei dem Pädophilen gefunden hat, dachte ich, dass noch einige Puzzleteile fehlen.«

Das war auffällig: Alle, die näher mit den Ermittlungen zu tun gehabt hatten, teilten dieses Gefühl.

»Und Sie wissen wirklich nicht, wer Claires Vater ist?«

»Nein, und ich glaube auch, dass das nicht wichtig ist. Joyce hatte verschiedene Liebhaber, aber sie hing nicht an ihnen. Sie haben sicher begriffen, dass die Frauen in unserer Familie im besten Sinne des Wortes frei sind.«

»Woher rührt dieser Männerhass?«

»Es ist kein Hass, nur der Wille, kein Opfer zu werden.«

»Opfer von was?«

»Sie sind ein kultivierter Mensch, Raphaël. Ich brauche Ihnen nicht zu erklären, dass die Männer zu allen Zeiten und in allen Gesellschaftsschichten die Frauen beherrscht haben. Eine vermeintliche Überlegenheit, die so tief in den Köpfen verankert ist, dass sie fast normal scheint. Wenn Sie dann noch bedenken, dass wir dunkelhäutige Frauen sind ...«

»Aber nicht alle Männer sind so!«

Sie sah mich an, als würde ich absolut nichts verstehen.

»Das ist keine Frage der Individuen«, erwiderte sie verärgert. »Es geht um die soziale Reproduktion, um die ... Ach, vergessen Sie's, ich hoffe, Sie sind ein besserer Ermittler als Soziologe.«

Sie trank einen Schluck Tee und öffnete dann ihre hübsche rote Handtasche aus Pythonleder.

»Ich weiß nicht genau, was Sie hier suchen, aber ich habe Ihnen eine Fotokopie davon gemacht«, erklärte sie und zog eine kleine Mappe heraus.

Ich blätterte durch die ersten Seiten. Es waren die juristischen Auskünfte, die Angela damals mithilfe ihres Anwalts bekommen hatte.

»Das ist nicht die gesamte Ermittlungsakte, aber Sie haben einen unvoreingenommenen Blick und sehen vielleicht etwas, das uns entgangen ist.«

Gladys musterte mich eine Weile prüfend und entschied sich dann. Sie hatte noch andere Informationen für mich.

»Und wenn Sie schon ermitteln wollen, könnten Sie auch dort einmal vorbeischauen«, fuhr sie fort und reichte mir einen Schlüssel mit einem Werbeanhänger.

»Was ist das?«

»Der Schlüssel zu einer Lagerhalle, in der wir einen Teil der Sachen von Joyce und ihrer Tochter aufbewahren. Gehen Sie hin. Vielleicht finden Sie dort etwas.«

»Was bringt Sie zu dieser Annahme?«

»Einige Wochen nach Joyce' Tod haben wir ein Abteil gemietet, um einige Dinge unterzustellen. Als wir hinkamen, war die Box, die für uns vorgesehen war, nicht frei, weil die Vormieter sie nicht rechtzeitig geräumt hatten. Der Besitzer hat uns einen Rabatt und vorübergehend eine andere Box angeboten.«

Sie sprach so schnell, dass ich Mühe hatte, ihr zu folgen, doch ihre Geschichte war wirklich interessant.

»Und stellen Sie sich vor, am nächsten Tag war die Box, die uns ursprünglich zugedacht war, vollkommen ausgebrannt. Wohl kein Zufall, oder?«

»Was hätte man verschwinden lassen wollen?«

»Das müssen Sie herausfinden.«

Ich sah sie eine Weile wortlos an. Das tat mir gut, denn in kurzen Momenten erinnerte mich ihr Gesichtsausdruck an Claire.

Daran, wie sehr du mir fehlst.

»Danke für Ihr Vertrauen.«

Gladys musterte mich zweifelnd und blickte mir dann in die Augen.

»Ich vertraue Ihnen, weil mir nichts anderes übrig bleibt, selbst wenn ich noch immer nicht davon überzeugt bin, dass das Mädchen, von dem Sie sprechen, tatsächlich Claire ist. Aber ich warne Sie, es hat Jahre gedauert, bis Angela und ich mit unserer Trauer um unsere Schwester abgeschlossen hatten. Heute haben wir beide zwei Kinder, und ich werde nicht zulassen, dass ein Verkäufer falscher Hoffnungen unser Leben zerstört.«

»Ich verkaufe gar nichts«, verteidigte ich mich.

»Sie sind Schriftsteller, und Sie verkaufen schöne Geschichten.«

»Man sieht, dass Sie meine Bücher nicht gelesen haben.«

»Wenn Claire noch am Leben ist, dann finden Sie sie. Das ist alles, was ich von Ihnen verlange.«

2.

Es regnete, seit Marc Caradec Nancy verlassen hatte. Auf ein Neues. Wieder eineinhalb Stunden Fahrt Richtung Osten, die diesmal jedoch wegen der vielen Laster und der rutschigen Straße unangenehmer war als am Nachmittag.

Der Ermittler fuhr zurück zur Gendarmerie Phalsbourg. Wie er befürchtet hatte, war Muselier nicht da, aber Solveig machte Überstunden und hatte sich in ihren Facebook-Account eingeloggt.

»Na, Capitaine, haben Sie beschlossen, die Nacht in unserer schönen Gegend zu verbringen?«

Doch Caradec war nicht nach Scherzen zumute.

»Wo ist Muselier?«

»Ich nehme an, er ist nach Hause gegangen.«

»Und wo genau ist das?«

Die Polizistin nahm ein Blatt aus dem Papierfach des Druckers und zeichnete schnell einen Plan.

»Der Colonel wohnt hier«, erklärte sie und deutete mit ihrem Stift auf ein Kreuz. »In Kirschatt, das ist ein abgelegener Weiler zwischen Steinbourg und Hattmatt.«

Caradec lehnte sich gegen den Tresen und massierte sich die Schläfen, um eine aufkommende Migräne zu vertreiben. All diese Namen, die so ähnlich klangen, diese elsässische Aussprache, begannen ihm wirklich auf die Nerven zu gehen.

Er steckte die Skizze ein, bedankte sich bei Solveig und machte sich im strömenden Regen wieder auf den Weg. Bis er die dreißig Kilometer zurückgelegt hatte, war es fast dunkel. Im Dämmerlicht blinkte plötzlich die Öl-Warnanzeige auf. *Das gibt's doch nicht!* Seit Monaten verlor der Range Rover ein wenig Öl, doch bevor er aus Paris abgefahren war, hatte er eigenhändig alles überprüft. Es blieb ihm nichts anderes übrig, als die Daumen zu drücken, dass es nicht schlimmer würde.

Nach einigen Kilometern erlosch das Lämpchen wieder. Falscher Alarm. Das Auto war das Abbild seines Besitzers – altersschwach und ramponiert, aber fähig, leichte Schläge einzustecken und sich letztlich nicht unterkriegen zu lassen.

Er folgte Solveigs Anweisungen und bog von der D6 in einen kleinen Feldweg ab, der in den Wald führte. Als er schon glaubte, sich verfahren zu haben, mündete der Pfad in eine Lichtung, auf der ein Fachwerk-Bauernhaus im elsässischen Stil stand, das allerdings eher einer Ruine glich als einer Abbildung aus *Schöner Wohnen*.

Es hatte aufgehört zu regnen. Caradec stellte den Wagen ab und lief ein paar Schritte über den matschigen Boden. Im Schein einer nackten Glühbirne saß Franck Muselier auf einem niedrigen Stuhl vor dem Haus und trank Bier.

»Ich habe dich erwartet, Capitaine. Ich wusste, dass du zurückkommen würdest«, sagte er und warf ihm eine Bierdose zu.

Marc fing sie auf.

»Komm und setz dich«, bot er an und deutete auf einen Gartenstuhl aus Zedernholz, den er zu sich herangezogen hatte.

Doch Marc zog es vor, stehen zu bleiben, und zündete sich eine Zigarette an. Der Polizist lachte laut auf.

»Die gelbe Stofftasche, natürlich! Da habe ich Mist gebaut wie ein blutiger Anfänger.«

Marc schwieg. Er brauchte keine Fragen mehr zu

223

stellen, sondern nur noch zuzuhören. Nach und nach packte der Gendarm aus.

»Du musst dir vorstellen, wie ich damals war. Da sah ich nicht wie ein Weinfass aus, so wie heute. Ich war verheiratet und hatte einen Sohn, und ich war ein guter, ambitionierter Polizist. Gib mir bitte eine Zigarette.«

Marc reichte ihm die Schachtel und das Feuerzeug. Muselier zündete sich eine an und sog den Rauch genüsslich tief ein, ehe er ihn wieder ausstieß.

»Du willst wissen, was an besagtem Abend wirklich geschehen ist, ja? An diesem denkwürdigen Donnerstag, dem 25. Oktober 2007, hatte ich den Abend in Metz bei meiner Geliebten Julie, einer Verkäuferin bei *Galeries Lafayette*, verbracht. Du kennst sicher den Ausdruck ›Pack schlägt sich, Pack verträgt sich‹. Der traf auch auf Julie und mich zu. Wieder einmal hatten wir uns gestritten. Doch diesmal waren auch zu viel Alkohol und Koks im Spiel gewesen. Gegen Mitternacht habe ich meinen Wagen genommen, ich war total betrunken und high. Das war der Anfang meines steilen Absturzes.«

Er nahm erneut einen tiefen Zug von seiner Zigarette und trank einen Schluck Bier.

»Ich war schon fast eine Stunde unterwegs, als es passierte. Ich war so besoffen, dass ich mich verfahren hatte, und versuchte, wieder auf die Hauptstraße zu gelangen. Da ist sie plötzlich, ich weiß nicht, woher, vor mein Auto gesprungen und im Scheinwerferlicht stehen geblieben wie ein geblendetes Reh.«

»Claire Carlyle«, mutmaßte Marc.

»Ich habe erst viel später erfahren, wie sie hieß. Sie war fast transparent und nur mit einer Pyjamahose und einem T-Shirt bekleidet. Es war furchtbar und zugleich sehr schön. Ich habe das Bremspedal mit aller Kraft durchgetreten, sie aber trotzdem gestreift, und sie ist zusammengebrochen.«

Er machte eine Pause und wischte sich die Nase mit dem Ärmel ab wie ein Kind.

»Ich wusste nicht, was ich tun sollte. Ich bin ausgestiegen und habe mich über sie gebeugt. Es war ein hübsches junges Mischlingsmädchen, sehr mager. Sie muss fünfzehn oder sechzehn Jahre alt gewesen sein. Neben ihr auf dem Boden lag eine gelbe Stofftasche. Zuerst dachte ich, ich hätte sie getötet, doch als ich sie untersuchte, stellte ich fest, dass sie noch atmete. Sie hatte ein paar Hautabschürfungen davongetragen, aber offensichtlich keine ernsthaften Verletzungen.«

»Und was hast du gemacht?«

»Es wäre gelogen, wenn ich behaupten würde, nicht an Flucht gedacht zu haben. Hätte ich die Feuerwehr oder einen Krankenwagen gerufen, wäre auch die Polizei gekommen. Man hätte mich pusten lassen und eine Speichelprobe genommen. Volltrunken und die Nase voller Koks – das macht sich nicht gut für einen Polizisten. Ich hätte mich auch gegenüber meiner Frau rechtfertigen müssen, der ich gesagt hatte, ich müsste bis spätnachts arbeiten.«

»Also?«

»Ich bin in Panik geraten. Ich habe die Kleine hochgehoben und auf den Rücksitz gelegt. Die Tasche habe ich auch mitgenommen. Dann bin ich Richtung Saverne gefahren, ohne genau zu wissen, was ich tun sollte. Unterwegs wurde ich plötzlich neugierig und habe den Inhalt der Stofftasche inspiziert, um zu sehen, ob vielleicht ihre Papiere drin wären, und da … Verdammt! So viel Geld hatte ich in meinem ganzen Leben noch nicht gesehen. Dutzende von Bündeln. Hunderttausende von Euro.«

»Das Lösegeld für den kleinen Boisseau …«

Muselier nickte.

»Ich war sprachlos. Das machte alles keinen Sinn. Woher hatte das Mädchen eine solche Summe? Ich wollte es mir lieber gar nicht vorstellen. Ich hatte Dringlicheres zu tun. Ist schon komisch, weißt du, denn unterwegs schöpfte ich wieder Hoffnung. Ich glaubte tatsächlich, die Dinge ändern zu können. Meine Schwägerin war Krankenschwester im Hôpital Saverne. Ich zögerte, sie anzurufen. Aber dann habe ich mich für eine andere Lösung entschieden: Damit man mich nicht sieht, habe ich das Mädchen und die Tasche vor dem Hinterausgang des Krankenhauses neben der Wäscherei abgelegt. Dann bin ich weggefahren. Als ich einige Kilometer entfernt war, habe ich mit unterdrückter Nummer das Krankenhaus angerufen, die Verletzte gemeldet und dann sofort aufgelegt.«

Der Polizist nahm einen kräftigen Schluck Bier aus seiner Dose. Dicke Schweißperlen rannen über sein aufgedunsenes Gesicht. Das hellblaue Diensthemd war fast bis zum Bauchnabel aufgeknöpft und ließ die graue Brustbehaarung sehen.

»Früh am nächsten Morgen bin ich zum Krankenhaus gefahren. Unter dem Vorwand erfundener Ermittlungen wegen angeblicher Medikamentendiebstähle, die seit mehreren Monaten in verschiedenen Apotheken vorkamen, konnte ich das Personal befragen und habe schnell begriffen, dass das Mädchen nicht da war. Unter dem Siegel der Verschwiegenheit habe ich mich bei meiner Schwägerin erkundigt. Sie hat bestätigt, dass mein Anruf sehr wohl im Krankenhaus aufgenommen worden war, dass man aber an der angegebenen Stelle niemanden gefunden hatte. Ich wollte es nicht glauben, aber ganz offensichtlich war das Mädchen wieder zu sich gekommen und abgehauen. Glücklicherweise ging das Personal von einem Fake-Anruf aus, wie sie oft vorkommen, und so wurde der Anruf weder registriert noch weitergegeben.«

Der Regen hatte wieder eingesetzt. Die Blätter rauschten. In der Dunkelheit wirkte der umliegende Wald beunruhigend und bedrückend. Ein pflanzlicher Festungswall, der zwar dicht, aber nicht solide genug war, um einen eventuellen Feind vom Eindringen abzuhalten. Dicke Tropfen fielen auf Caradecs Gesicht und Schultern, doch er hatte es so eilig, die Fortsetzung der Geschichte zu hören, dass er es nicht zu bemerken schien.

»Die Wendung der Ereignisse überforderte mich. So

fuhr ich beunruhigt zu der Stelle zurück, wo ich das Mädchen angefahren hatte, und da habe ich die Rauchwolke gesehen.«

Der Polizist schien diesen Moment erneut zu durchleben.

»Sobald klar war, was in diesem Haus vor sich gegangen war, wusste ich, dass die Kleine eines von Kieffers Opfern war und dass ihr die Flucht gelungen war. Die Analyse der DNA kam nur langsam voran, und so hat es fast zwei Wochen gedauert, bis wir ihren Namen erfahren haben: Claire Carlyle. Alle hielten sie für tot, doch ich wusste, dass das nicht stimmte. Ich habe mich immer gefragt, was aus ihr geworden ist und wie sie durch die Maschen rutschen konnte. Ich habe auch nicht verstanden, warum niemand die große Geldsumme erwähnte, die Kieffer bei sich aufbewahrte und die sie ihm ganz offensichtlich gestohlen hatte. Die Antwort hat mir schließlich Maxime Boisseau auf dem Silbertablett präsentiert ... neun Jahre später.«

Ohne eine Miene zu verziehen, fragte Caradec:

»War außer dem Geld noch etwas anderes in der Tasche?«

»Was?«

»Denk nach!«

Muselier hatte Mühe, sich zu konzentrieren.

»Ja, eine Telefonkarte und eine Art großes, kartoniertes Heft mit blauem Einband.«

»Hast du gelesen, was drinstand?«

»Nein, stell dir vor, ich hatte anderes zu tun!«

Es regnete immer stärker. Caradec war der Ansicht, dass er genug erfahren hatte, schlug den Mantelkragen hoch und wandte sich ab.

Muselier folgte ihm zum Auto und flehte:

»Lebt sie noch? Dieses Mädchen, meine ich! Ich bin sicher, du weißt es, Capitaine. Mir kannst du es doch sagen. Unter Kollegen.«

Ohne ihn auch nur eines weiteren Blickes zu würdigen, stieg Marc in den Range Rover.

»Diese Geschichte hat mich fertiggemacht. Wenn ich Hilfe geholt hätte, nachdem ich sie angefahren hatte, hätte man sie verhört und die anderen Mädchen gerettet! Verdammt noch mal! Aber woher hätte ich das wissen sollen?«

Der Geländewagen war schon weit entfernt, als Muselier Marc noch immer nachbrüllte:

»Woher hätte ich das wissen sollen?«

In seinen blutunterlaufenen Augen standen Tränen.

3.

Zwar hatten uns die Dunkelheit und die Mücken aus dem Innenhof vertrieben, aber die Alternative war auch nicht zu verachten. Der Salon des *Bridge Club* war ein gemütlicher Kokon mit gedämpftem Licht, schönen Holzverkleidungen, alten Teppichen und tiefen Sofas, die zum Verweilen einluden. Jedes Mal, wenn ich mich in diesem Salon mit seinen ungewöhnlichen und nutzlosen Ziergegenständen befand, hatte ich den Eindruck, zu Gast bei einem englischen Forschungsreisenden zu sein, der gerade von einer Expedition zurückgekommen war. Es war eine Mischung aus dem *Centaur Club*, den Blake und Mortimer aus dem Comic so sehr mochten, und der Bibliothek von Henry Higgins aus *My Fair Lady*.

Theo war zum Kamin gelaufen und packte den Schürhaken.

»Nein, mein Kleiner, leg das wieder hin! Das ist nichts für Kinder!«

Ich griff ein, bevor er sich verletzen konnte, und hob ihn hoch, um ihn neben mich zu setzen, während ich die Papiere durchblätterte, die mir Gladys gegeben hatte. Ich hatte sie schon überflogen, aber es war mir schwergefallen – es handelte sich um Schwarz-Weiß-Fotokopien von Fotokopien. Fast unlesbar und gespickt mit englischen Fachbegriffen.

So wandte ich mich direkt dem zu, was meine Aufmerksamkeit erregt hatte: der Niederschrift eines Anrufs bei der Notrufzentrale. Am 25. Juni 2005 um 15:00 Uhr nachmittags hatte eine Frauenstimme »einen gewalttätigen Angriff« in der Bilberry Street Nummer sechs, also in Joyce' Haus, gemeldet. »Man will sie umbringen! Beeilen Sie sich!«, hatte die Stimme gefleht. Ich suchte aus den Papieren den Obduktionsbericht von Joyce heraus. Der Todeszeitpunkt wurde auf circa sechzehn Uhr geschätzt, mit einer möglichen Abweichung von mindestens zwei Stunden.

»Runter, Papa! Bitte!«

Theo hatte mir etwa zweieinhalb Minuten Ruhe gelassen – sozusagen eine Ewigkeit. Ich ließ ihn frei und setzte meine Lektüre fort.

Man hatte einen Wagen zu Joyce geschickt. Um 15:10 Uhr waren zwei Streifenpolizisten – Powell und Gomez – bei ihr eingetroffen. Offensichtlich war das Haus leer gewesen. Zunächst war ihnen nichts Verdächtiges aufgefallen. Durch die Fenster hatten sie in das Wohnzimmer, die Küche, das Bad und ins Schlafzimmer im Erdgeschoss sehen können, ohne etwas Beunruhigendes festzustellen. Keine Spur von Einbruch, Angriff oder Blut. Vermutlich wieder mal ein schlechter Scherz. Ein Anruf, wie sie die Polizei täglich zu Dutzenden erhielt, vor allem zu jener Zeit in Harlem. Bürgermeister Rudolph Giulianis Null-Toleranz-Politik, die sein Nachfolger fortgesetzt hatte, führte zu jeder Menge Abartigkeiten – Gesichtskontrollen, Abschiebequoten –, denen vorwiegend Schwarze und Latinos zum Opfer fielen. Eine Vorahnung dessen, was später in Fergusson passieren sollte. Entnervt von den stetigen Belästigungen der Polizei, hatten einige Bewohner des Viertels beschlossen, ihrerseits den Ordnungshütern das Leben schwer zu machen, indem sie erfundene Notrufe absetzten. Das hatte zwar nicht länger angedauert, war aber zu jener Zeit besonders intensiv gewesen.

Dennoch war der Anruf aufgezeichnet worden. Er kam aus einer Telefonzelle in der Lower East Side, an der Ecke Bowery und Bond Street. Also gut fünfzehn Kilometer von Harlem entfernt …

Was war daraus zu schließen? Handelte es sich wirklich um einen Fake-Anruf? Wenn nicht, dann war die Frau auf keinen Fall Augenzeuge des angeblichen Angriffs auf Joyce gewesen. Woher wusste sie davon? Vielleicht hatte Joyce sie angerufen? Aber warum hatte Joyce dann nicht *selbst* die Notrufnummer gewählt? Und warum hatten die Polizisten vor Ort nichts bemerkt? Ganz offensichtlich sagte irgendjemand nicht die Wahrheit beziehungsweise log im großen Stil.

Ich hob den Kopf. Mein Sohn zog seine Charmenummer vor einer hübschen Rothaarigen ab, die am Kamin ihren Martini trank. Sie machte eine einladende Handbewegung in meine Richtung, die ich mit einem höflichen Lächeln beantwortete. Ich musste an meinen amerikanischen Schriftstellerfreund T. denken, geschieden und ein echter Macho, der behauptete, sein zweijähriger Sohn sei ein wahrer »Frauenschwarm«, darum würde er ihn immer zum Aufreißen mitnehmen.

Ich vertiefte mich wieder in meine Akte. Die Beamtin, die damals im Fall von Joyce' Tod ermittelt hatte, war koreanischer Herkunft – Detective May Soo-yun. Sie hatte eine detaillierte Auswertung von Joyce' Festnetzanschluss und Mobiltelefon in Auftrag gegeben. Aus der Einzelabrechnung ging hervor, dass Joyce am Morgen einen gewissen Marvin Thomas, siebenundzwanzig Jahre, angerufen hatte, der mehrmals wegen Drogendelikten und gewalttätigen Raubes verurteilt worden war. Die Nummer des Dealers tauchte innerhalb der letzten zwei Wochen ihres Lebens dreimal in den ausgehenden Anrufen auf. May Soo-yun hatte seine Verhaftung veranlasst.

Auf dem Papier war Marvin Thomas der ideale Schuldige: ein ellenlanges Vorstrafenregister, und er war bekannt für seine Gewalttätigkeit. Im Polizeigewahrsam bestätigte er, Joyce Carlyle beträchtliche Mengen an Kokain verkauft zu haben, doch was einen eventuellen Angriff anging, so kam er als Täter nicht in Betracht. Thomas hatte ein unwiderlegbares Alibi, denn zum Todeszeitpunkt befand er sich mit zwei Kumpels in Atlantic City, New Jersey. Mehrere Überwachungskameras hatten seinen aggressiven Auftritt in einem Spa und einem Casino aufgenommen. Also hatte man ihn wieder freigelassen.

Später bestätigte der ausführliche Obduktionsbericht die These der Überdosis, und da es keine Widersprüche in den Ermittlungen gab, hatte Detective Soo-yun beantragt, den Fall ad acta zu legen.

Ich massierte mir die Schläfen. Ich war todmüde und frustriert. Ich hatte viel herausgefunden, aber nichts, was mich weitergebracht hätte. Was sollte ich jetzt tun? Den Dealer aufspüren? Versuchen, genauere Auskünfte von den beiden Officers Powell und Gomez zu bekommen? Kontakt zu May Soo-yun aufnehmen? Keine dieser Alternativen schien mir wirklich Erfolg versprechend. Der Fall lag elf Jahre zurück. Und er war schnell abgeschlossen worden. Es gab nur wenige Chancen, dass sich die damals Beteiligten noch erinnern konnten. Ganz abgesehen davon, dass ich nicht genug Zeit und keine Verbindungen zum NYPD hatte.

»Lully, Papa!«

Mein Sohn hatte sich genügend zur Schau gestellt und kam augenreibend zurück ins heimische Nest. Als ich in meiner Tasche nach dem magischen Schnuller suchte, spürte ich den Schlüssel des Lagers, den mir Gladys gegeben hatte.

Es war schon spät, aber wir befanden uns in der Stadt, die niemals schläft, und auf dem Schlüsselanhänger stand: »Coogan's Bluff Self Storage – Open 24/7«.

Das Problem war, dass ich die schöne Marieke nach Hause geschickt und somit kein Kindermädchen mehr hatte.

Ich beugte mich zu Theo und flüsterte ihm zu:

»Weißt du, was, mein Junge? Wir beide machen jetzt eine kleine Spritztour.«

12. Harlem bei Nacht

Der Tod wird kommen
und deine Augen haben.

Cesare Pavese, *Hunger nach Einsamkeit*

1.

Plötzlich begann Franck Muselier zu frösteln, also ließ er seine Bierdosen auf den Fliesen stehen und ging ins Haus.

Das Wohnzimmer entsprach dem Bild seines Besitzers – verschlissen, altersschwach, erbärmlich. Ein unordentlicher Raum mit niedriger Decke, maroder Holzverschalung und verstaubten Jagdtrophäen an den Wänden: ein ausgestopfter Wildschweinkopf, Hirschgeweihe, ein heimisches Haselhuhn.

Muselier machte Feuer im Kamin und trank einen Schluck Riesling, doch das reichte nicht, um ihn zu wärmen und die Geschichte von Claire Carlyle zu vergessen. Als persönliche Reserve hatte er nur noch etwas Shit und ein paar Tabletten. Heute Abend brauchte er mehr. Also schrieb er eine SMS an seinen Lieferanten,

Laurent Escaut – ein kleiner nichtsnutziger Pennäler, der sich Escobar nannte.

Im ländlichen Milieu waren Drogen ebenso verbreitet wie überall sonst, das war eine Realität, auch wenn nicht täglich im Fernsehen darüber berichtet wurde. Bei den Fällen, mit denen Muselier befasst war – Einbrüche, Überfälle, Abrechnungen –, waren Drogen nie sehr weit. Selbst in blumengeschmückten, malerischen Ortschaften mit dreihundert Einwohnern fand man hinter den Rosenblättern weißes Pulver.

Okay für 2 Gramm, antwortete sein Dealer innerhalb von Minuten. Während er wartete, ließ sich Muselier aufs Sofa fallen. Er war sich selbst zuwider, aber nicht genug, um etwas in seinem Leben zu verändern. Aus dem Kampf, den sich Willen und Trägheit in seinem Inneren lieferten, ging immer Letztere als Siegerin hervor. Der Gendarm knöpfte sein Hemd auf und massierte sich den Nacken. Er bekam schlecht Luft und fror. Er hätte die Wärme und den tröstlichen Geruch seines Hundes gebraucht, aber der alte Mistoufle war letztes Frühjahr gestorben.

Die Grenzlinie. Schuldig oder nicht schuldig? Nachdem er nicht über sein Schicksal zu entscheiden vermochte, stellte er sich vor, er müsse sich vor einem imaginären Gericht verteidigen. Fakten, nichts als Fakten: Vor neun Jahren hatte er ein Mädchen angefahren, das mitten in der Nacht nichts auf dieser Straße zu suchen hatte. Er hatte sie zum Krankenhaus gebracht und Bescheid gegeben. Sicher, er war betrunken und mit Drogen zugedröhnt gewesen, aber das Wesentliche hatte er getan. Wenn es das Mädchen dann vorgezogen hatte, sich aus dem Staub zu machen, war es selbst schuld.

Er hörte das Geräusch des ankommenden Autos.

Escobar hatte nicht getrödelt.

Ganz Sklave seiner Droge, sprang Muselier sofort auf.

Er öffnete die Tür, trat auf die Terrasse und erkannte im Regen eine Gestalt. Jemand kam auf ihn zu, doch es war nicht Escobar.

Als der Schatten Gestalt annahm, bemerkte der Polizist, dass eine Waffe auf ihn gerichtet war.

Verblüfft öffnete er den Mund, doch er war außerstande, etwas zu sagen.

Die Grenzlinie. Schuldig oder nicht schuldig? Ganz offensichtlich hatte jemand anderer für ihn entschieden. Zum Zeichen der Unterwerfung senkte er den Kopf.

Vielleicht ist es besser so, dachte Franck, bevor sein Schädel explodierte.

2.
Harlem. Neun Uhr abends

An der Subway Station Edgecombe Avenue stiegen wir aus dem Taxi. *Coogan's Bluff Self Storage*, das Lager, das Gladys mir genannt hatte, befand sich im Gebiet der Polo Grounds Towers, ein aus mehreren Ziegelbauten bestehender Sozialwohnungskomplex. Es handelte sich um identische, hohe, in Kreuzform angelegte Blocks, die sich über ein großes Dreieck zwischen dem Fluss, dem Harlem River Drive und der 155th Street erstreckten.

Die Luft war feucht-warm, das Areal nur spärlich erleuchtet. Doch viele der Bewohner hatten sich draußen auf den kleinen Mauern und Grünflächen versammelt.

Die Stimmung war aufgeladen, unterschied sich aber kaum von der des Departements Essonne, in dem ich aufgewachsen war. Außer dass hier alle schwarz waren. Ich kam mir vor wie in einem Film von Spike Lee – zu der Zeit, als er noch gute Filme machte.

In der lauen Nacht klappte ich den Buggy auf und setzte Theo hinein. Um meinem Sohn eine Freude zu bereiten, ahmte ich beim Schieben das Geräusch eines Formel-1-Wagens nach. Die Leute sahen uns neugierig an, ließen uns aber in Ruhe.

Nach einigen Minuten erreichte ich atemlos das gesuchte Gebäude. Ich trat ein und wies mich aus. Um diese Zeit war am Empfang nur ein hochnäsiger, schlaksiger Student zugegen, der in einem Sweatshirt der Columbia University steckte und auf seinem MacBook spielte. Das Gesicht unter dem Afro-Bürstenschnitt war streng und pickelig, buschige Augenbrauen ragten über die große Brille mit dem klobigen Gestell.

»Das ist nicht der richtige Ort für Babys«, sagte er, während er meinen Personalausweis fotokopierte. »Müsste er nicht längst im Bett sein?«

»Er hat Ferien, und morgen ist keine Krippe.«

Er warf mir einen bösen Blick zu, der zu sagen schien: »Willst du dich über mich lustig machen?« Und genau das war der Fall.

Trotz dieses diskreten Schlagabtauschs zeigte er mir auf dem Plan den Weg zur Box.

Ich bedankte mich und rannte, wieder zum Geräusch des Formel-1-Wagens, durch die Halle.

»Auto, Papa! Schneller, Papa! Schneller!«, rief Theo, um mich anzufeuern.

Vor der Box angekommen, simulierte ich eine Schleuderbewegung, bevor ich den Buggy zum Stehen brachte. Dann hob ich meinen Sohn heraus und öffnete das Metallgitter.

Natürlich war alles von einer Staubschicht bedeckt, aber es war nicht so schlimm, wie ich gedacht hatte. Ich nahm Theo auf den Arm, schaltete das Licht an und trat ein.

Erinnerungen an die Vergangenheit.

Ich musste im Kopf behalten, unter welchen Umständen all diese Dinge ausgewählt worden waren. Angela und Gladys hatten sie hier nach dem Tod ihrer Schwester Joyce im Jahr 2005 untergestellt. Zwei Jahre bevor man Claires DNA bei Heinz Kieffer fand. Zu dieser Zeit hatten die beiden Schwestern sicher noch ein wenig Hoffnung, dass man ihre Nichte wiederfinden und dass ihr eines Tages das Erbe ihrer Mutter zukommen würde.

Die Box war geräumig, aber unordentlich. Ich wagte mich mit meinem Sohn in das Durcheinander vor wie in die Höhle von Ali Baba. Theo, der immer bereit zu einem Abenteuer war, begeisterte sich an allem, was er sah: Möbel aus bemaltem Holz, ein Fahrrad, einen Roller, Kleidungsstücke, Küchenutensilien.

»Runter, Papa, runter, bitte!«

Ich setzte ihn auf den Boden und ließ ihn spielen. Im Hotel würde ich ihn gründlich waschen müssen.

Dann machte ich mich ernsthaft an die Arbeit. Vielleicht gab es hier etwas, das so kompromittierend oder gefährlich war, dass jemand das Risiko eingegangen war, Feuer zu legen.

DVDs, CDs, Zeitungen und Bücher. Viele ausgewählte Essays und Romane: *A People's History of the United States* von Howard Zinn, *Manufacturing Consent: The Political Economy of the Mass Media* von Noam Chomsky, *The Jungle* von Upton Sinclair, *The People of the abyss* von Jack London, *No Logo: Taking Aim at the Brand Bullies* von Naomi Klein. Und auch Biografien, unter anderem von Lucy Stone, Anne Braden, Bill Clinton, Malcom X, Little Rock Nine, César Chávez. Ich fand sogar eine englische Ausgabe von *La Domination masculine* von Pierre Bourdieu. Wie ihre Schwestern war Joyce Carlyle eine kultivierte Frau gewesen, die feministisch orientiert und der extremen Linken nahestand, was in den Vereinigten Staaten nicht so häufig vorkam.

Ich fand auch Mädchenkleidung, die vermutlich Claire gehört hatte, und ihre Schulsachen. Leicht gerührt blätterte ich die mit Schönschrift beschriebenen Seiten eines Hefts durch. Unter anderen Aufgaben entdeckte ich einen Aufsatz mit der Überschrift *Warum ich Anwalt werden will*. Eine gute Argumentation, die Ralph Nader und Atticus Finch zitierte – das war 2005, bevor Amerika entdeckte, was für ein Schwein er wirklich war. Als ich die Zeilen überflog, fiel mir ein, dass Marlène Delatour erzählt hatte, Claire hatte Anwältin werden wollen. Zum Zeitpunkt ihres Verschwindens schien dieser Plan schon ausgereift. Was hatte sie letztlich dazu gebracht, Medizin zu studieren? Sicherlich ihre Gefangenschaft. Der Wunsch, anderen konkreter helfen zu können. Ich speicherte diese Information in einem Winkel meines Gedächtnisses, ehe ich meine Suche fortsetzte.

Nach einer Dreiviertelstunde war Theo erschöpft. Er war überall herumgekrabbelt und von oben bis unten schmutzig. Ich stellte den Sitz des Buggy waagerecht und legte ihn hinein. Dann lud der unwürdige Vater, der ich war, einen Zeichentrickfilm auf sein kaputtes iPhone und gab es seinem Sohn zum Einschlafen.

Ich würde vielleicht die Nacht hier verbringen müssen, aber ich würde auf keinen Fall gehen, bevor ich nicht etwas gefunden hätte. Es gab Unmengen von Papieren: Rechnungen, Kontoauszüge, Gehaltsabrechnungen und so weiter. Aber glücklicherweise war Joyce ordentlich gewesen und hatte alles in kartonierten Heftern aufbewahrt.

Während mein Sohn den Schlaf der Gerechten schlief, ließ ich mich im Schneidersitz nieder und begann, sie durchzusehen. Anscheinend nichts Besonderes. Joyce arbeitete viele Jahre als Archivarin in einem College in der Nähe. Ihre Mutter, die die eigentliche Besitzerin des Hauses war, vermietete es ihr zu einem Spottpreis. Sie gab wenig Geld aus und hatte keine anderen Einkünfte als die aus ihrem Job. Plötzlich erregten einige Artikel aus dem *New York Herald*, die sie ausgeschnitten und in einer Plastikhülle aufbewahrt hatte, meine Aufmerksamkeit. Ich überflog die Titel: »Überschuldung der Mittelklasse«, »Die Ungleichheit erreicht in Amerika ihren Höhepunkt«, »Abtreibung wird immer schwieriger«, »Die Hälfte der Kongressangehörigen sind Millionäre«, »Wallstreet gegen Mainstreet«. Welche Gemeinsamkeit hatten diese Schlagzeilen, außer dass sie alle systemkritisch waren? Auch nachdem ich die Artikel überflogen hatte, fand ich kein gemeinsames Thema.

Ich stand auf und streckte mich. Schwierig, sich nicht entmutigen zu lassen. Vielleicht hatte Marc etwas gefunden? Ich versuchte, ihn anzurufen, hatte aber hier im Untergeschoss keinen Empfang.

Ich vertiefte mich erneut in die Papiere von Joyce. Eine Gebrauchsanweisung, um einen Ikea-Schrank aufzubauen, verschiedene Garantien für Backofen, Handy, Waschmaschine, Kaffeemaschine ... Moment! Ich blätterte zurück. Der Garantieschein des Kartenhandys stach mir ins Auge. Der angeheftete Kassenbon war auf den 30. Mai 2005 datiert. Zwei Tage nach Claires Entführung!

Aufgeregt sprang ich auf. In den Ermittlungsunterlagen, die mir Gladys gegeben hatte, hatte ich gesehen,

dass die Polizei die Verbindungsnachweise von Joyce'
Festnetz und von ihrem »offiziellen« Handy überprüft
hatte. Aber offenbar hatte sie noch ein weiteres Telefon
besessen. Ein Kartenhandy ohne Abonnementvertrag,
das schwieriger zurückzuverfolgen ist. Das Verwirrende
war nicht, dass Joyce ein solches Handy besessen hatte,
sondern dass sie es nur kurz nach Claires Entführung
gekauft hatte. Die Hypothesen wirbelten durch meinen
Kopf, aber ich durfte mich nicht zu voreiligen Schlüs-
sen hinreißen lassen. Diszipliniert machte ich mich
wieder an die Arbeit. Vielleicht zog ja ein Glücksfall
einen weiteren nach sich.

Die Kleidung.

Ein wichtiger Zwischenfall in meiner Jugend hatte
sich wegen eines Anzugs ereignet. Meine Mutter, die
befürchtete, mein Vater könne sie betrügen, hatte ein
ausgeklügeltes Überwachungssystem erarbeitet – das
war noch zu prähistorischer Zeit, als es weder Internet,
Facebook, Spyware noch Partnerschaftssites gab. Mein
Vater war sehr vorsichtig, aber ein Mal reichte. Eine ver-
gessene Hotelrechnung in seiner Anzugtasche. Meine
Mutter entdeckte sie, als sie den Anzug in die Reini-
gung bringen wollte. Da sie es nicht ertrug, mit einer
Lüge zu leben, verließ sie meinen Vater und verzichtete
auf das schöne Haus und das angenehme Leben, das
wir in Antibes geführt hatten. Sie kehrte nach Paris,
besser gesagt, in einen Vorort zurück, und ich folgte ihr.
Gezwungenermaßen musste ich meine Freunde aufgeben, ebenso meinen ruhigen Schulalltag am Collège

Roustan, die Möglichkeit, jeden Tag ans Meer zu gehen, die Spaziergänge in den Pinienwäldern oder auf den Stadtmauern. Ich zog mit ihr in die graue Betonwelt des Departements Essone. Einerseits bewunderte ich sie für diese Entscheidung, andererseits aber hasste ich sie dafür.

Also untersuchte ich auch eingehend die Taschen von Joyce' Kleidern, Jacken, Blusen und Hosen. Ich fand ein Subway-Ticket, einen Stift, Kleingeld, Kassenzettel, Rabattbons, einen Tampon, ein Röhrchen Aspirin und eine Visitenkarte ...

Eine Visitenkarte, auf der nur ein Name und eine Telefonnummer standen. Ich betrachtete sie aufmerksam.

Florence Gallo

(221) 132 – 5278

Dieser Name war mir irgendwie vertraut. Entweder hatte ich ihn vor Kurzem gelesen oder jemand hatte ihn mir gegenüber erwähnt. Ich war vollkommen erschöpft, der Staub brannte in meinen Augen, mein Herz raste. Doch ich hatte das sichere Gefühl, etwas Wichtiges entdeckt zu haben, und die Überzeugung, herauszufinden, was es war. Jetzt verstand ich Caradecs Leidenschaft für seinen ehemaligen Beruf.

Es war kühl geworden. Ich deckte meinen Sohn mit meiner Jacke zu und packte so viele Ordner wie möglich unter den Buggy, um sie im Hotel eingehend studieren zu können. Unter dem noch immer unfreundlichen

Blick des pickeligen Studenten blieb ich eine Weile in der Halle stehen und rief mit meinem Handy ein Privattaxi an. Während ich wartete, versuchte ich erneut, Marc ans Telefon zu bekommen, doch niemand hob ab. Auch besagte Florence Gallo war nicht zu erreichen. »Kein Anschluss unter dieser Nummer.« Kurz darauf teilte mir eine SMS mit, der Wagen sei eingetroffen. Ich verließ die Grounds Towers und stieg ein. Der freundliche Fahrer half mir, den Buggy zusammenzuklappen und ihn, zusammen mit den Akten, im Kofferraum zu verstauen.

Mit Theo, den ich vorsichtig im Arm hielt, um ihn nicht zu wecken, nahm ich im Fond des Wagens auf den Ledersitzen Platz. Spanish Harlem, Upper East Side, Central Park. Ich schloss die Augen und spürte den wunderbaren Atem meines Sohnes an meinem Hals. Als ich einzuschlafen drohte, hatte ich plötzlich ein Bild vor Augen und rief dem Fahrer zu:

»Stopp! Bleiben Sie bitte stehen!«

Er setzte den Blinker, hielt in zweiter Reihe und schaltete die Warnblinkanlage ein.

»Können Sie bitte den Kofferraum aufmachen?«

Ich schälte mich aus dem Wagen. Theo öffnete die Augen und fragte besorgt:

»Ist Fifi da?«

»Na klar ist der da«, antwortete ich und griff nach dem Plüschhund. Dann gab ich ihm einen Kuss.

Mit der freien Hand wühlte ich im Kofferraum und zog schließlich die Mappe hervor, die die ausgeschnittenen Zeitungsartikel enthielt. Jetzt wusste ich, wer Florence Gallo war – die Journalistin, von der alle Artikel stammten, die Joyce aus dem *New York Herald* ausgeschnitten hatte. Ich sah mir die Erscheinungsdaten an – ausschließlich aus dem Zeitraum 14. bis 20. Juni 2005. Das war die Woche nach Joyce' Eintreffen in Frankreich. Ich erinnerte mich an die Bilder der Nachrichtensendung, auf denen sie so niedergeschlagen ausgesehen hatte. Plötzlich kam mir eine verrückte Idee. Und wenn nun der Fall Claire Carlyle nur eine tragische Folge des Falles Joyce Carlyle wäre? Wenn der Fluch der Carlyles nicht mit Claires Entführung, sondern mit einem weiter zurückliegenden Ereignis begonnen hätte, das ihre Mutter betraf? Eines war jedenfalls sicher – meine Ermittlungen waren ineinander verschachtelt wie eine Matroschka.

Mit Theo auf dem Arm stieg ich wieder ein. In dieser Nacht hatte ich viel herausgefunden. Zunächst, dass sich Joyce nur zwei Tage nach der Entführung ihrer Tochter ein Kartenhandy besorgt hatte, dessen Verbindungen sich nicht zurückverfolgen ließen. Dann hatte sie in der Woche nach ihrer Rückkehr aus der Gironde Kontakt zu einer Enthüllungsjournalistin aufgenommen, vermutlich, weil sie ihr etwas Wichtiges anvertrauen wollte.

Ein paar Tage später war sie tot.

Als der Wagen wieder anfuhr, rann mir ein eiskalter Schauer über den Rücken.

Ich hatte zwar nicht den geringsten Beweis dafür, war

aber dennoch davon überzeugt, dass Joyce Carlyle ermordet worden war.

3.

Da Autobahnen eine ebenso einschläfernde Wirkung hatten wie ein schlechter Film, hatte Caradec sich für die Landstraße entschieden, um nach Paris zurückzukehren. An der Ausfahrt von Vitry-le-François hielt er an einer Tankstelle an, da seit einigen Kilometern die Öl-Warnanzeige wieder aufleuchtete. Die Tankstelle wollte zwar gerade schließen, doch der junge Mann, der dabei war, die Zapfsäulen abzuschalten, war bereit, den Wagen noch vollzutanken. Marc reichte ihm einen Geldschein.

»Füll bitte auch Öl nach und leg dann die Flasche in den Kofferraum.«

In dem Shop kaufte er das letzte Sandwich. Ein künstlich schmeckendes Körnerbrot mit verseuchtem Lachs. Während er vor der Tür stand und es aß, sah er auf sein Handy. Er entdeckte eine SMS von Malika Ferchichi, der Pflegekraft der medizinisch-psychologischen Einrichtung Sainte-Barbe. Die Nachricht war ebenso überraschend wie lakonisch.

Wenn Sie mich zum Abendessen einladen wollen
... Ende der Woche habe ich Zeit. *M. F.*

Sofort erinnerte er sich an den betörenden Duft ihrer Haut. Ein Hauch von Mandarine, Birne und Maiglöckchen. Ein Lichtstrahl in der Finsternis seiner Seele.

Verwirrt durch die Vitalität, die er in sich aufsteigen spürte, hob er sich die Antwort für später auf und wählte Raphaëls Nummer. Mailbox! Er hinterließ eine Nachricht. »Ich habe wichtige Neuigkeiten. Ruf mich an, um mir zu sagen, was du herausgefunden hast.«

Kaffee, Zigarette, ein paar Scherzchen mit dem Tankwart, dann fing es an zu regnen.

Caradec flüchtete in seinen Range Rover, ließ den Motor an und überprüfte die Warnleuchten auf dem Armaturenbrett. Anschließend fuhr er los, hielt kurz an der Ausfahrt und nutzte die Gelegenheit, um sich eine neue Zigarette anzuzünden. Plötzlich riss ihn etwas aus seinen Träumereien über Malikas Nachricht.

Verdammte Scheiße!

Gerade war ein schwarzer BMW X6 an ihm vorbeigerast. Caradec hatte die getönten Scheiben und den Frontschutzbügel erkannt. Er hätte die Hand dafür ins Feuer gelegt, dass es derselbe Wagen war, in dem Claire entführt worden war!

Caradecs Range Rover schoss über die Straße auf die Gegenfahrbahn und nahm die Verfolgung auf. Das konnte kein Zufall sein. Was hatte der SUV in dieser Gegend zu suchen? Er holte ihn ein, hielt aber gebührenden Abstand. Er durfte nicht auffallen.

Er schaltete das Gebläse ein und wischte die beschlagene Windschutzscheibe mit dem Ärmel ab. Jetzt fiel dichter, vom Wind gepeitschter Regen auf das Auto.

Direkt nach einer gefährlichen Kurve bog der X6, ohne den Blinker zu setzen, auf eine kleine Landstraße ab, die mit keinem Wegweiser gekennzeichnet war. Ohne zu zögern, folgte Caradec ihm.

Je weiter er fuhr, desto mehr verschlechterte sich der Zustand der schmalen, von Büschen und Felsen gesäumten Straße. Marc hatte Mühe, durchzukommen. Die Sichtweite betrug kaum noch zehn Meter. Erst als ihm klar wurde, dass er quasi nicht mehr wenden konnte, begriff er, dass er in eine Falle getappt war.

Der X6 bremste abrupt.

Eine mit einer Pumpgun bewaffnete Gestalt sprang heraus und lief auf Caradecs Range Rover zu. Im Licht der Scheinwerfer erkannte Marc das Gesicht.

Mein Gott!

Er hielt den Atem an. In seinem Kopf verschwammen die Züge von vier Frauen: Élise, seine Tochter, Malika und Claire. Sein Angreifer richtete das Gewehr auf ihn.

Nein, das war zu blöd. Er konnte doch jetzt nicht sterben.

Nicht so kurz vor dem Ziel.

Nicht, bevor er den Fall Claire Carlyle gelöst hatte. Ein Schuss zerriss die Nacht und durchschlug die Windschutzscheibe des Range Rover.

13. In den Augen der anderen

Das Unglück kann niemals wunderbar sein.
Es ist wie vereister Schlamm, ein schwarzer Morast,
ein schmerzhafter Schorf, der uns vor die Wahl stellt
und zu einer Entscheidung zwingt:
flüchten oder standhalten.

Boris Cyrulnik, *Die Kraft, die im Unglück liegt*

1.

Ich heiße Claire Carlyle.

Ich bin fünfzehn oder sechzehn Jahre alt. Das hängt davon ab, wie viele Tage ich in diesem Gefängnis schon festgehalten werde. Zweihundert? Dreihundert? Sechshundert? Ich bin mir nicht wirklich sicher.

Von meiner Zelle aus sehe ich kein Tageslicht. Ich habe zu keiner Uhr Zugang, zu keiner Zeitung und keinem Fernseher. Die meiste Zeit bin ich benebelt von Angstlösern. Gerade eben übrigens, ehe er fortgegangen ist – ich denke zumindest, dass er weggehen wollte, weil er eine dicke gefütterte Jacke und einen Schal trug –, kam er, um mir eine Spritze in den Arm zu verpassen. Früher gab er mir Tabletten, aber dann bekam er mit, dass ich sie nur jedes zweite Mal schluckte.

Die Spritze tat mir richtig weh, weil er nervös war. Er schwitzte, fluchte, blinzelte hektisch. Sein Gesicht war eingefallen, sein Blick irre. Ich habe vor Schmerz aufgeschrien, was mir sofort eine Ohrfeige und einen Faustschlag gegen den Brustkorb eingebracht hat. Genervt hat er mich als »dreckige kleine Nutte« bezeichnet, dann hat er die Nadel herausgezogen, ist aus dem Zimmer gegangen und hat die Tür hinter sich zugeknallt. Da er mich nicht angekettet hat, habe ich mich unter meiner schmutzigen Decke in einer Ecke meiner Zelle zusammengekauert.

Es ist saukalt. Mir tun alle Knochen weh, ich habe eine Rotznase, und mein Kopf glüht. Trotz des Schallschutzsystems glaube ich, Regen zu hören, aber das ist unmöglich, also regnet es vielleicht nur in meinem Schädel. Auf dem Boden ausgestreckt, warte ich, dass der Schlaf mich davonträgt, aber er kommt nicht so leicht. Daran ist ein Lied schuld, das mir durch den Kopf geht. *Freedom*, ein Song von Aretha Franklin. Ich habe wirklich versucht, diese Melodie zum Schweigen zu bringen, vergeblich. Irgendetwas stimmt nicht, ich weiß nur nicht, was, und es dauert noch eine Ewigkeit, bis es mir einfällt: Er hat vergessen, die Tür abzusperren!

Ich springe auf. Seit ich hier gefangen bin, hat er das nur zwei Mal vergessen. Das erste Mal hat es mir nichts genützt. Zum einen, weil ich mit Handschellen gefesselt war, zum anderen, weil er es sofort bemerkt hat. Das zweite Mal konnte ich aus dem Zimmer in den Flur gehen und die Treppe aus Waschbeton hinauflaufen, die zu einer Tür führte, doch die war durch einen Zugangscode gesichert. Ich bin umgekehrt, weil er im Haus war und ich Angst hatte, dass er mich hört. Aber jetzt müsste er gleich weg sein!

Ich öffne die Tür, gehe den Flur entlang und renne die Treppe hinauf. Ich drücke mein Ohr an die Tür. Er ist nicht im Haus, da bin ich mir sicher. Ich betrachte das Gehäuse, das im Dunkeln leuchtet und dazu auffordert, den Code einzugeben. Mein Herz klopft zum Zerspringen. Ich muss den Code herausfinden! Während ich das kleine rechteckige Display und die Zahlen betrachte, die dort zu sehen sind, und dann die Zahlen ausprobiere, komme ich zu dem Schluss, dass der Zugangscode aus nur vier Ziffern bestehen muss. Wie die PIN eines Handys. Ich tippe auf gut Glück: 0000#, 6666#, 9999# etcetera. Dann sage ich mir, dass vier Ziffern ideal für ein Datum sind. Ich erinnere mich, dass er einmal behauptet hatte: »Unsere Begegnung war der schönste Tag in meinem Leben.« Ich hätte kotzen können. Was er »unsere Begegnung« nennt, ist der Tag, an dem er mich entführt hat, der 28. Mai 2005. Ohne wirklich daran zu glauben, tippe ich 0528# ein, dann fällt mir ein, dass man in Europa beim Datum zuerst den Tag und dann den Monat schreibt. 2805#

Pech gehabt.

Kein Wunder. Der schönste Tag im Leben eines Psychopathen dieses Kalibers kann nur ein Tag sein, der sich auf ihn selbst bezieht. Ein Tag, der nur ihm gewidmet ist. Und wenn er nun, wie ein kleiner Junge, ganz einfach sein Geburtsdatum gewählt hätte? Eine Erinnerung. Eines Abends, ein paar Wochen nach meiner Entführung, war er mit einem Kuchen in meiner Zelle aufgekreuzt: mit einer Schwarzwälder Kirschtorte, trocken und angebrannt und mit einer ekligen Creme überzogen. Er zwang mich, so viel davon zu essen, bis ich mich übergeben musste. Dann öffnete er seinen Hosenschlitz und verlangte sein »Geburtstagsgeschenk«. Während ich vor ihm kniete, konnte ich auf seiner Armbanduhr das Datum sehen. Es war der 13. Juli. Dann musste ich mich wieder übergeben.

Ich tippe die vier Zahlen ein: 1307 und bestätige mit #. Und die Tür öffnet sich. Dieses Mal droht mein Herz zu versagen. Ich wage nicht, es zu glauben. Ich bewege mich in einem dunklen Raum vorwärts, ohne das Risiko einzugehen, ein Licht anzuschalten. Alle Fensterläden sind geschlossen. Alle Fenster zu. Abgesehen vom Regen, der auf das Dach prasselt, ist kein Geräusch zu hören. Ich versuche nicht einmal zu schreien. Ich habe keine Ahnung, wo ich bin. Natürlich in einer abgelegenen Gegend – ganz selten durfte ich auf einer Art eingezäunten Weide hinter dem Haus ein paar Schritte gehen –, aber wo in Frankreich? In der Nähe welcher Stadt?

Ich habe nicht einmal Zeit, die Örtlichkeiten zu erkunden, da höre ich bereits ein Motorengeräusch. Seltsamerweise bin ich jetzt sehr ruhig, auch wenn mir klar ist, dass sich diese Chance kein zweites Mal bieten wird. Die Medikamente schränken meine körperlichen und geistigen Fähigkeiten ein, aber ich werde nicht zusammenbrechen. Zumindest jetzt noch nicht. Das Adrenalin und die Angst gleichen die Wirkungen des Anxiolytikums aus. Ich habe einen Gegenstand ausgemacht. Den ersten, den ich bemerkte, als ich das Zimmer entdeckte: eine Bronzelampe, die ein ordentliches Gewicht hat. Ich nehme den Lampenschirm ab und reiße das Kabel heraus. Als ich ihn kommen höre, stelle ich mich hinter die Tür. Meine Sinne sind geschärft, ich ahne, dass er rennt, aber ich höre auch, dass der Motor des Wagens noch läuft. Warum? Weil er in Panik ist. Ihm muss eingefallen sein, dass er vergessen hat, die Tür abzusperren. Und ich weiß, dass er ein ängstlicher Typ ist. Immer in Sorge. Ein Schlappschwanz.

Die Tür geht auf. Ich bin ruhig. Ich habe keine Angst mehr. Auf diesen Augenblick warte ich schon so lange. Ich weiß genau, dass mir nur ein Schlag bleibt. *Alles oder nichts*. Meine Hände sind feucht, aber ich umklammere den Lampenfuß und hebe den Arm. Mit aller Kraft schlage ich ihn auf seinen Schädel, genau in dem Moment, als er mich entdeckt. Vor meinen Augen läuft die Bewegung wie im Zeitraffer ab. Ich sehe zuerst die Überraschung, die sein Gesicht verzerrt, dann den Lampenfuß, der seinen Nasenrücken spaltet und seine Gesichtszüge in einem Schmerzensschrei verwandelt. Er taumelt, rutscht aus und verliert das Gleichgewicht. Ich lasse meine Waffe los, die plötzlich eine Tonne zu wiegen scheint, und steige über ihn hinweg.

2.

Ich bin draußen.

Nacht, Regen, Taumel. Angst.

Ich renne, ohne mir irgendwelche Fragen zu stellen. Ich bin barfuß – während dieser ganzen Zeit hat er nie daran gedacht, mir ein Paar Schuhe zu geben –, nur bekleidet mit einer knappen Trainingshose und einem alten langärmligen T-Shirt.

Die Erde. Der Schlamm. Die Silhouette des Pick-ups, der mit eingeschalteten Scheinwerfern mitten auf dem Weg steht. Ich begehe den Fehler, mich umzudrehen. Der Mann ist mir auf den Fersen. Das Blut erstarrt mir förmlich in den Adern. Ich öffne die Autotür, ziehe sie zu und brauche eine Ewigkeit, bis ich die Zentralverriegelung gefunden habe. Ein Regenvorhang rinnt über die Windschutzscheibe. Ein Schlag. Der Mann trommelt gegen die Scheibe, sein Gesicht ist von Hass verzerrt, sein Blick ist irre. Ich versuche, ihn zu ignorieren. Ich schaue auf das Armaturenbrett, auf den Tachometer. Ich habe noch nie am Steuer gesessen, aber soweit ich es beurteilen kann, ist es ein Automatikwagen. In New York habe ich schon Frauen gesehen, die in Jimmy-Choo-Schuhen mit zwölf Zentimeter hohen Absätzen und perfekt manikürten Fingernägeln am Steuer eines riesigen Porsche Cayenne saßen. Ich bin schließlich nicht dümmer …

Der Schlag lässt mich aufschreien. Die Scheibe zerbirst. Mein Herz rutscht mir in die Hose. Der Mann hat eine Eisenstange geholt. Er setzt zu einem erneuten Schlag an. Ich schiebe den Sitz nach vorn und trete auf das Gaspedal. Der Pick-up fährt los. Ich bin auf einem Forstweg. Beängstigendes Gebüsch, schmutziger Himmel, die Schatten bedrohlich wirkender Bäume. Ich bin vorsichtig. Vor allem jetzt nicht stecken bleiben. Nach etwa hundert Metern wird der schlammige Weg etwas breiter. Nach rechts oder links? Ich nehme die Richtung bergab und beschleunige. Einige Kurven, die ich gut meistere, ich gewinne an Selbstvertrauen. Ich schalte die Innenraumbeleuchtung ein und entdecke auf dem Beifahrersitz eine Tasche. *Meine gelbe Stofftasche!* Die ich am Tag meiner Entführung bei mir hatte. Ich habe keine Zeit, mich zu fragen, warum sie hier ist, denn ich höre hinter mir ein Motorengeräusch. Ich stelle den Rückspiegel passend für mich ein und entdecke den Mann auf seinem Motorrad, der mich verfolgt. Ich beschleunige, versuche, mehr Abstand zu ihm zu gewinnen, aber er nähert sich unerbittlich. Der Untergrund ist rutschig. Ich beschleunige noch etwas mehr. Wieder eine Kurve. Dieses Mal kommt der Wagen von der Straße ab und prallt gegen einen Felsen. Ich versuche, rückwärtszufahren, doch der Pick-up steckt fest.

Entsetzen packt mich. Ich nehme die Tasche und steige aus dem Wagen. Meine Füße versinken im

Schlamm. Das Motorrad ist nicht mehr weit von mir entfernt und wird mich gleich erreicht haben. Ich kann unmöglich auf der Straße bleiben. Also laufe ich in den Wald. Ich renne. Ich renne. Zweige schlagen mir ins Gesicht, Brombeerranken reißen meine Haut auf, Steine schürfen meine Füße auf, aber das tut mir gut. Ich renne. Für ein paar Sekunden bin ich frei, ich lebe, und es gibt nichts Besseres auf der Welt. Ich renne. Ich bin eins mit der Natur, die mich umgibt. Ich bin der Regen, der mich durchnässt, ich bin der Wald, der mich schützt und verschlingt, ich bin das Blut, das in meinen Adern pulsiert. Ich renne. Ich bin die Anstrengung, die mich erschöpft, das verwundete Wild, das den Jägern entflieht.

Plötzlich gibt der Boden nach, und ich stürze mehrere Meter in die Tiefe, wobei ich meine Tasche fest an die Brust drücke. Ich lande auf einer dunklen, unbeleuchteten Straße. Ich habe keine Zeit, wieder zu Atem zu kommen, da höre ich bereits das Geräusch des Motorrads, das mich wieder aufgespürt hat. Ich mache kehrt, um in die Gegenrichtung zu laufen. Eine Kurve. Dann plötzlich zwei blendende Scheinwerfer, lautes Hupen. Ein Zusammenprall.

Ein großes schwarzes Loch.

Ich renne nicht mehr.

3.

Quietschende Autoreifen. Verstummendes Motorengeräusch.

Ich öffne die Augen.

Noch immer Nacht: Über mir die gelblichen Licht-
höfe einer Laterne in der Nacht. Ich liege im Freien in
einem Winkel eines Parkplatzes. Mein Rücken tut weh,
ein Migräneanfall betäubt mich, ich habe Schmerzen in
den Hüften. Ich blute am Kopf. Meine Stofftasche steht
neben mir.

Was, zum Teufel, tue ich hier?

Tränen laufen mir über die Wangen. Vielleicht träume
ich. Vielleicht bin ich tot. Ich stütze mich auf den Händen auf. Nein, so kann der Tod nicht sein.

Ich ziehe die Tasche zu mir heran und öffne sie, um
den Inhalt zu inspizieren. Ich glaube, Halluzinationen
zu haben, denn die Tasche ist vollgestopft mit Geldscheinen. Tausende Euro, es müssen mehrere Zehntausend sein. In meinem Kopf ist alles so durcheinander,
dass ich mich nicht einmal frage, warum dieser Verrückte eine solche Summe in seinem Pick-up spazie-
renfuhr. In einer Seitentasche finde ich außerdem ein
dickes blaues Heft mit Pappeinband sowie eine Telefonkarte. In diesem Augenblick erscheint mir dieses
Sesam-öffne-dich sogar wertvoller als das viele Geld. Ich
gehe einige Schritte auf dem Asphalt. Ich befinde mich
mitten im Hof eines U-förmigen Komplexes. Das erste

Gebäude ist recht alt, ein brauner Ziegelbau mit Schieferdach. Das andere ist modern, ein perfekter Quader aus Beton und Glas.

Ein Motorengeräusch, ein blinkendes Blaulicht, ein Krankenwagen, der auf den Parkplatz fährt. Ich habe Angst. Jeden Moment rechne ich damit, den Mann auftauchen zu sehen. Ich muss hier weg. Aber wohin soll ich gehen? Während ich zwischen den Autos hindurchschleiche, bemerke ich ein erleuchtetes Schild: »Centre hospitalier de Saverne«. Ich stehe also vor einem Krankenhaus. Aber wer hat mich hierhergebracht? Warum in diesen Hinterhof? Wie viel Zeit ist vergangen, seit ich das Bewusstsein verloren habe?

Einen Augenblick lang zögere ich, ob ich die Eingangshalle betreten soll, aber ich verzichte lieber darauf. Ich muss meine Mutter anrufen. Nur zu ihr habe ich Vertrauen. Sie wird mir helfen und sagen können, was ich tun soll.

Ich verlasse die Anlage und gehe eine zweispurige, von Einfamilienhäusern gesäumte Straße entlang. Ein Schild zeigt an, dass es nicht weit bis ins Stadtzentrum ist. Ich laufe. Es hat aufgehört zu regnen, und die Luft ist fast mild. Ich weiß noch immer nicht, wie spät es ist und welches Datum wir haben. Als ich an einem Haus vorbeikomme, bemerke ich einen kleinen Vorbau vor einer Haustür, wo alle Familienmitglieder ihre Regenjacken und schmutzigen Schuhe zum Trocknen zurückgelassen haben. Ich klettere über den Zaun und schnappe mir eine Regenjacke und ein Paar Turnschuhe, die der Mutter gehören dürften. *Fast meine Größe,* denke ich, als ich sie anziehe und zwei 50-Euro-Scheine aus der gelben Tasche unter die Fußmatte klemme.

Ich laufe. Mir ist ganz schwindelig. Ich kann noch immer nicht glauben, dass ich frei bin. Ich befürchte, jeden Moment wieder aufzuwachen. Ich laufe. Wie eine Schlafwandlerin. Inzwischen lähmen die Medikamente meine Beine und benebeln meinen Geist. Ich laufe. Und schon bald erreiche ich den Bahnhofsplatz von Saverne. Die Uhr zeigt 1:55 Uhr an. Ein Stück weiter lese ich auf einem Verkehrsschild: »Strasbourg 54 km«. Ich bin also im Osten Frankreichs. Das löst in mir absolut keine Gefühle aus. Wenn man mir gesagt hätte, dass ich mich in Lausanne oder Brest befinde, hätte ich auch keine Miene verzogen. Mir erscheint alles so unwirklich.

Der Platz ist verlassen, abgesehen von zwei Obdachlosen, die vor Schaufensterscheiben schlafen. Am Bahnhofseingang steht eine Telefonzelle. Ich betrete sie, schließe aber die Tür nicht. Ein aufdringlicher, erstickender Uringeruch verseucht den »Sarkophag«. Meine Hände zittern, als ich die Telefonkarte in den Schlitz schiebe. Ich überprüfe, ob noch Guthaben auf der Karte ist, und versuche, die Anleitung zu lesen, wie man ins Ausland telefoniert. Ich versuche, sie zu entziffern, verstehe jedoch nichts, denn die Anleitung ist mit Schmierereien übersät, eine idiotischer als die andere: »Genau das ist Frankreich!«, »Nelly lutscht gern alte Schwänze«,

»Der Gewürztraminer wird siegen«, »Anne-Marie ist dem Ringer böse – Anne-Marie hat den Finger in der Möse«, »Ich bin ein Dichter«.

Nach etwa fünf Minuten und mehreren Versuchen gelingt es mir endlich, ein Freizeichen zu bekommen. Mit einer Langsamkeit, die zum Verzweifeln ist, ertönt bald darauf sechs Mal das Klingelzeichen, bis meine Mutter endlich abhebt. Das ist der Augenblick meiner echten Befreiung:

»Mom, ich bin's, Claire! Ich konnte weglaufen, Mom! Ich konnte weglaufen.«

Aber am anderen Ende der Leitung ist nicht meine Mutter. Da ist eine Frau, die mir ruhig erklärt, meine Mutter sei bereits vor zwei Jahren gestorben.

Zuerst habe ich den Eindruck, dass die Information mich gar nicht erreicht, dass mein Gehirn die Annahme verweigert. In meinen Ohren dröhnt es, und sie schmerzen, als bohre man mir Nägel ins Trommelfell. Dann steigt mir der Uringeruch in die Nase. Ich knie mich hin, um mich zu übergeben. Aber nicht einmal mehr dazu reicht meine Kraft. Und wieder versinke ich in einem großen schwarzen Loch.

4.

Es war sechs Uhr morgens, als ich wieder zu mir kam. Wie ein Zombie betrat ich den Bahnhof und fand einen Platz in einem Zug nach Paris.

Ich sackte auf meinem Sitz zusammen, das Gesicht gegen die Scheibe gelehnt, und döste wieder vor mich hin, bis ein Kontrolleur mich aus dem Schlaf weckte. Da ich keine Fahrkarte besaß, bezahlte ich die Strafe und den Preis für die Fahrkarte in bar. Der Typ kassierte das Geld kommentarlos. Ich glaube, er war selbst noch nicht ganz wach. Dann schlief ich sofort wieder ein. Es war ein unruhiger Schlaf mit diffusen Träumen. Ich erinnere mich nur noch, dass der Zug kurz hinter Reims auf offener Strecke anhielt und dort länger als eineinhalb Stunden stehen blieb. Die Leute in den Abteilen schimpften. Ihre Tiraden erinnerten mich an die vulgären Schmierereien in der Telefonzelle: »Scheißland«, »Kein Schwein erklärt uns, was los ist«, »Wieder einer dieser idiotischen Streiks«, »Hoffentlich wird die Bahn bald privatisiert« ...

Dann fuhr der Zug endlich weiter und kam wegen dieser Verspätung erst um 10:30 Uhr in Paris an.

Und jetzt? ...

Während der gesamten zweiten Hälfte der Fahrt hatte ich ständig an Candice Chamberlain gedacht.

Candice war ein sehr freundliches und sehr hübsches junges Mädchen und wohnte hundert Meter von mir entfernt in Harlem. Sie war älter als ich, aber wir unterhielten uns häufig auf dem Heimweg von der Schule. Sie war eine gute Schülerin, ein braves Mädchen, das es zu etwas bringen wollte. Sie hatte mir Bücher geliehen, mir vernünftige Ratschläge erteilt und mich vor manchen Illusionen gewarnt.

Eines Tages jedoch, kurz nach ihrem sechzehnten Geburtstag, ging sie mit einer Gruppe Jungen mit, die in den Baumer Apartments, einem Komplex mit Sozialwohnungen jenseits der 150th Street, wohnten. Ich weiß weder, warum sie sich darauf eingelassen hat, da sie normalerweise so zurückhaltend und vorsichtig war, noch, wie genau alles abgelaufen ist. Ich weiß nur, dass die Typen sie in einem Kellerraum für ausrangierte Mülltonnen eingesperrt haben, dass sie sie tagelang reihum vergewaltigt haben und dass es zwei Wochen gedauert hat, bis die Polizei sie gefunden und befreit hat.

Nach einigen Tagen im Krankenhaus kam Candice zurück und wohnte wieder bei ihren Eltern in der 134th Street, in der Nähe der Bischofskirche. Von dem Augenblick an waren die Medien außer Rand und Band. Tag und Nacht belagerten Reporter, Fotografen und Paparazzi das Haus der Chamberlains. Jeden Morgen, wenn ich zur Schule ging, sah ich die Journalisten und Kameramänner, die Aufnahmen machten, um ihre Liveberichte in den örtlichen und landesweiten Sendern zu illustrieren.

Mehrfach bat der Vater von Candice die Medien, den Schmerz seiner Tochter zu respektieren und zu verschwinden, aber niemand hörte auf ihn. Candice war eine Schwarze, einer der Vergewaltiger war ein Weißer. Die Gemeinden und die Politiker versuchten, ein Drama zu instrumentalisieren, das meiner Meinung nach eher ein Zeichen von Barbarei als von irgendeinem Rassenproblem war.

Ich war damals elf oder zwölf Jahre alt, und dieser Vorfall hat mich traumatisiert. Was hatten all diese Erwachsenen vor dem Haus verloren? Diese Leute waren gebildet. Was erwarteten sie sich davon, sich in einer Meute vor dem Gartenzaun zu drängen? Was erwarteten sie sich davon, die Vergangenheit zu durchwühlen und auf die Zeugenaussage eines Nachbarn, einer Nachbarin oder einer Kindheitsfreundin zu stoßen, die sie aus dem Zusammenhang rissen und endlos wiederholten, um sich an diesem widerlichen Öl zu ergötzen, das sie selbst ins Feuer gossen? »Das ist das Prinzip der Informationsfreiheit«, hat mir eine Reporterin geantwortet, der ich eines Abends, als ich von der Schule zurückkam, diese Frage stellte. Aber wie sah diese Information aus? Ein junges Mädchen hatte Unbeschreibliches durchgemacht, und die Familie litt mit ihr. Musste man da noch mit Aggression und Voyeurismus kommen? Musste man wirklich diese Bilder zeigen, die kein anderes Ziel hatten, als Stammtischgesprächen Stoff zu liefern und ein Publikum erschaudern zu lassen, um so die Auflage der Zeitungen zu erhöhen und schwachsinnige Werbeanzeigen zu verkaufen?

Es kam, wie es kommen musste. Eines Morgens entdeckte Mrs Chamberlain die Leiche ihrer Tochter in der Badewanne, die mit blutrotem Wasser gefüllt war. Candice hatte sich nachts die Pulsadern aufgeschnitten. Soweit ich weiß, hat meine Freundin keinen Abschiedsbrief hinterlassen, um ihr Handeln zu erklären, aber ich war immer davon überzeugt, dass sie sich zu diesem

Schritt entschlossen hatte, als ihr klar wurde, dass sie nie wieder ein normales Leben würde führen können. Für die anderen würde sie immer das Mädchen bleiben, das zwischen den Mülltonnen der Baumer Apartments vergewaltigt worden war.

Außer sich vor Schmerz hatte ihr Vater, Darius Chamberlain, sein Gewehr genommen und war auf die Terrasse getreten. Sehr ruhig hatte er seine Waffe geladen und sich Zeit gelassen, bevor er mehrfach in die Menge schoss, wobei er die Journalistin schwer verletzte, die mich über »das Prinzip der Informationsfreiheit« belehrt hatte, und einen Kameramann tötete, der selbst zwei Kinder hatte.

Seit diesem Tag habe ich keine Illusionen mehr. Bei meinem verrückten Entführer gab es Bücher. Das war die einzige Abwechslung, die er mir erlaubte: eine kleine Bibliothek, die er in meiner Zelle auf Regalbrettern eingerichtet hatte. Alte Philosophie- und Psychologiebücher, die seiner Mutter gehört hatten. Zwei Jahre lang hatte ich, abgesehen von kleinen Schreibereien in Hefte, die der Mann sofort konfiszierte, wenn sie voll waren, keinen anderen Zeitvertreib als das Lesen. Ich habe einige Bücher immer wieder gelesen, sodass ich bestimmte Passagen auswendig kannte. »Der Mensch ist nicht ein sanftes, liebesbedürftiges Wesen«, schreibt Freud in *Das Unbehagen der Kultur*. Ja, der Mensch ist sein eigener schlimmster Feind. Der Mensch steht im Krieg mit sich selbst. Tief in seinem Innersten wird der Mensch von Gewalt, Aggressivität und einem Todestrieb beherrscht, beseelt von dem Wunsch, seinesgleichen zu dominieren und durch Demütigung zu unterwerfen.

5.

Gare de l'Est. Die Rolltreppen sind außer Betrieb. Während ich die Stufen hinaufsteige, fällt es mir schwer, mich zwischen den Leuten zu behaupten, die mir auf die Füße treten und mich wie eine Welle mitreißen. Als ich das Gefühl habe, gleich umzufallen, finde ich in dem unpersönlichen Café einer Restaurantkette Zuflucht. Da das Lokal überfüllt ist, muss ich mich an die Theke setzen. In meinem Bauch grummelt es. Ich trinke eine Schokolade und verschlinge zwei Croissants. Tränen laufen über meine Wangen, aber ich versuche, sie zurückzuhalten, um beim Kellner keine Aufmerksamkeit zu erregen. Da ich ja schon so merkwürdig angezogen bin.

Und jetzt?

Ich will nicht so enden wie Candice, aber ich weiß, dass auch ich niemals ein normales Leben werde führen können. Für die anderen werde ich immer das Mädchen sein, das über zwei Jahre lang von einem Psychopathen eingesperrt und vergewaltigt worden war. Das wird mein Etikett sein. Unauslöschlich. Ich werde diese Jahrmarktsattraktion sein, die immer die gleichen Fragen beantworten muss. Was hat dieses Ungeheuer mit dir gemacht? Wie oft? Wie? Die Polizei wird es wissen wollen. Das Gericht wird es wissen wollen. Die Journalisten werden es wissen wollen. Ich würde antworten, aber jede Antwort würde eine weitere Frage nach sich ziehen. Sie werden immer mehr fragen. Und noch mehr. Damit ich alles erzähle. Immer und immer wieder.

Vielleicht werde ich mich eines Tages verlieben. Ich werde einem Mann begegnen, der mich liebt, der mich zum Lachen bringt und der sowohl meine Unabhängigkeit als auch mein Schutzbedürfnis respektiert. Diese Vorstellung gefällt mir. Ich sehe es vor mir wie in einem Film. Es wird geschehen, wenn ich am wenigsten damit rechne. So zumindest plane ich es. Aber eines Tages wird er erfahren, wer ich bin. Das Mädchen, das entführt wurde. Ein Etikett, das alles andere verdeckt. Und vielleicht wird er mich dann immer noch lieben, aber nicht mehr so wie vorher. Sondern mit mehr Mitgefühl und mehr Mitleid. Aber ich will dieses Mitleid nicht. Ich will für die anderen nicht dieses Mädchen sein.

Ich zittere. Mir ist kalt. Ich empfinde meinen Ausbruch bereits nicht mehr als einen Sieg und eine Befreiung. Aber ich bin stark. Ich kann mich von allem erholen. Ich habe zwei Jahre in der Hölle ausgehalten. Ich will nicht wieder ein verängstigtes Tier werden. Nachdem ich das Opfer eines Psychopathen war, kommt es nicht infrage, dass ich eine Hölle gegen eine andere eintausche.

Mir fallen die Augen zu. Ich bin erschöpft. Die körperlichen und psychischen Nachwirkungen der letzten Stunden, die ich durchlebt habe. Auf meinem Hocker sitzend, kämpfe ich dagegen an, zusammenzubrechen. Ich sehe das Bild meiner Mutter vor mir, und die Tränen beginnen wieder zu fließen. Ich kenne die Umstände ihres Todes nicht, aber ich ahne bereits, dass ich in gewisser Weise Schuld daran habe.

Die Zeit dehnt sich aus. Ich habe keinen Anhaltspunkt mehr. In meinem Kopf sind einige Dinge klar, andere völlig wirr.

Plötzlich bemerke ich im Fernseher, der in einer Ecke des Cafés an der Wand hängt, Bilder, die mir surrealistisch erscheinen. Eine regelrechte Halluzination. Ich reibe mir die Augen und konzentriere mich, um den Nachrichtensprecher zu verstehen.

»Makabre Entdeckung im Elsass, wo heute in den frühen Morgenstunden in einem Anwesen im Wald von Petite Pierre in der Nähe der Stadt Saverne ein größeres Feuer ausgebrochen ist.

Von einem Gendarmen alarmiert, konnte die Feuerwehr erfolgreich verhindern, dass die Flammen auf das angrenzende Waldgebiet übergreifen. Die Untersuchungen müssen erst noch ergeben, was die Brandursache war, denn bei ihrem Einsatz haben die Feuerwehrleute mindestens vier Leichen in dem Haus entdeckt, das einem Heinz Kieffer gehörte, einem deutschen Architekten, der …«

Es zerreißt mir das Herz. In meiner Kehle bildet sich ein Kloß, der mich fast erstickt.

Nur weg hier.

Ich lege einen Geldschein auf die Theke und stehe auf, ohne auf das Rückgeld zu warten. Ich nehme meine Tasche und verlasse das Café.

Claire Carlyle existiert nicht mehr.

Von jetzt an bin ich jemand anderes.

Dritter Tag, morgens
Der Fall Joyce Carlyle

14. Angel Falls

Wer das Wasser scheut,
soll am Ufer bleiben.

Pierre de Marbeuf, *À Philis*

1.

Die Nacht war kurz gewesen.

Immer wieder war ich aus meinem unruhigen Schlaf aufgeschreckt und somit um fünf Uhr früh schon wieder auf den Beinen. Nachdem ich unter der Dusche ein wenig in Schwung gekommen war, schloss ich die Schiebetür zwischen dem Schlafzimmer, in dem mein Sohn noch schlief, und dem kleinen Salon, dessen Fenster auf den Hudson River hinausging. Ich machte mir einen Kaffee, schaltete dann meinen Computer ein und konsultierte mein Handy. Caradec hatte versucht, mich zu erreichen, und eine Nachricht hinterlassen. Ich rief ihn zurück, geriet aber nur an die Mailbox. *Mist.* Warum antwortete Marc nicht? Ich war eher verärgert als wirklich beunruhigt, denn ich wusste, dass er kein Handyfan war. So wie ich ihn kannte, hätte es sogar sein können, dass er nach Nancy gefahren war und das Ladegerät seines Handys in Paris vergessen hatte.

Ich trank meinen Kaffee aus und schluckte dazu eine Doliprane. Mein Kopf brummte, als würden die vielen Fragen, die mich die Nacht über beschäftigt hatten, gegen meine Schädeldecke hämmern.

Im fahlen Morgenlicht saß ich vor meinem Bildschirm und hoffte, dass mir Google helfen könnte, etwas Ordnung in das Durcheinander zu bringen. Zuerst gab ich »May Soo-yun« ein, das war der Name der NYPD-Detective, die die Ermittlungen zu Joyce' Tod geführt hatte. Mit wenigen Mausklicks fand ich heraus, dass die ehemalige Polizistin die Stelle gewechselt hatte. Anfang 2010 hatte May ihren Dienst quittiert und war jetzt Sprecherin des *Transparency Project*, einer einflussreichen ehrenamtlichen Organisation, die den Opfern von Justizirrtümern zu Hilfe kam.

Auf der Site von *Transparency* fand ich problemlos ihre E-Mail-Adresse und schickte ihr eine Nachricht mit der Bitte um ein Treffen. Um dem Gedächtnis der ehemaligen Ermittlerin auf die Sprünge zu helfen, schilderte ich ihr in groben Zügen den Fall Joyce Carlyle, für den sie neun Jahre vorher zuständig gewesen war. Ich erhoffte mir keine schnelle Antwort – das Wahrscheinlichste war, dass sie gar nicht antworten würde –, aber es war meine Pflicht, dort zu beginnen.

Die zweite Recherche betraf den *New York Herald*, bei dem Florence Gallo arbeitete, jene Journalistin, die offensichtlich wenige Tage nach Claires Entführung mit

Joyce in Kontakt getreten war. Die zweite Überraschung: die Tageszeitung existierte nicht mehr. Sie war im Jahr 2009 der Printmedienkrise zum Opfer gefallen und eingestellt worden. Nach einem Boom in den 1970er-Jahren hatte sich der *New York Herald* immer mehr verschuldet. Trotz verschiedener Restrukturierungen konnte er der Rezession im Anzeigengeschäft und der Finanzkrise nicht standhalten.

Bei genauerer Suche stellte ich fest, dass die Website der Zeitung jedoch noch immer funktionierte und Zugang zu ihrem Archiv, aber keine neuen Artikel anbot. Der ehemalige Chefredakteur Alan Bridges und ein kleiner Teil der Redaktion hatten die Info-Website *pure player* geschaffen. Ausschließlich durch Abonnements finanziert, war die *#WinterSun* eine Enthüllungsplattform für politischen Journalismus. Als ich nachdachte, fiel mir ein, dass ich schon einmal von Alan Bridges und seiner Site gehört hatte, und zwar, als *#WinterSun* im Zuge der Snowdon-Affäre Dokumente veröffentlicht hatte, die ihnen von anderen Whistleblowern zugespielt worden waren und sich auf die elektronische Massenüberwachung durch die NSA bezogen.

Ich tippte »Florence Gallo« in das Suchfeld des *Herald*, um zu sehen, über welche Themen sie nach den Artikeln über Joyce geschrieben hatte.

Der letzte Treffer ließ mich erstarren.

Die Journalistin war tot.

2.

Das ist nicht zu fassen ...

Ich rutschte nervös auf meinem Stuhl herum. Im Onlinearchiv des *Herald* war folgender, am 27. Juni 2005 erschienener Nachruf zu lesen:

> In tiefer Trauer teilen wir den plötzlichen Tod unserer Freundin und Kollegin Florence Gallo durch einen Base-Jump-Unfall mit.
> Florence war neunundzwanzig Jahre alt. Sie lebte durch und für ihren Beruf. Nie werden wir ihre Begeisterung, ihre Fröhlichkeit, ihren starken Charakter, ihre Intuition und ihre Entschlossenheit vergessen, die sie zu einer außergewöhnlichen Frau und Journalistin machten.
> Alle Angehörigen unserer Redaktion sind in tiefer Trauer. Unser aufrichtiges Mitgefühl gilt ihrer Familie und ihren Freunden.

Der Artikel war begleitet von einem eindrucksvollen Foto. Goldblond, in Ledershorts mit hohen Lederstiefeln posierte Florence auf ihrem Motorrad. Ein Abbild von Brigitte Bardot in den 1960er-Jahren, als Roger Vivier seine Harley Davidson hatte.

Auch ich war schockiert. Ich hatte gehofft, jemanden gefunden zu haben, der mir entscheidende Hinweise geben könnte, und nun erfuhr ich von ihrem Tod.

Während ich mir noch einen Kaffee machte, überschlugen sich die Fragen in meinem Kopf. Ich setzte mich wieder vor meinen Bildschirm und öffnete mehrere Fenster, um parallele Recherchen durchführen zu können. Ich wusste, dass die Informationen vorhanden waren, ein Mausklick genügte.

Erste Etappe: Genügend Daten sammeln, um eine Biografie der Journalistin zu entwerfen. Florence, gebürtige Schweizerin, war sehr früh mit der Welt der Information in Berührung gekommen. Ihr Vater war Sportreporter bei *Le Matin*, die Mutter hatte lange eine Kultursendung beim Radiosender RTS moderiert. Florence hatte ihr Abitur in Genf gemacht und mit neunzehn Jahren mehrere Praktika in verschiedenen Redaktionen absolviert, unter anderem bei *24 Heures*, der Tageszeitung des Kantons Vaud. Parallel hatte sie am *Centre romand de formation des journalistes* (CRFJ) studiert. 2002 hatte sie ein Jahr lang in London für den Wirtschaftssender *Bloomberg TV* gearbeitet und sich dann auf der anderen Seite des Atlantiks in New York niedergelassen, wo sie zunächst für *France-Amérique*, die französischsprachige Zeitung in den USA, geschrieben hatte, bevor sie 2004 zum *New York Herald* kam.

Das zweite Fenster. Google Bilder. Alle Fotos von Florence, die online standen, zeigten eine sportliche, hübsche junge Frau, offenbar bei bester Gesundheit, immer aktiv und lächelnd, frei von jeglicher Arroganz, weckte sie Sympathie. Eine junge Frau, deren fundierte Artikel ihr Wesen widerspiegelten – viele Porträts und Untersuchungen über Politik, soziale Fragen und gesellschaftliche Probleme. Keine Übertreibungen, sondern stets ausgewogen. Ihr Stil war flüssig. Wohlwollend, ohne mitleidig zu werden. Ohne Konzessionen, aber auch ohne Zynismus. Kurz, ihre Beiträge zeichneten das Porträt einer multikulturellen, komplexen und vielschichtigen Stadt einer bisweilen orientierungslosen amerikanischen Gesellschaft, die litt und dennoch Energie ausstrahlte und zukunftsorientiert war. Vor allem war es unbestreitbar, dass Florence Interesse für andere Menschen hatte. Sie fühlte mit denjenigen, über die sie schrieb, ganz so, wie es Autoren oft gegenüber ihren Romanfiguren tun.

Als ich die Artikel las, versuchte ich, eine Verbindung zu Joyce herzustellen. Hatte Florence Kontakt zu ihr aufgenommen oder umgekehrt? Intuitiv entschied ich mich für die zweite Hypothese. Als nach der Entführung ihrer Tochter die Hoffnung schwand, diese lebend wiederzufinden, hatte Joyce beschlossen, die Presse um Hilfe zu bitten. Aber mit welcher Idee? Das wusste ich noch nicht, doch ich hätte wetten können, dass sie sich einfach an jemanden gewandt hatte, dessen Artikel ihr gefielen.

Neue Website. Das, was ich mir bis zum Schluss aufgespart hatte, war das, was mir als Erstes aufgefallen war: wie nah die Todesdaten von Florence und Joyce beieinanderlagen, sodass ich kaum an einen Zufall glauben konnte. Ich suchte nach detaillierteren Auskünften und fürchtete mich zugleich vor dem, was ich möglicherweise entdecken würde. Jetzt ging es nicht mehr nur darum, Nachforschungen über das Verschwinden oder die Entführung der Frau anzustellen, die ich liebte. Sondern darum, eine Reihe von Morden aufzudecken, die bisher ungesühnt geblieben waren – Joyce, Florence und wer weiß, wer noch …

Nach langen Recherchen fand ich einen etwas ausführlicheren Artikel über die Todesumstände von Florence Gallo. Es handelte sich um eine Notiz, die in einer Lokalzeitung in Virginia, der *Lafayette Tribune*, erschienen war.

Gestern, am Sonntag, den 26. Juni, wurde vormittags im Silver River Bridge Park, West Virginia, eine junge tote Frau entdeckt.
Nach Aussage der Parkleitung war das Opfer, die New Yorker Journalistin Florence Gallo, offenbar beim Base Jumping verunglückt. Es handelt sich um eine spezielle Technik des Fallschirmspringens von festen Objekten herab statt aus einem Flugzeug. Wanderer hatten die Tote in der Nähe des Flussufers gefunden und die Polizei informiert. Florence Gallo kannte die Gegend gut und war eine erfahrene Springerin. In der Vergangenheit war sie schon mehrmals von der Metallbrücke herabgesprungen, vor allem anlässlich des zum »Bridge Day« organisierten Base Jumping.
Diesmal war sie allein und außerhalb des für diese Aktivität ausgewiesenen Bereichs gesprungen. Im

Augenblick geht man von einem Unfall aus. Erste Untersuchungen ergaben, dass sich der Fallschirm aus bisher unbekanntem Grund nicht geöffnet hatte.

Ich sah mir die Fotos von der Brücke an. Die Silver River Bridge war ein bekannter Ausgangspunkt für den Extremsport. In den Appalachen gelegen, überspannte die imposante Metallkonstruktion den Fluss in einer Höhe von über dreihundert Metern. Die Vorstellung, dass man von dort mit einem Fallschirm herabspringen könnte, ließ mich erschauern.

Lange war diese Brücke der Stolz der Region gewesen, bis sie Mitte der 1990er-Jahre wegen eines Sicherheitsproblems für den Verkehr gesperrt wurde. Dennoch wurde sie weiterhin gewartet und war für die Spaziergänger und Besucher des Silver River Park geöffnet. Von der Fahrbahnplatte aus war das Base Jumping erlaubt, allerdings unter strenger Überwachung und großen Vorsichtsmaßnahmen, die Florence Gallo offensichtlich nicht eingehalten hatte.

Ich suchte weiter im Archiv der Zeitung, um herauszufinden, ob die Ermittlungen fortgesetzt worden waren, wurde allerdings nicht fündig. Auf einer neuen Seite der Suchmaschine gab ich die Website *#WinterSun* ein. In einem Kontaktformular konnte man sich an den Chefredakteur Alan Bridges wenden. Ohne große Erwartungen versuchte ich auch hier mein Glück und bat um einen Termin, um mit ihm über seine Erinnerungen an Florence Gallo zu sprechen.

Kaum hatte ich die Mail abgeschickt, klingelte mein Handy. Alexandre. Es war jetzt 9:30 Uhr in New York, das heißt 15:30 Uhr in Frankreich.

»Hallo, Alex.«

»Hallo, Cousin. Ich nutze meine Pause, um dich anzurufen.«

»Das ist nett. Hast du gute Nachrichten?«

Seufzen am anderen Ende der Leitung.

»Nein, leider nicht. Das, was alle befürchtet haben, ist eingetreten. Letzte Nacht hat man ein Hämatom bei Clotilde Blondel festgestellt.«

»Verdammt …«

»Sie haben eine Notoperation vorgenommen, doch die Blutung war tief und schwer zu lokalisieren. Die OP an sich ist zwar gut verlaufen, aber deine Freundin hatte Atemprobleme. Im Moment liegt sie immer noch im Koma.«

»Hältst du mich auf dem Laufenden?«

»Du kannst dich auf mich verlassen.«

Kaum hatte ich aufgelegt, gingen fast gleichzeitig zwei neue E-Mails in meinem Posteingang ein. May Soo-yun und Alan Bridges schienen sich verabredet zu haben. Entgegen allen Erwartungen standen sie mir zur Verfügung und boten an, sich jederzeit mit mir zu treffen. Ich machte zwei aufeinanderfolgende Termine aus, doch diese allzu schnelle Antwort weckte bei mir Zweifel hinsichtlich ihrer Aufrichtigkeit. Auf den ersten Blick hatten diese beiden Personen, die im öffentlichen Leben standen, keinen Grund, mir helfen zu wollen, außer *sie wollten* herausfinden, was ich über den Fall wusste …

9:30 Uhr. Allem Anschein nach hatte mein Sohn ausgeschlafen. Belustigt und glücklich lauschte ich dem Gebrabbel auf der anderen Seite der Schiebetür. Theo versuchte sich recht überzeugend an einer Coverversion von *Get Back* von den Beatles, das seit zwei Wochen sein Lieblingssong war. Während ich beim Empfang anrief, um das Kindermädchen zu bestellen, öffnete ich die Tür, um ein Lächeln zu erheischen. Theo war offensichtlich in Höchstform und wechselte nahtlos zu einer Darbietung von Stromaes *Papaoutai* über. In der nächsten halben Stunde kümmerte ich mich um ihn. Bad, von oben bis unten waschen, neue Windel, neuer Body, saubere Kleidung, die nach Lavendel duftete.

»Kes! Kes!«

Sobald er auf dem Boden stand, schielte dieser Magen auf zwei Beinen nach der Schachtel Oreo, die er auf einem Korb neben der Minibar entdeckt hatte.

»Nein, jetzt gibt es keinen Keks. Es ist Zeit für dein Fläschchen. Los, zack, das wird unten getrunken.«

»Los, sack!«, wiederholte er.

Ich griff nach einer Tasche, in die ich alle nötigen Sachen gepackt hatte, und inspizierte kurz den Inhalt, um sicherzugehen, ob ich auch nichts vergessen hatte. *Fifi: check! Fläschchen: check! Lätzchen: check! Buch:* Camille macht eine Dummheit*: check! Spielzeugauto: check! Feuchte Tücher: check! Papiertaschentücher: check! Buntstifte: check! Malbuch: check!*

Beruhigt trat ich auf den Gang hinaus. Als wir gerade in den Aufzug steigen wollten, rief Theo: »Papa, Lulli!« Verflixt, ich hatte schon wieder den verdammten Schnuller vergessen.

»Hättest du das nicht früher sagen können?«

Der Kleine reagierte beleidigt mit Krokodilstränen. Verweigerung meinerseits, Reue zu zeigen.

»Komm, hör auf mit deinem Theater, du bist ein schlechter Schauspieler!«

Also zurück ins Zimmer, fünf Minuten Schnullersuche, der sich schließlich unter dem Bett fand, Schnuller abwaschen, übler Geruch, der nichts Gutes verhieß, Bestätigung des Desasters, tiefer Seufzer meinerseits, erneutes Windelwechseln, Hunger, Psychodrama, Schuldgefühle, Verhandlungen aller Art. Riesiger Zeitverlust. Erneut der Aufzug. Kurzes Kämmen vor dem Spiegel. Erst ich, dann er. Ein Lächeln, alles in Ordnung. Bei ihm und bei mir.

Als wir endlich die Halle erreichten, war es schon nach zehn. Im selben Augenblick öffnete sich die schwere Eingangstür auf der gegenüberliegenden Seite, und eine kompakte Gestalt trat ein. Theos Gesicht erhellte sich.

»Ma'c! Ma'c!«, schrie er und deutete auf einen Gast, der mitten in der Lobby stand.

Ich wandte mich um und runzelte zunächst die Stirn. Ich traute meinen Augen nicht und war dann unglaublich erleichtert. Marc Caradec war zu uns nach New York gekommen!

3.

»Es regnete in Strömen. Ich war allein im Auto, mitten auf dem von hohem Gras überwucherten Weg, auf dem es kein Zurück gab. Eine finstere Gestalt mit einem Gewehr sprang aus dem Geländewagen und stürzte auf mich zu.«

Schon seit einer halben Stunde diskutierten Caradec und ich an einem Tisch im Innenhof des Hotels. Wir hatten all unsere Informationen ausgetauscht und festgestellt, dass sie sich in unerwarteter Weise überschnitten und ergänzten und ein immer dramatischeres Licht auf die Vergangenheit von Claire und ihrer Mutter warfen.

»Der Mann richtete die Waffe auf mich«, fuhr Marc fort. »Im Licht der Scheinwerfer habe ich ihn genau erkannt. Eine stämmige Gestalt, langes rötlichbraunes Haar und ein dichter Bart. Er stand keine drei Meter von mir entfernt und hatte den Finger am Abzug.«

Während ich an seinen Lippen hing, unterbrach sich Caradec, um Theo den Mund abzuwischen. In seinem Hochstühlchen vermittelte mein Sohn den Eindruck, aufmerksam unserem Gespräch zu folgen, während er sein Ricottabrot in sich hineinstopfte.

»Er drückte ab, und die Windschutzscheibe explodierte«, fuhr Marc fort. »Ich habe gespürt, wie die Kugel dicht neben meiner Schläfe vorbeizischte.«

»Und dann?«

Ich war völlig verblüfft und schockiert über die Dimensionen, die unsere Nachforschungen annahmen.

Caradec zuckte die Schultern und trank einen Schluck Cappuccino.

»Was glaubst du denn? Ich habe ihn nicht ein zweites Mal schießen lassen. Ich habe mich sofort geduckt. Aus Angst kroch ich unter das Lenkrad. Durch die Erschütterung hatte sich das Handschuhfach geöffnet, und mein Revolver war auf den Boden gefallen. Ich habe ihn mir geschnappt und abgedrückt. Entweder er oder ich, und diesmal war das Glück auf meiner Seite.«

Während ich erschauerte, schien Marc nicht sonderlich beeindruckt von seinem Abenteuer. Doch ich kannte ihn gut genug, um zu wissen, dass sich hinter der coolen Fassade ein sensibler, gequälter Mensch verbarg, der sich der gefährlichen Situation durchaus bewusst gewesen war.

»Camill! Camill!«

Das Gesicht voller Ricotta, verlangte Theo nach *Camille macht eine Dummheit.*

Ich zog das Buch aus der Tasche und reichte es ihm. Was mir Caradec dann anvertraute, verblüffte mich über alle Maßen.

»Dieser Mann war mir nicht unbekannt«, erklärte er. »Er war Polizist. Ich bin ihm vor langer Zeit begegnet. Damals arbeitete er beim Jugendschutz, wo ihn alle den ›Holzfäller‹ nannten, aber sein richtiger Name lautet Stéphane Lacoste.«

Meine Kehle zog sich zusammen. Ich konnte nicht

glauben, dass Caradec einen Menschen getötet hatte. Ich war verwundert und entsetzt über das, was ich angerichtet hatte. Wenn man bedachte, dass alles mit einem einfachen Streit begonnen hatte. Einem Streit, den ich provoziert hatte. Nur aus Eifersucht. Nur weil ich misstrauisch war und an der Vergangenheit der Frau zweifelte, die ich heiraten wollte.

Marc holte mich in die Realität zurück.

»Ich habe den Typen und sein Auto durchsucht, aber nichts gefunden. Keine Spur von Claire. Nicht den geringsten Hinweis. Lacoste war sicher auf der Hut, denn er hatte nicht einmal ein Handy bei sich.«

»Verdammt noch mal, Marc, die Bullen werden auf dich kommen.«

Er schüttelte den Kopf.

»Nein, glaube ich nicht. Zunächst werden sie nicht die Kugel finden, die ich abgefeuert habe. Ich habe die Leiche von Lacoste auf den Fahrersitz gehievt und in dem Auto ein hübsches Freudenfeuerchen angezündet. Ich bin sicher, es war gestohlen. Alles, was von Stéphane Lacoste übrig bleibt, ist ein verkohltes Skelett. Sie können ihn nur anhand eines Zahnabdrucks identifizieren, und das dauert wahnsinnig lange.«

»Und dein Auto?«

»Stimmt, das ist schon etwas schwieriger. Mit der kaputten Windschutzscheibe konnte ich nicht weit fahren. Also habe ich vorsichtig die zehn Kilometer bis Châlons-en-Champagne zurückgelegt. Dort habe ich nach der alten Methode – Kabel kurzschließen – eine andere Karre geklaut. Eine wahre Rostschleuder, einen R5 Supercinq, Baujahr 1994. Wusstest du, dass solche Dinger überhaupt noch unterwegs sind? Hat wahrscheinlich einen Listenpreis von zweihundert Euro …«

»Aber man wird deinen Range Rover finden.«

»Keine Sorge. Ich habe einen befreundeten Werkstattbesitzer gebeten, ihn abzuholen. Und jetzt wird er einer Schönheitskur unterzogen.«

Ich schloss die Augen, um mich zu konzentrieren. Ich musste gewisse Verbindungen herstellen.

»Was hat deiner Meinung nach dieser Stéphane Lacoste mit Claires Verschwinden zu tun?«

Marc zog sein Notizbuch aus der Tasche und blätterte darin.

»Ich muss gestehen, dass ich es auch nicht weiß. Am Flughafen habe ich ein wenig rumtelefoniert, um mehr über Lacoste herauszufinden. Er hat bei der BRI in Orléans angefangen, war dann beim Jugendschutz und bei der Kripo von Versailles. Man findet ihn immer im Kielwasser eines anderen Ermittlers, Capitaine Richard Angeli. Meinen ehemaligen Kollegen zufolge hat Angeli versucht, ihn mit zur BRI am Pariser Quai des Orfèvres zu nehmen, aber er hat die Aufnahmeprüfung nicht geschafft.«

Ich rutschte nervös auf meinem Stuhl hin und her.

»Warte mal! Richard Angeli! Den Namen habe ich vor Kurzem gehört.«

Ich zerbrach mir den Kopf, doch mein Gehirn streikte.

»In welchem Zusammenhang?«

»Genau das weiß ich nicht mehr, aber es fällt mir gleich wieder ein. Sagt dir der Name nichts?«

»Nein, noch nie gehört. Aber wenn ich recht verstanden habe, hat der Kerl eine Blitzkarriere hingelegt. Knapp vierzig und ein beeindruckender Werdegang. Er muss ein guter Polizist sein. Man wird nicht zufällig Capitaine bei der Anti-Gang-Brigade. Vor allem in seinem ...«

Plötzlich sprang ich auf und riss meinem Sohn aufgeregt das Buch aus der Hand.

Überrascht brach Theo in Schluchzen aus und flüchtete sich in Marcs Arme. Hektisch blätterte ich es durch, bis ich die Notiz gefunden hatte, die ich auf dem Weg zum Flughafen hineingekritzelt hatte.

»Ich weiß, wer Richard Angeli ist!«, rief ich und zeigte Caradec das Buch. »Er war der Freund der Journalistin Marlène Delatour. Ein junger Beamter bei der Kripo Bordeaux, der 2005 an dem Fall Carlyle gearbeitet hat.«

Caradec ließ die Information sacken und stellte dann eine Hypothese auf.

»Und wenn er es nun war?«

»Er war was?«

»Der Polizist, den Joyce heimlich engagiert hat. Was gibt es Besseres als einen französischen Ermittler, der mit dem Fall befasst ist und über alle Informationen verfügt, um zusätzliche Nachforschungen durchzuführen?«

Dieses Szenario war nicht abwegig. Ich versuchte, mir vorzustellen, wie Joyce heimlich den erfolgversprechenden Beamten rekrutierte. Aber wie hatte sie Kontakt zu ihm aufgenommen? Und warum sollte man, nachdem die Ermittlungen damals nichts ergeben hatten, heute wieder auf Angeli und seinen Lieutenant Stéphane Lacoste stoßen?

»Hello, Theo, how are you, adorable young boy?«

Ich hob den Kopf. Marieke, die Babysitterin meines Sohnes, hatte den Innenhof betreten. In ihrem engen Kleid aus gewachster Baumwolle und Spitze war sie wieder einmal ausnehmend elegant und erweckte den Anschein, als käme sie geradewegs vom Laufsteg einer Modenschau.

Theo war schnell wieder gut gelaunt. Mit einem schelmischen Lächeln spielte er vor der hübschen Deutschen das bezaubernde Kind.

Ich sah auf meine Uhr und erhob mich. Es war Zeit, zu meiner Verabredung mit Alan Bridges zu gehen.

15. Der Fall Joyce Carlyle

Lieben Sie mich noch mehr als zuvor,
weil ich Kummer habe.

Gustave Flaubert, George Sand,
Eine Freundschaft in Briefen

1.

Der Sitz der *#WinterSun* befand sich im letzten Stockwerk des Flatiron Building, jenem berühmten New Yorker Gebäudes, dessen dreieckige Form an ein Bügeleisen erinnerte. In der späten Vormittagssonne verliehen die Säulenornamente an der Kalksteinfassade ihm einen Hauch eines griechischen Tempels.

Die Büros der *#WinterSun* wirkten wie die eines Start-up-Unternehmens, das bereits genügend Geld verdient hat, um einen bekannten Innenarchitekten zu engagieren. Alle Trennwände waren zugunsten eines Open-Space-Büros entfernt, in das zwanglose Besprechungsbereiche eingefügt worden waren. Gekalktes Parkett mit starker Maserung, Holzschreibtische, Hocker, niedrige Sofas und bunte Charles-Eames-Stühle.

In der Mitte gab es eine Bar, an der ein Barista cremige Cappuccinos zubereitete. Ein paar Meter weiter spielten Angestellte Ping-Pong und Tischfußball. Das Durchschnittsalter lag kaum über fünfundzwanzig. Manche sahen sogar aus wie Gymnasiasten. Was das Outfit anging, so war für jeden Geschmack etwas dabei. Bei den Jungen vom bärtigen Hipster bis zum Mark-Zuckerberg-Abklatsch, bei den Mädchen vom Vintage-Frühlingskleid bis hin zum mondänen Look, der an die Fotos mancher Modebloggerinnen erinnerte.

Das Handy am Ohr, den Laptop auf den Knien, pickten sie aus großen Schüsseln, die auf den Tischen standen, Sprossen und Gemüsechips. Es wunderte mich immer wieder, wie oft die Wirklichkeit die Karikatur übertraf.

»Entschuldigen Sie meine Verspätung, seit drei Tagen ist hier der Teufel los!«

Alan Bridges begrüßte uns in fast perfektem Französisch.

Ich begrüßte ihn ebenfalls und stellte Caradec als ehemaligen Elitepolizisten vor, der mir bei meinen Nachforschungen half.

»Ich liebe Frankreich«, versicherte Bridges. »Mit zwanzig habe ich ein Jahr in Aix-en-Provence studiert. Das war vor einer Ewigkeit. Wenn man bedenkt, dass damals Giscard d'Estaing noch Präsident war.«

Der agile Chefredakteur von *#WinterSun* war Anfang sechzig und trug ein weißes Hemd, eine helle Tuchhose, ein leichtes Tweedjackett und Ledersneakers.

Hochgewachsen, mit einer angenehmen Stimme und unbestreitbarem Charisma, erinnerte Alan Bridges an seinen Namensvetter, den Schauspieler Jeff Bridges. Das war umso witziger, als ich im Internet gelesen hatte, dass er in Wirklichkeit Alan Kowalkowski hieß und diesen Künstlernamen im Alter von siebzehn Jahren angenommen hatte, als er für die Schülerzeitung seiner Uni schrieb.

»Kommen Sie bitte mit«, lud er uns ein und führte uns in den einzigen abgeteilten Bereich des Open-Space.

Jedes Mal, wenn ich in New York war und am Flatiron Building vorbeikam, hatte ich mich gefragt, wie es wohl im Inneren dieses unglaublichen Wolkenkratzers aussehen mochte, und jetzt war ich nicht enttäuscht. Bridges' Büro war in einem lang gestreckten, dreieckigen Raum untergebracht und bot einen spektakulären Blick auf den Broadway, die 5th Avenue und den Madison Square Park.

»Nehmen Sie doch bitte Platz. Ich habe nur noch einen kurzen Anruf zu erledigen, dann bin ich für Sie da. Im Moment geht es wegen der Primary Elections ziemlich hoch her.«

Das war nicht zu übersehen. Die zunächst in Minneapolis geplante Ernennung des republikanischen Präsidentschaftskandidaten war wegen einer Hurricane-Warnung in letzter Minute von Minnesota nach New York verlegt worden. Vor zwei Tagen hatten die Vorbereitungen begonnen, die heute Abend mit einer Rede von Tad Copeland zu Ende gehen sollten, der zum Spitzenkandidaten seiner Partei gewählt worden war.

Auf drei Flachbildschirmen an den Wänden, auf denen ohne Ton das Programm verschiedener Nachrichtensender lief, sah man die Kandidaten der Partei: Jeb Bush, Carly Fiorona, Ted Cruz, Chris Christie, Tad Copeland.

Als ich einen Blick auf Bridges' Schreibtisch warf – eine alte patinierte Holztür, die auf zwei Böcken lag –, entdeckte ich einen Ausdruck des Wikipedia-Artikels, den ich ihm geschickt hatte und den der Journalist den Anmerkungen zufolge ernsthaft durchgearbeitet hatte.

Während Bridges versuchte, ein Exklusivinterview mit dem Kandidaten der Republikaner zu bekommen, nahm ich mir die Freiheit, mich ein wenig in seinem Büro umzusehen.

Das Dekor war buddhistisch und taoistisch angehaucht und recht originell. Schmucklosigkeit, Demut, Hervorhebung von Unvollkommenheit und Gebrauchsspuren – man spürte, dass hier das ästhetische Konzept des Wabi-Sabi zugrunde lag.

Auf einem rustikalen Regal stand in einem einfachen Rahmen eine Fotografie, die Bridges Hand in Hand mit Florence Gallo im Battery Park zeigte. Es war das einzige Foto im ganzen Raum. Plötzlich wurde mir das Offensichtliche klar – die beiden waren ein Liebespaar gewesen! Und nur deshalb empfing mich der Chefredakteur. Wie das Foto bewies, war Florence die verflossene Liebe, die ihm fehlte und an die er vielleicht noch jeden Tag dachte.

Ein ergreifendes Bild, das mich daran erinnerte, wie sehr ich früher Fotoapparate – jene grausamen Nostalgiemaschinen – verabscheut hatte. Der unzählige Male gedrückte, trügerische Auslöser verewigte eine bereits verflogene Spontaneität. Denn das Stärkste im Leben vieler Menschen sind die Vergangenheit, die verlorene Unschuld und die vergessenen Lieben. Nichts geht uns so nah wie die verpassten Chancen und der Duft des Glücks, das man nicht hat festhalten können.

Darum war ich auch so glücklich gewesen, als ich Vater wurde. Ein Kind ist das Gegengift gegen diese Nostalgie und welke Frische. Ein Kind zwingt einen, den Ballast einer zu schweren Vergangenheit abzuwerfen, denn nur so kann man sich in die Zukunft bewegen. Ein Kind bedeutet, dass dessen Zukunft wichtiger ist als die eigene Vergangenheit. Ein Kind bedeutet die Gewissheit, dass die Vergangenheit nie über die Zukunft triumphieren wird.

2.

»Was kann ich für Sie tun?«, fragte Bridges, nachdem er aufgelegt hatte. »Mister Barthélémy, ich habe Ihre E-Mail mit Interesse gelesen, aber ich habe nicht verstanden, warum Sie sich für Florence Gallo interessieren.«

Um Zeit zu gewinnen, beschloss ich, direkt zur Sache zu kommen.

»Haben Sie nie daran gedacht, dass Florence' Unfall nur vorgetäuscht sein könnte?«

Der Journalist runzelte die Stirn, doch Caradec schlug in dieselbe Kerbe.

»Haben Sie nie daran gedacht, dass man Florence *umgebracht* haben könnte?«

Verblüfft schüttelte Bridges den Kopf.

»Das ist mir noch nie in den Sinn gekommen«, versicherte er kategorisch. »Soweit ich weiß, war es laut den Ermittlungen eindeutig ein Unfall. Wenn Florence melancholisch war und sich ablenken wollte, ging sie oft dort springen. Ihr Wagen wurde im Park, wenige Meter von der Brücke entfernt, gefunden.«

»Ihr Fallschirm hat sich nicht geöffnet, war das einfach nur Pech?«

»Hören Sie auf mit dem Unsinn. Ich bin kein Fachmann für Base Jumping, aber bei solchen Sportarten kommen diese Art Unfälle eben vor. Außerdem – wenn man jemanden umbringen will, gibt es einfachere Wege, als ihn in einer verlorenen Ecke Virginias von der Brücke zu stoßen, nicht wahr?«

»Wer hätte so wütend auf sie sein können?«

»Um sie zu töten? Meines Wissens niemand.«

»Erinnern Sie sich, an was Florence vor ihrem Tod gearbeitet hat?«

»Nicht wirklich. Aber nichts Sensationelles.«

»War sie keine Scoop-Jägerin?«

»Nicht in dem Sinne. Sagen wir lieber, die Scoops kamen zu ihr. Weil sie über Verständnis und Überzeugungskraft verfügte. Florence war jemand Besonderes. Eine wirklich geniale Frau. Sie war intelligent, unabhängig, verfügte über aufrichtiges Mitgefühl, und Ethik war für sie nicht nur ein leeres Wort. Und sie hatte einen sehr eleganten Stil, ein bisschen *old school* und ungewöhnlich.«

Er schwieg eine Weile und sah zu dem Foto. Seine Augen glänzten. Als ihm klar wurde, dass wir seine Rührung bemerkten, zog er es vor, seine Gefühle nicht länger zu verbergen.

»Ich will mit offenen Karten spielen, und im Übrigen ist das für niemanden ein Geheimnis. Florence und ich – wir liebten uns.«

Er seufzte und sackte leicht in sich zusammen. Innerhalb eines Augenblicks schien er um zehn Jahre gealtert.

»Für mich war das eine schwierige Zeit«, fuhr er dann fort. »Meine Frau Carrie und ich hatten schon ein vierjähriges Kind, und sie war mit dem zweiten im achten Monat schwanger. Sie können mich als Schwein oder sonst was beschimpfen, aber es war eben so. Ich liebte Florence und hatte die Absicht, für sie meine schwangere Frau zu verlassen. Weil sie diejenige war, auf die ich mein Leben lang gewartet hatte. Die Richtige, die dann endlich auftauchte. Leider nicht im besten Moment ...«

Während ich Bridges zuhörte, empfand ich spontan

296

Sympathie für ihn. Nach einer kurzen Niedergeschlagenheit funkelten seine Augen wieder. Die Erinnerung an Florence war vermutlich noch so lebendig, dass es nicht lange dauerte, sie wieder aufleben zu lassen.

»Mister Barthélémy, warum interessieren Sie sich für Florence?«, fragte er erneut.

Als ich gerade antworten wollte, warf mir Caradec einen warnenden Blick zu, der mich zurückhielt. Bridges war in seinem Metier ein alter Hase, der sicher über eine Armee an Informanten verfügte. Ein Wort zu viel, und Claires Geheimnis wäre kompromittiert. Also überlegte ich mir meine Antwort sorgfältig, bevor ich erklärte:

»Wir haben ernsthafte Gründe zu der Annahme, dass Florence Gallo nicht eines natürlichen Todes gestorben ist.«

Alan Bridges seufzte.

»Meine Herren, ich glaube, das Spiel hat lange genug gedauert. In meinem Job gilt das Prinzip ›Eine Hand wäscht die andere‹. Ich habe Ihnen meine Informationen mitgeteilt. Jetzt sind Sie an der Reihe. Was haben Sie in der Hinterhand?«

»Ich kann Ihnen sagen, an was Florence vor ihrem Tod gearbeitet hat.«

Unbewusst ballte der Chefredakteur die Hände zu Fäusten, die Nägel bohrten sich in seine Haut. Er vermochte nicht zu verheimlichen, wie sehr ihn diese Information interessierte. Marc hatte gespürt, dass sich das Kräfteverhältnis zu unseren Gunsten verändern konnte.

297

»Wissen Sie, Alan, wir stehen im selben Lager«, versicherte ich. »Wir suchen nach der Wahrheit.«

»Aber von welcher Wahrheit sprechen Sie, zum Teufel?«

»Darauf kommen wir gleich, aber vorher erlauben Sie mir bitte eine letzte Frage. Sie haben vorhin gesagt, dass Florence zum Base Jumping ging, wenn sie nicht gut drauf war.«

»Das stimmt.«

»Woraus schließen Sie, dass sie an diesem Wochenende deprimiert war?«

Erneuter Seufzer. Dieses Mal waren die Erinnerungen nicht nur schwer, sondern schmerzlich.

»Zwei Tage vor Florence' Tod – es war ein Freitag – hat meine Frau unsere Beziehung entdeckt. Am frühen Nachmittag tauchte Carrie, hochschwanger und außer sich vor Wut, in der Redaktion auf. Sie hat mich vor allen Angestellten angebrüllt. Ich hätte sie gedemütigt, und sie drohte, sich vor meinen Augen die Pulsadern aufzuschneiden. Als sie Florence sah, hat sie sich auf sie gestürzt und dann ihren Schreibtisch verwüstet, alles zu Boden geworfen und den Laptop an die Wand geschleudert. Dieser Auftritt hat sie so sehr angestrengt, dass die Wehen einsetzten. Wir mussten sie ins Krankenhaus bringen, und das Kind ist frühzeitig zur Welt gekommen.«

Sein Bericht verschlug mir die Sprache. In jedem Leben kommt es mal zu einem solchen Erdbeben, in jenem Augenblick, wo die Gefühle – einem trockenen, durch ein Streichholz entflammten Wald gleich – lichterloh in Brand geraten können. Das Vorspiel zu einem Großbrand, der unsere gesamte Basis verwüsten kann. Oder der zu einer Wiedergeburt führt.

»Wann haben Sie zum letzten Mal mit Florence gesprochen?«

Caradec ließ sich nicht von seinem Ziel abbringen. Er kannte sich aus mit solchen Befragungen und hatte sich ein Bild von Bridges gemacht.

»Sie hat mir am nächsten Tag eine Nachricht auf der Mailbox hinterlassen, die ich allerdings erst abends abgehört habe.«

»Und was besagte die?«

Der Chefredakteur überlegte kurz.

»Alan, ich habe dir gerade eine Mail geschickt. Mach eine Kopie von dem Anhang. Du wirst deinen Ohren nicht trauen. Ruf mich an.«

Marc warf mir einen raschen Blick zu. Wir hatten eine Spur, das war sicher.

Bridges fuhr fort:

»Wie schon gesagt, war ich an diesem Samstagnachmittag in der Klinik, wo meine Frau entbunden hatte. Sie können sich ja vorstellen, in welchem Zustand wir waren. Ich habe dennoch in meinem Posteingang – im persönlichen und auch im geschäftlichen – nachgesehen, aber die Nachricht von Florence nicht gefunden. Auch nicht in den Spams. Aus ihrer Mail ging nicht eindeutig hervor, ob es sich um unsere persönliche Geschichte oder um die Arbeit handelte.«

»Das muss Sie doch stutzig gemacht haben.«

»Natürlich. Abends bin ich von der Klinik aus zu Florence' Wohnung in der Lower East Side gefahren, aber sie war nicht da. Ich habe in der Sackgasse hinter dem Haus nachgesehen, wo sie für gewöhnlich ihren Wagen parkte. Aber auch der kleine Lexus war nicht da.«

Eine rothaarige Journalistin klopfte an die verglaste Tür des Büros.

»Tad Copeland ist zu einem Interview bereit«, rief sie und zeigte Bridges den Bildschirm des Laptops, den sie in der Hand hielt. »Exklusiv bei seinem ersten Auftritt, morgen früh auf dem Basketballfeld in der Nähe des Columbus Park. Das ist ja eigentlich gut, aber haben Sie keine Angst, sich zu seinem Sprachrohr zu machen?«

»Du kannst dich auf mich verlassen, Cross, ich werde ihm schon die richtigen Fragen stellen«, antwortete der Chefredakteur.

Bridges wartete, bis seine Angestellte den Raum verlassen hatte, bevor er sich wieder der Vergangenheit zuwandte.

»Die Nachricht von Florence' Tod war wie ein Tsunami. Ich habe mich dennoch scheiden lassen, und meine Frau hat einen Krieg begonnen, der mich mein letztes Hemd gekostet und dazu geführt hat, dass ich meine Kinder nur noch selten sehen darf. Arbeitsmäßig war auch der Teufel los. Ich war kein Journalist mehr, sondern mein Job bestand darin, Leute zu entlassen, bis wir schließlich 2009 Konkurs anmelden mussten – das

300

war vorauszusehen gewesen. Eine der schlimmsten Phasen meines Lebens.«

Caradac hielt an der Idee fest, die ihn beschäftigte.

»Haben Sie nicht auf anderen Wegen versucht, die Mail von Florence zu finden?«

»Eine Zeit lang habe ich nicht mehr daran gedacht. Dann habe ich auf Florence' geschäftlichem Account nachgesehen, aber nichts gefunden. Zu jener Zeit war die Zeitung wiederholt Hackerangriffen ausgesetzt. Ein furchtbares Chaos.«

»Sind sie da nicht misstrauisch geworden?«

»Ehrlich gesagt hatten wir ständig mit Drohungen und Hackern zu tun. Der *New York Harold* war eine progressive Zeitung. Es waren die beiden letzten Jahre von George W. Bushs Präsidentschaft. Wir haben unser ganzes Leben lang die ›Falken‹, die Hardliner, angegriffen und die Lügen dieser Regierung angeprangert. Also …«

»Glauben Sie wirklich, dass dieser Hackerangriff aus politischen Kreisen kam?«

»Nicht zwingend. Wir hatten genug Feinde: die Waffenlobby, die Abtreibungsgegner, die Gegner der homosexuellen Eheschließung und der Immigration, die Libertaristen … kurz gesagt, halb Amerika.«

»Und auf Florence' Computer war auch nichts?«

»Ich wusste ja leider nicht, welchen sie benutzt hatte, nachdem meine Frau ihren zerstört hatte.«

»An welche E-Mail-Adresse schrieb Florence Ihnen für gewöhnlich?«

»In Anbetracht unserer Beziehung meistens an die private. Sie existiert übrigens immer noch.«

Er zog eine Visitenkarte aus der Tasche seiner Jacke und notierte neben seinen geschäftlichen Daten eine andere Adresse: alan.kowalkowski@att.net

»Bridges ist nicht mein richtiger Name, aber als ich zu schreiben anfing, schien mir, dass Bridges besser klang. Und er gefiel den Mädchen …«

Den Blick ins Leere gerichtet, schien er eine Weile dieser vergangenen Zeit nachzutrauern, dann sagte er:

»So, jetzt sind Sie dran. An was hat Florence vor ihrem Tod gearbeitet?«

Diesmal ergriff ich das Wort.

»Wenige Tage vor dem Unfall hat Florence Kontakt mit einer Frau namens Joyce Carlyle aufgenommen.«

Er notierte den Namen auf einem Block, der vor ihm lag.

Ich fuhr fort:

»Eine Frau, deren Tochter in Frankreich von einem Sexualtäter entführt worden war. Sagt Ihnen das etwas?«

Auf dem Gesicht des Journalisten zeichnete sich eine gewisse Enttäuschung ab, und er schüttelte den Kopf.

»Leider nichts, an das ich mich erinnere. Aber ich verstehe nicht, inwiefern dieser tragische Vorfall einen Bezug zu …«

»Joyce Carlyle ist wenige Stunden vor Florence gestorben«, unterbrach ich ihn.

Sein Gesicht hellte sich auf.

»Gestorben an was?«

»Offiziell an einer Überdosis, aber ich glaube, dass sie umgebracht wurde.«

»Wieso kommen Sie darauf?«

»Das sage ich Ihnen, wenn ich mehr herausgefunden habe.«

Bridges verschränkte die Arme und rieb sich mit dem Daumen die Augen.

»Ich werde Nachforschungen über Joyce Carlyle anstellen.«

Er erhob sich und deutete auf den Bienenstock auf der anderen Seite der Scheibe.

»Die Kids dort sehen zwar nicht aus wie Angestellte, aber es sind die besten *Muckrakers**, die ich kenne. Wenn es irgendetwas Besonderes im Leben dieser Frau gibt, dann werden sie es finden.«

Ich zog den Schlüssel aus der Tasche, den mir Gladys anvertraut hatte.

»Wenn Sie Zeit haben, sehen Sie sich einmal dort um.«

»Wozu gehört der?«, fragte er und ergriff ihn.

»Zu einem Abteil in einem Self-Storage-Lager, in dem Joyce' Schwestern deren Sachen untergestellt haben.«

---

* Der Begriff (wörtlich: »in der Scheiße stochern«) ist bekannt, weil Theodore Roosevelt ihn benutzte. Er bezeichnete damit die Journalisten, die als Erste die mafiösen Methoden der großen Trusts bei der Bestechung bestimmter Politiker öffentlich gemacht haben.

»Wir gehen hin«, versprach er.

Während er uns zum Aufzug begleitete, empfand ich ein Gefühl der Unvollkommenheit. Es war dasselbe Gefühl, das mich manchmal überkam, wenn ich ein Kapitel fertiggeschrieben hatte. Ein gutes Kapitel muss einen Anfang, einen Mittelteil und ein Ende haben. Hier hatte ich das Gefühl, das Thema verfehlt zu haben. Das Wesentliche. Was hätte ich noch sehen, welche Fragen hätte ich noch stellen müssen?

Bridges-Kowalkowski schüttelte uns die Hand, doch als sich die Türen des Aufzugs gerade schließen wollten, blockierte ich sie.

»Wo wohnte Florence?«, fragte ich ihn.

Der Chefredakteur wandte sich um.

»Das habe ich Ihnen doch schon gesagt, in der Lower East Side.«

»Aber wo genau?«

»In einem kleinen Haus an der Ecke Bowery und Bond Street.«

Aufgeregt warf ich Caradec einen Blick zu. Genau von dort war der Anruf getätigt worden, der den Angriff auf Joyce gemeldet hatte!

3.

Nachdem wir das Flatiron Building verlassen hatten, liefen wir Richtung Süden über die sonnenbeschienenen Bürgersteige des Broadway, dann weiter über den University Place nach Greenwich Village. In Manhattan war der Teufel los. Die Kandidatennominierung der Republikaner hatte unglaublich viele Menschen angezogen – Journalisten, Vertreter politischer Organisationen, Aktivisten, Fans. Zwar nicht in diesem Viertel, aber in der Nähe des Madison Square Garden waren mehrere Straßen für den Verkehr gesperrt worden. Sie waren für die Busse reserviert, die die Gäste der Nominierung von ihren Hotels zum Ort des Geschehens brachten.

Dabei war New York traditionell alles andere als eine Hochburg der Republikaner. 2004 war ich zu Recherchen für meinen Roman in Manhattan gewesen. Ich erinnerte mich an die furchtbare Atmosphäre, die damals hier geherrscht hatte, weil George W. Bushs Freunde ausgerechnet diese Stadt als Kulisse für ihre Kandidatennominierung gewählt hatten, in der Hoffnung, von den Emotionen rund um die Anschläge des 11. September profitieren zu können. Zu jener Zeit verabscheute New York die Republikaner. Unter der Führung von Michael Moore überschwemmten Tausende von Demonstranten die Stadt, um die Lügen und den illegalen Irakkrieg ihres Präsidenten anzuprangern. Manhattan befand sich sozusagen im Belagerungszustand. Es war zu Ausschreitungen gekommen, und bei den Auseinandersetzungen waren unzählige Demonstranten verhaftet worden. Die Bilder der Republikaner, die sich – von Betonblocks und Aberhunderten von Polizisten geschützt – im Madison Square Garden verschanzt hatten, gingen damals um die Welt. Bush war zwar dennoch wiedergewählt worden, aber die Old Party war daraus nicht gestärkt hervorgegangen.

Zwölf Jahre später hatte sich einiges geändert. An jenem Samstagnachmittag war die Stimmung trotz des massiven Polizeiaufgebots erstaunlich friedlich. Dazu muss man sagen, dass die Republikaner ausnahmsweise einen jungen und moderaten Kandidaten gewählt hatten, der aussah wie aus einer Fernsehserie von Shonda Rhimes. Tad Copeland, der Gouverneur von Pennsylvania, lieferte sich in den Umfragen ein Kopf-an-Kopf-Rennen mit Hillary Clinton.

Durch sein Eintreten für Abtreibung, Umweltschutz, Waffenkontrolle, Menschenrechte und Homosexuelle entsetzte er einen guten Teil seines eigenen Lagers. Aber nach gnadenlosen Auseinandersetzungen im Vorwahlkampf hatte er schließlich die extrem konservativen Kandidaten der Republikaner – Donald Trump und Ted Cruz – geschlagen.

Jetzt arbeitete die Wahlkampfdynamik zugunsten des »weißen Barack Obama« – ein Spitzname, den ihm die Presse verliehen hatte. Ebenso wie der amtierende Präsident hatte Copeland seine Karriere als Sozialarbeiter begonnen, bevor er Professor für Verfassungsrecht an der Universität von Philadelphia wurde. Copeland, der sich mit seinen fünfzig Jahren gut gehalten hatte und aus eher einfachen Verhältnissen stammte, hatte der demokratischen Kandidatin, die älter war und einer politischen Dynastie angehörte, eine erhebliche Anzahl von Stimmen abgejagt.

Ich sah auf meine Uhr. Wir waren zu früh für unseren nächsten Termin dran, und ich hatte schon seit einer Weile bemerkt, dass Caradec erschöpft war.

»Was hältst du von einem Teller Austern?«

»Da sage ich nicht Nein«, antwortete Marc. »Ich bin etwas müde. Wahrscheinlich der Jetlag …«

»… und wahrscheinlich auch der emotionale Schock, nachdem du Lacoste erschossen hast.«

Er sah mich ungerührt an.

»Wegen dem Typen werde ich keine Träne vergießen.«

Ich hob den Kopf, um mich zu orientieren.

»Komm mit!«

Ich kannte eine gute Adresse in der Gegend.

Ein Meeresfrüchte-Imbiss an der Ecke Cornelia und Bleecker Street, in dem ich mehrmals mit meinem Freund Franck Costello gewesen war – einem New Yorker Schriftsteller, der in Frankreich denselben Verleger hatte wie ich.

Caradec folgte mir zu einer kleinen Straße mit ockerfarbenen Ziegelhäusern, die von blühenden Bäumen gesäumt war.

»Hello, guys, join us anywhere at the bar!«

Jedes Mal, wenn ich die *Oyster Bar* betrat, war ich froh, keine Touristen anzutreffen.

»Nett hier«, meinte Marc und setzte sich auf einen der Hocker an der Bar.

»Ich wusste, dass dir das gefällt.«

Hier war die Zeit irgendwann Anfang der 1960er-

Jahre stehen geblieben. Wir befanden uns in einer Hafenkneipe von Neuengland, wo man von der Bedienung »Darling« genannt wurde und man zum Aperitif Kräcker serviert bekam. Das Radio spielte Songs von Ritchie Valens, Johnny Mathis und Chubby Checker. Der Wirt hatte den Bleistift hinters Ohr geklemmt. Die Erdbeeren schmeckten wirklich nach Erdbeeren. Hier kannte man weder das Internet noch Kim Kardashian.

Wir bestellten die Platte »Spezial« und eine Flasche Sancerre. Die Lage war ernst, doch das hinderte uns nicht daran anzustoßen, und als ich mein Glas hob, überkam mich ein Gefühl der Dankbarkeit. Seit ich Caradec kannte, war er immer für meinen Sohn und mich da gewesen. Und auch jetzt hatte er sich, ohne zu zögern, ins Flugzeug gesetzt, um mir nach New York zu folgen. Meinetwegen wäre er fast abgeknallt worden und war gezwungen gewesen, einen Mann zu töten.

Wenn ich ehrlich war, musste ich mir eingestehen, dass ich außer Claire und ihm niemanden auf der Welt hatte. Mit meiner Schwester verband mich nichts, meine Mutter, die jetzt in Spanien lebte, hatte ihren Enkel seit seiner Geburt vielleicht ein oder zwei Mal besucht, und was meinen Vater betraf, so lebte er noch immer in Südfrankreich, aber er hatte noch einmal von vorn angefangen und war jetzt mit einer Fünfundzwanzigjährigen liiert. Offiziell war ich mit niemandem zerstritten, aber das Verhältnis zu allen war distanziert, wenn nicht gar inexistent. Eine traurige Familie.

»Danke, dass du gekommen bist, Marc. Es tut mir

wirklich leid, dass ich dich in diesen Schlamassel mit hineingezogen habe.«

Unsere Blicke begegneten sich, und wir zwinkerten uns verschämt und verständnisinnig zu.

»Keine Sorge, wir holen deine Claire Carlyle schon da raus.«

»Das sagst du nur, um mich zu trösten.«

»Nein, ich bin davon überzeugt. Unsere Nachforschungen kommen voran. Wir sind ein gutes Team.«

»Wirklich?«

»Ja, du bist gar kein schlechter Ermittler.«

Unser Besuch bei Alan Bridges hatte uns Auftrieb gegeben. Wir hatten Neues erfahren, doch ich hatte noch immer den Eindruck, vor einem riesigen Wollknäuel zu hocken, das es zu entwirren galt.

Marc setzte seine Brille auf und zog einen Stadtplan aus der Tasche, den er im Hotel mitgenommen hatte.

»Also, zeig mir, an welchen Orten sich die Dinge an Joyce' Todestag abgespielt haben.«

Nach meinen Erklärungen kennzeichnete er die Wohnung von Joyce in Harlem und die von Florence Gallo, fünfzehn Kilometer entfernt in der Lower East Side gelegen, mit einem Kreuz.

»Was hat sich deiner Meinung nach abgespielt?«, fragte er und schenkte sich Wein nach.

Ich überlegte laut.

»›Du wirst deinen Ohren nicht trauen‹, das hat Florence zu Alan gesagt, nachdem sie die E-Mail abgeschickt hatte, die er behauptet nie erhalten zu haben.«

»Hm.«

»Sie hat nicht gesagt ›du wirst es nicht glauben‹ oder ›du wirst deinen Augen nicht trauen‹. Sie hat gesagt ›deinen Ohren‹. Für mich ist es eindeutig, dass sie ihm eine Audiodatei im Anhang geschickt hat.«

»Ganz deiner Meinung, aber was für eine?«

»Ein Gespräch, das sie mit ihrem Handy aufgenommen hat.«

Caradec sah mich zweifelnd an. So könnte es gewesen sein, aber vielleicht auch nicht. Doch ich ließ mich nicht von seiner Skepsis anstecken.

»Du wolltest ein Szenario – bitte sehr. Und außerdem hat Florence das Gespräch mit Joyce nicht ohne deren Wissen aufgenommen.«

»Wie kannst du das behaupten?«

»Erstens scheint das nicht ihr Stil gewesen zu sein, und außerdem war ich immer davon überzeugt, dass es Joyce war, die Florence aufgesucht hat, um ihr ihre Geschichte zu erzählen.«

»Du glaubst also, dass sie sich abgesprochen hatten, um eine dritte Person aufzunehmen?«

»Ja, jemanden, mit dem sich Joyce in ihrem Haus verabredet hatte. Das war der Plan: Joyce bringt die Zielperson zum Sprechen, während auf dem Kartenhandy eine Verbindung läuft. Am anderen Ende der Leitung zeichnet Florence die Unterhaltung auf. Doch plötzlich …«

»… artet das Gespräch in einen Streit aus«, fuhr Marc fort, der sich auf das Spiel einließ. »Vielleicht hat der andere bemerkt, dass er aufgenommen wurde. Auf alle Fälle wird er gewalttätig und schlägt auf Joyce ein, die zu schreien beginnt.«

»Und Florence gerät in Panik. Sie läuft nach unten in die Telefonzelle und ruft die Notrufzentrale an. Genau das geht aus den Dokumenten hervor, die Gladys mir gegeben hat.«

Während wir auf unsere Austern warteten, zog ich die Fotokopien aus meiner Aktentasche und reichte sie Marc. Er musste wieder seine Brille aufsetzen, um die Niederschrift des Anrufs lesen zu können.

Datum: Samstag, 25. Juni 2005. Zeit: 15:00 Uhr.

»Ich möchte einen gewalttätigen Angriff in der Bilberry Street Nummer sechs im Haus von Joyce Carlyle melden. Man will sie umbringen! Beeilen Sie sich!«

Das passte alles bestens zusammen. Außer dass die Polizei wirklich sechs Minuten später vor Ort gewesen war, aber nichts Verdächtiges bemerkt hatte. Ich warf einen Blick über Marcs Schulter und markierte den Absatz, in dem die beiden Beamten zu Protokoll gaben, sie hätten von außen ins Innere des Hauses, inklusive Badezimmer, sehen können, hätten aber keine Spur von einem Einbruch, Kampf oder Blut festgestellt.

»Und doch ist die Leiche von Joyce dort gefunden worden«, murmelte Caradec.

»Ja, am nächsten Tag. Ihre Schwester Angela hat sie vor dem Waschbecken entdeckt. Sie hat mir versichert, dass alles voller Blut war.«

»Das ist verwirrend«, musste Marc zugeben. »Und

das wirft unsere ganze schöne Theorie über den Haufen.«

Ich seufzte und biss die Zähne zusammen. Dann schlug ich vor Wut mit der Faust auf den Tisch.

16. Cold Case

Alles, mein Lucilius, ist fremdes Eigentum.
Nur die Zeit ist unser.

Seneca, *Briefe an Lucilius*

1.

Solche Ausbrüche hatten in der *Oyster Bar* nichts verloren, einige Stammgäste warfen mir missbilligende
Blicke zu. Ich versuchte, meine Verzweiflung zu beherrschen.

»Diese beiden Streifenpolizisten, Powell und Gomez,
haben gelogen, das ist klar!«

»Da wäre ich mir aber nicht so sicher«, antwortete
Marc, während er etwas Butter auf ein Stück Roggen-
brot strich.

»Erklär mir das.«

Er zuckte die Schultern.

»Warum sollten die Polizisten lügen? Aus welchem
Grund?«

»Vielleicht sind sie überhaupt nicht hingegangen.
Damals gab es viele Fake-Anrufe, die ...«

Er hob die Hand, um mich zu unterbrechen:

»Die Nachricht von Florence war glaubwürdig genug, um ernst genommen zu werden. Die Vorgehensweise bei einem gewalttätigen Angriff läuft sehr systematisch ab, und niemand würde es riskieren, einen solchen Hilferuf zu ignorieren. Und selbst wenn die beiden Polizisten schlampig vorgegangen wären, hätten sie eher behauptet, dass die Vorhänge zugezogen waren. Das wäre deutlich weniger riskant gewesen, als diese bindende Erklärung abzugeben.«

Halbwegs überzeugt wog ich diese Argumente ab, bevor ich fragte:

»Was also ist deine Erklärung?«

»Ich habe leider keine«, antwortete Marc und biss in sein Brot.

Dann probierte er seine Austern und las weiter in den Auszügen des Polizeiberichts, die Gladys mir gegeben hatte. Sein Englisch war recht ordentlich, aber er bat mich häufig um Erklärungen der Fachbegriffe oder missverständlicher Formulierungen.

Zweimal kam er auf ein Detail zurück, das mir entgangen war oder vielmehr dessen Aussagewert ich nicht wahrgenommen hatte. Isaac Landis, der Geschäftsführer eines Spirituosengeschäfts an der Ecke 2E und 132nd Street, hatte behauptet, an dem besagten 25. Juni um 14:45 Uhr Joyce Carlyle eine Flasche Wodka verkauft zu haben.

Ich ergriff das Wort:

»Wir wissen also mit Gewissheit, dass Joyce im Viertel war und dass sie um diese Zeit noch lebte, aber abgesehen davon?«

Mit einer Handbewegung bat Caradec mich, auf dem Stadtplan das fragliche Geschäft zu suchen. Es war etwa siebenhundert Meter von der Bilberry Street Nummer sechs entfernt, wo Claires Mutter wohnte.

»Ich kann mir die Örtlichkeiten nur schwer vorstellen«, gestand er, aus seinen Gedanken auftauchend. »Weißt du, dass ich noch nie einen Fuß nach Harlem gesetzt habe?«

»Wirklich? Und wann warst du das letzte Mal in New York?«

Er pfiff durch seine Zähne.

»Das war mit Élise und der Kleinen, in den Osterferien 2001, ein paar Monate vor den Attentaten.«

Ich reichte ihm mein Handy, auf dem ich alle Fotos gespeichert hatte, die ich am Vortag nachmittags im Viertel aufgenommen hatte, als ich zu meinem Treffen mit Ethel Faraday und den beiden Carlyle-Schwestern unterwegs gewesen war. Er schaute sie sich systematisch an, zoomte sie auf dem Touchscreen heran und stellte zahlreiche Fragen.

»Und wo ist das?«

Er deutete auf ein Schild über einer Verkaufsbude. »Discount Wine and Liquor – Since 1971«.

»An der Kreuzung Lenox und Bilberry Street.«

»Also ganz in der Nähe von Joyce' Haus, oder?«

»Ja, etwa zwanzig Meter entfernt.«

Caradecs Augen glänzten. Er war sicher, etwas entdeckt zu haben, auch wenn ich nicht so recht verstand, was. Er legte mir die Hand auf den Arm.

»Wenn Joyce Lust auf einen kleinen Muntermacher hatte, warum sollte sie dann knapp einen Kilometer zu Fuß gehen, um ihr Gesöff zu kaufen? Sie hatte doch einen Spirituosenladen direkt vor der Haustür.«

Mir erschien dieses Element belanglos.

»Vielleicht hatte der Laden geschlossen«, mutmaßte ich.

Er verdrehte die Augen.

»An einem Samstagnachmittag? Du machst wohl Witze! Wir sind in den USA, nicht in Frankreich.«

»Na gut.«

Ich war noch immer nicht überzeugt, aber Caradec ließ sich nicht abbringen.

Während ich auf den Stadtplan starrte, den wir auf der Theke ausgebreitet hatten, fiel mir eine Bemerkung ein, die Angela Carlyle mir gegenüber gemacht hatte. An diesem besagten Wochenende waren Gladys und sie nach Philadelphia gefahren, um ihre Mutter zu besuchen. Ihr Haus war also leer. Ein Schauer der Erregung lief über meinen Rücken.

»Ich habe es gefunden!«, verkündete ich.

Unter Marcs erstauntem Blick entwickelte ich meine Theorie: Aus einem mir noch unbekannten Grund hatte Joyce es vorgezogen, ihren Besucher *bei ihren Schwestern* zu empfangen anstatt bei sich zu Hause, aber sie hatte es nicht für nötig befunden, Florence darüber zu informieren. Das erklärte alles: dass sie anscheinend so weit von zu Hause entfernt Wodka eingekauft hatte, und vor allem auch, dass die Polizisten bei Joyce nichts Verdächtiges hatten feststellen können. Es lag ganz einfach daran, dass die Journalistin ihnen, ohne es zu wissen, eine falsche Adresse genannt hatte!

In meiner Begeisterung machte ich eine plötzliche Bewegung und stieß mein Glas auf der Theke um.

»Wie ungeschickt von mir!«

Durch den Stoß war der Fuß des Glases gebrochen, der Wein war auf meine Kleidung gespritzt und hatte einen großen Fleck auf meinem Hemd hinterlassen.

Ich tupfte ihn mit einer feuchten Serviette ab, aber ich stank bereits nach Sancerre.

»Ich bin gleich wieder da«, sagte ich und rutschte von meinem Hocker herab.

Ich ging durch den Raum zu den Toiletten, da jedoch alle besetzt waren, wartete ich vor der Tür. In diesem Moment klingelte mein Handy. Es war Marieke. Sie rief mich aufgeregt an, weil Theo gefallen war und sich eine Beule eingehandelt hatte.

»Ich wollte Ihnen das lieber gleich sagen!«, erklärte sie.

Im Hintergrund hörte ich Theo jammern. Ich sprach mit ihm und hatte nach ein paar Sekunden festgestellt, dass nichts Ernstes passiert war.

»Du kleiner Komödiant, lass es gut sein!«

Dieser Sandkasten-Machiavelli war lediglich darauf aus, sich trösten zu lassen und seinem Kindermädchen ein paar Küsschen zu entlocken. Der Schmerz war schon vergessen, und während Theo mir in allen Einzelheiten erzählte, was er gegessen hatte, beobachtete ich aus der Ferne Caradec. Eines musste man dem Ermittler lassen: Er hatte die Gabe, bei den Leuten Vertrauen zu erwecken. In diesem Augenblick unterhielt er sich freundlich mit unserem Tischnachbarn, als kenne er ihn schon seit Ewigkeiten. Ein Kunststudent mit dicker Schildpattbrille, der während unserer gesamten Mahlzeit in sein Skizzenbuch gezeichnet hatte. Ich kniff die Augen zusammen. Marc hatte sich soeben sein Handy ausgeliehen. Er hatte mich darüber informiert, dass sein altes Nokia in den USA nicht funktionierte. Aber der Polizist rief niemanden an. Er surfte im Internet. *Wonach suchte er?*

Die Toilettentür öffnete sich. Ich ging in den Vorraum und versuchte, den Schaden mit Flüssigseife, lauwarmem Wasser und Heißluft aus dem elektrischen Handtrockner zu beheben. Als ich die Toilette verließ, roch ich nach Vetiveröl und weniger nach einem Trinker.

Marc saß nicht mehr an der Theke.

»Wo ist der Mann, der mich begleitet hat?«, fragte ich den Studenten.

»Ich wusste gar nicht, dass ihr ein Paar seid.«

Kleines Arschloch!

»Wo ist er?«

»Er ist gerade gegangen«, antwortete der Typ mit der Brille.

»Und wohin?«

Der Junge deutete auf die große Glasfront der *Oyster Bar*. Ich war verblüfft.

»Er hat das für Sie dagelassen«, sagte er, während er seine Jacke anzog.

Er schloss den Reißverschluss und reichte mir unseren Stadtplan von New York, auf dessen Rückseite Caradec ein paar Sätze gekritzelt hatte.

Raph,
entschuldige, dass ich einfach so verschwinde, aber ich muss etwas nachprüfen. Vielleicht ist es absurd. Falls es eine Sackgasse ist, ist es besser, wenn ich allein hingehe.
Führ du deine Ermittlungen weiter. Du hast deine Methode gefunden: Geh bei deinen Nachforschungen so vor wie beim Schreiben. Verfolge weiter das Phantom, den *Ghost* aller Carlyles.
Ich glaube, du hattest recht: Alle Wahrheiten dieser Welt wurzeln in der Kindheit.
Ich melde mich, sobald ich mehr weiß. Gib meinem Kumpel Theo ein Küsschen von mir.
Marc

Es war kaum zu glauben. Bevor der Student gehen konnte, hielt ich ihn am Ärmel fest.

»Warum wollte er Ihr Telefon benutzen?«

Der Junge zog sein Handy aus der Tasche.

»Schauen Sie selbst.«

Ich startete den Browser, und es öffnete sich die Seite

der White Pages. Die Weißen Seiten. Das amerikanische Telefonbuch.

Marc hatte eine Telefonnummer oder eine Adresse gesucht. Seine Suche war jedoch nicht gespeichert worden.

Ich gab das Handy seinem Besitzer zurück und blieb einen Augenblick lang niedergeschmettert stehen, unglücklich wie ein Kind, mit dem Gefühl, im Stich gelassen worden zu sein.

Warum entfernten sich letztlich alle Menschen von mir, die in meinem Leben wichtig waren?

2.

Mit der ehemaligen Detective May Soo-yun war ich in den Räumen des *Transparency Project* verabredet, das in der Manhattan University School of Law im Viertel Washington Square untergebracht war.

Das Büro, in dem mich ein Assistent zu warten bat – ein Raum mit Glaswänden –, lag über dem Lesesaal der Universität. An diesem frühen Nachmittag war die Bibliothek voll besetzt. Die Vorlesungen hatten in der Vorwoche wieder begonnen, und die Studenten saßen vor ihren Büchern und Laptops und arbeiteten in einer entspannten Atmosphäre.

Ich musste an die marode Fakultät zurückdenken, an der ich meinen Magister abgelegt hatte: überfüllte Hörsäle, einschläfernde Vorlesungen, politisierende Professoren und Null-Bock-Studenten, ebenso hässliche wie heruntergekommene Gebäude aus den 1970er-Jahren, mangelnder Eifer, eine durch Arbeits- und Perspektivlosigkeit vergiftete Atmosphäre. Die Umstände waren natürlich nicht vergleichbar. Die hier eingeschriebenen Studenten bezahlten hohe Semestergebühren für ihre Ausbildung, aber sie bekamen wenigstens etwas für ihr Geld. Dies war eines der Dinge, die mich in Frankreich am meisten empörten: Wie konnte sich die Gesellschaft seit Jahrzehnten mit einem so erstarrten, so wenig motivierenden Bildungssystem zufriedengeben, das zudem große soziale Unterschiede aufwies?

Ich verjagte diese düsteren Gedanken, die teilweise durch Caradecs Verschwinden hervorgerufen worden waren, und nutzte die Gelegenheit, um auf dem Display meines Handys alles Material zu sichten, das ich bei meinen morgendlichen Recherchen heruntergeladen hatte.

Das *Transparency Project*, Anfang der 1990er-Jahre gegründet von Ethan und Joan Dixon, einem Rechtsanwaltspaar, beide leidenschaftliche Kämpfer gegen die Todesstrafe, kam Opfern von Justizirrtümern zu Hilfe.

Um ihre eigenen Gegenermittlungen anzustellen, war die Organisation von Anfang an Partnerschaften mit mehreren Rechtsfakultäten des Landes eingegangen. Unter der Leitung erfahrener Anwälte hatten die Studenten begonnen, alte Kriminalfälle wieder aufzurollen, bei denen wegen schlampiger Ermittlungen und wegen Verhandlungen vor überlasteten Gerichten die

Leben unzähliger Menschen zerstört worden waren, die zumeist aus benachteiligten Schichten stammten.

Im Lauf der Jahre hatten die inzwischen alltäglich gewordenen DNA-Tests auch bei bereits abgeschlossenen Fällen eine erschreckende Anzahl von Justizirrtümern zutage gefördert. Die amerikanische Öffentlichkeit hatte daraufhin festgestellt, dass ihre Justiz nicht nur ungerecht war, sondern sich auch zu einer Maschinerie entwickelt hatte, die massenweise Unschuldige verurteilte. So waren nicht nur Dutzende, sondern Hunderte, ja sogar Tausende Bürger, teilweise aufgrund nur einer einzigen Zeugenaussage, lebenslang inhaftiert oder in die Todeszelle geschickt worden.

Die DNA-Untersuchungen waren sicher nicht der Heilige Gral, aber Organisationen wie *Transparency* war es zu verdanken, dass zahlreiche, zu Unrecht verurteilte Personen inzwischen wieder in ihren eigenen vier Wänden statt in einer Zelle schliefen.

»Guten Tag, Mister Barthélémy.«

May Soo-yun schloss die Tür hinter sich. Sie war etwa vierzig Jahre alt, ihre stolze Haltung stand im Gegensatz zu ihrer lässigen Kleidung: helle Jeans, blaugrüne Veloursjacke, auf die das Wappen der Fakultät gestickt war, abgenutzte Adidas-Superstar-Turnschuhe. Das Auffälligste an ihr war das glänzende schwarze Haar. Es war zu einem Knoten zusammengefasst, gehalten von einem türkisfarbenen Stäbchen, was ihr eine patrizierhafte Vornehmheit verlieh.

»Danke, dass Sie mich so schnell empfangen.«

Sie nahm mir gegenüber Platz und legte einen Stapel Akten auf dem Schreibtisch ab, den sie unter dem Arm getragen hatte, sowie einen meiner ins Koreanische übersetzten Romane.

»Das Buch gehört meiner Schwägerin«, erklärte sie mir, während sie es mir reichte. »Ihre Bücher sind in Korea sehr beliebt. Sie wäre entzückt, wenn Sie ihr eine Widmung hineinschreiben würden. Sie heißt Lee Hyojung.«

Während ich diese Aufgabe erfüllte, gestand sie mir:

»Ich erinnere mich sehr gut an den Fall Carlyle, und zwar aus dem einzigen Grund, weil es einer der letzten Fälle war, mit denen ich zu tun hatte, bevor ich den Polizeidienst quittierte.«

»Richtig, warum sind Sie eigentlich auf die andere Seite gewechselt?«, fragte ich sie und gab ihr den Roman zurück.

In May Soo-yuns schönem, stark geschminktem Gesicht zuckte eine Augenbraue.

»›Auf die andere Seite.‹ Ihr Ausdruck ist zugleich richtig und falsch. Im Grunde genommen übe ich noch immer denselben Beruf aus: Ich ermittle, analysiere Vernehmungsprotokolle, besuche Tatorte, finde Zeugen ...«

»Nur mit dem Unterschied, dass Sie versuchen, Menschen aus dem Gefängnis zu holen, anstatt sie hineinzubringen.«

»Ich versuche, immer so zu handeln, dass den Menschen Gerechtigkeit widerfährt.«

Ich spürte, dass May Soo-yun auf der Hut war und Floskeln verwendete, um sich zu schützen. Bevor ich zum Kern der Sache kam, setzte ich meine zuvorkommendste Miene auf und versuchte, ihr eine andere Frage zu ihrer Arbeit zu stellen, aber sie gab mir zu verstehen, dass ihre Zeit beschränkt sei.

»Was wollen Sie über den Fall Carlyle wissen?«

Ich zeigte ihr die Akte, die Gladys mir übergeben hatte.

»Wie sind Sie denn an die gekommen?«, rief sie aus, während sie darin blätterte.

»Auf ganz und gar legale Weise. Diese Akte hat man der Familie nach den Ungereimtheiten bei den Ermittlungen übergeben.«

»Es gab keine Ungereimtheiten bei den Ermittlungen«, antwortete sie, an einem empfindlichen Punkt getroffen.

»Sie haben recht, also sagen wir Ungereimtheiten bei den Informationen, die bei dem Notruf mitgeteilt wurden, und den Feststellungen der ersten Polizisten, die vor Ort eintrafen.«

»Ja, ich erinnere mich daran.«

Ihre Augen waren dunkel geworden. Sie überflog die Akte und suchte offenbar nach ihr bekannten Details, die sie nicht fand.

»Der Familie wurden nur Auszüge übergeben«, präzisierte ich.

»Das sehe ich.«

Ich brauchte zehn Minuten, um ihr meine neuesten

Entdeckungen zu erläutern: Joyce' Kauf eines Prepaidhandys wenige Tage vor ihrem Tod, ihr Kontakt zu der Journalistin Florence Gallo, deren Wohnung dort lag, von wo aus der Notruf getätigt worden war. Schließlich teilte ich ihr meine Hypothese mit, wonach Joyce im Haus ihrer Schwestern getötet worden war, bevor man ihre Leiche in das Badezimmer ihrer eigenen Wohnung brachte.

Die ehemalige Ermittlerin schwieg während meines Berichts, aber je weiter ich mit meinen Spielfiguren vorrückte, desto mehr schien sie die Fassung zu verlieren.

»Wenn das stimmt, was Sie mir sagen, bedeutet es, dass der Fall zu schnell abgeschlossen wurde, zur damaligen Zeit verfügten wir jedoch nicht über alle diese Informationen«, gab sie zu, als ich geendet hatte.

Sie kniff die Augen zusammen und erklärte mir:

»Der Rechtsmediziner hat trotz dieses beunruhigenden Anrufs leider auf eine banale und traurige Überdosis geschlossen.«

Ihr Gesicht war weiß wie ein Bettlaken. Erneut senkte sie den Kopf und starrte auf die Papiere, die vor ihr ausgebreitet lagen.

Da hatte ich eine Eingebung.

»Ma'am, gab es noch etwas anderes Wichtiges in der Akte? Etwas, was hier nicht enthalten ist?«

May Soo-yun sah aus dem Fenster. Den Blick ins Leere gerichtet, fragte sie:

»Warum interessieren Sie sich für diese über zehn Jahre alten Ermittlungen?«

»Das kann ich Ihnen nicht sagen.«

»Dann kann ich Ihnen nicht helfen.«

Verärgert beugte ich mich zu ihr vor und hob die Stimme:

»Sie werden mir nicht nur helfen, sondern Sie werden dies jetzt sofort tun! Weil *Sie* diejenige waren, die vor zehn Jahren Riesenmist gebaut hat! Und weil Ihre schönen Reden über Gerechtigkeit nicht nur Beschwörungsformeln bleiben dürfen!«

3.

Erschrocken wich May Soo-yun zurück und sah mich an, als sei ich ein Psychopath. Zumindest war nun das Eis gebrochen. Ein paar Sekunden lang schloss sie die Augen, und ich hatte keine Ahnung, was nun folgen würde. Würde sie mir jetzt den Kopf abreißen? Stattdessen erwiderte sie schließlich:

»Ihre Theorie sagt uns noch immer nicht, wer Joyce umgebracht hat.«

»Deshalb benötige ich Ihre Hilfe.«

»Welchen Verdacht haben Sie? Dass es eine von Joyce' Schwestern war?«

»Keine Ahnung. Ich wollte einfach feststellen, ob der Rest der Akte irgendetwas Hilfreiches enthält.«

»Nichts, was vor Gericht verwertbar wäre«, versicherte sie.

»Sie beantworten meine Frage nicht.«

»Ich werde Ihnen eine Geschichte erzählen, Mister Barthélémy. Da Sie Schriftsteller sind, dürfte Sie das interessieren.«

Es gab einen Getränkeautomaten in dem Zimmer. Sie stand auf, holte Geld aus ihrer Hosentasche und zog eine Dose Matcha-Tee.

»Ursprünglich habe ich eine wissenschaftliche Ausbildung«, berichtete sie und lehnte sich an den Automaten. »Aber ich wollte schon immer gern direkten Umgang mit meiner Umgebung und den Menschen haben. Nachdem ich meinen Doktor in Biologie erworben hatte, habe ich daher den Einstellungstest für das New York City Police Department absolviert. Anfangs liebte ich diesen Beruf und war auch erfolgreich, aber 2004 veränderte sich alles.«

Sie trank einen Schluck von ihrem grünen Tee und fuhr fort:

»Damals war ich dem 52. Revier zugeteilt, Bedford Park in der Bronx. Im Abstand von wenigen Tagen ermittelte ich in zwei Fällen, die sich glichen wie ein Ei dem anderen. Ein Mann, der in die Wohnungen seiner Opfer – es waren junge Frauen – eindrang, sie vergewaltigte und quälte, bevor er sie tötete. Zwei ebenso grauenvolle wie erbärmliche Fälle, die jedoch anscheinend leicht aufzuklären waren, da der Mörder jede Menge genetischer Spuren hinterlassen hatte: Kaugummi, Kippen, Haare, Absplitterungen der Fingernägel. Als i-Tüpfelchen war der Typ auch noch in CODIS registriert, der genetischen Datenbank des FBI.«

»Sie haben den Mörder also gefasst?«

Sie nickte.

»Ja, sofort nachdem die ersten Analyseergebnisse vorlagen. Er hieß Eugene Jackson. Ein junger Schwarzer, zweiundzwanzig Jahre alt, Student an einer Designschule. Homosexuell, schüchtern, offenbar intelligent. Er war in der Datenbank registriert, weil er drei Jahre zuvor wegen Exhibitionismus verurteilt worden war. Eine Wette mit Kumpels, die aus dem Ruder gelaufen war, wie er sich damals verteidigt hatte. Keine sehr schlimme Sache, für die er jedoch zu einer psychiatrischen Behandlung verpflichtet worden war. Während seiner Vernehmung hat Eugene die Vergewaltigungen und Morde abgestritten, aber seine Alibis waren nicht sehr stichhaltig, und vor allem zog ihn seine DNA in die Sache hinein. Er war ein labiler Bursche. In der Woche nach seiner Inhaftierung in Rikers wurde er von Mithäftlingen angegriffen. Nachdem er in die Krankenabteilung des Gefängnisses verlegt worden war, erhängte er sich, noch bevor sein Prozess stattfand.«

Langes Schweigen. May seufzte und nahm wieder mir gegenüber Platz. Ihr Gesichtsausdruck ließ mich erahnen, dass das Schlimmste noch kommen würde. Manche Erinnerungen sind wie ein Krebsgeschwür: Nur weil man sie zurückdrängen konnte, bedeutet das noch lange nicht die Heilung.

»Ein Jahr später – ich hatte die Bronx bereits verlassen – gab es weitere Fälle dieser Art. Junge Frauen, die vergewaltigt und gequält wurden, bevor man sie umbrachte. Jedes Mal war der Mörder registriert und präsentierte uns offensichtliche genetische Spuren. Der Ermittler, der meine Nachfolge angetreten hatte, fand das ein wenig zu einfach, und er hatte recht. Der Teufel, der sich hinter diesen Abscheulichkeiten verbarg, hieß André de Valatte.«

»Von diesem Fall habe ich noch nie gehört.«

»Die Kriminologen und die Presse gaben ihm den Beinamen ›DNA-Räuber‹. Es handelte sich um einen kanadischen Krankenpfleger, der in einer medizinischen Einrichtung arbeitete, in der Sexualstraftäter behandelt wurden. Unter anderen auch diejenigen, deren genetisches Material er systematisch sammelte, um es an seinen Tatorten zu hinterlassen. André de Valatte ist ein in seiner Art einmaliger Serienmörder. Seine wahren Opfer waren nicht nur diese unglücklichen jungen Frauen, die er tötete, sondern auch die Männer, die fälschlicherweise angeklagt wurden und deren Leben er zerstörte. Und darum ging es ihm vor allem.«

Der Bericht der ehemaligen Ermittlerin verblüffte mich. Diese Geschichte hatte das Zeug für einen Kriminalroman, aber ich sah nicht, was sie mit dem Mord an Joyce zu tun hatte.

»Wegen mir hat Eugene sich das Leben genommen«, fuhr die Asiatin fort. »Seit zwölf Jahren habe ich seinen Tod auf dem Gewissen, und es ist mir unerträglich, dass ich Valatte auf den Leim gegangen bin.«

»Was wollen Sie mir sagen, May?«

»Dass die DNA zugleich eine großartige und eine

schreckliche Sache ist. Und dass sie, entgegen der allgemeinen Überzeugung, für sich genommen keinen Beweis darstellt.«

»Und was hat das mit Joyce zu tun?«

»Es gab eine DNA-Spur am Tatort«, erklärte sie und hielt meinem Blick stand.

Einen Moment lang schien die Zeit stehen zu bleiben. Endlich waren wir auf den Punkt gekommen.

»Eine andere Spur als die von Joyce und ihren Schwestern?«

»Ja.«

»Und von wem?«

»Das weiß ich nicht.«

»Wie, das wissen Sie nicht? Warum haben Sie das damals nicht untersucht?«

»Weil ich gerade erst den Fall Valatte hinter mir hatte. Ich war in einer schwachen Position, und kein Gericht wäre mir auf diesen einzigen Beweis hin gefolgt.«

»Warum?«

Irgendetwas entging mir. May Soo-yun wich mir aus und sagte mir nicht alles.

»Um das zu verstehen, müssten Sie die kompletten Ermittlungsakten selbst lesen.«

»Wie kann ich sie bekommen?«

»Das können Sie nicht. Nach zehn Jahren sind außerdem alle Beweisstücke vernichtet.«

»Die Beweisstücke vielleicht, aber die Akte existiert noch irgendwo in den Archiven des NYPD, oder?«

Sie nickte.

»Helfen Sie mir, daran zu kommen. Ich habe einige Artikel über *Transparency* gelesen. Ich weiß, dass Sie innerhalb der Polizei, auch unter den höheren Dienstgraden, anonyme Informanten haben, die Ihnen über gewisse Übergriffe berichten.«

Sie schüttelte den Kopf.

»Sie wissen nicht, was Sie da reden.«

Ich probierte zu bluffen.

»Polizisten, die Ihnen helfen, weil sie sich schämen, einer Institution anzugehören, in die die Bürger kein Vertrauen mehr haben. Einer Institution, die Schwache brutal behandelt. Einer Institution, die, um mit Zahlen zu beeindrucken, immer dieselbe Zielgruppe im Visier hat. Einer Institution, an deren Händen Blut klebt, die aber dennoch von einer praktisch totalen Straffreiheit profitiert. Einer Institution, die …«

Sie unterbrach meinen Redeschwall:

»Okay, okay! Hören Sie auf! Ich werde versuchen, Kontakt mit jemandem aufzunehmen, der Ihnen die Akte beschafft.«

»Danke.«

»Danken Sie mir nicht und freuen Sie sich vor allem nicht zu früh. Wenn Sie verstehen, warum ich damals nichts machen konnte, wird Ihnen klar werden, dass Sie Ihre Zeit vergeudet haben, und Sie werden nur noch Verbitterung empfinden.«

17. Florence Gallo

Und Du, mein Herz, warum pochst Du?
Wie ein schwermütiger Späher
belausche ich die Nacht und den Tod.

Guillaume Apollinaire, *Trauer um einen Stern*

1.

Samstag, 25. Juni 2005

Ich heiße Florence Gallo.

Ich bin neunundzwanzig Jahre alt und Journalistin.

In acht Stunden werde ich tot sein, aber das weiß ich zu diesem Zeitpunkt noch nicht.

Im Moment sitze ich auf der Toilette und versuche, auf das Stäbchen eines Schwangerschaftstests zu urinieren. Es dauert eine Ewigkeit, bis ein paar Tropfen kommen, weil ich solche Angst habe.

Als ich endlich fertig bin, lege ich es auf den Rand des Waschbeckens. In drei Minuten werde ich es wissen.

Um die Wartezeit zu überbrücken, gehe ich in die Küche und hole mir eine Flasche Wasser aus dem Kühlschrank. Ich laufe durch das kleine Wohnzimmer und atme tief durch, um mich zu beruhigen. Dann setze ich mich auf die Fensterbank und recke mein Gesicht in die Sonne. Es ist ein schöner Samstag im Frühsommer. Unter dem leuchtend blauen Himmel verströmt die Stadt eine positive Energie. Ich beobachte, wie die New Yorker über die Bürgersteige schlendern. Ich höre vor allem das Kindergeschrei von der Straße aufsteigen, das mich so glücklich macht, als wäre es eine Melodie von Mozart.

Ich möchte gern schwanger sein. Ich möchte ein Baby, selbst wenn ich nicht weiß, wie Alan reagieren wird. Ein Teil von mir ist außer sich vor Glück. Ich bin verliebt. Endlich! Ich bin dem Mann begegnet, auf den ich immer gewartet habe. Ich erlebe die Momente der Gemeinsamkeit intensiv und bin zu allem bereit, damit unsere Beziehung von Dauer ist. Aber diese Euphorie wird auch von Schuldgefühlen beeinträchtigt, die mich deprimieren. Ich verabscheue meinen Status, denn ich bin seine »Geliebte«. Eine Frau, die sich bewusst dem Mann einer anderen genähert hat. Nie hätte ich geglaubt, in eine Rolle rutschen zu können, die mich schmerzlich an meine eigene Vergangenheit erinnert. Ich war sechs Jahre alt, als mein Vater uns verlassen hat, um mit einer Kollegin zusammenzuleben. Eine, die jünger war als meine Mutter. Ich habe diese Frau ebenso verabscheut wie heute das Gefühl, einer anderen ihr Glück zu stehlen.

Das Klingeln des Handys verdrängt die Erinnerungen. Ein fröhlicher Klingelton, den ich sofort erkenne.

Denn es ist der, den ich Joyce Carlyles Kartenhandy zugeteilt habe. Doch eigentlich erwarte ich ihren Anruf
erst in einer Stunde.

Ich hebe ab, habe aber keine Zeit, auch nur ein Wort
zu sagen.

»Florence? Hier ist Joyce. *Er* hat das Treffen vorgezogen!«

»Wie? Aber ...«

»Er kommt! Ich muss Schluss machen!«

Da ich ihre Panik am anderen Ende der Leitung
spüre, versuche ich, sie zu beruhigen.

»Halten Sie sich bitte genau an den Plan, den wir ge-
meinsam ausgearbeitet haben. Befestigen Sie das
Handy mit Klebeband unter dem Esszimmertisch, in
Ordnung?«

»Ich ... ich versuche es.«

»Nein, Joyce, versuchen Sie es nicht, tun Sie es!«

Panik. Auch ich habe noch nichts vorbereitet. Ich
schließe das Fenster, um den Straßenlärm auszublen-
den, und stöpsele den Lautsprecher an den Computer.
Ich setze mich an den Küchentresen und klappe den
Laptop auf, den mir mein kleiner Bruder geliehen hat.
Edgar ist seit drei Wochen in New York. Nach einer drei-
jährigen Ausbildung bei Ferrandi hat er einen Job im
Café Boulud gefunden und kampiert bei mir, bis er sein
erstes Gehalt bekommt.

Ich bin ungeschickt, ich mag diese PCs nicht, aber
Alans Frau Carrie hat gestern Nachmittag in meinem
Büro mein MacBook an die Wand geschleudert. Ich

öffne die Anwendung und schalte das Mikro des Computers ein, um das Gespräch aufzuzeichnen.

Eine Minute lang geschieht nichts. Ich vermute sogar, dass das Gespräch unterbrochen ist, bis ich eine entschlossene und verärgerte männliche Stimme höre. Die darauffolgenden Minuten sind spannungsgeladen. Ich staune über das, was ich höre. Doch plötzlich entgleist das Gespräch. Die Argumente weichen Drohungen, Geschrei und Tränen. Und ich begreife, dass das Unausweichliche seinen Lauf nimmt. Das Leben ist aus den Fugen geraten, der Tod mischt sich ein. Ich höre die herzzerreißenden Schreie von Joyce. Sie ruft um Hilfe. Sie ruft *mich* zu Hilfe.

Meine Hände sind feucht, meine Kehle schnürt sich zusammen.

Einen Moment lang bleibe ich wie erstarrt stehen, meine Knie werden weich. Dann stürze ich aus der Wohnung. Ich renne die Treppe hinunter. Auf den Bürgersteig, in die Menschenmenge. Die Telefonzelle gegenüber von *Starbucks*. Zebrastreifen. Gedränge. Meine Hände zittern, als ich die Nummer des Notrufs wähle, dann stoße ich hervor: »Ich möchte einen gewalttätigen Angriff in der Bilberry Street Nummer sechs im Haus von Joyce Carlyle melden. Man will sie umbringen! Beeilen Sie sich!«

2.

Mein Herz ist völlig außer Kontrolle geraten. Es schlägt, als wolle es aus meiner Brust springen.

Aufzug kaputt. Also die Treppe. Ich renne nach oben, presse das Handy an mein Ohr, aber am anderen Ende der Leitung höre ich nichts mehr. Ich versuche, Joyce anzurufen, aber niemand antwortet.

Verdammt noch mal, was ist passiert?

Ich zittere. Ich weiß nicht, was ich tun soll. Hinfahren? Nein, noch nicht. Mit einem Schlag wird mir bewusst, dass ich nicht nur um Joyce Angst habe, sondern auch um mich. Ich habe den Eindruck, dass die Gefahr überall lauert. Eine Intuition, ein sechster Sinn, der in meinem Beruf oft den Unterschied ausmacht. Ich greife nach meinem Computer und laufe zurück auf die Bowery Street. Nicht allein bleiben. Die Menge als Schutzschild benutzen.

Ich gehe zu *Starbucks* und bestelle einen Kaffee. Ich finde einen Platz und öffne den Laptop. Mit Kopfhörern höre ich mir noch einmal die Aufzeichnung auf meinem iPod an. Grauen. Entsetzen. Mit wenigen Klicks komprimiere ich die Datei und wandele sie in ein MP3-Format um. Auf dem Kassenbon steht der Code für den WLAN-Zugang. Ich logge mich ein. Öffne das E-Mail-Programm. Mist, es ist der Account von meinem Bruder, in dem ich natürlich meine Kontakte nicht finden kann. Macht nichts. Meine Finger fliegen über die Tastatur. Ich importiere die Anlage und schreibe, so schnell ich kann, Alans Adresse – alan.kowalkowsky@att.net.

So, die Mail ist raus. Ich atme tief durch und rufe Alan auf seinem Handy an. Drei Klingelzeichen. *Bitte, heb ab!* Mailbox. Ich hinterlasse eine Nachricht: »Alan, ich habe dir gerade eine Mail geschickt. Mach eine Kopie von dem Anhang. Du wirst deinen Ohren nicht trauen. Ruf mich an.«

Ich kann nicht ewig hierbleiben. Ich werde mein Auto in der Sackgasse hinter dem Haus holen und nach Harlem fahren, um zu sehen, was los ist.

Ich kehre in meine Wohnung zurück, um den Schlüssel zu holen. Als ich mich der Tür nähere, nehme ich eine Jugendliche wahr, die davor steht. Nicht besonders groß, dunkle Jeans, karierte Bluse, rosafarbene Converse, Leinenrucksack, taillierte Levis-Jacke, wie ich sie zu meiner Schulzeit hatte. Als sie sich umdreht, sehe ich, dass sie erwachsen und ungefähr in meinem Alter ist. Ein glattes Gesicht, das hinter einem langen Pony und einer großen Brille halb verschwindet.

Ich kenne diese Frau, und ich bewundere sie. Sie heißt Zorah Zorkin. Ich habe ihre Bücher gelesen und ihre Vorträge gehört, ich habe zehnmal versucht, sie zu interviewen, aber sie hat jedes Mal abgelehnt. Doch heute weiß ich, worüber sie mit mir sprechen will.

Das zumindest dachte ich. Aber ich habe mich geirrt. Zorah ist nicht gekommen, um mit mir zu reden. Mit langsamem Schritt kommt sie auf mich zu, und je mehr sie sich nähert, umso mehr bin ich von diesen Schlangenaugen wie hypnotisiert, von denen ich nicht sagen könnte, ob sie grün oder braun sind. Jetzt ist sie nur noch zwei Meter von mir entfernt, und alles, was ich zu sagen vermag, ist:

»Das ging aber schnell.«

Sie schiebt die Hand in ihre Tasche und zieht eine Elektroschockpistole heraus, die sie auf mich richtet, bevor sie erklärt:

»Sie sind wirklich sehr hübsch.«

Diese Situation ist so unwirklich, dass es mir die Sprache verschlägt. Mein Gehirn kann nicht fassen, dass all dies real ist. Doch Zorah Zorkin drückt ab, und die beiden Projektile des Taser dringen in meinen Hals, der Stromschlag streckt mich zu Boden und nimmt mir das Bewusstsein.

3.

Als ich wieder zu mir komme, ist mein Geist vernebelt und wie in ein Korsett gezwängt. Ich bin fiebrig, mir ist übel, und ich zittere. Ich habe einen pelzigen Geschmack im Mund und das Gefühl, meine Zunge ist doppelt so groß wie vorher. Ich versuche, mich zu bewegen. Meine Wirbelsäule ächzt, als wäre sie zerbrochen.

Meine Hände sind auf dem Rücken mit Handschellen gefesselt, die Füße mit Kabelbindern. Mehrere Schichten Textilklebebandes verschließen mir den Mund.

Ich versuche zu schlucken, gerate in Panik.

Ich liege im Fond eines riesigen Schlittens – ein Cadillac Escalade mit getönten Scheiben –, der mit seinen zwei Metern Höhe die Straße dominiert und den Eindruck vermittelt, über den Asphalt zu fliegen. Die Rückbank ist von den Vordersitzen durch eine Plexiglasscheibe getrennt. Aus einem mir unbekannten Grund trage ich meine Base-Jumping-Ausrüstung. Alles ist da – der Helm, das Gurtwerk, das meine Schenkel und Schultern umschließt, der Rucksack mit dem Fallschirm.

Durch die Plexiglasscheibe sehe ich die Silhouette des Fahrers, die an einen Militär erinnert – massig, rasierter Nacken, grauer Bürstenschnitt. Neben ihm sitzt, den Blick starr auf ihr Handy gerichtet, Zorah Zorkin. Ich schlage mit aller Kraft meinen mit dem Helm geschützten Kopf gegen die Scheibe. Zorkin wirft mir einen kurzen Blick zu, scheint mich aber nicht wirklich wahrzunehmen und wendet sich wieder ihrem Mobiltelefon zu. Ich kneife die Augen leicht zusammen und erkenne die Uhr im Armaturenbrett. Es ist nach zweiundzwanzig Uhr.

Ich habe die Situation nicht mehr im Griff. Was soll das Ganze? Wie ist es dazu gekommen?

Ich krieche ein wenig nach hinten, um durch die Heckscheibe die Landschaft zu sehen. Es ist dunkel. Eine einsame Straße. Tannen, deren vom Wind geschüttelte Wipfel sich vor dem schwarzblauen Himmel abzeichnen.

Langsam ahne ich, wo wir uns befinden. Wenn wir

mittlerweile seit fünf oder sechs Stunden unterwegs sind, haben wir vermutlich Pennsylvania, Maryland und West-Virginia hinter uns gelassen. Wir sind in den Appalachen, in der Nähe der Silver River Bridge.

Als ich ein Auto hinter uns sehe, schöpfe ich kurz wieder Hoffnung. Ich schlage gegen die Heckscheibe, um auf mich aufmerksam zu machen, doch bei genauerem Hinsehen erkenne ich meinen kleinen metallic-roten Lexus und begreife, dass er uns folgt.

Und plötzlich wird mir ihr Plan klar, und ich beginne zu weinen.

4.

Ich habe mich nicht getäuscht. Seit zwanzig Minuten fährt der große Geländewagen mit meinem kleinen Lexus im Schlepptau die steile Piste des Silver River Park hinauf. Bald darauf halten sie hintereinander auf dem verlassenen Felsvorsprung, der sich über dem Tal erhebt und von dem aus man die Zugangsrampe zu der alten Brücke erreicht.

Sobald der Motor ausgeschaltet ist, geht alles sehr schnell. Der Militär, den Zorah Blunt nennt, öffnet die Seitentür des SUV, packt mich mit übermenschlicher Kraft bei der Taille, wirft mich über seine Schulter und trägt mich zur Brücke. Zorah Zorkin folgt uns wachsam mit einigen Metern Abstand. Ich versuche zu schreien, doch sobald ich den Mund öffne, schneidet das Klebeband in meine Lippen. Aber das nutzt sowieso nichts. *Im All hört einen niemand schreien.* Um diese Zeit gilt das auch für den Silver River Park.

Bis zum letzten Augenblick weigere ich mich, das Unausweichliche zu glauben. Vielleicht wollen sie mir nur Angst einjagen? Aber man fährt nicht einfach sechshundert Kilometer, um jemandem Angst einzujagen.

Wie sind sie auf diese Idee gekommen? Woher wussten sie es? Dass ich diesen Sport an diesem Ort mache? Ganz einfach. Sie haben meine Wohnung durchsucht, meine Ausrüstung, meine Fotos und meine kommentierten Karten gefunden.

Auf der Mitte der Brücke stößt Blunt mich zu Boden. Ich rappele mich auf und versuche zu fliehen, doch wegen meiner Fesseln stürze ich fast sofort wieder.

Ich richte mich auf. Ich höre den dreihundert Meter unter uns gelegenen Silver River. Es ist eine wundervolle, sehr helle Nacht. Klarer Himmel, trockene Kälte, ein riesiger, schwerer, fast voller Mond.

Zorah Zorkin tritt vor mich. Sie hat die Hände in den Taschen ihrer Barbour-Jacke vergraben, auf dem Kopf trägt sie ein Baseballkäppi der New York University, wo sie studiert hat.

In ihrem Blick lese ich absolute Entschlossenheit. Für sie bin ich in diesem Moment kein menschliches Wesen mehr. Nur ein Problem, das möglichst schnell beseitigt werden muss.

Ich schluchze, ich schwitze, ich bepinkele mich. Eine grauenvolle Vorstellung bemächtigt sich meines Geistes. Das Blut gefriert mir in den Adern. Was ich durchmache, ist unvorstellbar, jenseits der Panik. Mein Körper ist steif, wie gelähmt. Als das Klebeband nachgibt, sammele ich meine letzten Kräfte und schleppe mich zu ihr. Ich schreie. Werfe mich flach auf den Boden, bitte und flehe sie an.

Die einzige Reaktion ist eisige Gleichgültigkeit.

»Los«, ruft Blunt, beugt sich zu mir und durchtrennt die Reißleine des Fallschirms.

Ich kann nichts tun. Der Mann ist wie aus Stein gehauen, ein wahrer Koloss, der es eilig hat, die Sache zu beenden.

Und in diesem Augenblick geschieht das Unvorstellbare. Ehe sie den Henker seine Arbeit tun lässt, leuchten Zorahs Augen auf.

»Ich bin nicht sicher, ob Sie schon Bescheid wissen«, sagt sie zu mir. »Falls nicht, denke ich, dass Sie es gern wüssten.«

Ich weiß nicht, worauf sie hinauswill, bis sie etwas aus ihrer Tasche zieht – meinen Schwangerschaftstest.

»Er ist positiv. Sie sind schwanger, Florence. Herzlichen Glückwunsch.«

Für einige Sekunden stehe ich wie erstarrt und fassungslos da. Ich bin nicht mehr in diesem Leben. Ich bin schon anderswo.

Dann durchtrennt Blunt mit einem Hieb meine Fesseln, packt mich bei der Taille, hebt mich hoch und wirft mich über das Geländer.

5.

Ich falle.

Ich denke nicht einmal daran, zu schreien.

Zunächst hindert mich das Grauen daran, zu denken.

Dann ziehen sich die wenigen Sekunden, die der Fall dauert, in die Länge.

Nach und nach werde ich leicht.

Die Angst verwandelt sich in Sehnsucht. Ich sehe mein Leben nicht im Zeitraffer. Ich denke nur an das, was ich geliebt habe: den klaren Himmel, den Trost des Lichts, die Kraft des Windes.

Vor allem denke ich an mein Baby.

Das Kind, das ich unter dem Herzen trage und das mit mir sterben wird.

Um nicht zu weinen, sage ich mir, dass ich ihm einen Namen geben muss.

Der Boden kommt näher, ich bin jetzt eins mit dem Himmel, den Bergen. Ich habe nie an Gott geglaubt, doch in diesem Augenblick habe ich den Eindruck, dass Er überall ist. Oder besser, dass die Natur Gott ist.

Unmittelbar vor dem Aufschlag habe ich eine Erkenntnis.

Mein Baby ist ein Mädchen.

Sie wird Rebecca heißen.

Ich weiß noch nicht, wohin ich gehe, aber ich gehe mit ihr. Das nimmt mir die Angst.

Dritter Tag, nachmittags
Die Drachen in der Nacht

18. Die Straße Richtung Westen

Man liebt immer nur ein Phantom.

Paul Valéry, *Tel Quel*

1.

Sonne, Staub, Asphalt.

Spätsommerhitze. John Coltrane im Autoradio.

Den Ellenbogen auf das geöffnete Fenster gelegt, das Haar vom Wind zerzaust, fuhr Marc Caradec dahin.

Die Landschaft zog vor seiner getönten Brille vorüber – Viehzuchtbetriebe, Weiden, Traktoren, Getreidesilos. Ein ländliches Amerika, das in der Zeit erstarrt schien. Wiesen, so weit das Auge reichte. Monotone Ebenen in den Farben von Weizen-, Mais-, Soja- und Tabakpflanzungen.

Es war das erste Mal, dass Marc in den Midwest, den Mittleren Westen der USA, kam. Und sofort fühlte er sich an die Geografieaufgaben seiner Tochter zu Schulzeiten erinnert. Die mit Buntstift ausgemalten Karten, welche die großen amerikanischen Agrargebiete zeigten: Corn Belt, Fruit Belt, Wheat Belt, Dairy Belt ...

347

Lästige Hausaufgaben für eine Vierzehnjährige, völlig abstrakt, wenn man nicht viel gereist war, heute für ihn jedoch erstaunliche Realität. Caradec drehte den Arm und sah auf die Uhr. Es war kurz nach siebzehn Uhr. Vor vier Stunden hatte er sich in der *Oyster Bar* von Raphaël getrennt. Seiner Intuition folgend, war er zum JFK-Airport gefahren und hatte sich ein Ticket nach Ohio gekauft. Nach zweistündigem Flug war er in Columbus gelandet und hatte am Flughafen einen Dodge gemietet. Am Anfang hatte er versucht, das Navi zum Laufen zu bringen, aber schon bald aufgegeben. Jetzt fuhr er einfach nach Nordwesten, Richtung Fort Wayne.

In der letzten Nacht hatte er nicht geschlafen, und in den beiden vorhergehenden Nächten auch nicht viel. Wegen der Zeitverschiebung und der Angstlöser hätte er eigentlich zusammenbrechen müssen, doch genau das Gegenteil war der Fall – er schäumte über vor Energie. Der Adrenalinschub hielt ihn in einem Zustand der Euphorie und schärfte seine Sinne. Das hatte sein Gutes und sein Schlechtes.

Das Gute war eine Steigerung des logischen Denkvermögens. Stets kamen ihm neue Gedanken, überschlugen sich in dem furchtbaren Durcheinander in seinem Kopf und hatten ihn bislang zu den richtigen Entscheidungen geführt. Die schlechte Seite war die Hypersensibilität. Die Erinnerungen lagen ständig im Hinterhalt: Élise als Kind, die grausame Unumkehrbarkeit bestimmter Ereignisse.

Bisweilen rann ihm unvermittelt eine Träne über die Wange. Die Phantome umschlichen ihn, und nur Medikamente vermochten sie fernzuhalten. Er dachte an jenen Satz von Aragon: »Ich bin nichts als ein Augenblick des ewigen Falls.« Er befand sich seit fast zwölf Jahren im freien Fall. In den letzten Tagen war der Schmerz neu erwacht. Und er würde die Oberhand gewinnen, das wusste Caradec. Eines Tages würde er seine Hunde loslassen, die alles verschlingen würden. Dieser Tag war zwar nah, aber es war noch nicht heute.

Er atmete tief durch. In diesem Augenblick, auf dieser einsamen Straße, hatte er ein Gefühl von Hellsichtigkeit. Es kam ihm sogar fast so vor, als würde er übers Wasser gehen. Seit er diesen Bullen, diesen Idioten von Lacoste, umgelegt hatte, fühlte er sich von etwas getragen, das er nicht zu fassen vermochte. Als die Kugel um Haaresbreite an seinem Kopf vorbeizischte, war seine Angst plötzlich verflogen. Er sah das Folgende noch einmal im Zeitraffer vor sich. Er hatte nach seiner Waffe gegriffen und abgedrückt. Er hatte in einem Zustand der Reinheit und Gnade menschliches Leben ausgelöscht. So als wäre nicht er selbst der Schütze gewesen.

Plötzlich wurde ihm das Offensichtliche klar.

Er würde Claire wiederfinden, das war seine Mission.

Er würde Claire wiederfinden, weil das in der *Ordnung der Dinge* lag.

Bei polizeilichen Ermittlungen bedeutet die Ordnung der Dinge, dass es einen Moment gibt, an dem man nicht mehr selbst nach der Wahrheit sucht, sondern sie drängt sich einem regelrecht auf.

Mehr als zehn Jahre später offenbarte der Fall Carlyle seine verschlungenen und unerwarteten Wege. Eine Flut einstürzender Dominosteine, die auf die andere Seite des Atlantiks führte. In seinem Kopf hörte Mark den Aufprall eines jeden Einzelnen: Clotilde Blondel, Franck Muselier, Maxime Boisseau, Heinz Kieffer, Joyce Carlyle, Florence Gallo, Alan Bridges …

Das Verschwinden oder der Tod eines Kindes betrifft nie nur eine Familie. Vielmehr rafft es alles dahin, was sich auf seinem Weg befindet, es zerbricht die Menschen, verwischt die Verantwortlichkeiten, konfrontiert jeden mit seinem Versagen und seinen Albträumen.

Marc kam an eine Abzweigung und bog, ohne Wegweiser oder die Landkarte zu konsultieren oder ohne auch nur zu bremsen, nach rechts ab. Er war nicht sicher, wohin ihn dieser Weg führen würde, aber eines war glasklar: Der Zug hatte Fahrt aufgenommen. In der aktuellen Konstellation der Planeten berief sich plötzlich die Wahrheit knallhart auf ihr Recht. Sie brach nun mit der gleichen brutalen Wucht hervor, mit der gewisse Menschen versucht hatten, sie unter Verschluss zu halten.

Und er, Marc Caradec, war nur ihr Instrument.

2.

Nach meinem Treffen mit May Soo-yun kehrte ich ins Hotel zurück, um mich meinem Sohn zu widmen. Ich hatte hart mit ihm gerungen, um ihn zu einem Mittagsschlaf zu bewegen. Und ich hatte verloren. Wie so oft hatte der Kampf vor dem Bildschirm des Computers geendet, auf dem ein alter Film mit Louis de Funès lief. Gegen fünfzehn Uhr war er schließlich vor *Scharfe Kurven für Madame* eingeschlafen, und ich selbst war, ohne es zu wollen, zusammen mit ihm in Morpheus' Arme gesunken.

Plötzlich weckte mich der leise Klingelton meines Handys. Als ich die Augen aufschlug, war ich schweißgebadet. Theo lag auf dem Rücken am anderen Ende des Bettes, strampelte mit den Beinen und spielte leise brabbelnd mit seinem Stoffhund Fifi. Ich sah auf die Uhr: Es war schon nach achtzehn Uhr!

»Verdammt noch mal!«, schrie ich und sprang auf.

»Vedamtnomal«, wiederholte Theo kichernd.

Ich atmete tief durch, um nicht laut aufzulachen.

»Nein, Theo, das ist ein schlimmes Wort, das darfst du nicht sagen!«

Während mein Sohn belustigt zögerte, seine neue Errungenschaft zu wiederholen, sah ich auf mein Telefon. Ich hatte gerade eine SMS von May Soo-yun bekommen: Sie sind in zehn Minuten in *Perlman's Knish Bakery* verabredet.

Ohne bei der Rezeption um Vermittlung zu bitten, rief ich Marieke vom Zimmertelefon aus direkt an. Sie saß gerade mit ihren Freundinnen im *Raoul's*, einem Bistro in Soho. Während ich gleichzeitig auf meinem Handy ein Privattaxi bestellte, verhandelte ich mit ihr, damit sie den Rest des Abends auf Theo aufpasste. Sie konnte in einer Viertelstunde da sein, aber als gute Geschäftsfrau nutzte sie ihre Position, um mir ein verrücktes Honorar abzuringen, das ich jedoch akzeptieren musste.

Ich erreichte den Treffpunkt also mit fast einer halben Stunde Verspätung. Die *Perlman's Knish Bakery* war eine kleine Backstube an der Essex Street, unweit des 7. Reviers in der Lower East Side.

Bis auf ein japanisches Touristenpaar, das vor der Theke Selfies schoss, war das kleine Café leer. Hinter einem großen Glastresen verkaufte ein alter Mann jüdische Spezialitäten. Gegenüber standen vor roten Skaibänken ein paar Resopaltische.

Verwundert, dass May nicht da war, setzte ich mich auf einen Platz in der Nähe der Tür und bestellte eine Flasche Wasser. Auf dem Tisch hatte ein Gast die *New York Times* liegen lassen. Ich war nervös und wütend, dass ich eingeschlafen war. Automatisch blätterte ich in der Tageszeitung, wobei ich immer die Tür im Blick behielt. Es war schwül, und der alte Ventilator verquirlte stickige Luft, die nach Knoblauch, Petersilie und gebratenen Zwiebeln roch. Mein Telefon vibrierte. Diesmal war es eine SMS von Alan.

Kommen Sie sofort bei mir vorbei AB

Was ist los?

Ich habe Neuigkeiten über Joyce Carlyle.

Sagen Sie mir, welche?

Nicht am Telefon.

Ich komme, sobald wie möglich, versprach ich.

Während ich noch auf meinem Smartphone tippte, öffnete ein Mann die Tür der Bakery. Er war etwa in meinem Alter, stämmig, schwarzes Haar, Dreitagebart. Er hatte seine Krawatte gelockert, die Ärmel aufgekrempelt und schien erschöpft. Sobald er mich sah, kam er entschlossenen Schrittes auf mich zu und nahm mir gegenüber Platz.

»Detective Baresi«, stellte er sich vor. »Ich bin Mays ehemaliger Teamkollege. Ich habe zusammen mit ihr an dem Fall Joyce Carlyle gearbeitet.«

»Raphaël Barthélémy.«

Er wischte sich die Stirn mit einer Papierserviette ab.

»May hat mich gebeten, mich mit Ihnen zu treffen. Aber ich muss Ihnen gleich sagen, dass ich nicht viel Zeit habe. Wegen der republikanischen Kandidatennominierung arbeiten wir seit drei Tagen wie die Wahnsinnigen.«

Baresi war hier offensichtlich Stammkunde, denn der Chef brachte ihm sofort etwas zu essen.

»Die Knishes kommen gerade aus dem Ofen, Ignazio«, versicherte er und stellte einen Teller mit Kartoffelbeignets, Krautsalat und Cornichons vor ihn hin.

353

Eine Frage brannte mir auf den Lippen:

»Haben Sie die Akten zu dem Fall finden können?«

»Der liegt zehn Jahre zurück. Wenn sie überhaupt noch existieren, befinden sie sich im Archiv des 52. Reviers. Konkret heißt das, dass sie im Lager von Brooklyn oder Queens liegen. Ich weiß nicht, was May Ihnen versprochen hat, aber man kann nicht einfach so alte Akten herzaubern. Dafür brauche ich eine Genehmigung. Das ist kompliziert und dauert Wochen.«

Ich verbarg meine Enttäuschung.

»Sie hat mir gesagt, es hätte am Tatort genetische Fingerabdrücke gegeben.«

Baresi verzog das Gesicht.

»Da war sie etwas voreilig. Der Schauplatz war eben völlig *clean*. Das Einzige, was wir gefunden haben, war eine Mücke.«

»Eine Mücke?«

Ich dachte, er würde auf irgendeinen Polizistenjargon anspielen, aber nein, es handelte sich wirklich um eine Mücke.

»Ja … eine Mücke, die mit Blut vollgesogen und auf dem Kachelboden im Badezimmer des Opfers zerquetscht war. Wie immer wollte May besonders clever sein. Sie sagte sich, dass die Mücke vielleicht den Täter gestochen und seine DNA noch in sich hätte. Von da an hat sie alles getan, um sie untersuchen zu lassen.«

»Waren Sie dagegen?« Baresie verzehrte eines seiner Kartoffelbeignets.

»Klar. Denn wenn wir auch viel Glück gehabt hätten, hätte sie damit das Verbrechen beweisen können? Natürlich nicht. Und vor Gericht hätte das nicht standgehalten. Es war also unsinnig. Zu jener Zeit war May mehr als egoistisch, sie litt unter einem ungesunden, übertriebenen Ehrgeiz. Sie wollte als diejenige gelten, die etwas in New York noch nie Dagewesenes versucht hatte.«

Er hielt einen Moment inne, bevor er fortfuhr:

»Die Spurensicherung hat sich dennoch um die Mücke gekümmert. Es ist ihnen gelungen, einen Tropfen Blut zu extrahieren, den sie ins Labor geschickt haben. Dort wurde eine DNA erstellt und ein genetisches Profil ausgearbeitet.«

»Und dann?«

Der Ermittler zuckte die Achseln.

»Dann folgte das klassische Verfahren. Das, was man immer im Fernsehen sieht – das Labor hat die neue DNA in die Datenbank eingegeben und mit den vorhandenen Profilen abgeglichen.«

»Und was hat das ergeben?«

»Nichts. *Nada*«, versicherte Baresi und reichte mir ein Blatt Papier. »Hier ist die Kopie des Laborberichts. Ich habe die Mail auf dem Server wiedergefunden. Wie Sie sehen, gibt es keine Übereinstimmung mit einem vorhandenen Profil.«

Er knabberte ein Cornichon und erklärte:

»Es hat ohnehin so lange gedauert, bis wir das Untersuchungsergebnis vorliegen hatten, dass der Fall inzwischen abgeschlossen war.«

Ich sah mir den Bericht an. Das genetische Profil wurde in einer Art Strichcode angezeigt – ein Histogramm, das eine synthetische Darstellung der dreizehn DNA-Segmente, oder auch Loci, darstellte, die nötig waren, um ein Individuum zweifelsfrei zu identifizieren. Das war frustrierend: Ich hatte den Mörder hier vor Augen, aber es gab keine Möglichkeit, seine Identität festzustellen.

»Wie viele Personen waren damals in der Datenbank erfasst?«

»Im CODIS? Mitte 2000? Ich weiß es nicht genau, vielleicht zwei Millionen …«

»Und wie viele sind es heute?«

»Über zehn Millionen. Ich verstehe, worauf Sie hinauswollen, aber es kommt nicht infrage, erneut eine Untersuchung einzuleiten.«

»Warum?«Anklagend richtete der Ermittler den Finger auf mich.

»Ich will Ihnen sagen, was ich wirklich denke. Die Polizei ist ständig unterbesetzt. Unsere Arbeit und Aufgabe ist es, Verbrechen in dem Moment zu klären, in dem sie begangen werden. Nicht zehn Jahre später. Ein Fall, der sich hinzieht, ist ein ungesunder Fall. Für mich sind die *cold cases* eine Art intellektuelle Koketterie, und ich habe nicht die geringste Wertschätzung für Kollegen, die sich um so etwas kümmern.«

Ich fiel aus allen Wolken.

»Ich kenne viele Ermittler, und ich bin fast sicher, dass niemand Ihre Auffassung teilt.«

Baresi seufzte, wurde dann lauter und ausfallend.

»Ihre Geschichte stinkt, okay? Also vergessen Sie's. Haben Sie nichts Besseres zu tun, als den Tod eines Junkies zu beweinen?«

Ich wollte mich gerade aufregen, doch plötzlich begriff ich: Er glaubte nicht ein Wort von dem, was er da sagte. Er versuchte, mich von meinen Nachforschungen abzubringen, weil er die Identität des Mörders kannte.

3.

Die Sonne versank langsam über den Feldern des Midwest. Ihre goldenen Strahlen legten sich über den Mais, drangen durch die Sojapflanzen. Die gigantischen Kornspeicher und Milchfarmen zeichneten sich scharf im Gegenlicht ab.

Am Steuer seines Minivan fuhr Marc Caradec noch immer Richtung Westen.

Viele Menschen fanden die Landschaft von Ohio entsetzlich monoton. Er hingegen gab sich mit einer gewissen Zufriedenheit den glühenden Farben hin, genoss die Lichtvariationen und die Unzahl an Details, die den Weg säumten: den surrealen Anblick eines verrosteten Mähdreschers, eine friedlich grasende Kuhherde, eine Ansammlung von Windrädern, die sich vor dem blauen Himmel drehten.

Die Straßenschilder schienen allesamt verschiedenen Western entsprungen: Wapakoneta, Rockford, Huntington, Coldwater ... Der Ort, zu dem er wollte, lag kurz vor Fort Wayne, an der Grenze zwischen Ohio und Indiana. Nur noch wenige Kilometer, und er würde wissen, ob er eine geniale Eingebung gehabt oder einfach nur seine Zeit verschwendet hatte.

In der Ferne tauchte ein General Store auf. Mark warf einen Blick auf die Benzinanzeige. Der Tank war noch nicht leer, aber er zog es vor, die unangenehme Pflicht jetzt hinter sich zu bringen.

Er setzte den Blinker und schaltete zurück. Dann hielt er vor der einzigen Zapfsäule, nicht weit von einem alten Pick-up, der aus einem Roman von Jim Harrison zu stammen schien.

»Volltanken, Mister?«

Hinter ihm war ein Junge aufgetaucht. Er trug eine Latzhose, die zu groß für ihn war, eine Baseballkappe der Reds von Cincinnati und grinste ihn an. Er war höchstens dreizehn Jahre alt, aber anscheinend war es hier kein Problem, Kinder arbeiten zu lassen.

»Ja, bitte«, antwortete Marc und reichte ihm den Schlüssel des Minivan. Dann betrat er den neben dem General Store liegenden Diner. Der durchgetretene Boden war mit Sägespänen bedeckt. In den einfallenden Sonnenstrahlen tanzte der Staub. Der Ermittler sah sich in dem Gastraum um. An diesem frühen Abend lag das Lokal in einer Art Dämmerschlaf. An der Theke saßen einige Stammgäste vor ihrem Bier und versetzten sich mit ihrem Hamburger mit Bacon, den BBQ-

Ribs und den fetttriefenden Fish and Chips einen ordentlichen Cholesterinschub. Ein altersschwacher Fernseher, der in einer Ecke an der Wand hing, zeigte in einer Liveübertragung, der niemand Aufmerksamkeit schenkte, die Nominierung des republikanischen Präsidentschaftskandidaten. In einem Radio, das auf dem Regal stand, spielte ein alter Song von Van Morrison.

Marc nahm auf einem Hocker Platz und bestellte ein Budweiser, das er genüsslich trank, während er sich Notizen machte. Auf Papier machte die Hypothese, die er favorisierte, nicht viel her, aber er glaubte absolut daran. Wenn er sich recht an seinen Lateinunterricht erinnerte, war das Konzept der Intuition von einem Begriff abgeleitet, der »von einem Spiegel zurückgeworfenes Bild« bedeutete.

Das Bild. Die Bilder. Genau darauf hatte er geachtet. Auf das, was er gesehen hatte, als er versuchte, sich in Florence Gallo hineinzuversetzen. Diese Methode hatte ihn am Anfang seiner Laufbahn ein alter Ermittler der BRB und Anhänger von Yoga, Sophrologie und Hypnose gelehrt: Im wahrsten Sinne des Wortes *Empathie* gegenüber einem Opfer zu empfinden, sich intuitiv an seine Stelle zu versetzen, dasselbe zu empfinden und für einen Moment in die Haut dieser Person zu schlüpfen.

Marc war skeptisch gegenüber der Möglichkeit, eine mentale Verbindung zu einem Opfer aufzunehmen, doch er war davon überzeugt, dass Schlussfolgerungen und Rationalität nur im psychologischen Kontext ihre volle Bedeutung entfalten konnten. Und in dieser Hinsicht war das Gespräch mit Alan Bridges, der eigentlich Alan Kowalkowski hieß, sehr erhellend gewesen – es hatte ihm die Möglichkeit gegeben, sich in Florence' Kopf hineinzuversetzen.

Raphaël hatte recht. Florence hatte Alain in der Tat eine Audiodatei gemailt: ein Gespräch zwischen Joyce Carlyle und ihrem Mörder, das sie mit ihrem Handy aufgenommen hatte. Die Nachricht hatte sie abgeschickt, direkt nachdem sie die Notrufnummer gewählt hatte, um den tätlichen Angriff auf Claires Mutter zu melden. Sie war also aufgewühlt gewesen und hatte unter starkem emotionalem Stress gestanden. Und vor allem hatte sie an einem Computer gesessen, der ihr nicht gehörte, da Alans Frau am Vortag ihr Büro demoliert hatte. An einem Computer also, den sie nicht kannte und in dessen E-Mail-Account ihre Kontakte nicht gespeichert waren.

Wenn Marc die Augen schloss, sah er Florence fast vor sich – die Hast, die Angst, sie ist schweißgebadet, ihre Finger fliegen über die Tastatur, als sie die E-Mail-Adresse eingibt. In seinem Notizbuch hatte Marc die Karte des Chefredakteurs der *#WinterSun* wiedergefunden, auf der dieser fein säuberlich seine private E-Mail-Adresse notiert hatte: alan.kowalkowski@att.net.

Doch Florence hatte in ihrer Panik nicht genau diese Adresse eingegeben. Marc vermutete, dass sie stattdessen alan.kowalkowsky@att.net geschrieben hatte.

Ein *y* anstelle des *i*. Kowalkowsky statt Kowalkowski.

Denn das war sicher die erste Schreibweise, die ihr automatisch in den Sinn gekommen war. Ein häufiger Irrtum bei dieser Art Endungen. Sie lebte schon lange in New York und hatte die Tendenz der Amerikaner übernommen, bestimmte russische Namen auf y enden zu lassen. Denn hier schrieb man Dostojewsky und Stanislawsky, nicht wie in Europa Dostojewski und Stanislawski. Doch Kowalkowski war vermutlich polnischer Herkunft und nicht russischer.

4.

»Wissen Sie, wer der Mörder von Joyce ist?«

In *Perlman's Knish Bakery* war es stickig und heiß.

»Nein«, antwortete der Ermittler mit undurchdringlicher Miene.

Ich formulierte meine Frage anders: »Detective Baresi, Sie haben erst auf meine Bitte hin die Akte konsultiert, nicht wahr?«

Er seufzte.

»Genau, darum war ich auch zu spät dran«, räumte er ein. »May hat mir Ihre Geschichte erzählt, und ich muss zugeben, dass sie mich verstört hat.«

Er wandte den Blick ab, und für eine Weile herrschte Schweigen. Ich rutschte nervös auf meinem Stuhl herum. Endlich würde ich es erfahren.

»Die ganze Arbeit wurde vor zehn Jahren von einem Labor erledigt«, erklärte er und wedelte langsam mit dem Blatt, auf dem das codierte genetische Profil stand. »Ich brauchte mich nur noch in CODIS einzuloggen und die Daten einzugeben.«

»Und diesmal hatten Sie einen Treffer!«, vermutete ich.

Auf dem Display meines Handys wurde eine neue SMS von Alan angezeigt, die ich jedoch ignorierte. Baresi zog ein gefaltetes Blatt aus der Tasche.

»Hier ist Ihr Verdächtiger.«

Ich strich es glatt und entdeckte das Foto eines Mannes mit breitem, kantigem Bulldoggengesicht und Bürstenhaarschnitt. Er erinnert mich vage an Ernest Borgnine in dem Film *Das dreckige Dutzend*.

»Er heißt Blunt Liebowitz«, erklärte Baresi, »geboren am dreizehnten April 1964 in Astoria, Queens. Von 1986 bis 2002 diente er bei der Bodentruppe, ohne je über den Rang eines Leutnants hinauszugelangen. Er war vor allem im Irakkrieg und an den amerikanischen Operationen in Somalia beteiligt.«

»Und seit er nicht mehr bei der Armee ist?«

»Ich habe noch nicht weiter nachgeforscht, aber als er vor vier Jahren verhaftet wurde, gab er an, ein kleines Sicherheitsunternehmen zu leiten.«

»Sein Name ist nie in den Ermittlungen zu dem Fall Joyce Carlyle aufgetaucht.«

»Nein.«

»Und warum ist er registriert?«

»Eine Lappalie. 2012 wurde er von der Verkehrspolizei in Los Angeles wegen Trunkenheit am Steuer angehalten. Es gab einen Wortwechsel, und Liebowitz hat den Polizisten bedroht, der ihn kontrollierte. Er musste die Nacht in einer Zelle verbringen, wurde aber am nächsten Morgen wieder freigelassen.«

»Keine anderen Verurteilungen?«

»Soweit ich weiß – nicht.«

Baresi legte einen Geldschein auf den Tisch, wischte sich den Mund ab und warnte mich, bevor er sich erhob.

»Hören Sie gut zu. Sie haben sicher Ihre Gründe, warum Sie diesen alten Fall ausgegraben haben. Ich habe Ihnen Informationen gegeben, weil ich May etwas schuldig bin. Ab jetzt geht mich diese Geschichte nichts mehr an. Sehen Sie zu, wie Sie klarkommen, und verschonen Sie mich damit, verstanden?«

Ohne meine Antwort abzuwarten, wandte er sich der Tür zu.

Ich rief ihm nach:

»Es interessiert Sie also nicht, die Wahrheit herauszufinden?«

»Ich kenne die Wahrheit. Und wenn Sie nicht blind wären, hätten Sie verstanden, dass Sie sie unmittelbar vor Augen haben.«

Als er hinausging, dachte ich eine Weile über seine Worte nach. »Dass Sie sie unmittelbar vor Augen haben.«

Ich senkte den Kopf und las aufmerksam die Informationen durch, die er mir über Blunt Liebowitz gegeben hatte. Ich war wütend, weil dieser selbstherrliche Typ mich für blöd hielt.

Und plötzlich fiel mein Blick auf die Zeitung, die auf meinem Tisch lag. Und ich begriff.

Wie in allen Zeitungen machte auch in der *New York Times* die Nominierung des republikanischen Präsidentschaftskandidaten Schlagzeilen. Auf dem Foto, das den größten Teil der Titelseite einnahm, sah man Tad Copeland, der mit seiner Frau durch die Menge schritt. Ihm folgte ein Mann mit Knopf im Ohr, der sein Bodyguard sein musste.

Es war Blunt Liebowitz.

19. Biopic

Wikipedia
(Auszug)

TAD COPELAND

Weitere Bedeutungen sind unter Copeland (Begriffsklärung) *aufgeführt.*

Thaddeus David »Tad« Copeland, geboren am 20. März 1960 in Lancaster, Pennsylvania, ist ein amerikanischer Politiker und Mitglied der republikanischen Partei. Von 2000 bis 2004 war er Bürgermeister von Philadelphia und bis Januar 2005 Gouverneur von Pennsylvania.

Studium und Beruf

Copeland, der aus einfachen Verhältnissen (Vater Automechaniker, Mutter Sozialarbeiterin) stammt, schloss 1985 sein Jurastudium an der Temple Law School von Philadelphia ab.

Anschließend arbeitete er für die bekannte Anwaltskanzlei Wise & Ivory. Dort lernte er seine zukünftige Frau,

Carolyn Ivory, die Tochter von Daniel Ivory, Mitbegründer der Sozietät, kennen. Nach ihrer Heirat im Jahr 1988 verließ Copeland die Kanzlei seines Schwiegervaters und lehrte zunächst an der Cornell Law School in Ithaca, später an der angesehenen Pennsylvania University Verwaltungsrecht.

Parallel zu seiner Professur gründete er *Take Back Your Pennsylvania,* eine gemeinnützige Organisation, die sich für Minderheiten im Northeast-Viertel von Philadelphia einsetzt.

In den Bereichen Bildung, Wohnungsbau und Anti-Drogen-Kampf führte Copeland bemerkenswerte Aktionen durch. Vor allem gelang es ihm, die Stadtverwaltung für ein ausgedehntes Informationsprogramm zu den Themen Schwangerschaft bei Minderjährigen und Wahlbeteiligung unter Jugendlichen zu gewinnen.

Bürgermeister von Philadelphia

1995 wurde er als Vertreter des Northeast-Viertels und als einer der wenigen Republikaner in den mehrheitlich demokratischen Stadtrat von Philadelphia gewählt.

Dem in seinem Viertel sehr populären Copeland gelang es, Bündnisse einzugehen, die dazu führten, dass er im Jahr 2000 zum Bürgermeister von Philadelphia gewählt wurde. Während seines ersten Mandats erreichte er einen Ausgleich des Haushalts, eine Senkung der städtischen Steuern sowie eine umfassende Modernisierung des Schulwesens.

Des Weiteren initiierte Copeland Partnerschaften zwischen der Stadtverwaltung und dem Privatsektor, um einen bedeutenden Sanierungsplan der Innenstadt zu finanzieren. Nach dem in New York erprobten Modell der »Zero Tolerance Policy« reformierte er die Polizei von Philadelphia und führte einen eindrucksvollen Kampf gegen Kriminalität.

Er schuf auch denn *Rail Park*, eine fünf Kilometer lange grüne und ökologische Zone, die auf einer stillgelegten Bahnlinie eingerichtet wurde.

Attentat

Während einer neuen Mandatskampagne im Jahr 2003 wurde Copeland beim Verlassen seines Hauptquartiers Opfer eines Anschlags. Der dreiundfünfzigjährige Geistesgestörte Hamid Kumar gab mehrere Schüsse auf ihn ab. Zwei Kugeln trafen den Bürgermeister – eine in die Lunge, eine in den Bauch. Der in kritischem Zustand ins Krankenhaus eingelieferte Copeland brauchte mehrere Monate, um sich von seinen Verletzungen zu erholen, was ihn daran hinderte, ein weiteres Mal zu kandidieren, ihm aber Sympathien in der Öffentlichkeit einbrachte. Dieses Ereignis bestärkte Copeland, der stets für eine strengere Waffenkontrolle eingetreten war, in seiner Auffassung.

Gouverneur von Pennsylvania

Im November 2004 konnte er sich dank seiner Popularität gegen den demokratischen Gouverneur von Pennsylvania durchsetzen. Er trat sein Amt im Januar 2005 an und machte sich für ein Programm der finanziellen Stabilität stark. Bestimmte Ausgaben wurden eingespart, die Gelder kamen dem Bildungswesen, der Altenpflege und vor allem der Reform der Krankenversicherung zugute, durch welche die Bürger von Pennsylvania in den Genuss eines der am besten funktionierenden Versicherungssysteme der Vereinigten Staaten gelangten.

Im November 2008 wurde er problemlos wiedergewählt.

Während der folgenden Mandate festigte sich das Bild des Reformers und pragmatischen Politikers. Copeland engagierte sich auch für den Umweltschutz und erließ mehrere Gesetzestexte zum Schutz der Natur seines Staates.

Im Dezember 2004 stand er im Ranking der US-amerikanischen Gouverneure auf Platz 6.

Anwartschaft auf das Präsidentenamt

Trotz seiner lokalen Beliebtheit hat sich Copeland nie als Kandidat seiner Partei für das Präsidentschaftsamt gesehen.

Als Befürworter von Abtreibung, homosexueller Eheschließung und strengerer Waffenkontrolle schien seine politische Linie zu progressiv, um Rückhalt bei der Basis seiner Partei zu finden.

Einige politische Analysten gaben dennoch zu bedenken, dass ihn seine große Beliebtheit bei einer den Republikanern traditionell wenig zugetanen Wählerschaft – Latinos, Frauen und Jugendliche – dennoch zu einem geeigneten Kandidaten für den zweiten Wahlgang machen würde.

Bei den Umfragen über eine mögliche Spitzenkandidatur für seine Partei erreichte Copeland nie mehr als drei Prozent.

Trotz dieser Ergebnisse gab Copeland nicht auf und wurde schließlich am 1. September 2015 zum Kandidaten der Republikaner für die Präsidentschaftswahl 2016 ernannt.

[…]

Privatleben
Seine Ehefrau Carolyn Yvory stammt aus einer traditionell demokratischen Familie Pennsylvanias. Nachdem sie als Anwältin gearbeitet hatte, wurde sie erste Assistentin des Distrikt-Staatsanwalts von West-Pennsylvania.

Das Paar heiratete am 3. Mai 1988 und hat einen Sohn, Peter, der an der Johns Hopkins University Medizin studiert, und eine Tochter, Natasha, die am Royal College of Art in London ihr Studium absolviert.

20. *Alan und die* Muckrakers

> *Jeder Mensch hat drei Leben:*
> *ein öffentliches, ein privates*
> *und ein geheimes.*

Gabriel García Márquez

1.

Midwest

Bevor er das Diner verließ und sich wieder auf den Weg machte, bezahlte Caradec seine Benzinrechnung und bestellte ein weiteres Bier. Im Radio spielte jetzt statt Van Morrison Bob Dylan, der *Sara* sang, einer seiner Lieblingssongs. Er erinnerte sich, dass er damals, Mitte der 70er-Jahre, die LP *Desire* gekauft hatte, das war genau vor der Scheidung des Sängers von seiner Frau, besagter Sara, gewesen. In diesem Song beschwor Dylan Erinnerungen herauf, verewigte mit poetischen Worten nostalgische Momente – eine Düne, den Himmel, die Kinder, die am Strand spielen, eine geliebte Frau, die er mit einem »strahlenden Juwel« verglich. Das Ende des Liedes war finsterer – der gescheiterte

Versöhnungsversuch. Auf dem Strand blieb nichts als ein verrostetes Boot zurück.

Die Geschichte seines eigenen Lebens.

Die Geschichte aller Leben.

»Wollen Sie nicht das Tagesgericht probieren?«, fragte die Bedienung, als sie die Flasche Bier vor ihn hinstellte.

Sie war nicht mehr ganz jung und wurde von den Stammgästen Ginger genannt. Sie hatte kurzes, rot gefärbtes Haar und tätowierte Arme.

»Was gibt es denn?«, fragte er aus Höflichkeit.

»Hähnchenbrust in Kräutersauce und Kartoffelbrei mit Knoblauch.«

»Ich glaube, ich verzichte lieber.«

»Sehr sexy, Ihr Akzent, woher kommen Sie denn?«, erkundigte sie sich.

»Aus Paris.«

»Eine Freundin von mir war während der Attentate dort auf Hochzeitsreise!«, rief Ginger. »Da lebt man ja gefährlich …«

Caradec ließ sich nicht auf eine weitere Unterhaltung ein. Jedes Mal, wenn man davon sprach, fühlte er sich versucht, Hemingway zu zitieren: »*Paris war es immer wert, und man bekam den Gegenwert für alles, was man hinbrachte.*«

»Was führt Sie nach Fort Wayne, Indiana?«, fuhr Ginger fort, als sie bemerkte, dass Caradec nicht auf ihr Thema einstieg.

»Alte Ermittlungen. Ich bin Polizist.«

»Über was ermitteln Sie denn?«

»Ich versuche, einen Mann zu finden. Einen gewissen Alan Kowalkowsky. Ich denke, er lebt auf einer Farm unweit von hier.«

Ginger nickte.

»Ja, ich kenne Alan. Wir waren zusammen in der Schule. Was wollen Sie von ihm?«

»Ihm nur eine Frage stellen.«

»Da werden Sie Mühe haben.«

»Warum das?«

»Weil er seit zehn Jahren tot ist«, antwortete sie gedehnt.

Marc musste schlucken. Er wollte mehr von Ginger erfahren, doch sie wurde von anderen Gästen mit Beschlag belegt.

Verdammt.

Die Nachricht von Alans Tod verkomplizierte seine Nachforschungen. Marc war noch immer davon überzeugt, dass die E-Mail, die Florence Gallo abgeschickt hatte, auf einem existierenden Account gelandet war. Wenn er auch kein Informatikgenie war, so verfügte er doch über gesunden Menschenverstand. In der *Oyster Bar* war ihm die Idee gekommen, im Onlinetelefonbuch nachzusehen, und da war ihm etwas aufgefallen. Die Nummern auf der Sperrliste ausgenommen, gab es Hunderte von Kowalkowski, aber nur zwei Kowalkowsky. Einer von denen trug den Vornamen Alan und wohnte hier an der Grenze zwischen Ohio und Indiana!

Seit dieser Entdeckung hatte er eine fixe Idee im Kopf – was, wenn dieser Mann die Nachricht von Florence bekommen hätte? Vor zwei Jahren war ihm ein ähnliches Missgeschick passiert. Eines Morgens hatte er in seinen E-Mails gewagte Fotos mit einem fast unanständigen Text gefunden, die von einer jungen Frau namens Marie an einen gewissen Marc Caradec geschickt worden waren, der in Toulouse lebte und zufällig denselben Provider wie er selbst hatte.

Ein Schluck kühles Bier machte seinen Geist klar und warf eine neue Frage auf: Wenn dieser Alan Kowalkowsky verstorben war, warum stand sein Anschluss dann noch immer im Telefonbuch?

Marc machte Ginger ein Zeichen, doch die blieb lieber bei einem jungen Mann stehen, der auf ihr Dekolleté schielte. Marc seufzte, zog eine 20-Dollar-Note aus der Tasche und wedelte damit in ihre Richtung.

»Wenn du glaubst, dass du mich damit kaufen kannst …«, sagte Ginger, die herbeigeeilt war und das Geld einsteckte.

Marc wurde fast schwindelig. Er blinzelte und atmete tief durch. Plötzlich war ihm hier alles zuwider – der Fettgestank, die vulgäre Einrichtung, die Mittelmäßigkeit der Menschen, die am Tresen klebten, der ihr einziger Horizont zu sein schien.

»Erzähl mir von Alan«, sagte er. »War er Farmer?«

»Ja, er hatte einen kleinen Hof, den er mit seiner Frau Helen bewirtschaftete.«

»Weißt du, woran er gestorben ist?«

»Er hat sich umgebracht. Grauenvoll. Ich will nicht darüber reden.«

Marc kniff die Augen zusammen, um den Satz zu entziffern, der auf den Hals der Bedienung tätowiert war: »We live with the scars we choose« – Wir leben mit den Narben, die wir selbst gewählt haben. Eigentlich nicht falsch, aber so einfach war es nun auch wieder nicht. Er zog einen weiteren Geldschein hervor, den Ginger umgehend in ihrer Tasche verschwinden ließ.

»Alan hatte nur eine Leidenschaft im Leben, die Hirschjagd, und der widmete er sich, wann immer er konnte. Meistens ging er mit seinem Sohn, auch wenn dem das nicht so sehr gefiel. Er hieß Tim, ein großartiger Junge. Wenn man den sah, bedauerte man es, keine Kinder zu haben.«

Gingers Blick verlor sich kurz in der Ferne, dann erzählte sie weiter.

»Einmal, das war vor zehn Jahren, weigerte Tim sich, seinen Vater zu begleiten. Dieser hatte, wie immer, darauf bestanden. Er behauptete, durch die Jagd würde sein Sohn zum Mann. Solchen Blödsinn, wenn Sie verstehen, was ich meine ...«

Marc nickte.

»Ihr Streit hat sich bis in den Wald fortgesetzt. Aber diesmal hat Tim seinem Vater Paroli geboten und ihm die Meinung gesagt. Dann ist er zum Hof zurückgegangen, und Alan hat weiter dem Hirsch nachgestellt, den er seit Stunden verfolgte. Plötzlich glaubte er, ihn im

Gebüsch zu hören, und hat abgedrückt. Den Rest können Sie sich denken.«

Von einer grässlichen Vorahnung ergriffen, stammelte Marc:

»Und er hat … seinen Sohn getroffen?«

»Ja, der Pfeil der Armbrust hat dem Jungen das Herz durchbohrt. Er war fast augenblicklich tot. Er war vierzehn Jahre alt. Das hat Alan nicht ertragen.«

Mark seufzte.

»Schreckliche Geschichte! Und seine Frau?«

»Helen? Sie wohnt immer noch auf dem Bauernhof. Vor dem Drama war sie etwas seltsam, introvertiert, intellektuell. Aber seither ist sie wirklich verrückt. Sie hat die Farm verkommen lassen, lebt im Dreck und betrinkt sich von früh bis spät.«

»Von was lebt sie?«

Ginger spuckte ihren Kaugummi in den Mülleimer.

»Wollen Sie wirklich die Wahrheit wissen?«

»Darauf kommt es jetzt auch schon nicht mehr an …«

»Ein paar Jahre ist sie auf den Strich gegangen. Mit Kerlen hier aus der Gegend, die eine schnelle Nummer wollten – bei der Witwe Kowalkowsky vorbeizuschauen war eine praktische Lösung.«

Marc sah zur Tür. Das war zu viel. Er musste von hier weg.

»Wenn Sie meine Meinung hören wollen«, fuhr Ginger fort, »dann arbeitet sie nicht mehr viel. Selbst ausgehungerte Kerle wollen es nicht mit einer Toten treiben.«

2.
New York

Alan Bridges war verärgert.

»Wo haben Sie gesteckt, Raphaël? Ich warte seit über einer Stunde auf Sie!«

»Tut mir leid, ich werde es Ihnen erklären.«

Im letzten Stock des Flatiron Building hatte sich Alans Büro in ein regelrechtes Hauptquartier verwandelt: Auf Korkwände waren alte Fotos gepinnt, auf Flipcharts Daten notiert. An der Wand hingen drei große Bildschirme, die über WLAN mit den Laptops der jungen Journalisten der *#WinterSun* verbunden waren. Alan stellte mir offiziell seine Assistenten vor, denen ich bereits am Morgen begegnet war.

»Christopher Harris und Erika Cross. Alle nennen sie Chris & Cross.«

Cross war eine hübsche Rothaarige, deren gelockte Mähne ihr bis auf die Schultern fiel. Chris, ein schmächtiger, schweigsamer junger Mann mit femininem Look und ausweichendem Blick. Auf der anderen Seite der Glaswand hatte sich das Team der *Muckrakers* dezimiert, da die meisten zur Berichterstattung bei der Ernennung des republikanischen Präsidentschaftskandidaten im Madison Square Garden waren.

Alan schlug einen ernsten Ton an.

»Ich war Ihrem Bericht gegenüber skeptisch, aber ich habe mich getäuscht.«

Er deutete auf die Kartons am Boden.

»Wir haben Ihren Rat befolgt und uns in dem Self Storage umgesehen, in dem Joyce Carlyles Sachen untergestellt sind, und dort haben wir eine sehr seltsame Entdeckung gemacht.«

Er griff nach einem Buch, das auf einem Schreibtisch lag, und reichte es mir. Der Titel lautete: *The Unusual Candidate*. Es war eine Biografie von Tad Copeland.

»Die ist damals, 1999, während Copelands erstem Wahlkampf um den Posten des Bürgermeisters von Philadelphia erschienen«, erklärte er. »Es handelt sich um einen Eigendruck mit einer bescheidenen Auflage von fünfhundert Exemplaren. Eines jener selbstlobenden Werke, die von keinerlei Interesse sind und im Allgemeinen bei Veranstaltungen und Meetings der Kandidaten verkauft werden.«

Ich las den Namen des Autors.

»Pepe Lombardi?«

»Ein ehemaliger Journalist und Fotograf bei dem Lokalblatt *Philadelphia Investigator*. Er hat Copelands Laufbahn von Anfang an verfolgt, schon zu jener Zeit, als er noch ein einfacher Stadtrat war.«

Ich blätterte in dem Buch und schlug dann eine Foto-Doppelseite auf, die mit einem Post-it markiert war.

»Erkennen Sie sie?«

Die beiden Bilder waren Ende der Achtzigerjahre aufgenommen – Dezember 1988 und März 1989, wenn man der Unterschrift glauben durfte. Sie zeigten Tad und Joyce im Büro der *Take Back Your Philadelphia*, jener

Organisation, die Copeland gegründet hatte, bevor er ins öffentliche politische Leben trat. Zu jener Zeit war Claires Mutter bildhübsch, jung und feurig. Ein schlanker Körper, feine, ebenmäßige Züge, weiße Zähne, große mandelförmige grüne Augen. Die Ähnlichkeit mit Claire war frappierend.

Auf beiden Bildern bemerkte man eine offensichtliche Verbundenheit, doch ich misstraue Fotos.

»Wir haben unsere Nachforschungen angestellt«, fuhr Alan fort. »Joyce hat fast ein Jahr lang für TBY gearbeitet, zunächst als Freiwillige, dann als Angestellte.«

»Und was schließen Sie daraus?«

»Sind Sie blind, oder was? Er wollte sie vögeln oder hat sie gevögelt«, rief Cross aufgebracht mit einer wenig femininen Ausdrucksweise. »Das erinnert mich an die Fotos von Clinton und Lewinsky. Deren Umarmung stank auch zehn Kilometer gegen den Wind nach Sex.«

»Das sind nur Fotos«, entgegnete ich. »Sie wissen genau, dass man alles Mögliche hineininterpretieren kann.«

»Warten Sie ab, wie es weitergeht«, sagte die Rothaarige. »Wir haben Pepe Lombardi in einem Altersheim in Maine ausfindig gemacht. Er ist heute neunzig, aber noch immer klar im Kopf. Ich habe vor einer Stunde mit ihm telefoniert. Er hat mir erzählt, 1999 hätte Zorah Zorkin, Copelands Wahlkampfleiterin, ihm zehn Tage nach Erscheinen des Buchs die gesamte Auflage inklusive der Negative der Fotos abgekauft.«

»Mit welcher Begründung?«

Alan ergriff das Wort.

»Offiziell, weil dem Kandidaten das Buch so gut gefallen hat, dass er es mit einem von ihm verfassten Vorwort neu herausbringen wollte.«

»Aber es ist nie erschienen«, mutmaßte ich.

»Eben doch. Es gab sogar mehrere Auflagen in verschiedenen Verlagen, aber immer ohne die beiden Fotos von Joyce.«

Ich übernahm die Rolle des Advocatus Diaboli.

»Dafür kann es tausend Gründe geben. Sie haben es selbst gesagt – wenn die Aufnahmen eindeutig sind, ist es nicht ungewöhnlich, dass ein Politiker versucht, sie aus seiner Biografie verschwinden zu lassen. Noch dazu, wenn er verheiratet ist.«

»Aber damit nicht genug«, fuhr Alan fort und wandte sich an Chris & Cross.

Die Rothaarige erklärte:

»Wir haben etwas in den Mäandern des Netzes geforscht, vor allem auf den Seiten, auf denen antiquarische Bücher verkauft werden. Jedes Mal, wenn das ursprüngliche Werk irgendwo angeboten wird, sei es bei Amazon oder bei eBay, wird es auf der Stelle für hohe Summen gekauft.«

»Von wem?«

Sie zuckte die Schultern.

»Schwer, das mit Gewissheit zu sagen, aber unschwer zu erraten.«

Zum ersten Mal meldete sich der schüchterne Chris zu Wort.

»Da ist noch etwas. Zu jener Zeit hatten verschiedene Bibliotheken und Mediatheken in Pennsylvania die Biografie in ihrem Bestand. Einige von ihnen habe ich erreicht. In den Onlinekatalogen findet man sehr wohl eine Spur des Buchs, doch es steht nie an seinem Platz. Entweder ist es verloren gegangen oder ausgeliehen und nie zurückgegeben worden.«

Mit einer Kopfbewegung bedeutete Alan seinen Assistenten, uns allein zu lassen. Sobald sie gegangen waren, sprach er in aller Offenheit.

»Also, wir wollen uns nichts vormachen, Raphaël. Wenn Copeland so viel Mühe darauf verwendet hat, die Fotos verschwinden zu lassen, dann deshalb, weil er nicht nur ein Abenteuer mit Joyce hatte, sondern vor allem, weil er Claires Vater ist. Alles passt zusammen. Das Datum seiner vermutlichen Affäre mit Joyce, die Tatsache, dass die Kleine ein Mischling ist …«

»Daran habe ich natürlich auch gedacht, das ist eine Möglichkeit.«

»Was mich hingegen erstaunt, ist, dass Sie behaupten, Florence habe kurz vor ihrem Tod Nachforschungen über Copeland und Joyce angestellt.«

»Warum?«

»Florence und ich waren einer Meinung, was das Privatleben von Politikern betraf – es interessierte uns nicht. Wir waren beide der Ansicht, dass der Journalismus heutzutage eben wegen dieses heuchlerischen Voyeurismus zugrunde geht. Mir ist es egal, ob der künftige Präsident der Vereinigten Staaten vor zwanzig Jahren irgendein außereheliches Abenteuer hatte. Das macht ihn in meinen Augen nicht unfähig, das Land zu regieren.«

»Warten Sie, Alan, Sie verstehen nicht: Ich glaube, zu jener Zeit hatte Joyce selbst die Absicht zu enthüllen, dass der neue Gouverneur von Pennsylvania der Vater ihrer Tochter war.«

»Wenn sie das öffentlich machen wollte, warum hätte sie damit so lange warten sollen?«

»Weil ihre Tochter gerade entführt worden war und die Ermittlungen nicht vorankamen. Das zumindest hätte ich an ihrer Stelle getan – die Sache so ausführlich wie möglich in den Medien breittreten, in der Hoffnung, dass man meine Tochter wiederfindet.«

Für eine Weile herrschte Schweigen.

»Was wollen Sie mir da sagen, Raphaël?«

»Dass Tad Copeland zweifellos seine ehemalige Geliebte getötet hat oder töten ließ.«

21. Die Zeit des Kummers

Mein Kleid aber hält noch die Düfte verschlossen ...
Komm abends – ich will sie dich atmen lassen!

Stefan Zweig, *Marceline Desbordes-Valmore*

1.

Midwest

Die Sonne schickte ihre letzten Strahlen, als Caradec bei
der Witwe Kowalkowsky ankam.

Das Hauptgebäude war ein gedrungenes Haus mit
zwei Stockwerken. Ein typischer Bauernhof des Midwest, wie er sie auf seiner Fahrt von Columbus bis Fort
Wayne zu Hunderten gesehen hatte. Was Marc jedoch
nirgendwo sonst bemerkt hatte und was die Besonderheit des Anwesens ausmachte, war die Scheune.
Ein Getreidesilo mit dunkelroter Fassade und weißem
Dach in Form eines Spitzbogens, dessen imposante
Silhouette sich gegen den glutroten Himmel abzeich-
nete.

Marc näherte sich dem Haus, die Augen auf den Vorbau mit abgeblätterter Farbe gerichtet, der sich über die

382

gesamte Fassade hinzog. Er stieg die vier Stufen zum Eingang hinauf. Zweifellos wegen der Hitze stand die Tür offen, ein Fliegenvorhang flatterte im lauen Wind. Marc schob die Gaze zur Seite und machte sich bemerkbar.

»Misses Kowalkowsky!«

Er trommelte mit den Fingern gegen die Scheibe und beschloss, nachdem er eine Minute gewartet hatte, das Haus zu betreten.

Die Tür führte direkt ins Wohnzimmer, das von Verwahrlosung zeugte: Der Putz bröckelte von den Wänden, die Tapeten lösten sich teilweise ab, dazu ein abgewetzter Teppich und notdürftig zusammengeflickte Möbel.

Auf einem mit mandelgrünem Stoff bezogenen Sofa zusammengerollt, schlief eine Frau. Zu ihren Füßen eine leere Flasche billiger Gin.

Marc seufzte und näherte sich Helen Kowalkowsky. Er konnte ihr Gesicht nicht sehen, aber das war auch unwichtig. Diese Frau war er. Eine Variante von ihm: Ein vom Kummer gebrochenes Wesen, dem es nicht mehr gelang, aus den Tiefen der Nacht aufzutauchen.

»Misses Kowalkowsky«, flüsterte er und schüttelte sie vorsichtig an der Schulter.

Die Hausherrin brauchte mehrere Minuten, um aufzuwachen. Sie schien nicht erschrocken oder verblüfft, sondern einfach nur desinteressiert.

»Es tut mir leid, Sie zu stören, Ma'am.«

»Wer sind Sie?«, fragte sie, während sie versuchte

aufzustehen. »Ich kann Ihnen gleich sagen, dass es hier nichts zu stehlen gibt, nicht einmal mein Leben.«

»Ich bin das Gegenteil eines Diebes. Ich bin Polizist.«

»Wollen Sie mich verhaften?«

»Nein, Ma'am. Warum sollte ich?«

Helen Kowalkowsky schwankte und sank wieder auf ihr Sofa. Zu sagen, dass sie nicht in ihrem Normalzustand war, wäre untertrieben gewesen. Sie war zweifellos betrunken. Vielleicht sogar etwas bekifft. Trotz ihres Aussehens – sie war nur noch Haut und Knochen, ihr Gesicht eingefallen, die Augen gerötet – konnte man das hübsche Mädchen noch erahnen, das sie einmal gewesen war: schlanke Figur, aschblondes Haar, helle Augen.

»Ich werde Ihnen einen Tee machen, das wird Ihnen guttun, einverstanden?«, schlug Caradec vor.

Keine Antwort. Die Begegnung mit diesem Schreckgespenst hatte den Ermittler ein wenig aus der Fassung gebracht. Da er jedoch vor dem Wiedererwachen der Geister auf der Hut war und sich nicht überrumpeln lassen wollte, überprüfte er erst, ob es im Wohnzimmer Waffen gab, bevor er in die Küche ging.

Es war ein Raum mit schmutzigen Fenstern, die auf ein von hohem Gras überwuchertes Feld führten. In der Spüle stapelte sich das dreckige Geschirr. Der Kühlschrank war praktisch leer bis auf eine Schachtel mit Eiern, und das Tiefkühlfach war mit Ginflaschen bestückt. Auf dem Tisch lagen etliche Medikamentenröhrchen: Valium, Schlafmittel und Ähnliches. Marc seufzte. Er befand sich auf bekanntem Terrain. Seit Langem war er selbst in diesem *no man's land* unterwegs – der wahren Hölle auf Erden –, die von jenen Menschen bevölkert wurde, die das Leben nicht mehr ertrugen, sich aber nicht dazu entschließen konnten, es für immer hinter sich zu lassen.

Er setzte Wasser auf und bereitete mit dem, was da war, einen Aufguss zu: Zitrone, Honig, Zimt.

Als Marc ins Wohnzimmer zurückkam, saß Helen noch immer auf dem Sofa. Marc reichte ihr die Tasse mit der heißen Zitrone. Er öffnete den Mund, besann sich jedoch anders. Dieser Frau zu erklären, was er hier zu suchen hatte, erschien ihm eine unlösbare Aufgabe. Helen hatte die Tasse an ihre Lippen geführt und trank in winzigen Schlucken. Mit leerem Blick, gekrümmtem Rücken, zwischen Niedergeschlagenheit und Müdigkeit, passte sie zu dem Bild des Hauses: verblasst, erstarrt, ausgetrocknet. Caradec musste an die gequälten Figuren des Malers Egon Schiele denken, an ihre kränklichen Gesichter, ihre gelbliche Hautfarbe, mehr tot als lebendig.

Marc, der sich in dem düsteren Haus unbehaglich fühlte, zog die Vorhänge zurück, öffnete die Fenster und lüftete das Wohnzimmer. Dann warf er einen Blick auf das Regal, auf dem er Bücher entdeckte, die er selbst einmal geliebt hatte und die er in diesem abgelegenen Bauernhof nicht unbedingt erwartet hätte: Pat Conroy, James Lee Burke, John Irving, Edith Wharton, Louise

Erdrich. Sogar ein Exemplar der *Calligrammes* von Guillaume Apollinaire!

»Das ist mein Lieblingsdichter«, sagte er und nahm das Werk aus dem Regal.

Bei dieser Bemerkung schien Leben in Helens Gesicht zu kommen. In seinem etwas unbeholfenen Englisch fuhr Caradec fort, sie ins Vertrauen zu ziehen, sprach von Apollinaire, von den Gedichten an Lou, vom Ersten Weltkrieg, von seinem eigenen Großvater, der in jenem Krieg gefallen war, von der Spanischen Grippe, von seiner Frau Élise, die auf diese Zeit spezialisiert gewesen war, von ihrer ersten Begegnung, wie sie ihn an die Kunst herangeführt und sein Interesse dafür geweckt hatte.

Als er geendet hatte, war die Sonne untergegangen und das Zimmer in Dunkelheit getaucht. Und dann geschah das Wunder. Helen vertraute ihm ihrerseits einige Bruchstücke ihrer Geschichte an: Es war die Geschichte einer guten Schülerin, die viel zu oft gezwungen war, den Unterricht zu versäumen, um ihren Eltern zu helfen; die Geschichte einer vielversprechenden Studentin, die zu jung den falschen Mann heiratete; die Geschichte einer Ehefrau mit einem mühsamen Alltag, der jedoch durch die Geburt ihres Sohnes Tim aufgehellt wurde, ihrem einzigen Glück im Leben, zusammen mit ihren Büchern. Dann der Abgrund durch Tims Tod und die darauf folgenden Jahre der Finsternis.

Bevor der Mensch nicht mit beiden Beinen im Grab steckt, ist er noch nicht völlig tot, dachte Marc, als er sie

so ansah. Es war natürlich einfacher, sich einem Fremden anzuvertrauen, aber so wie Helen jetzt sprach, hatte
sie sicher seit Langem mit niemandem mehr gesprochen. Als sich Schweigen ausbreitete, fuhr sie sich mit
ihren langen Fingern durchs Haar wie eine verkaterte
Prinzessin.

Caradec nutzte dies, um wieder das Wort zu ergreifen:

»Ich bin im Rahmen von Ermittlungen hier.«

»Ich dachte mir schon, dass Sie nicht von Paris hierhergekommen sind, nur um meine schönen Augen zu
sehen«, erwiderte Helen.

»Es ist eine zugleich sehr einfache und sehr kompli-
zierte Geschichte«, fuhr Caradec fort. »Eine Geschichte,
die in den letzten zehn Jahren das Leben mehrerer Menschen zerstört hat und zu der Sie möglicherweise indirekt den Schlüssel haben.«

»Erzählen Sie mehr davon«, verlangte Helen.

Caradec begann, von Raphaëls und seinen Nachforschungen zu berichten, seit Claire verschwunden war.
Zwar nur langsam, aber doch erkennbar veränderte
sich Helen. Ihr Blick wurde lebendig, sie straffte ihre
Schultern. Diese Belebung würde nicht anhalten, wie
sie beide wussten. Morgen würde sie wieder in ein Meer
aus Gin und Wodka eintauchen und sich im Nebel der
Medikamente verlieren. Aber an diesem Abend hatte sie
einen klaren und wachen Geist. Zumindest ausreichend
klar, um sich die ganze Geschichte des »Mädchens aus
Brooklyn« anzuhören und die Verwicklungen begreifen

387

zu können. Ausreichend klar, um nach Marcs Bericht nur diese eine, von Humor gekennzeichnete Frage zu stellen:

»Wenn ich es richtig verstehe, sind Sie also tausend Kilometer von New York aus hierhergefahren, weil Sie eine E-Mail suchen, die vor elf Jahren irrtümlich an den Account meines Mannes geschickt wurde?«

»Richtig, genauer gesagt am 25. Juni 2005«, antwortete Caradec. »Aber mir ist durchaus klar, dass dies absurd erscheinen muss, wenn man es so formuliert.«

Für einen kurzen Moment schien Helen Kowalkowsky erneut in Lethargie zu versinken, bevor sie sich wieder fasste und Ordnung in ihre Gedanken brachte.

»Seit wir uns 1990 hier niedergelassen haben, haben wir einen Telefonanschluss auf Alans Namen. Ich habe ihn nach seinem Tod so beibehalten, das erklärt, warum Sie mich in den White Pages gefunden haben. Das gilt auch fürs Internet: Der Anschluss lief auf den Namen meines Mannes, war aber hauptsächlich für unseren Sohn gedacht. Alan kannte sich mit Computern nicht so gut aus. Tim nutzte E-Mail und Internet.«

Marc schöpfte wieder Hoffnung. Die Wahrheit war hier in diesem Haus. Er spürte es, er wusste es.

»Wenn Tim eine merkwürdige E-Mail erhalten hätte, hätte er Ihnen davon erzählt?«

»Nein, weil mich das beunruhigt hätte und er immer versucht hat, mich zu schützen.«

»Hätte er mit seinem Vater darüber gesprochen?«

Lastendes Schweigen.

»In der Regel hat Tim es vermieden, mit seinem Vater zu sprechen.«

»Besteht dieser E-Mail-Anschluss noch?«

Helen schüttelte den Kopf.

»Seit mein Sohn tot ist, habe ich keinen Internetanschluss mehr. Diese Adresse gibt es also seit beinahe zehn Jahren nicht mehr.«

Dieser Satz machte Marcs Hoffnungen mit einem Schlag zunichte. Zweifel überkamen ihn.

Seine *Intuition* hatte ihm einen Streich gespielt. Er dachte wieder über die Etymologie des Wortes nach: eine Erscheinung des Spiegelbildes. Eine Erfindung. Ein Trugbild. Ein Hirngespinst.

Einen Augenblick lang resignierte er, dann riss er sich wieder zusammen.

»Helen, haben Sie den Computer Ihres Sohnes aufgehoben?«

2.
New York

Alan Bridges schwieg und dachte nach.

»Direkt oder indirekt hat Tad Copeland Joyce Carlyle umgebracht«, wiederholte ich.

»Das ist absurd«, fuhr mir der Chefredakteur über den Mund. »Man kann doch solche Ungeheuerlichkeiten nicht ohne Beweise einfach so behaupten. Das ist unverantwortlich! Copeland mag zwar Republikaner sein, aber er ist seit Kennedy der beste Präsidentschaftskandidat. Es kommt überhaupt nicht infrage, dass meine Zeitung ihn mit einer derart diffusen Geschichte in Schwierigkeiten bringt.«

Je weiter sich unser Gespräch entwickelte, desto mehr begriff ich die ambivalente Faszination, die Alan Bridges für den Politiker empfand. Copeland war ein Mann seiner Generation, ein Mann, dem er sich ideologisch nahe fühlte. Zum ersten Mal stand ein Republikaner vor den Toren der Macht, der die Exzesse des Neoliberalismus anprangerte, sich für schärfere Waffenkontrollen einsetzte und sich von der Religion distanzierte. Der Gouverneur von Pennsylvania hatte die politischen Fronten Amerikas gesprengt. Durch eine fast wundersame Verquickung verschiedener Elemente hatte er über alle Populisten seines Lagers gesiegt.

Um ehrlich zu sein, war auch ich nicht unempfänglich für die Rhetorik dieses Kandidaten. Es gefiel mir, wenn er bei seinen Reden John Steinbeck und Mark Twain zitierte. Bei den Debatten rund um die Vorwahlen hatte ich gejubelt, als er Trump in die Schranken verwies und Ben Carlson abkanzelte. Copeland hatte ein ehrgeiziges Positionspapier, er hielt intelligente Reden, die mich ansprachen: Er wollte politische Entscheidungen, die von Dauer waren, verstand sich als Kandidat der Mittelschicht, vertrat die Überzeugung, es sei unhaltbar, dass nur eine winzige Minderheit Superreicher vom Wachstum der amerikanischen Wirtschaft profitiere.

Copeland mochte ja ein guter Typ sein – oder zumindest einer der weniger schlimmen Politiker des Landes –, aber ich war davon überzeugt, dass er in die Entführung von Claire verwickelt war. Dennoch entschied ich mich für einen anderen Aspekt, um Alan als Verbündeten zu gewinnen.

»Soll ich noch weiter gehen?«, fragte ich. »Copeland oder seine Handlanger sind auch für den Tod von Florence Gallo verantwortlich.«

»Es reicht!« Alan explodierte.

Um ihn zu überzeugen, spielte ich nacheinander meine beiden Trümpfe aus: die Tatsache, dass der Anruf bei der Notrufzentrale nachweislich von Florence' Adresse gekommen war und dass man die DNA von Blunt Liebowitz am Tatort gefunden hatte. Diese beiden Fakten machten den Journalisten ratlos. Kaum war die Erinnerung an Florence wieder erwacht, verwandelte sich Alan. Seine Gesichtszüge verhärteten sich, sein Blick wurde starr, seine Falten gruben sich tiefer in sein Gesicht ein.

»Kennen Sie Liebowitz?«, fragte ich.

»Natürlich«, antwortete er nervös. »Jeder politische Journalist, der sich Copeland je genähert hat, weiß, wer Blunt Liebowitz ist: sein persönlicher Bodyguard. Er ist seit Langem ständig um ihn herum. Er ist der Onkel von Zorah Zorkin.«

Es war das zweite Mal, dass ich diesen Namen hörte. Alan erklärte:

»Zorah Zorkin ist Copelands Schatten. Sie ist die Leiterin seiner Wahlkampagne und seine wichtigste Beraterin. Sie begleitet ihn überallhin. Als er Gouverneur war, arbeitete sie in seiner Kanzlei, und davor war sie es, die dafür gesorgt hatte, dass er ins Bürgermeisteramt von Philadelphia gewählt wurde. Ich will nicht sagen, dass Copeland eine Marionette ist, aber ohne Zorah wäre er heute noch Juraprofessor in Pennsylvania.«

»Warum weiß ich überhaupt nicht, wer das ist?«

»Weil sie diskret ist und weil die breite Öffentlichkeit die grauen Eminenzen nicht wirklich kennt, auch wenn sich das gerade ändert: Vor drei Monaten hat die *New York Times* Zorah auf dem Titelblatt ihres Magazins gezeigt mit der Überschrift: *Sexiest Brain of America*. Unter uns gesagt, halte ich das nicht für übertrieben.«

»Was ist so außergewöhnlich an ihr?«

Alan kniff die Augen zusammen.

»Wegen ihres Aussehens hat sich lange Zeit niemand vor ihr in Acht genommen. Aber diese Zeiten sind vorbei: Heute weiß jeder, das Zorkin eine kaltblütige Schachspielerin und ihren Gegnern immer mehrere Züge voraus ist. Während der Kampagne für die Vorwahlen hatte sie sich als ungeheuer effizient beim Spendensammeln erwiesen, insbesondere bei Geschäftsführern der Facebook-Generation, die mit ihr zusammen studiert hatten. Obwohl Copeland in den Umfragewerten noch sehr weit hinten lag, konnte er sich dank dieses Geldes über Wasser halten und auf einen Umschwung warten. Zorkin ist jedoch nicht nur eine unvergleichliche Taktiererin und Strategin, sondern auch eine Spezialistin für krumme Dinger, ein wütender Pitbull, der seine Beute niemals entkommen lässt.«

Ich zuckte die Achseln.

»So ist es doch überall«, sagte ich. »In der Geschäftswelt, in der Politik, im Showbusiness. Alle Mächtigen brauchen jemanden, der sich an ihrer Stelle die Hände schmutzig macht.«

Während Alan zustimmend nickte, drückte er auf seine Sprechanlage, um Chris & Cross zu erreichen.

»Los, Kinder, beschafft mir alles, was ihr über den Tagesablauf von Gouverneur Copeland am Samstag, dem 25. Juni 2005, finden könnt.«

Ich war bezüglich dieses Vorgehens skeptisch.

»Vom Todestag von Joyce? Zehn Jahre danach? Was hoffen Sie, da noch entdecken zu können?«

»Ich komme da auch nicht ganz mit«, seufzte Alan, »aber Sie werden sehen, wozu Chris & Cross fähig sind. Sie arbeiten mit einem ›intelligenten‹ Algorithmus, der die Informationen mit blitzartiger Geschwindigkeit in der damaligen Presse, auf den Webseiten, in den Blogs und sozialen Netzwerken suchen wird. Sie wissen so gut wie ich, dass mit dem Internet nichts verschwindet: Der Mensch hat damit ein Ungeheuer erschaffen, das er nicht mehr beherrscht. Aber das ist eine andere Geschichte ...«

Während Alan sprach, hatte er auf die Fernbedienung gedrückt, um einen Blick auf die Nachrichten zu werfen, die die Nominierung des republikanischen Präsidentschaftskandidaten übertrugen.

Im Madison Square Garden folgte vor zehntausend Zuhörern ein Redner auf den nächsten, um ein lobendes Porträt ihres Kandidaten zu zeichnen. Auf mehreren riesigen Bildschirmen applaudierten Persönlichkeiten aus Sport und Showgeschäft zu begeisterten und überschwänglichen Zwischenrufen, die ich lächerlich fand. Zwei Tage zuvor hatten die Parteitagsdelegierten ihren Kandidaten gewählt. In knapp einer Stunde würde Tad Copeland seine »Thronrede« halten. Anschließend würden traditionell Luftballons aufsteigen und ein dreifarbiger Konfettiregen niedergehen …

»Alan, wir schicken dir ein paar Infos«, verkündete Erika Cross' Stimme über die Sprechanlage.

Verschiedene Dokumente tauchten nach und nach auf den Monitoren auf, die an der Wand hingen.

Chris erläuterte:

»Seit 2004 ist der offizielle Terminplan des Gouverneurs auf der Internetseite des Bundesstaates Pennsylvania einsehbar. Man muss nur wissen, wie man an ihn herankommt. Hier ist also der Terminplan vom 25. Juni 2005:

9–10:30 Uhr: Finalrunde der Verhandlungen mit den Gewerkschaften über die Billigung von Maßnahmen für eine Verbesserung des öffentlichen Transportsystems.

11–12 Uhr: Treffen mit Schülern der Highschool in Chester Heights.«

»Und hier sind alle Fotos aus Presseartikeln oder Blogs, die ich für beide Ereignisse finden konnte«, verkündete die Rothaarige.

Auf den Bildschirmen tauchte eine Reihe Fotos auf: Copeland, der zuerst mit Gewerkschaftsmitgliedern, dann mit Lehrern und Schülern posierte.

»Zorah und Blunt sind nie weit entfernt«, bemerkte Alan und zeigte mit seinem Stift auf die massige Silhouette des Bodyguards und die zartere einer alterslosen Frau, die häufig teilweise verdeckt wurde oder auf den Fotos abgeschnitten war.

»Bis hierher nichts Ungewöhnliches«, erwiderte ich.

»Die Fortsetzung ist interessanter«, antwortete Chris.

»Die beiden folgenden Termine standen für nachmittags auf Copelands Terminplan:

12:30–14 Uhr: Mittagessen und Gespräche mit Personalangehörigen der Altersheime im Montgomery County.

15 Uhr: Einweihung der Sportanlage Metropol in Northeast Philadelphia.«

»Aber Copeland meldete sich krank«, ergänzte die Journalistin. »In beiden Fällen hat er sich von Annabel Schivo, der Vizegouverneurin, vertreten lassen.«

»Das ist unlogisch«, gab Alan zu. »Das Northeast war immer das Lieblingsviertel von Copeland, und ich kenne das *Metropol*: Das ist ein Riesenprojekt, keine Sporthalle in Fertigbauweise. Es muss sich zwangsläufig um etwas Wichtiges und Unvorhergesehenes gehan-

395

delt haben, wenn sich Copeland diese Einweihung entgehen ließ.«

Alans Erregung war jetzt spürbar, und sie war ansteckend.

»Vermutlich wurde Copeland den ganzen Tag über nicht mehr in Philadelphia gesehen?«

»Da muss ich Sie eines Besseren belehren!«, rief Chris und schickte ein neues Bild. »Um achtzehn Uhr hat er sich das Basketballspiel der Philadelphia 76ers im Wells Fargo Center vor über zwanzigtausend Zuschauern angeschaut.«

Ich ging näher an den Monitor heran. Mit Fan-Schal und Fan-Kappe ausgestattet, sah Copeland nicht wie jemand aus, der soeben eine Frau ermordet hatte.

»Hast du noch andere Fotos von dem Spiel?«

Eine neue Flut von Fotos überschwemmte die Bildschirme.

Dieses Mal sah man auf keiner der Aufnahmen den Bodyguard oder die Leiterin der Wahlkampagne.

»Erika, such mir Fotos anderer Spiele heraus«, bat Alan.

»Das heißt?«

»Von Spielen im Wells Fargo Center, die kurz vor diesem Datum stattfanden.«

Etwa dreißig Sekunden verstrichen, bevor Erica Cross wieder das Wort ergriff:

»Ich habe zum Beispiel dieses hier aufgestöbert: ein Match gegen die Celtics eine Woche zuvor und ein weiteres gegen Orlando von Ende April.«

Bei beiden Begegnungen wiederholte sich dieselbe Szene: Zorah saß in der Reihe hinter dem Gouverneur. Auf einigen Weitwinkelaufnahmen sah man auch die breiten Schultern von Blunt Liebowitz, der stand.

»Sehen Sie! Zorkin ist immer auf demselben Platz hinter Copeland. Außer an diesem besagten 25. Juni. Das ist kein Zufall, Alan!«

Dem Chefredakteur fiel keine Entgegnung mehr ein.

»Wie lange dauert die Autofahrt von Philadelphia nach New York?«, fragte ich.

»Staus mit eingerechnet? Ich würde sagen, gut zwei Stunden.«

Ich lehnte mich auf meinem Stuhl zurück, schloss die Augen und nahm mir ein paar Minuten, um nachzudenken. Ich war sicher, verstanden zu haben, was an diesem Tag im Juni 2005 passiert war. Ich musste nur die richtigen Worte finden, um Alan auf meine Seite zu ziehen. Er musste mir helfen, denn zum ersten Mal erahnte ich eine Lösung, Claires Aufenthaltsort zu lokalisieren und sie gesund und wohlbehalten wiederzufinden.

»Alan, jetzt ist alles klar«, sagte ich und öffnete die Augen wieder, bevor ich ihm mein Szenario darlegte. »An diesem Samstag verlassen der Gouverneur, Zorah und Blunt Philadelphia am frühen Nachmittag mit dem Auto. Copeland hat eine Verabredung mit Joyce. Das Gespräch verläuft schlecht und artet in einen Streit aus. Copeland gerät in Panik und bringt Joyce um. Dann entdeckt er, dass Florence den Mord ohne sein Wissen aufgezeichnet hat. Er kehrt allein nach Philadelphia zurück, ohne Bodyguard, um dem Basketballmatch beizuwohnen und alle hinters Licht zu führen. Währenddessen bleiben Blunt und Zorah in New York und erledigen die Drecksarbeit: Sie übernehmen den Abtransport von Joyce' Leiche, richten den Tatort so her, dass man an eine Überdosis glaubt, und machen Florence unschädlich. Alles passt zusammen, zum Teufel!«

Erschöpft stützte Alan den Kopf in die Hände. Ich hatte den Eindruck, mich in seinem Schädel zu befinden. In einem lärmenden Chaos, in dem sich Wut mit Kummer mischte. Vielleicht dachte er an die glücklichen Monate mit Florence. An diese Zeit, in der alles möglich zu sein schien: Kinder mit ihr zu haben, eine gemeinsame Zukunft, das berauschende Gefühl, Akteur im eigenen Leben zu sein, kein Statist. Vielleicht stellte er sich den grauenhaften Tod der einzigen Frau vor, die er je wirklich geliebt hatte. Vielleicht dachte er an die Zeit, die seither verstrichen war. Eine Zeit, in der er von zu viel Arbeit abstumpft war. Vielleicht sagte er sich, dass Marilyn Monroe letztlich recht hatte mit ihrer Behauptung, dass eine große Karriere etwas Wunderbares ist, man sich aber nachts, wenn man friert, nicht an sie schmiegen kann.

»Was werden Sie jetzt tun?«, fragte er und sah mich an, als tauche er aus einem tiefen Schlaf auf.

»Sind Sie bereit, mir zu helfen, Alan?«

»Ich weiß nicht, ob ich dazu bereit bin, aber ich werde es für Florence tun.«

»Haben Sie eine Möglichkeit, Zorkin zu erreichen?«

»Ja, ich habe eine Handynummer. Die habe ich benutzt, um mit ihr das Interview mit Copeland auszuhandeln.«

Während er im Verzeichnis seines Handys suchte, schrieb ich eine kurze SMS, in der lediglich stand: Ich weiß, was Sie Florence Gallo, Joyce Carlyle und ihrer Tochter angetan haben.

»Ich bin nicht sicher, ob das eine gute Idee ist, Raphaël. Sie werden Ihr Telefon problemlos orten können. In weniger als zehn Minuten wird man Sie gefunden haben.«

»Aber genau das hoffe ich ja«, antwortete ich. »Ich bin nämlich auch ein guter Schachspieler.«

22. Zorah

Die kaltblütigen Tiere allein
sind die giftigen.

Arthur Schopenhauer,
Aphorismen zur Lebensweisheit

1.

Siebzehn Jahre früher
Frühjahr 1999

Ich heiße Tad Copeland. Ich bin neununddreißig Jahre
alt und Professor für Verfassungsrecht und politische
Wissenschaften an der Universität von Pennsylvania.
An besagtem Samstagmorgen 1999 komme ich von
einer Angelpartie zurück – wie so oft nur ein Vorwand,
um ein paar Stunden allein in der Natur verbringen zu
können.

Während ich mein Boot am Holzsteg festmache,
stürzt Argos, mein Labrador, auf mich zu und umkreist
mich japsend und schwanzwedelnd.

»Beruhige dich, mein Lieber!«

Er läuft zu einem großen, modernen Chalet – eine

harmonische Verbindung von Lärchenholz, Stein und Glas. Mein Wochenendrefugium.

Im Haus angekommen, koche ich mir einen Kaffee und höre dazu das Saxofonspiel von Lester Young im Radio. Ich lasse mich auf der Terrasse in einem Sessel nieder und rauche eine Zigarette, während ich die Zeitungen durchblättere und dann einige Korrekturen an den Semesterarbeiten vornehme. Auf meinem Smartphone erscheint eine Nachricht von meiner Frau Carolyn, die in Philadelphia festgehalten wurde und sich im Laufe des Tages zu mir gesellt. Ich zähle auf dich, dass du mir wieder deine Pesto-Nudeln kochst! Kuss, C.

Ein Motorengeräusch lässt mich aufhorchen. Ich setze meine Sonnenbrille auf und kneife die Augen zusammen. Selbst aus dieser Entfernung erkenne ich sofort die zierliche Gestalt mit dem energischen Schritt: Zorah Zorkin.

Wie sollte ich sie vergessen? Sie war vor vier oder fünf Jahren meine Studentin gewesen und ganz gewiss nicht irgendeine. Sie war bei Weitem die Beste in meiner ganzen Zeit als Dozent. Ein reger, unerbittlicher Geist, eine außergewöhnliche Gabe, zu allen Themen intelligente Schlussfolgerungen zu ziehen. Ein phänomenales Wissen, was Politik und Geschichte der USA betrifft. Eine echte Patriotin, die rückhaltlos ihre Positionen vertrat, ob sie nun mit den meinen übereinstimmten oder auch nicht. Ein heller Kopf also, aber nichts weiter: kein Humor, wenig Empathie und, soweit ich wusste, weder Freunde noch Freundinnen.

Ich erinnere mich, dass es für mich stets ein Vergnügen war, mit ihr zu diskutieren, was nicht für alle anderen meiner Kollegen galt. Viele Dozenten fühlten sich in der Gegenwart von Zorah unwohl. Schuld daran war ihre eiskalte Intelligenz, ihr oft abwesender Blick, der sich aber urplötzlich entflammen konnte, bevor sie eine messerscharfe Bemerkung von sich gab.

»Hallo, Professor Copeland.«

Sie steht vor mir, schlampig gekleidet in abgetragenen Jeans, einem formlosen, fusseligen Pullover, über der Schulter den Riemen eines Rucksacks, den sie wohl schon auf der Highschool getragen hat.

»Hallo, Zorah. Was verschafft mir die Ehre Ihres Besuchs?«

Wir tauschen ein paar Banalitäten aus, dann erzählt sie mir von den Anfängen ihres Berufslebens. Ich habe bereits von ihrem Werdegang gehört und weiß, dass sie in den ersten Jahren nach der Uni bei verschiedenen lokalen Wahlkampagnen mitgewirkt und sogar schmeichelhafte Ergebnisse für Kandidaten erreicht hat, die nicht eben viel Format hatten. Damit aber hat sie sich einen nicht zu unterschätzenden Ruf als politische Beraterin geschaffen.

»Ich glaube, Sie haben Besseres verdient«, erkläre ich und serviere ihr einen Kaffee. »Wenn Sie Großes vorhaben, müssen Sie einen Kandidaten finden, der Ihrem Niveau entspricht.«

»So ist es«, erwidert sie. »Und ich glaube, einen gefunden zu haben.«

Ich beobachte, wie sie auf ihren Kaffee bläst. Ein weißes, ebenmäßiges Gesicht, dessen Schönheit von einem dichten, viel zu langen und schlecht geschnittenen Pony verdeckt wird.

»Ach, wirklich?«, frage ich. »Kenne ich ihn?«

»Das sind Sie, Tad.«

»Ich verstehe nicht recht.«

Sie öffnet den Reißverschluss ihrer Tasche und holt Entwürfe von Plakaten hervor und bedruckte Seiten, die eine Wahlstrategie beschreiben. Während sie ihr Material auf der alten Werkbank, die mir als Gartentisch dient, ausbreitet, unterbreche ich sie.

»Hören Sie, Zorah, ich habe nie die Absicht gehabt, in die Politik zu gehen.«

»Das tun Sie ja bereits: Ihr Verein, Ihr Mandat als Stadtrat ...«

»Ich wollte sagen, dass ich keine Ambitionen nach Höherem habe.«

Sie sah mich mit ihren großen Schlangenaugen an.

»Ich denke doch.«

»Und für welchen Posten sollte ich Ihrer Meinung nach kandidieren?«

»Zunächst einmal für den des Bürgermeisters von Philadelphia. Dann für den des Gouverneurs von Pennsylvania.«

Ich zucke die Achseln.

»Sie reden Unsinn, Zorah. Philadelphia hat nie einen Republikaner an die Spitze gewählt.«

»Doch«, erwidert sie schlagfertig, »Bernard Samuel, im Jahr 1941.«

»Gut, mag sein, aber das ist sechzig Jahre her, heute wäre das nicht mehr möglich.«

Sie findet mein Argument nicht überzeugend.

»Sie sind kein echter Republikaner, Tad, und Ihre Frau stammt aus einer alten und sehr respektierten demokratischen Familie.«

»Ohnehin wird Garland sicher wiedergewählt.«

»Garland wird nicht wieder kandidieren«, versichert sie.

»Was erzählen Sie da?«

»Ich weiß es, das ist alles. Aber fragen Sie nicht, woher.«

2.

»Nehmen wir mal an, ich wollte in die Politik gehen – warum sollte ich dann auf Sie setzen, Zorah?«

»Sie haben nicht richtig verstanden, Tad: Ich setze auf Sie.«

Wir unterhielten uns jetzt schon seit fast einer Stunde. Ohne es wirklich zu wollen, hatte ich mich auf ihr Spiel eingelassen. Ich wusste sehr genau, dass ich mich auf gefährliches Terrain begab. Dass ich mich eigentlich nicht auf ein Abenteuer einlassen durfte, aus dem es kein Zurück gab. Aber zu jener Zeit hatte ich den Eindruck, bereits meinen Lebensweg gemacht zu haben. Ich befand mich in einer Phase des Zweifels. Ich hatte keine Gewissheiten mehr, weder was meine Ehe noch was meine Berufung als Dozent betraf, und ich wusste erst recht nicht, welche Richtung ich meinem Leben geben sollte. Und diese junge Frau fand die richtigen Worte. Sie hatte einen scharfsinnigen Weitblick. Für sie schien nichts unmöglich. Die Zukunft war aufregend und grandios. War das im Grunde nicht immer schon das, was ich mir insgeheim erhofft hatte: die Begegnung mit einer außerordentlichen Person, die mein Leben verändern, mich aus meiner bequemen, aber viel zu engen Existenz befreien würde?

Ich bemühte mich, der Versuchung zu widerstehen, doch Zorah machte alle Einwände zunichte.

»Ich glaube nicht an Gott, wie Sie wissen. Und die amerikanischen Wähler mögen atheistische Kandidaten nicht.«

»Das müssen Sie ja auch nicht an die große Glocke hängen.«

»Ich habe Gras geraucht.«

»Wie jeder andere auch, Tad.«

»Und ab und zu tue ich es immer noch.«

»Dann hören Sie augenblicklich damit auf, und wenn Ihnen jemand die Frage stellt, dann antworten Sie einfach, Sie hätten den Rauch niemals inhaliert.«

»Ich verfüge über kein persönliches Vermögen, um eine Kampagne zu finanzieren.«

»Es ist mein Job, Geld aufzutreiben, nicht Ihrer.«

»Ich bin seit einigen Jahren in ärztlicher Behandlung.«

»Worunter leiden Sie?«

»An einer leichten bipolaren Störung.«

»Winston Churchill war bipolar, General Patton war bipolar. Genauso wie Calvin Coolidge, Abraham Lincoln, Theodore Roosevelt, Richard Nixon ...«

Jedes meiner Argumente fegte sie vom Tisch. Und mittlerweile wollte ich nicht mehr, dass sie ging. Ich wollte, dass sie weitersprach und diesen Hoffnungsschimmer nährte, den sie in mir geweckt hatte. Ich wollte, dass sie mir sagte, ich würde Bürgermeister der fünftgrößten Stadt des Landes werden. Und ich wollte noch eine kurze Zeit so tun, als würde ich ihr glauben.

3.

Als sie mich fast am Haken hatte, änderte sich plötzlich der Ton ihrer Musik. Das war etwas, das ich noch lernen sollte: Niemand konnte lange seine Geheimnisse vor Zorah Zorkin verbergen.

»Nachdem wir jetzt mit Ihren falschen Entschuldigungen und Ausreden abgeschlossen haben, können wir vielleicht die wahren Probleme in Angriff nehmen, was meinen Sie?«

Ich tat so, als würde ich nicht verstehen.

»Was wollen Sie damit sagen?«

»Die Politik. Sie haben zwangsläufig daran gedacht, Tad. Sie sind wie gemacht dafür. Man muss nur an irgendeinem Ihrer Seminare teilgenommen haben, um das zu begreifen. Ihre Redebeiträge waren umwerfend. Ihre harsche Kritik am System kam bestens an. Alle hingen förmlich an Ihren Lippen. Ich erinnere mich noch an Ihre Empörung über die viel zu hohe Zahl an armen Arbeitern oder an Amerikanern, die nicht krankenversichert sind. Ich habe auch nicht die Rede vergessen, die Sie über das Verblassen des amerikanischen Traums gehalten haben und die Maßnahmen, die man ergreifen müsste, um ihn am Leben zu erhalten. Das liegt Ihnen im Blut.«

Ich öffnete den Mund, um ihr zu widersprechen, doch mir fehlten die Worte.

»Irgendetwas ganz Bestimmtes hat Sie bewogen, auf die Politik zu verzichten, geben Sie's zu, Tad. Irgendetwas, das Sie als ein unüberwindbares Hindernis erachten.«

»Was Sie da behaupten, ist Drei-Groschen-Psychologie.«

Zorah bedachte mich mit einem vernichtenden Blick.

»Welche Leiche haben Sie in Ihrem Keller versteckt, Professor Copeland?«

Ans Geländer gelehnt, verharrte ich schweigend. Mein Blick schweifte in die Ferne zum anderen Seeufer, das von Tausenden Lichtern funkelte.

Zorah verstaute ihre Sachen im Rucksack.

»Ich gebe Ihnen eine Minute, Tad«, sagte sie und

schaute dabei auf ihre Uhr. »Keine Sekunde mehr. Wenn Sie mir nicht vertrauen, dann lassen wir es besser ganz sein.«

Sie nahm eine Zigarette aus der Schachtel, die ich auf dem Tisch zurückgelassen hatte, und sah mich durchdringend an.

Zum ersten Mal nahm ich die Gefahr wahr, die von dieser Frau ausging. Ich mochte ihre Vorgehensweise nicht. Mochte es nicht, in die Enge getrieben zu werden. Für einige Sekunden hatte ich noch die Freiheit, Nein zu sagen. Die größte aller Freiheiten. Doch was nützt uns die Freiheit, wenn sie uns nicht erlaubt, unsere Träume auszuleben?

»Okay«, sagte ich und setzte mich neben sie. »Sie haben recht: Es gibt tatsächlich eine Episode in meinem Leben, die ein Hindernis für eine politische Laufbahn darstellen könnte …«

»Ich höre.«

»Erwarten Sie keine aufsehenerregenden Enthüllungen. Es ist eher banal: Vor gut zehn Jahren hatte ich über ein paar Monate eine Liaison mit einer Frau.«

»Mit wem?«

»Sie heißt Joyce Carlyle. Sie war eine Ehrenamtliche, dann eine Angestellte meines Verbandes *Take Back Your Philadelphia*.«

»War Ihre Frau auf dem Laufenden?«

»Wäre Carolyn auf dem Laufenden gewesen, wäre sie nicht mehr meine Frau.«

»Wo lebt diese Joyce Carlyle jetzt?«

»In New York. Aber das ist nicht alles: Sie hat eine Tochter, die heute acht Jahre alt ist.«

»Ein Mädchen, dessen Vater Sie sind?«

»Aller Wahrscheinlichkeit nach – ja.«

»Hat Joyce versucht, Sie zu erpressen?«

»Nein, sie ist eine korrekte Person, anständig. Ihre Mutter arbeitet in der Rechtsabteilung der Stadt.«

»Sind Sie in Kontakt geblieben?«

»Nein. Ich habe seit Jahren keine Neuigkeiten, aber ich habe mich auch nicht darum bemüht.«

»Weiß die Kleine, dass Sie ihr Vater sind?«

»Keine Ahnung.«

Zorah seufzte und hatte diesen seltsamen abwesenden Blick, der ihr eigen war, wenn sie nachdachte. Ich wartete schweigend auf ihren Urteilsspruch wie ein Schüler, der bei etwas erwischt worden war.

In diesem Augenblick hätte ich einen Rückzieher machen müssen, doch Zorah sprach genau die Worte aus, die ich hören wollte.

»Das ist tatsächlich ärgerlich. Das Ganze könnte eines Tages wieder hochkommen, doch das ist ein Risiko, das man eingehen muss. Wichtig ist, die Situation unter Kontrolle zu behalten. Man weiß, dass diese Episode in Ihrem Leben existiert hat und potenziell zu einem Problem werden kann. Vielleicht wird es nie dazu kommen, aber wenn es doch der Fall sein sollte, kümmern wir uns zum gegebenem Zeitpunkt darum.«

4.

»Wenn es zu einem Problem werden sollte, kümmern wir uns zum gegebenen Zeitpunkt darum.«

Der Satz war eine Warnung, und das wusste ich.

Zumindest ahnte ich es.

Aber ich muss ehrlich sein. Obwohl ich um das Drama weiß, das sich später ereignet hat, wäre es eine Lüge, zu behaupten, ich würde meine Wahl bereuen. Ich gehe sogar noch weiter: Es wäre gelogen, wenn ich behaupten würde, dass ich mich nicht nach diesem Morgen zurücksehne. Diesem Morgen, an dem alles begonnen hat. Diesem Morgen, an dem diese seltsame junge Frau in ihren unmöglichen Klamotten und ihrem alten Rucksack bei mir aufgekreuzt ist. Diesem Morgen, an dem sie ihre Sachen auf meiner ehemaligen Werkbank ausgebreitet und mir gesagt hat: »Sind Sie bereit, ein neues Kapitel der politischen Geschichte der Vereinigten Staaten zu schreiben, Tad? Ein Kapitel, dessen Held Sie sein werden.«

23. Rauchender Colt

Vertraue deinen Freunden nie zu sehr –
bediene dich deiner Feinde.

Robert Greene, *Die 48 Gesetze der Macht*

1.

»Eine Partie für zwanzig Dollar, Sir?«

Der Vorschlag kam von einem Obdachlosen mit struppigem Bart, der ein Schachspiel unter dem Arm hatte.

»Ein anderes Mal gern. Heute habe ich eine Verabredung«, sagte ich und reichte ihm einen Schein.

Dann ließ ich mich im nordwestlichen Teil des Washington Square Park an einem der Steintische für Schachspieler nieder, um auf Zorah Zorkin zu warten.

Es war schon spät, aber der Park war noch immer voller Menschen. Typisch für einen Samstagabend mitten im Sommer, wenn die milde Luft zu Musik, Tanz und Spaziergängen einlädt.

Diese Atmosphäre war das genaue Gegenteil von meinem Gemütszustand. Mir ging es nicht gut, Claire.

Während dieser letzten drei Tage hatte ich, um nicht verrückt zu werden, meine Befürchtungen verdrängt. Umgeben von all diesen unbekümmerten Leuten aber war meine Angst um dich wieder hochgekommen.

Sobald ich nicht mehr in Aktion war oder nachdachte, hatte ich erneut die Bilder der Überwachungskamera vor Augen, in denen der Helfershelfer von Angeli dich in den Kofferraum seines Geländewagens warf und du meinen Vornamen riefst: »Raphaël! Hilf mir, Raphaël! Hilf mir!«

In welchem Zustand mochtest du dich nach drei Tagen Gefangenschaft befinden? Und dieses Leben, das du in dir trugst? Werden wir die Chance haben, die Geburt unseres Kindes zu feiern?

Bist du überhaupt noch am Leben? Bis jetzt habe ich nie daran gezweifelt, doch das war wohl mehr Wunschdenken als eine auf soliden Beweisen beruhende Überzeugung. Eher die Flucht nach vorn von einem Mann, der sich nicht für stark genug hält, die Realität zu akzeptieren. Was letztlich nicht untypisch für das Naturell eines Romanciers ist. Ich wiederholte es immer wieder: Du konntest nicht für immer verschwunden sein. Weder aus dieser Welt noch aus meinem Leben.

Während dieser letzten Stunden hatte ich alles getan, um meine Ängste im Zaum zu halten. Ich, der ich für gewöhnlich durch meine Romanhelden handelte, hatte mich in einen echten Ermittler verwandelt. Ich hatte die Geheimnisse deiner Vergangenheit aufgedeckt, alle Spuren verfolgt, alle Türen geöffnet.

»Das habe ich getan. Liebst du mich noch, Raphaël?«

Was könnte ich dir vorwerfen, Claire? Deine Haut gerettet zu haben? Versucht zu haben, ein neues Leben anzufangen und alle durchlebten Schrecken hinter dir zu lassen? Nein, natürlich nicht! Ich war beeindruckt von deiner Charakterstärke, deiner Entschlossenheit und deiner Intelligenz.

»Liebst du mich noch, Raphaël?«

Ich kam ans Ziel meines Weges. Ich war fast sicher, die Auftraggeberin deiner Entführung identifiziert zu haben. Zorah Zorkin, die Frau, die vermutlich auch die Mörderin deiner Mutter war. Aber ich verstand nicht, wie diese Menschen dich nach all den Jahren gefunden hatten. Warum jetzt? Warum so kurz nachdem du mir dein Geheimnis offenbart hattest? Wie sehr ich auch alle Hypothesen ins Auge fasste, irgendetwas entging mir.

»Liebst du mich noch, Raphaël?«

Hör auf, mir diese Frage zu stellen, Claire! Ja, ich liebe dich, aber ich weiß nicht mehr, wen ich liebe. Um jemanden zu lieben, muss man ihn auch kennen, und ich kenne dich nicht mehr. Momentan habe ich den Eindruck, zwei Personen gegenüberzustehen. Auf der einen Seite ist da Anna Becker, die Assistenzärztin, in die ich mich verliebt habe – herzlich, fröhlich, eine wunderbare Frau, mit der ich die glücklichsten sechs Monate meines Lebens verbracht habe. Die Frau, die ich heiraten wollte. Und auf der anderen Seite gibt es Claire Carlyle, die die Hölle von Kieffer überlebt hat, »das Mäd-

chen aus Brooklyn« mit mysteriösem Vorleben. Gegenüber dieser fast Unbekannten empfinde ich so etwas
wie Bewunderung und Faszination. Doch es gelingt mir
nicht, diese beiden Persönlichkeiten zusammenzubrin-
gen. Wer wirst du sein, wenn wir uns wiederfinden? Ich
hatte immer geglaubt, eine schwere Prüfung gemeinsam zu überstehen, das würde die Menschen – vor
allem Paare – noch mehr zusammenschweißen, eine
Reihe von schmerzhaften Hindernissen zu überwinden, das würde solide, fast unzerstörbare Bande schaffen. So gesehen ist eines sicher: Jetzt, da ich deine Vergangenheit kenne, jetzt, da ich diejenigen entlarvt habe,
die dir wehgetan haben, werden wir nie mehr Fremde
füreinander sein.

2.

Flink bahnte sich Zorah Zorkin ihren Weg durch die
Sitzreihen des Madison Square Garden. Dank ihres
Badge gelangte sie hinter die Bühne und lief mehrere
Hundert Meter durch ein Gewirr von Gängen, bis sie
eine Feuerschutztür erreichte, die von zwei Militärs be-
wacht wurde und auf die 31st Street führte.

Blunt erwartete sie. Auf seinem Smartphone zeigte
der Leibwächter seiner Nichte den blauen Punkt, der
auf dem Lokalisierungsprogramm blinkte.

»Raphaël Barthélémy hat sich seit zehn Minuten
nicht vom Fleck bewegt.«

»Wo genau ist er?«

»An der Nord-West-Ecke vom Washington Square Park, gleich bei den steinernen Schachtischen.«

Zorah nickte. Das Symbol war klar: Man forderte sie auf ihrem eigenen Terrain heraus. Im Allgemeinen verstand sie es, schwierige Situationen zu meistern, und sie liebte den Kampf, doch sie hatte es sich zur Regel gemacht, den Gegner niemals zu unterschätzen.

Sie bat Blunt, ihr in gebührendem Abstand zu folgen, und überquerte die Straße, um in die 7th Avenue einzubiegen. Das ganze Viertel war abgesperrt. Deshalb war es völlig sinnlos, ein Taxi zu nehmen: Damit wäre sie auch nicht schneller und würde vor allem Gefahr laufen, von einem Journalisten entdeckt zu werden. Sie hielt kurz inne, um am Stand eines Straßenverkäufers eine Flasche Mineralwasser zu kaufen. Bei der Gelegenheit setzte sie ihren Kopfhörer auf, um im Radio die Antrittsrede von Copeland zu hören, deren Anfang sie nur kurz hatte verfolgen können.

Die Rede war das Tüpfelchen auf dem i nach den letzten drei Tagen, die, dank ihrer Arbeit, reibungslos verlaufen waren. Copelands Triumph, nein, vor allem ihrer. Alle politischen Analysten wussten es, und Tad selbst erkannte es an: Sie hatte ihm dazu verholfen, die Vorwahlen zu gewinnen, und morgen würde er es mit ihrer Hilfe bis ins Weiße Haus schaffen.

Die anderen Kandidaten verfügten über Teams, die aus Hunderten Personen bestanden: Berater in Sachen politischer Strategie, Meinungsforscher, *spin doc-*

tors, Marketingspezialisten. Copeland und sie gingen auf die gute alte Weise vor, im Duo wie ein kleiner Handwerksbetrieb. Sie war verantwortlich für die Strategie, er für Reden und Präsentation. Diese Formel hatte sich als erfolgreich erwiesen, denn jeder von ihnen beiden wusste, dass er ohne den anderen nichts war. Sie hatte Copeland geraten, sich erst sehr spät zu den Vorwahlen zu melden und so zu tun, als wolle er dabei lediglich eine Statistenrolle spielen. Der Gouverneur hatte zugesehen, wie sich die Favoriten in den ersten Debatten zerfleischten, war im Hintergrund geblieben und hatte sein Spiel erst nach und nach offengelegt.

Es war eine seltsame Epoche. Eine Zeit, in der es an echten Staatsmännern mangelte. Eine Zeit, in der intelligente Reden und komplexe Gedankengänge keinen Platz mehr hatten. Eine Zeit, in der nur noch einseitige und übertriebene Aussagen ein Echo in den Medien fanden. Eine Zeit, in der die Wahrheit keine Bedeutung mehr hatte, in der die einfachen Emotionen die Vernunft verdrängten, in der nur das Bild und die Kommunikation zählten.

Wenn Copeland heute als *der* neue Mann erschien, so waren die ersten Monate seiner Kampagne doch katastrophal gewesen. Tad hatte die ersten *primaries* verloren und war am Super Tuesday deutlich zurückgefallen. Dann hatte plötzlich dieser »Zustand der Gnade« eingesetzt wie ein günstiges Sternbild. Die vermeintlichen Fehler Copelands wurden plötzlich als Vorzüge wahrgenommen, seine Reden fanden in der Öffentlichkeit

Gehör, denn die republikanische Wählerschaft hatte es satt, von Witzfiguren vertreten zu werden. Dieses Dominospiel hatte Zorah geduldig orchestriert, und innerhalb weniger Tage hatte Copeland finanzielle Unterstützer und die Stimmen der abgeschlagenen Kandidaten verbuchen können.

Trotz dieses neuen Elans war der Kampf bis zum letzten Moment hart gewesen. Während der ersten Stunden des Konvents hatte sie sogar einen Schachzug ihrer Kritiker erwartet. Einen Augenblick lang hatte sie geglaubt, die hundertdreißig »Superdelegierten« würden eine Art Putsch zugunsten ihrer Gegner initiieren, aber die »Weisen« hatten nicht den Mut gehabt, bis ans Ende zu gehen, und sich stattdessen artig hinter ihren Kandidaten gestellt.

Kein Zweifel, Tad war ein intelligenter, solider und ernst zu nehmender Politiker. Er beherrschte wirtschaftliche und außenpolitische Fragen. Er war telegen, hatte Humor und Charisma. Trotz seiner zentristischen Positionen verfügte er in der öffentlichen Meinung über ein gewisses Image der Standhaftigkeit, sodass er einem Putin oder einem Xi Jinping die Stirn bieten könnte. Vor allem aber war er ein optimistischer und mitreißender Redner. Wenn Copeland die Präsidentschaftswahlen gewinnen würde – und derzeit war sie überzeugt davon, dass er beste Chancen hatte –, würde er sie zur Stabschefin im Weißen Haus ernennen. Der interessanteste Job überhaupt. Die Person, die wirklich das Land führen würde, während er die Show vor den Kameras absolvierte. Die Person, die sich um alles kümmerte. Die Person, die Bündnisse im Kongress eingehen und mit den lokalen Entscheidungsträgern und den Bundesbehörden verhandeln würde. Diejenige, die die meisten Krisen beilegen würde.

Für gewöhnlich überließ Zorah nichts dem Zufall. Seit drei Tagen aber hatte der Fall Carlyle sie wieder eingeholt. Im ungünstigsten Moment des Wahlkampfes tauchten finstere Stunden aus der Vergangenheit auf und drohten, das zu zerstören, was sie in den letzten fünfzehn Jahren Stück für Stück aufgebaut hatte.

Seit einer Ewigkeit spielte sie alle möglichen Szenarien durch, um sämtliche Gefahren abzuwehren. Die Einzige, die sie nicht in Betracht gezogen hatte, war diejenige, die sich gerade zu konkretisieren begann: Während jeder Claire Carlyle seit zehn Jahren für tot hielt, hatte sie unter anderer Identität weitergelebt.

Richard Angeli hatte ihr die Neuigkeit mitgeteilt. Als er sie eine Woche zuvor kontaktiert hatte, hatte sie sich kaum an den jungen Polizeibeamten aus Bordeaux erinnert; dabei hatte sie ihn elf Jahre zuvor auf Anfrage des Gouverneurs selbst engagiert, um Informationen aus erster Hand zur Entführung seiner Tochter zu bekommen. Seit dieser Zeit hatte Angeli einen weiten Weg zurückgelegt. Auf irgendeine Art war ihm die explosive Information zugespielt worden, dass Claire Carlyle lebte.

Ohne zu zögern, hatte sie beschlossen, dem Kandidaten dies zu verschweigen. Das war ihr Job: Probleme zu regeln, sobald sie sich präsentierten, damit sie den Gouverneur gar nicht erst erreichten. Das konnte sie, das liebte sie. Ohne mit Copeland darüber zu sprechen, hatte sie Gelder – eine beachtliche Summe – locker gemacht, damit der unersättliche Angeli das Mädchen ausfindig machte, entführte und festhielt.

Sie hatte lange gezögert, ob sie ihn damit beauftragen sollte, Claire zu töten und ihre Leiche verschwinden zu lassen, was das Problem definitiv geregelt hätte. Lediglich die unvorhersehbare Reaktion von Copeland, sollte er doch davon erfahren, hatte sie davon abgehalten.

Also hatte sie beschlossen, sich ein paar Tage Zeit zum Nachdenken zu lassen, jetzt aber, sagte sie sich, war es an der Zeit, zu handeln.

3.

Obwohl ich seit mehreren Minuten nach ihr Ausschau hielt, erkannte ich Zorah Zorkin doch erst wirklich, als sie einen Meter vor mir stand. Auch wenn sie um einiges älter war, unterschied sie sich kaum von den Studentinnen der NYU, die den Washington Square Park bevölkerten: Jeans, T-Shirt, Rucksack, Sneakers.

»Ich bin ...«, begann ich und stand auf.

»Ich weiß, wer Sie sind.«

Ich spürte eine Hand auf meiner Schulter, drehte mich um und hatte die imposante Gestalt von Blunt Liebowitz vor mir. Der Leibwächter tastete mich von Kopf bis Fuß ab und konfiszierte mein Smartphone, wohl um zu verhindern, dass ich das Gespräch aufnahm. Dann setzte er sich auf eine Bank etwa zehn Meter von den Schachtischen entfernt.

Zorah nahm vor mir Platz.

»Sie wollten mich sprechen, Mister Barthélémy.«

Sie hatte eine klare, eher sanfte Stimme, ganz anders, als ich sie mir vorgestellt hatte.

»Ich weiß alles«, sagte ich.

»Niemand weiß *alles*, und Sie schon gar nicht. Sie wissen nicht, wie die Hauptstadt von Botswana heißt. Sie wissen nicht, welches die Währung von Tadschikistan oder von Kambodscha ist. Sie wissen nicht, wer 1901 Präsident der Vereinigten Staaten war oder wer den Impfstoff gegen Pocken entwickelt hat.«

Das fing ja gut an.

»Wollen Sie wirklich, dass wir *Trivial Pursuit* spielen?«

»Was *glauben* Sie zu wissen, Mister Barthélémy?«

»Ich weiß, dass Sie irgendwo in Frankreich meine Freundin Claire Carlyle, die uneheliche Tochter von Gouverneur Copeland, gefangen halten. Ich weiß, dass Sie oder der Gorilla dort vor elf Jahren ihre Mutter, Joyce, die ehemalige Geliebte des Gouverneurs, umgebracht haben.«

Sie lauschte mir aufmerksam, war aber keineswegs irritiert angesichts meiner Enthüllungen.

»In Zeiten von Wahlen erhalte ich jeden Morgen Hunderte von anonymen Briefen dieser Art: Der Gouverneur ist ein Außerirdischer, der Gouverneur ist Scientologe, der Gouverneur ist eine Frau, der Gouverneur ist ein Vampir, der Gouverneur ist zoophil. Das ist das Los aller Politiker.«

»Nur dass ich über Beweise verfüge.«

»Ich bin neugierig zu erfahren, welche.«

Sie warf einen Blick auf das Display ihres Smartphones, das sie auf den Tisch gelegt hatte. Hinweise und SMS, die ständig blinkten. Ich deutete mit dem Kinn zum Leibwächter.

»Die DNA Ihres Onkels, Blunt Liebowitz, wurde am Tatort der Ermordeten Joyce Carlyle gefunden.«

Sie verzog zweifelnd den Mund.

»Wenn das wirklich der Fall wäre, hätte die Polizei ihn wohl damals verhört.«

»Damals wusste man das noch nicht. Heute ist die Situation eine andere.«

Ich holte aus meiner Tasche die herausgerissenen Seiten aus Copelands Biografie, die Alan wiedergefunden hatte.

»Es gibt da auch diese Fotos von Joyce und dem Senator.«

Sie betrachtete sie ohne das geringste Zeichen der Verblüffung.

»Ja, diese Fotos sind bekannt. Sie sind übrigens sehr hübsch, aber was beweisen sie? Dass Tad Copeland und diese junge Frau sich gut verstanden haben? Das ist doch normal, oder? Meines Wissens hat er sie engagiert.«

»Diese Fotos stellen eine Verbindung her, die …«

Sie schnitt mir das Wort mit einer unbestimmten Geste ab.

»Wenn das wirklich alles ist, was Sie auf Lager haben, werden Sie niemanden finden, der Ihrem albernen Geschwätz Beachtung schenkt oder gar irgendwelche Verbindungen herstellt.«

»Ich glaube, ganz im Gegenteil, dass die Journalisten sehr interessiert sein werden, wenn sie erfahren, dass Sie eiskalt eine ihrer Kolleginnen, nämlich Florence Gallo, umgebracht haben.«

Sie nahm die Bemerkung scheinbar gelassen hin.

»Ich hatte tatsächlich sehr oft Lust, gewisse Journalisten umzubringen, wenn ihre Artikel von Inkompetenz, Böswilligkeit und mangelndem Niveau nur so strotzten, doch ich habe mich stets zurückhalten können.«

Als ich feststellte, dass ich in eine Sackgasse geraten war, wechselte ich die Strategie.

»Hören Sie zu, Zorah, ich bin kein Bulle, ich bin kein Richter, ich bin nur ein Mann, der die Frau wiederfinden will, die er liebt.«

»Sehr bewegend, wirklich.«

»Claire Carlyle hat ihre wahre Identität zehn Jahre lang geheim gehalten. Ich glaube sogar, sie weiß noch nicht einmal, wer ihr leiblicher Vater ist. Sorgen Sie dafür, dass sie freikommt, und Sie werden nie wieder etwas von uns hören.«

Mit leicht spöttischer Miene schüttelte sie den Kopf.

»Sie wollen einen Handel abschließen, haben aber nichts Greifbares in der Hand.«

Missmutig konnte ich nur zugeben, dass sie nicht unrecht hatte. Mit Marc hatten wir eine seriöse Ermittlung durchgeführt, die es uns ermöglichte, ein unglaublich komplexes Puzzle zu rekonstruieren, aber keines der Elemente, die wir zusammengetragen hatten, war für sich allein ein brauchbarer Trumpf. Wir hatten die Wahrheit ans Tageslicht gebracht, doch uns fehlte das Wichtigste: der Beweis für die Wahrheit.

4.
Der Schrein der Erinnerungen

Fast feierlich, als wäre es eine Kapelle, betraten Marc Caradec und Helen Kowalkowsky Tims Zimmer.

Der Raum vermittelte den Eindruck, als wäre der Junge nur für ein paar Stunden abwesend, als wäre er zur Schule oder zu einem Freund gegangen und würde gleich wieder aufkreuzen, seinen Rucksack aufs Bett werfen, sich ein Nutellabrot schmieren und ein Glas Milch trinken.

Eine heikle Illusion: zunächst tröstlich, dann verheerend. Marc trat in die Mitte des Raums, der lediglich von einer nackten Glühbirne an der Decke erleuchtet war.

Ein sonderbarer Geruch von Pfefferminze hing in der Luft. Trotz der Dunkelheit erkannte man draußen den Giebel der Scheune.

423

»Tim träumte davon, eine Filmhochschule zu besuchen«, erklärte Helen und deutete auf die Wände, die mit Filmplakaten tapeziert waren.

Marc schaute sich um. Nach den Plakaten zu urteilen, hatte der Junge keinen schlechten Geschmack gehabt: *Momento, Requiem for a Dream, Old Boy, Clockwork Orange, Vertigo* ...

Im Regal lagen Comics, Stapel von Filmmagazinen, CDs von Sängern oder Gruppen, von denen Caradec noch nie gehört hatte: Elliott Smith, Arcade Fire, The White Stripes, Sufjan Stevens ...

Auf der Lautsprecherbox einer Hi-Fi-Anlage ein HDV-Camcorder.

»Ein Geschenk seiner Großmutter«, erklärte Helen. »Tim widmete seine gesamte Freizeit dieser Leidenschaft. Er drehte Amateur-Kurzfilme.«

Auf dem Schreibtisch ein Darth-Vader-Telefon, ein Becher mit Stiften, eine Plastikschachtel mit DVD-Rohlingen, ein Jessica Rabbit Coffee Mug und ein alter bunter iMac G3.

»Darf ich?«, fragte Caradec und deutete auf den Computer.

Helen nickte.

»Ich schalte ihn manchmal ein, um mir seine Filme oder seine Fotos anzusehen. Das hängt vom Tag ab, aber meistens tut es mir eher weh, als dass es mir hilft.«

Marc setzte sich auf den metallenen Drehhocker, ließ die Sitzfläche ein Stück herunter und schaltete den Computer ein.

Dieser gab ein flüchtiges Rauschen von sich, das stärker wurde. Eine Aufforderung, das Kennwort einzugeben.

»Ich habe fast ein Jahr gebraucht, um es herauszufinden«, gab Helen zu und ließ sich auf der Bettkante nieder. »›MacGuffin‹. Das war eigentlich nicht schwer zu erraten: Tim verehrte Hitchcock.«

Marc gab die neun Buchstaben ein und landete auf dem Desktop mit seinen Symbolen. Als Hintergrund hatte der Junge die Wiedergabe einer Zeichnung von Salvador Dali gestellt: *Heiliger Georg und der Drachen*.

Plötzlich ein Knall. Die Birne an der Decke hatte den Geist aufgegeben, Marc und Helen zuckten zusammen.

Jetzt war das Zimmer nur noch vom Computerbildschirm erhellt. Marc schluckte. Er fühlte sich unwohl. Ein Luftzug glitt über seinen Nacken. Er glaubte, einen Schatten über sich zu spüren. Er drehte sich abrupt um, war sich sicher, noch jemanden im Raum wahrzunehmen. Doch außer Helen – müder Geist mit wächsernen Zügen – befand sich niemand im Zimmer.

Er wandte sich zum Bildschirm zurück und öffnete den Posteingang. Wie Tims Mutter erklärt hatte, gab es keine Internetverbindung mehr, auch der Account existierte seit Jahren nicht mehr, aber die bereits eingegangenen Nachrichten waren in den Eingeweiden des Macs gespeichert. Mit der Maus scrollte Marc die Mails herunter, bis er bei der schicksalhaften vom 25. Juni 2005 angelangt war.

Er spürte, wie seine Augen zu brennen und die Haare auf seinen Unterarmen sich aufzurichten begannen. Die E-Mail, die er suchte, war da, versendet von Florence Gallo. Als er sie anklickte, um sie zu öffnen, erfasste ihn ein eisiger Schauer. Die *message* enthielt keinen Text, nur eine Audiodatei mit dem Titel *carlyle.mp3*.

Er schaltete die Lautsprecher des Computers ein und startete die Aufnahme. Die Stimme von Joyce klang ähnlich, wie er sie sich vorgestellt hatte: ernst, heiser vor Wut und Kummer. Was die Stimme des Mannes betraf, der sie umgebracht hatte, so war sie ihm nicht unbekannt. Als Marc begriff, um wen es sich handelte, hörte er sie sich ein zweites Mal an, um sicher zu sein, sich nicht geirrt zu haben.

Ungläubig überprüfte er alles ein drittes Mal. Vielleicht war ja einfach nur sein Englisch unzureichend. Mehrere Sekunden lang saß er wie versteinert da, dann nahm er den Hörer ab und wählte die Nummer von Raphaël. Er geriet an seinen Anrufbeantworter.

»Raph, ruf mich an, sobald du kannst. Ich habe die Aufnahme von Florence Gallo gefunden. Hör dir das mal an ...«

5.

»Wenn Sie mir nichts anderes zu sagen haben, Mister Barthélémy, dann erkläre ich dieses Gespräch für beendet.«

Während Zorah sich schon erhoben hatte, kam Blunt auf uns zu. Er hielt mein Smartphone in der Hand.

»Sein Telefon hat geklingelt«, erklärte er. »Ein gewisser Caradec hat eine Nachricht hinterlassen.«

»Hast du sie gehört?«

»Ja, und ich glaube, das solltest du auch tun.«

Während sie die Nachricht abhörte, beobachtete ich ihren Gesichtsausdruck, jedes Wimpernzucken, jede Veränderung ihrer Mimik. Als sie auflegte, war ich außerstande, zu erahnen, was sie erfahren hatte. Erst als sie beschloss, sich wieder zu setzen, sagte ich mir, dass das Kräfteverhältnis für mich gar nicht mehr so ungünstig sei.

»Ist Claire noch am Leben?«, fragte ich.

»Ja«, antwortete Zorkin geradeheraus.

Ich bemühte mich gar nicht erst, meine tiefe Erleichterung zu verbergen.

»Wo ist sie?«

»Irgendwo in Paris, bewacht von Richard Angeli.«

»Ich will augenblicklich mit ihr sprechen!«

Zorah schüttelte den Kopf.

»Wir machen es wie in den Filmen. Claire ist frei, sobald ich eine Kopie von dieser Aufnahme habe und Sie das Original zerstört haben.«

»Sie haben mein Wort.«

»Ich pfeife auf Ihr Wort.«

All das erschien mir zu einfach.

»Was garantiert Ihnen, dass ich es am Ende nicht publik mache?«

»Was garantiert Ihnen, dass, sollten Copeland und ich ins Weiße Haus kommen, nicht eines Morgens ein Agent der Sondereinheiten Ihnen eine Kugel in den Kopf schießt?«, erwiderte sie.

Sie ließ diesen Satz auf mich wirken, bevor sie hinzufügte:

»Es gibt keine stabilere Situation als das Gleichgewicht des Schreckens. Jeder von uns verfügt über eine Nuklearwaffe, und der Erste, der versucht, seinen Gegner zu vernichten, setzt sich der Gefahr aus, selbst vernichtet zu werden.«

Ich starrte sie an, völlig perplex. Ich fand, dass ihre Kapitulation etwas zu rasch gekommen war, und verstand den Schimmer in ihrem Blick nicht richtig. Ich glaube, sie nahm meine Verwirrung irgendwie wahr.

»Sie haben nicht verloren, aber ich habe gewonnen, Raphaël. Und wissen Sie, warum? Weil wir nicht den gleichen Krieg führen und nicht dieselben Gegner haben.«

Ich erinnerte mich an das, was Alan gesagt hatte: Zorah ist ihren Gegnern immer mehrere Züge voraus.

»Wer ist Ihr Gegner?«

»Wissen Sie, wie sich Politiker verhalten, wenn sie an die Macht kommen, Raphaël? Sie fühlen sich oft versucht, diejenigen auszuschalten, denen sie ihren Sieg zu verdanken haben. Es ist so viel befriedigender zu glauben, man hätte es aus eigenen Stücken geschafft.«

»Diese Aufzeichnung ist Ihre Lebensversicherung, stimmt's?«

»Das ist die Gewissheit, dass Copeland mich niemals ausbooten kann, denn ich habe jetzt etwas in der Hand, das ihn mitreißt, sollte ich straucheln.«

»Das Gleichgewicht des Schreckens«, murmelte ich.

»Das ist das Geheimnis dauerhafter Partnerschaft.«

»Für Sie entschuldigt der Kampf um die Macht alles, hab ich recht?«

»Insoweit, als die Ausübung dieser Macht der Mehrheit der Menschen nutzt.«

Ich erhob mich, um den Schachtisch zu verlassen.

»Menschen wie Sie konnte ich noch nie ertragen.«

»Diejenigen, die für das Wohl ihres Landes agieren?«, fragte sie spöttisch.

»Diejenigen, die sich erhaben fühlen über ein bevormundetes Volk, das angeblich außerstande ist, über sein eigenes Schicksal zu bestimmen. In einem Rechtsstaat unterwirft sich selbst die Politik gewissen Regeln.«

Sie sah mich herablassend an.

»Der Rechtsstaat ist eine Schimäre. Seit jeher ist das einzig existierende Recht das Recht des Stärkeren.«

24. Ein Nachmittag in Harlem

Das Wollen verzehrt uns,
und das Können zerstört uns.

Honoré de Balzac, *Das Chagrinleder*

Harlem
Samstag, 25. Juni 2005

Joyce Carlyle schloss die Tür des Hauses hinter sich, in dem für gewöhnlich ihre beiden Schwestern lebten, Bilberry Street 266, eine untypische schmale Gasse zwischen 131st und 132nd Street. Tad hatte sie im letzten Augenblick gebeten, den Treffpunkt zu ändern. Er war misstrauisch und wollte nicht das Risiko eingehen, vor ihrem Haus gesehen zu werden.

Aus einer Papiertüte zog Joyce eine Wodkaflasche, die sie kurz zuvor im Laden von Issac Landis gekauft hatte. Obwohl sie unterwegs schon mehrmals davon getrunken hatte, nahm sie erneut zwei kräftige Schlucke, die in ihrer Kehle brannten, ohne ihr auch nur den geringsten Trost zu spenden.

An diesem Samstagnachmittag wehte ein leichter

Wind durch das Blattwerk der Kastanien, und sanftes Licht überzog die Pflastersteine mit einem goldbraunen Schimmer. Der Frühling war überall, doch Joyce sah nichts davon – weder die Knospen noch die Blumenbeete. Sie war in ihrem Kummer, ihrem Zorn, ihrer Angst wie erstarrt.

Erneut ein kräftiger Schluck, bevor sie die Vorhänge zuzog, das Handy hervorholte und mit zitternden Fingern die Nummer von Florence Gallo wählte.

»Florence! Hier ist Joyce. *Er* hat die Verabredung verlegt!«

Ihre Gesprächspartnerin war völlig überrumpelt, doch Joyce ließ ihr keine Zeit.

»Er kommt! Ich muss Schluss machen!«

Florence versuchte, sie zu beruhigen:

»Halten Sie sich genau an den Plan, den wir gemeinsam ausgearbeitet haben. Befestigen Sie das Handy mit Klebeband unter dem Esszimmertisch, okay?«

»Ich ... ich versuche es.«

»Nein, Joyce, versuchen Sie es nicht, tun Sie es!«

In der Küchenschublade fand Joyce eine Rolle Tesafilm, schnitt mehrere Streifen ab, um das Handy unter dem kleinen runden Tisch neben dem Sofa festzukleben.

Im selben Augenblick bog ein Wagen um die Straßenecke: ein schwarzer Cadillac Escalade mit getönten Scheiben, der unter den Bäumen anhielt. Eine der hinteren Türen öffnete sich, und Tad Copeland stieg aus. Um nicht aufzufallen, kehrte der SUV um und parkte etwas weiter entfernt an der Ecke zur Lenox Avenue.

Gekleidet in Tweedjackett und dunklen Rollkragenpullover, eilte der Gouverneur mit gesenktem Kopf über den Bürgersteig und die Stufen hinauf zur Eingangstür der Nummer 266. Er musste nicht klingeln. Angespannt lauerte Joyce am Fenster und öffnete ihm die Tür.

Vom ersten Moment an war es Copeland klar, dass er keinen leichten Stand haben würde. Die früher so lebensfrohe und strahlende Frau, in die er sich einst verliebt hatte, glich jetzt, mit Alkohol und Heroin vollgepumpt, einer Bombe, die jeden Augenblick explodieren konnte.

»Hallo, Joyce«, sagte er und schloss die Tür hinter sich.

»Ich werde der Presse erzählen, dass Claire deine Tochter ist.« Joyce ging sofort zum Angriff über.

Copeland schüttelte den Kopf.

»Claire ist nicht meine Tochter. Es sind nicht die Blutbande, die Familien ausmachen, das weißt du genauso gut wie ich.«

Er trat auf sie zu und gab seiner Stimme einen möglichst überzeugenden Klang.

»Ich habe alles getan, was ich konnte, Joyce. Ich habe vor Ort einen Polizisten engagiert, um ständig über den Fortgang informiert zu sein. Die französische Polizei ist kompetent. Die Ermittler tun ihr Bestes.«

»Das reicht nicht.«

Tad seufzte.

»Ich weiß, dass du wieder Drogen genommen hast. Ich glaube, dies ist wirklich nicht der beste Moment.«

»Lässt du mich überwachen?«

»Ja, aber nur zu deinem Besten. Das kann nicht so weitergehen! Ich finde eine Klinik für dich, damit du ...«

»Ich will in keine Klinik! Ich will, dass man Claire findet!«

Als er diese schreiende Furie vor sich sah, erinnerte er sich für einen kurzen Augenblick an ihre Umarmungen fünfzehn Jahre zuvor – sinnlich, ungestüm, köstlich. Damals hatte sie eine magische Anziehungskraft auf ihn ausgeübt. Es war eine intensive körperliche und intellektuelle Leidenschaft gewesen, die allerdings nicht viel mit *Liebe* zu tun gehabt hatte.

»Claire ist deine Tochter, dazu musst du jetzt stehen!«, rief Joyce.

»Wir haben nie ein gemeinsames Kind geplant. Du kanntest meine Situation sehr gut. Entschuldige, wenn ich dich so direkt daran erinnere, aber du hast mir immer versichert, du würdest verhüten. Und als du schwanger wurdest, hast du gesagt, dass du nichts von mir erwarten und dieses Kind ganz allein großziehen würdest.«

»Und genau das tue ich seit Jahren!«, erwiderte Joyce. »Aber jetzt ist die Situation anders.«

»Was ist anders?«

»Claire wurde vor einem Monat entführt, doch das kümmert ja niemanden, verdammt! Wenn aber herauskommt, dass sie deine Tochter ist, wird die Polizei alle Hebel in Bewegung setzen, sie zu finden.«

»Das ist absurd.«

»Es wird zu einer Staatsaffäre. Und alle Welt spricht drüber.«

Copelands Tonfall wurde schärfer, zornig.

»Das wird nichts ändern, Joyce. Wenn diese Enthüllung eine zusätzliche Chance bieten würde, Claire zu retten, so wäre ich dafür, aber das ist nun mal nicht der Fall.«

»Du bist Gouverneur der Vereinigten Staaten.«

»Genau, ich bin seit fünf Monaten Gouverneur. Du kannst mein Leben nicht so zerstören!«

Sie brach in Tränen aus.

»Was ich nicht kann, ist, Claire einfach so aufzugeben!«

Copeland seufzte. Im Grunde verstand er sie ja. Als er sich für einen kurzen Moment in Joyce' Lage versetzte, dachte er an seine andere Tochter, Natasha. Seine *wirkliche* Tochter, die er großgezogen hatte. Für die er nachts um drei Uhr das Fläschchen aufgewärmt hatte. Um die er sich, jedes Mal, wenn sie krank war, unglaubliche Sorgen gemacht hatte. Er musste zugeben, dass er auch alles tun würde, wäre sie entführt worden. Sicherlich auch irrationale und sinnlose Dinge. Und genau in diesem Augenblick wurde ihm klar, dass sich die Hölle vor ihm aufgetan hatte und er alles verlieren würde: seine

Familie, seine Position, seine Ehre. Er würde alles verlieren, obwohl er mit der Entführung dieses Mädchens überhaupt nichts zu tun hatte. Er hatte stets Verantwortung für seine Entscheidungen und sein Verhalten übernommen, aber worum ging es in diesem Fall? Um eine einvernehmliche Affäre zwischen zwei Erwachsenen. Um eine Affäre mit einer Frau, die zu jener Zeit für die Freiheit der Sexualität eintrat. Um eine heuchlerische Gesellschaft, die den Ehebruch stigmatisierte, aber durch Waffengewalt ausgelöste Katastrophen hinnahm. Er hatte keine Lust, sich für sein damaliges Verhalten zu entschuldigen, keine Lust, sich reumütig zu zeigen.

»Meine Entscheidung ist gefallen, Tad«, verkündete Joyce. »Du kannst jetzt gehen.«

Sie kehrte ihm unvermittelt den Rücken zu und trat auf den Flur, aber Tad wollte nicht einfach so aufgeben. Er lief ihr nach und erreichte sie im Badezimmer.

»Hör zu, Joyce!«, rief er und packte sie bei den Schultern, »ich verstehe ja deinen Schmerz und deine Sorgen, aber deshalb musst du nicht auch mein Leben zerstören.«

Bei dem Versuch, sich aus seinem Griff zu befreien, schlug sie ihm mit den Fäusten ins Gesicht.

Überrascht begann er, sie zu schütteln.

»Beruhig dich, verdammt! Beruhig dich!«

»Zu spät!«, schrie sie.

»Wieso?«

»Ich habe schon eine Journalistin kontaktiert.«

»Was hast du gemacht?«

Sie schluchzte laut auf.

»Ich habe mich mit einer Journalistin vom *Herald* getroffen. Florence Gallo. Sie wird die Wahrheit aufdecken.«

»Die Wahrheit ist, dass du ein gemeines kleines Luder bist!«

Joyce setzte sich noch immer zur Wehr, doch Copelands lange unterdrückte Wut gewann die Oberhand, und er ohrfeigte sie.

»Hilfe, Florence! Hilfe!«

Von wildem Zorn gepackt, schüttelte er sie noch heftiger, bevor er sie brutal zurückstieß.

Joyce öffnete den Mund, um zu schreien, doch ihr blieb nicht die Zeit. Sie fiel nach hinten, streckte verzweifelt den Arm aus, um sich an irgendetwas festzuhalten. Ihr Kopf schlug auf den Badewannenrand. Ein trockenes Knacken war zu hören wie das eines brechenden Astes. Copeland erstarrte, fassungslos. Die Zeit schien langsamer zu vergehen und schließlich ganz stehen zu bleiben. Joyce' Körper lag auf dem Boden. Der Politiker kniete sich neben sie, begriff aber schnell, dass es zu spät war. So verharrte er in einer Art Schockzustand und am ganzen Körper zitternd.

»Ich habe sie getötet!«, schluchzte er und brach in Tränen aus.

Für einen kurzen Moment hatte er die Kontrolle über sich verloren. Für einen kurzen Moment, der sein Leben in einen Albtraum verwandelte.

Er spürte, wie ihn die Panik ergriff. Dann ließ langsam das Entsetzen nach, und er kam wieder zu sich. Er griff nach seinem Handy, um die Polizei zu benachrichtigen. Während er noch die Nummer eingab, hielt er plötzlich inne. Eine Frage drängte sich ihm auf: Warum hatte Joyce geschrien und diese Journalistin um Hilfe angefleht? Er verließ das Bad und lief zurück ins Wohnzimmer. Dort riss er alle Schubladen und Schranktüren auf. Er inspizierte die Vorhänge, den Nippes und die Möbel. Er brauchte nur knapp zwei Minuten, um das unter den Tisch geklebte Handy zu finden, und schaltete es rasch aus.

Diese Entdeckung übte eine sonderbare Wirkung auf ihn aus. Sie verwandelte ihn, seine Gefühle. Plötzlich hatte er nicht mehr die Absicht, sich zu ergeben und zu bereuen. Es gelang ihm, sich einzureden, dass er nicht schuldig war. Genau genommen war er das Opfer. Er würde kämpfen und sich wehren. Schließlich war ihm das Leben stets gewogen gewesen. Und vielleicht würde ihn auch heute sein Glücksstern nicht verlassen.

Er wählte die Nummer von besagtem Glücksstern, der im Wagen vor dem Haus geblieben war.

»Zorah, komm schnell! Und bring Blunt mit. Aber bitte diskret.«

»Was ist passiert, Tad?«, fragte die Stimme am anderen Ende der Leitung.

»Es gibt ein Problem mit Joyce.«

Die Welt teilt sich in zwei Teile ...

Anna

Heute
Sonntag, 4. September 2016

Die Mauern schwitzten. Die Feuchtigkeit war überall. Die Luft stank nach Schimmel und Fäulnis.

Anna, die neben einer Wasserlache auf dem eisigen Boden ausgestreckt lag, atmete nur schwach. Ihre beiden Hände waren an ein dickes graues Gusseisenrohr gekettet, ihre Knöchel mit einem Kabelbinder zusammengebunden. Ein Knebel riss ihre Mundwinkel ein. Ihre Arme zitterten, ihre Knie stießen gegeneinander. Ihr ganzer Körper war steif vor Schmerzen.

Es war fast völlig dunkel, abgesehen von einem winzigen bleichen Lichtstrahl, der durch einen Spalt im Dach hereindrang, sodass sie die Mauern ihres Gefängnisses lediglich erahnen konnte. Der Ort war eine seit Langem stillgelegte Umspannstation der Bahn. Ein Turm mit zwanzig Quadratmetern Bodenfläche und einer Höhe von über zehn Metern, in dem früher einmal ein Transformator der Elektrizitätsgesellschaft EDF gestanden hatte.

441

Selbst in der Tiefe ihres Verlieses konnte Anna den fernen Lärm der Züge und des Straßenverkehrs hören. Sie war hier seit beinahe drei Tagen eingesperrt. Bewegungslos und mit benebeltem Kopf versuchte sie, sich einmal mehr den Ablauf der Ereignisse, die sie hierhergeführt hatten, in Erinnerung zu rufen.

Es war alles so schnell gegangen. Zu schnell, als dass sie den Sinn dessen, was ihr geschah, hätte verstehen können. In Antibes hatte es mit diesem Streit angefangen, jene heftige Auseinandersetzung mit Raphaël, die in Tränen endete. Der Mann, den sie liebte, war nicht fähig gewesen, ihr Geheimnis zu ertragen, und hatte sie verlassen, eine Reaktion, die sie niedergeschmettert und tief bestürzt hatte.

Seit sie wusste, dass sie schwanger war, hatte sie sich immer wieder gesagt, dass es unvernünftig wäre, eine Familie auf einer Lüge zu gründen. Als Raphaël daher wieder angefangen hatte nachzubohren, hatte sie sich absichtlich weniger gesträubt als üblicherweise. Auch wenn sie das Gegenteil behauptet hatte, war sie doch beinahe erleichtert gewesen, ihm die Wahrheit sagen zu können. Von seinen verständnisvollen Worten ermutigt, hatte sie sogar gehofft, er werde ihr helfen, die schwierige Situation, in der sie seit Jahren lebte, hinter sich zu lassen.

Er hatte es schlecht aufgenommen. Da sie sich verlassen und ratlos fühlte, hatte sie ihrer Wut freien Lauf gelassen und das Bücherregal umgestoßen, das beim Umfallen den niedrigen Glastisch zerbrochen hatte.

Dann hatte sie sich ein Taxi zum Flughafen bestellt und war nach Paris zurückgekehrt.

Sie war gegen ein Uhr morgens bei sich zu Hause in Montrouge angekommen. Beim Betreten ihrer Wohnung hatte sie sofort gespürt, dass jemand hinter ihr war, aber kaum hatte sich umgedreht, bekam sie auch schon einen Schlag auf den Kopf. Als sie wieder zu sich kam, war sie in der Box eines Lagers gefangen.

Einige Stunden später hatte ein Auto die Tür der Box durchbrochen, jedoch nicht, um sie zu befreien. Im Gegenteil, nach einer kurzen Fahrt im Kofferraum eines Geländewagens war sie hier eingesperrt worden. Von der Umgebung dieses Ortes hatte sie nur ein paar flüchtige Bilder wahrgenommen: endlose Brachlandflächen, durchzogen von einem Gewirr von Autobahnzubringern und Eisenbahngleisen. Der Mann, der sie hierhergefahren hatte, hieß Stéphane Lacoste, arbeitete jedoch im Auftrag eines gewissen Richard Angeli. Beim Belauschen ihrer Unterhaltung hatte Anna verstanden, dass sie Polizisten waren, was sie keineswegs beruhigte. Noch etwas anderes erschreckte sie: Mehrmals hatte Angeli sie »Carlyle« genannt. Diese Identität kannte niemand. Warum tauchte die Vergangenheit so brutal wieder auf? Warum fing das Schlimmste wieder von vorn an: Gefangenschaft, Entsetzen und zerstörtes Glück?

Sie war total erschöpft und hatte so viel geweint, dass sie keine Tränen mehr zu haben schien. Ihre Kleidung starrte von Schweiß und Schmutz.

Um nicht völlig den Boden unter den Füßen zu verlieren, sagte sie sich immer wieder, nichts könne jemals grauenhafter und entsetzlicher sein als die zwei Jahre, die sie in Kieffers Schlupfwinkel verbracht hatte. Der Peiniger hatte ihr alles genommen: ihre Unschuld, ihre Jugend, ihre Familie, ihre Freunde, ihr Land, ihr Leben. Denn Kieffer hatte letztlich Claire Carlyle getötet. Um weiterleben zu können, hatte sie schließlich nur einen Ausweg gefunden: in die Identität einer anderen Frau zu schlüpfen. Claire war schon lange tot. Zumindest hatte Anna dies bis vor wenigen Tagen geglaubt. Dann war ihr klar geworden, dass Claire eine widerspenstige Tote war. Ein unauslöschlicher Schatten, den sie bis ans Ende ihres Lebens nicht loswerden würde.

Ein unheilverkündendes Geräusch. Das metallische Quietschen der Tür. Im bleichen Licht der Morgendämmerung zeichnete sich die Silhouette Angelis ab. Der Mann näherte sich mit einem Messer. Es ging alles so schnell, dass Anna nicht einmal Zeit hatte, zu schreien. Mit der Klinge durchtrennte Angeli die Kabelbinder, dann öffnete er die Handschellen. Ohne zu begreifen, wie ihr geschah, stürzte Anna zur Tür und rannte aus dem Trafohaus.

Sie landete auf städtischem Brachland, bewachsen von Farn, Brombeeren und hohem Unkraut. Ein apokalyptisches Gelände mit verwahrlosten Lagerhallen, mit Graffiti besprühten Industriegebäuden, halb verfallen und von Vegetation überwuchert. Vor dem porzellanfarbenen Himmel waren Kräne in ihrer Bewegung erstarrt.

444

Anna rannte atemlos durch dieses *no man's land*. Sie bemerkte nicht, dass Angeli sie nicht verfolgte. Sie rannte, wie sie es Ende Oktober 2007 in der eiskalten Nacht in einem Wald im Elsass getan hatte. Erschöpft, am Ende ihrer Kräfte, rannte sie und fragte sich, warum sich ihr Leben letztlich immer auf dasselbe reduzierte: die Flucht vor irgendeinem Verrückten, die Flucht, um einem verhängnisvollen und vernichtenden Schicksal zu entkommen.

Das Brachland befand sich am Schnittpunkt mehrerer Verkehrsachsen. Wahrscheinlich zwischen dem Périphérique und der Autobahn bei Bercy-Charenton. Anna kam zu einer Baustelle, wo trotz der sehr frühen Stunde bereits eine Gruppe von Arbeitern rund um ein Kohlebecken stand und sich aufwärmte. Keiner von ihnen sprach Französisch, aber sie verstanden, dass sie Hilfe brauchte. Sie versuchten, sie zu beruhigen. Dann boten sie ihr Kaffee und ein Handy an. Atemlos wählte sie Raphaëls Nummer. Es dauerte ewig, bis die Verbindung zustande kam. Als er endlich abhob, sagte er sofort:

»Ich weiß, dass sie dich freigelassen haben, Claire, und niemand verfolgt dich. Jetzt wird alles gut. Diese ganze Geschichte ist vorbei.« Sie verstand nicht, was Raphaël in New York machte und warum er sie Claire nannte. Doch plötzlich wurde ihr klar, dass er Bescheid wusste. Über alles: wer sie war, woher sie kam, welche Wege sie gegangen war, bevor sie ihm begegnete. Ihr wurde klar, dass er sogar mehr wusste als sie selbst, und

Schwindel überkam sie, doch gleichzeitig auch Erleichterung.

»Jetzt wird alles gut«, versicherte er ihr.

Und das hätte sie nur zu gern geglaubt.

Claire

Einen Tag später
Montag, 5. September 2016

Ich hatte vergessen, wie sehr ich den Lärm Manhattans liebe. Diese diffusen, beinahe beruhigenden Vibrationen, das ferne Brummen des Verkehrs, ein Geräusch, das mich an meine Kindheit erinnert.

Ich wache als Erste auf. Ich habe praktisch nicht geschlafen. Ich bin zu aufgeregt, zu sehr aus dem Rhythmus. In den letzten vierundzwanzig Stunden bin ich von der tiefsten Verzweiflung zu Momenten der Euphorie und des Staunens gelangt. Ein Übermaß an Emotionen. Eine schwindelerregende Achterbahn der Gefühle, die mich erschöpft hat, die mich glücklich und traurig zugleich macht.

Ich bemühe mich, Raphaël nicht zu wecken, und lege meinen Kopf vorsichtig auf seine Schulter. Ich schließe die Augen und lasse den Film unseres gestrigen Wiedersehens noch einmal vor meinem inneren Auge ablaufen: Meine Ankunft am Kennedy Airport in New York, mein Herz, das sich zusammenschnürt, als ich meine Tanten und Cousins wiedersehe, zehn Jahre älter, den kleinen Theo, der angelaufen kommt und sich in meine Arme wirft.

Dann natürlich Raphaël, der mir den Beweis geliefert hat, dass er der Mann ist, auf den ich gewartet hatte. Der in der Lage war, mich dort zu suchen, wo ich mich verloren hatte. Dort, wo mein Leben zum Stillstand gekommen war. Der Mann, der mir meine Geschichte, meine Familie, meine Herkunft wiedergegeben hat.

Es gelingt mir noch nicht, alles, was er mir erzählt hat, vollständig zu akzeptieren. Ich weiß nun, wer mein Vater ist. Ich weiß aber auch, dass mein Vater wegen mir – weil es mich gibt – meine Mutter umgebracht hat. Abgesehen davon, dass ich in den kommenden zwanzig Jahren zum Einkommen eines Psychologen beitragen werde, ist mir noch nicht ganz klar, was ich mit dieser Information anfangen werde.

Ich bin aus dem Gleichgewicht, aber gelassen. Ich weiß, dass ich wieder an meine Wurzeln angeknüpft habe und dass die Dinge schrittweise in Ordnung kommen werden.

Ich bin zuversichtlich. Es bestehen gute Aussichten, dass mein Geheimnis gewahrt bleibt. Ich habe meine Identität und meine Familie wiedergefunden, und der Mann, den ich liebe, weiß endlich, wer ich wirklich bin.

Seit dieser Befreiung – im wahrsten Sinne des Wortes – wird mir klar, wie sehr die Last der Lüge mir im Lauf der Jahre zusetzte, wie sie mich beeinträchtigte. Sie hat aus mir eine Art Chamäleon gemacht, immer wachsam, immer zurückhaltend, zwar fähig, mich durch Probleme hindurchzuschlängeln, aber ohne Wurzeln, ohne Vertrauen und ohne Ankerpunkt. Die angenehmen Erinnerungen an das gestrige Abendessen leben wieder auf: das Barbecue im Garten, das Lachen und Weinen von Angela und Gladys, als sie hörten, dass ich bald Mutter werde, das nicht in Worte zu fassende Gefühl, als ich meine Straße, mein ehemaliges Wohnhaus, dieses Viertel wiedersah, das ich so liebte. Der Geruch des Abends nach Maisbrot, Brathähnchen und Waffeln. Die folgenden Stunden, die Musik, die Lieder, die vielen Gläser Rum, die die anderen tranken, die Augen, die vor Glück brennen …

Bald jedoch drängen sich die anderen, dunkleren Bilder in den Vordergrund. Es ist ein Traum, den ich bereits in der vergangenen Nacht im Halbschlaf hatte. Ich sehe mich an dem besagten Abend, als ich zurück nach Montrouge kam. In dem Moment, als ich die Tür zu meiner Wohnung aufstieß, spürte ich eine latente Gefahr und dass hinter mir jemand war. Als ich mich umdrehte, wurde ich mit einer schweren Taschenlampe niedergeschlagen.

Ein stechender Schmerz, der in meinem Kopf explodierte. Alles begann, sich um mich zu drehen, und ich stürzte zu Boden. Aber ich wurde nicht sofort ohnmächtig, zwei oder drei Sekunden vor dem Blackout bemerkte ich …

Ich weiß es nicht mehr, und das hat mich vergangene Nacht gequält. Ich konzentriere mich, aber meine Bemühungen laufen ins Leere. Ein undurchsichtiger, milchiger Nebel hindert mich daran, meine Erinnerungen wiederzufinden. Ich versuche, Bilder zu fixieren, die sich entziehen. Ich lasse nicht locker. Fragmente tauchen aus dem Nebel auf. Ziehen unscharf vorbei wie ein Film, der nur kreidefarbene Landschaften festgehalten hat. Dann werden die Spuren deutlicher. Ich schlucke. Mein Herz schlägt schneller. Während dieser wenigen Sekunden, bevor ich das Bewusstsein verlor, habe ich gesehen ... die Holzstruktur des Parketts, meine Tasche, die ich fallen ließ, den Schrank, der offensichtlich durchwühlt worden war, die halb offene Tür zu meinem Schlafzimmer. Und dort, auf dem Boden, in der Türöffnung, liegt ein ... Hund. Ein brauner Plüschhund mit großen Ohren und runder Schnauze. Fifi, Theos Plüschtier!

Ich springe aus dem Bett. Ich schwitze. Mein Herz schlägt zum Zerspringen. *Ich muss da etwas verwechseln.* Und doch sind meine Erinnerungen in diesem Moment kristallklar.

Ich versuche, eine rationale Erklärung zu finden, aber ich sehe keine. Es ist *unmöglich*, dass Theos Kuscheltier in Montrouge war, und zwar aus dem einfachen Grund, weil Raphaël nie mit seinem Sohn in meiner Wohnung gewesen ist. Und an diesem Abend war Raphaël in Antibes. Theo war in der Obhut von Marc Caradec.

Marc Caradec ...

Ich zögere, Raphaël zu wecken. Ich schlüpfe in meine Jeans und meine Bluse, die auf der Bank am Fußende des Bettes liegen, und verlasse das Schlafzimmer. Die Suite geht in ein kleines Wohnzimmer über, dessen Fensterfront zum Hudson River hinausführt. Die Sonne steht bereits hoch am Himmel. Ich schaue auf die Wanduhr. Es ist spät, beinahe zehn Uhr. Ich setze mich an den Tisch und versuche, meine Gedanken zu sammeln.

Wie kam dieses Kuscheltier dorthin? Es gibt nur eine Erklärung: Theo, und damit auch Marc Caradec, waren in dieser Nacht bei mir. Marc hatte unsere romantische Reise nach Antibes dazu genutzt, um in meine Wohnung einzudringen und dort etwas zu suchen. Aber meine unvorhergesehene Rückkehr hatte seine Pläne durchkreuzt. In dem Moment, als ich zur Tür hereinkam, hat er mich mit seiner Taschenlampe niedergeschlagen und mich anschließend in diesem Lager eingesperrt.

Aber aus welchem Grund?

Ich bin wie vor den Kopf geschlagen. Hat Marc schon länger, als er zugeben will, erraten, wer ich bin? Selbst wenn dies der Fall war, warum nahm er mir das übel? War er es, der Clotilde Blondel angegriffen hat? Der von Anfang an ein verheerendes doppeltes Spiel spielte?

Eine schreckliche Ahnung überkommt mich. Ich muss etwas nachprüfen.

Ich stürze zum Sofa, auf dem ich meine Reisetasche abgestellt habe. Ich öffne und durchwühle sie, um zu finden, was ich suche: ein großes blaues kartoniertes Heft. Das Heft, das ich am Abend meiner Flucht aus dem Haus von Heinz Kieffer mitgenommen habe. Das Heft, das bei mir versteckt gewesen war, weit hinter die Wandleiste geschoben, neben der Tasche mit dem Geld. Das Heft, das Raphaël und Marc nicht gesehen haben. Das Heft, das mein Leben verändert hat und das ich heute Morgen wieder geholt habe, nachdem Angeli mich freigelassen hatte. Zusammen mit meinem Pass und einigen Kleidungsstücken.

Ich blättere die Seiten um. Ich suche eine bestimmte Stelle, die ich im Kopf habe. Als ich sie endlich finde, überfliege ich sie mehrmals und versuche, zwischen den Zeilen zu lesen. Dann stockt mir das Blut in den Adern.

Ich verstehe alles.

Ich öffne die Tür zu Theos Zimmer. Der Kleine ist nicht in seinem Bett. Stattdessen eine handgeschriebene Nachricht auf einem Papier mit dem Briefkopf des Hotels.

Ohne eine Sekunde Zeit zu verlieren, schlüpfe ich in meine Schuhe, lege den Zettel auf den Tisch an der Eingangstür und schnappe mir meinen Rucksack, in den ich das blaue Heft stecke. Der Aufzug, die Rezeption. Auf einem Flyer im Zimmer habe ich gelesen, dass der *Bridge Club* seinen Gästen kostenlose Fahrräder zur Verfügung stellt. Ich nehme das erstbeste und fahre eilig auf die Greenwich Street.

Der Himmel ist inzwischen leicht bedeckt, und der Wind fegt von West nach Ost durch die Straßen. Ich trete in die Pedale, als wäre ich zehn Jahre alt. Zuerst nach Süden, dann biege ich, sobald ich kann, auf die Chambers Street ab. New York ist meine Stadt, hier bin ich in meinem Element. Es mögen Jahre vergangen sein, aber ich kenne die Geografie dieser Stadt auswendig, ihre Codes.

In Verlängerung der Straße erheben sich die perlmuttfarbenen Türme des Municipal Building über vierzig Etagen. Ich sause unter dem monumentalen Tor hindurch, um auf die für Fahrräder reservierte Spur der Brooklyn Bridge zu kommen. Endlich am Ende der Brücke angelangt, schlängle ich mich zwischen den Autos hindurch, fahre am Cadman Plaza Park entlang und dann weiter ans Ufer des East River.

Ich bin mitten in Dumbo, einem der ältesten Industrie- und Hafenviertel der Stadt zwischen Brooklyn Bridge und Manhattan Bridge. Ich bin hier ein paar Mal mit meiner Mutter spazieren gegangen. Ich erinnere mich an die roten Backsteinfassaden, die alten Docks und die renovierten Lagerhallen.

Ich komme in einen hügeligen Bereich, der von Rasenflächen gesäumt ist, die zu einer Waldpromenade gegenüber von Manhattan hinunterführen. Der Blick ist atemberaubend. Ich bleibe kurz stehen, um ihn zu bewundern. Ich bin wieder zurück.

Zum ersten Mal in meinem Leben werde ich wirklich zum »Mädchen aus Brooklyn«.

Raphaël

Ich war so glücklich, Claire wiedergefunden zu haben, dass ich nicht bemerkte, wie die Nacht vergangen und ich schließlich in einen tiefen, friedlichen Schlaf gesunken war. Man muss sagen, dass sich die Carlyle-Schwestern aufs Feiern wirklich verstehen. Gestern Abend hatten sie mir, um die Rückkehr ihrer Nichte zu feiern, bis spät in die Nacht hinein viele Gläser ihres hausgemachten Cocktails mit weißem Rum und Ananassaft vorgesetzt.

Das Klingeln des Telefons riss mich aus meiner Lethargie. Ich hob ab, doch ich hatte Mühe, richtig wach zu werden, und sah mich nach Claire um. Sie war nicht da.

»Raphaël Barthélémy?«, wiederholte die Stimme am anderen Ende der Leitung.

Es war Jean-Christophe Vasseur, der Polizist, der für Marc Caradec die Fingerabdrücke von Claire identifiziert hatte. Gestern war es mir gelungen, seine Telefonnummer ausfindig zu machen, und ich hatte ihm mehrere Nachrichten auf seinem Anrufbeantworter hinterlassen. Während ich auf Claires Ankunft wartete, hatte ich über unsere Geschichte nachgedacht und war dabei auf gewisse Ungereimtheiten und weiße Stellen gestoßen. Das meiste, was ich nicht verstand, betraf den Katalysator des Dramas, das wir durchlebt hatten. Insbesondere eine Frage tauchte immer wieder auf: Wie hatte Richard Angeli, der von Zorah bezahlte Polizist, die wahre Identität von Anna Becker entdeckt? Ich hatte nur eine einzige schlüssige Antwort gefunden: weil Vasseur ihn benachrichtigt hatte.

»Danke, dass Sie mich zurückrufen, Lieutenant. Um Ihre Zeit nicht unnötig in Anspruch zu nehmen, will ich direkt zur Sache kommen ...«

Nachdem wir eine Minute miteinander gesprochen und ich versucht hatte, mit ihm die Fäden der Geschichte zu entwirren, bemerkte ich, dass Vasseur in größter Sorge war.

»Als Marc Caradec mich gebeten hat, die Abdrücke in die Fingerabdruckdatenbank einzugeben, tat ich dies ohne jedes Misstrauen«, erklärte er. »Ich wollte einfach nur einem ehemaligen Kollegen einen Dienst erweisen.«

Und nebenbei 400 Euro kassieren, dachte ich, ohne es laut auszusprechen. Wozu sollte ich den Typen gegen mich aufbringen?

»Aber ich war wirklich überrascht, als ich sah, dass sie zu der kleinen Carlyle gehörten«, fuhr Vasseur fort. »Nachdem ich Marc das Ergebnis mitgeteilt hatte, bekam ich es richtig mit der Angst zu tun. Dieser kleine Verstoß würde wie ein Bumerang zu mir zurückkommen und mir das Genick brechen, da war ich mir sicher! Voller Panik sprach ich mit Richard Angeli darüber.«

Ich hatte also recht gehabt.

»Kennen Sie ihn schon lange?«

»Er war mein Gruppenleiter bei der Jugendschutzbrigade«, erklärte Vasseur. »Ich dachte, er würde mir einen guten Rat geben können.«

»Was hat er Ihnen denn gesagt?«

»Es sei gut, dass ich ihn angerufen habe und ...«

»Und ...?«

»Dass er diese Geschichte regeln würde, doch es sei sehr wichtig, dass ich die Ergebnisse niemandem gegenüber erwähne.«

»Haben Sie ihm von Marc erzählt?«

Vasseur, der sich äußerst unwohl fühlte, stammelte:

»Na ja, ich war ihm irgendwie verpflichtet ...«

Ich hatte soeben das Schlafzimmer verlassen. Das Wohnzimmer der Suite war leer, ebenso das Bett meines Sohnes. Ich war nicht sofort beunruhigt. Es war schon spät. Theo hatte wahrscheinlich Hunger gehabt und war mit Claire zum Frühstücken hinuntergegangen. In der Absicht, mich dort zu ihnen zu gesellen, schlüpfte ich in meine Hose, griff nach meinen Turnschuhen, klemmte das Telefon zwischen Ohr und Schulter und begann, meine Schuhe zuzubinden.

»Konkret gefragt, wissen Sie, was Angeli mit Ihrer Information angefangen hat?«

»Ich habe nicht die geringste Ahnung«, versicherte

Vasseur mir. »Ich habe mehrfach versucht, ihn zu erreichen, aber er hat mich nie zurückgerufen.«

»Sie haben ihn nicht direkt zu Hause oder an seinem Arbeitsplatz angerufen?«

»Doch, natürlich, aber er hat auf keinen meiner Anrufe reagiert.«

Logisch. Bisher hatte Vasseur mir nichts Neues erzählt, mir lediglich meine Vermutungen bestätigt. Als ich das Gespräch schon beenden wollte, entschied ich, ihm noch eine letzte Frage zu stellen. Um die Sache abzuschließen. Ohne viel zu erwarten, fragte ich:

»Wann haben Sie Angeli mitgeteilt, was Sie wussten?«

»Ich habe lange gezögert. Schließlich habe ich mich eine Woche, nachdem ich mit Caradec gesprochen hatte, dazu durchgerungen.«

Ich runzelte die Stirn. Diese Version war nicht schlüssig: Seit Marc in meiner Küche Claires Fingerabdrücke von ihrer Teetasse genommen hatte, war noch keine Woche vergangen, höchstens vier Tage. Welches Interesse hatte der Polizist, mich so plump zu belügen?

Fast gegen meinen Willen zeichnete sich in meinem Kopf der Ansatz eines Verdachts ab.

»Das verstehe ich nicht, Vasseur. An welchem Tag hat Marc Sie denn gebeten, die Fingerabdrücke abzugleichen?«

Der Polizist antwortete, ohne zu zögern:

»Vor genau zwölf Tagen. Ich erinnere mich deshalb so gut daran, weil es der letzte Ferientag war, den ich mit meiner kleinen Tochter verbracht habe: Mittwoch, 24. August. An diesem Abend habe ich Agathe zum Bahnhof Gare de l'Est begleitet, von wo aus sie mit dem Zug zu ihrer Mutter zurückgefahren ist. Dort habe ich mich dann mit Caradec getroffen: im Bistro *Aux Trois Amis*, gegenüber vom Bahnhof.« In einem Augenblick, wo ich am wenigstens damit rechnete, entgleiste erneut ein Teil meines Lebens.

»Und wann haben Sie ihm die Ergebnisse mitgeteilt?«

»Zwei Tage später, am 26.«

»Sind Sie sich da ganz sicher?«

»Natürlich, warum?«

Ich war schockiert. Marc hatte also seit *zehn Tagen* gewusst, wer Claire war! Er hatte ohne mein Wissen die Fingerabdrücke meiner Gefährtin genommen, bereits Tage vor ihrem Verschwinden. Und dann hatte er mir dieses ganze Theater vorgespielt. Und ich hatte ganz naiv nur professionelle Begeisterung vermutet.

Aber warum, verdammt noch mal?

Während ich mich fragte, was seine Beweggründe gewesen sein könnten, zwang mich ein anklopfender anderer Anrufer, meine Überlegungen zu unterbrechen. Ich dankte Vasseur und nahm das andere Gespräch an.

»Monsieur Barthélémy? Hier ist Malika Ferchichi. Ich arbeite im medizinischen Pflegeheim Sainte-Barbe in ...«

»Natürlich, ich weiß sehr wohl, wer Sie sind, Malika. Marc Caradec hat mir von Ihnen erzählt.«

»Ich habe Ihre Telefonnummer von Clotilde Blondel. Sie ist aus dem Koma erwacht, sie ist noch sehr schwach, aber sie wollte sich vergewissern, dass es ihrer Nichte gut geht. Es ist zu dumm, dass uns niemand über ihre Entführung informiert hat! Im Heim war man sehr beunruhigt, weil sie nicht mehr kam!«

Die junge Frau hatte eine ungewöhnliche Stimme. Zugleich tief und hell.

»Ich bin jedenfalls erleichtert zu hören, dass es Madame Blondel besser geht«, sagte ich. »Auch wenn ich nicht ganz verstehe, warum Sie Ihnen meine Nummer gegeben hat …«

Malika schwieg einen Moment.

»Sie sind ein Freund von Marc Caradec, nicht wahr?«

»Das ist richtig.«

»Wissen Sie …? Wissen Sie über seine Vergangenheit Bescheid?«

Ich sagte mir, dass ich seit fünf Minuten den Eindruck hatte, Marc überhaupt nicht zu kennen.

»Worauf wollen Sie hinaus?«

»Wissen Sie, warum er den Polizeidienst quittiert hat?«

»Er ist bei einem Einsatz von einem Querschläger getroffen worden. Das war bei einem Einbruch in ein Juweliergeschäft in der Nähe der Place Vendôme.«

»Das stimmt, aber es war nicht der wahre Grund. Zu dem Zeitpunkt war Caradec bereits seit einiger Zeit nur noch ein Schatten seiner selbst. Bei ihm, der ein großartiger Polizist gewesen war, reihten sich seit Jahren Fehlzeiten wegen Krankheit und Aufenthalte in Le Courbat aneinander.«

»Le Courbat? Was ist das?«

»Ein Kurzentrum im Département Indre-et-Loire, in der Nähe von Tours. Eine Einrichtung, die überwiegend Polizisten behandelt, die an Depressionen leiden oder Probleme mit Alkohol oder Medikamentenmissbrauch haben.«

»Woher haben Sie diese Informationen, Malika?«

»Von meinem Vater. Er ist Gruppenleiter im Drogendezernat. Marcs Geschichte ist bei der Polizei bekannt.«

»Warum? Ein depressiver Polizist ist nichts Besonderes, oder?«

»Das ist nicht alles. Wussten Sie, dass Marc seine Frau verloren hat?«

»Natürlich.«

Mir gefiel die Wendung nicht, die dieses Gespräch nahm, und auch das nicht, was ich über Marc erfuhr, aber die Neugier siegte über jede andere Erwägung.

»Und auch, dass sie sich das Leben genommen hat?«

»Er hat das gelegentlich erwähnt, ja.«

»Sie haben aber nicht versucht zu erfahren, warum?«

»Nein. Ich stelle anderen nicht gern indiskrete Fragen.«

»Dann wissen Sie also nichts über seine Tochter?«

Ich war ins Wohnzimmer zurückgegangen, verrenkte mich, um während des Gesprächs meine Jacke anzuziehen, und nahm meine Brieftasche vom Tisch.

»Ich weiß, dass Marc eine Tochter hat, ja. Soweit ich

verstanden habe, sehen sie sich nicht mehr sehr oft. Ich glaube, sie studiert im Ausland.«

»Im Ausland? Sie scherzen. Louise wurde vor über zehn Jahren ermordet!«

»Wovon sprechen Sie?«

»Seine Tochter Louise wurde entführt, eingesperrt und von einem Triebtäter ermordet, der Mitte der 2000er-Jahre sein Unwesen trieb.«

Wieder schien die Zeit stehen zu bleiben. Ich schloss die Augen und massierte meine Schläfen. Ein Flash. Ein Name. Der Name Louise Gauthier, Kieffers erstes Opfer, im Alter von vierzehn Jahren im Dezember 2004 entführt, als sie in den Ferien bei ihren Großeltern in der Nähe von Saint-Brieuc im Département Côtes-d'Armor war.

»Sie wollen sagen, dass Louise Gauthier Marc Caradecs Tochter war?«

»So hat es mir mein Vater erzählt.«

Ich machte mir Vorwürfe. Von Anfang an war ein Teil der Wahrheit vor meinen Augen gewesen. Aber wie hätte ich sie entschlüsseln sollen?

»Warten Sie. Warum trug die Kleine nicht den Namen ihres Vaters?«

Als gute Polizistentochter hatte Malika auf alles eine Antwort.

»Marc arbeitete damals an heißen Fällen der BRB, der Spezialeinheit zur Bekämpfung des organisierten Verbrechens. Es war bei so exponierten Polizisten wie ihm nicht ungewöhnlich, dass sie versuchten, die Identität ihrer Kinder zu schützen, um eine Erpressung oder Entführung zu verhindern.«

Sie hatte natürlich recht.

Ich hatte Mühe, alle Konsequenzen dieser Enthüllung zu begreifen. Während mir eine letzte Frage auf der Zunge brannte, bemerkte ich die handschriftliche Notiz, die auf dem Tisch am Eingang lag. Ein einfacher Satz, auf Briefpapier mit dem Emblem des Hotels geschrieben:

Raph,
ich habe Theo zu Jane's Carousel in Brooklyn mitgenommen.
Marc

Wie aus dem Nichts packte mich die Angst. Ich stürzte aus der Suite, und während ich die Treppe hinuntereilte, fragte ich Malika: »Und werden Sie mir jetzt sagen, warum Sie es ratsam fanden, mich anzurufen?«

»Um Sie zu warnen. Clotilde Blondel erinnert sich sehr gut an ihren Angreifer. Sie hat dem Polizisten, der sie befragt hat, eine Personenbeschreibung gegeben und sie mir geschickt.«

Sie machte eine Pause, dann sagte sie, was ich letztlich bereits erraten hatte:

»Das Phantombild passt haargenau auf Marc Caradec.«

Marc

Brooklyn

Das Wetter war umgeschlagen.

Es war kälter geworden, der Himmel war tiefgrau, Sturm hatte eingesetzt. Auf der hölzernen Promenade entlang der Bucht zogen sich die Spaziergänger fröstelnd ihre Jacken an. An den Kiosken wurden statt Speiseeis heißer Kaffee und Hotdogs verkauft.

Selbst das Wasser des East River hatte eine merkwürdig graugrüne Färbung angenommen, die Wellen schlugen gegen das Ufer und bespritzten die Passanten.

Vor einem perlgrauen Wolkenteppich zeichnete sich die Skyline von Lower Manhattan ab. Verschieden hohe Wolkenkratzer aus unterschiedlichen Epochen: die triumphierende Nadel des One World Trade Center, der gewaltige Gehry Tower – ein Luxuswohnturm in metallener Verkleidung –, die neoklassizistische Fassade und der imposante Turm des Supreme Court. Sehr viel näher, gleich auf der anderen Seite der Brücke, die Backsteinblocks mit den Sozialwohnungen des Viertels Two Bridges.

Claire stellte ihr Fahrrad ab. Unweit der Mole befand sich eine imposante Glaskuppel, die ein perfekt restauriertes Karussell aus den 1920er-Jahren beherbergte. Von Weitem hatte man den Eindruck, als würde es auf dem Wasser schwimmen. Das Nebeneinander der alten Holzpferde und der modernen Bauten hatte etwas Verwirrendes und zugleich Faszinierendes.

Voller Sorge kniff sie die Augen zusammen, betrachtete jedes Pferd, jeden Heißluftballon, jedes Propellerflugzeug, die sich alle zusammen im Rhythmus einer Jahrmarktsorgel drehten.

»Huhu, Theo!«, rief sie, als sie endlich Raphaëls Sohn an der Seite von Marc Caradec in einer kleinen Postkutsche entdeckt hatte.

Sie zog zwei Dollar aus der Tasche, zahlte ihr Ticket und wartete, dass die runde Plattform zum Stillstand kam, um sich zu ihnen gesellen zu können. Der Kleine freute sich sehr, sie zu sehen. In seinen Händchen hielt er einen riesigen Cookie, den Marc ihm geschenkt hatte. Sein rundes Gesicht und seine Latzhose waren voller Schokoladenflecken, was ihn zu begeistern schien.

»Schokotückchen, lauter Schokotückchen!«, rief er und zeigte seinen Keks, stolz, ein neues Wort gelernt zu haben.

Während Theo in Hochform war, wirkte Caradec total ausgelaugt. Tiefe Falten gruben sich in seine Stirn und rund um seine Augen. Sein struppiger Bart verdeckte die Hälfte seines fahlen Gesichts. Sein leerer Blick vermittelte den Eindruck, er sei weit weg von dieser Welt.

Als sich das Karussell wieder in Bewegung setzte, begann der Donner zu grollen. Claire nahm Caradec gegenüber in der Postkutsche Platz.

»Sie sind der Vater von Louise Gauthier, nicht wahr?«

Der Polizist schwieg eine Weile, doch er wusste, dass die Zeit der Heimlichtuerei vorbei, dass die Stunde der Wahrheit gekommen war, die Zeit für die große Erklärung, auf die er seit zehn Jahren wartete.

Er sah Claire in die Augen und begann ihr seine Geschichte zu erzählen.

»Als Louise von Kieffer entführt wurde, war sie vierzehneinhalb Jahre alt. Vierzehn Jahre, das ist ein schwieriges Alter für ein Mädchen. Damals war Louise so unausstehlich und launisch geworden, dass meine Frau und ich beschlossen, sie über Weihnachten zu meinen Eltern zu schicken.«

Er hielt inne, um Theos Schal zurechtzurücken.

»Es tut mir weh, es heute zugeben zu müssen«, erklärte er mit einem Seufzer, »aber unsere Kleine entglitt uns damals vollends. Für sie gab es nur noch ihre Freunde und Freundinnen, Discos und solchen Blödsinn. Es machte mich schier wahnsinnig, sie so zu sehen. Um ehrlich zu sein, haben wir uns das letzte Mal, als wir überhaupt miteinander gesprochen haben, heftig gestritten. Sie hat mich als Vollidioten beschimpft, und ich habe ihr eine Ohrfeige verpasst.«

Marc kämpfte mit seinen Emotionen und schloss die Augen, bevor er fortfuhr:

»Als meine Frau erfuhr, dass Louise nachts nicht

465

heimgekehrt war, hat sie zunächst geglaubt, sie sei einfach nur ausgerissen. Es wäre nicht das erste Mal gewesen – sie hatte schon öfter bei einer Freundin geschlafen und war erst nach sechsunddreißig Stunden zurückgekommen. Ich dagegen – alte Berufskrankheit – habe sofort begonnen, Nachforschungen anzustellen. Drei Tage lang habe ich kein Auge zugetan. Ich habe Himmel und Hölle in Bewegung gesetzt, aber ich glaube nicht, dass ein Bulle kompetenter ist, wenn er in einer Sache ermittelt, die ihn persönlich betrifft. Auch wenn er über mehr Wissen verfügt, so verliert er doch zwangsläufig an objektivem Urteilsvermögen. Außerdem arbeitete ich seit zehn Jahren bei der BRB, der Spezialeinheit zur Bekämpfung des organisierten Verbrechens, und beschäftigte mich mit Bankräubern und Schmuckdieben und nicht mit Entführungen von Minderjährigen. Trotzdem stelle ich mir noch immer gern vor, dass es mir gelungen wäre, Louise zu finden, wäre ich nicht eine Woche nach ihrer Entführung erkrankt.«

»Sie sind krank geworden?«

Marc seufzte und stützte den Kopf in die Hände.

»Das ist eine seltene Krankheit, die du als Ärztin aber kennen müsstest: das Guillain-Barré-Syndrom.«

Claire nickte.

»Ein Angriff auf die peripheren Nerven aufgrund einer Funktionsstörung der Immunabwehr.«

»So ist es. Du wachst eines Morgens auf, und deine Glieder sind wie aus Watte. Ein Kribbeln durchläuft die Schenkel und Waden, als würde elektrischer Strom durch sie fließen. Dann, ziemlich bald, werden die Glieder taub, bis sie völlig gelähmt sind. Der Schmerz steigt hinauf bis in Brust, Rücken, Hals und Gesicht. Man liegt auf dem Krankenhausbett, erstarrt, versteinert wie eine Statue. Man kann nicht mehr aufstehen, nicht mehr schlucken, nicht mehr sprechen. Und man kann auch nicht mehr im Entführungsfall seiner eigenen vierzehnjährigen Tochter ermitteln. Das Herz wird unkontrollierbar. Man befürchtet zu ersticken, sobald man gefüttert wird. Und da man nicht mal mehr atmen kann, werden überall Schläuche gelegt, damit man nicht zu schnell krepiert.«

Vergnügt saß Theo zwischen den beiden, weit entfernt von ihren Problemen, freute sich über alles und wiegte sich im Takt der Musik.

»Fast zwei Monate war ich in diesem Zustand«, fuhr Marc fort. »Dann ließen die Symptome nach, doch ich habe mich nie ganz davon erholt. Ein knappes Jahr verging, bis ich wieder arbeiten konnte. Die Chance, Louise zu finden, war auf Null gesunken. Hätte ich meine Tochter ohne diese Krankheit retten können? Ich werde es nie erfahren. Um ehrlich zu sein, würde ich sagen: Nein. Doch diese Antwort ist unerträglich. Ich schämte mich vor Élise. Fälle zu lösen, das war mein Job, mein Lebensinhalt, meine soziale Funktion. Aber ich hatte kein Team, keinen Zugang zu diversen Akten und vor allem hatte ich keinen klaren Kopf. Und das noch weniger, als meine Frau dann Selbstmord beging.«

Das Karussell wurde langsamer. Tränen rannen über Caradecs Wangen.

»Élise konnte mit alledem nicht mehr leben«, erklärte er, die Hände zu Fäusten geballt. »Der Zweifel, weißt du? Er ist schlimmer als alles. Er ist ein Gift, das am Ende alles zerstört.«

Das Karussell hielt an. Theo verlangte energisch nach einer weiteren Fahrt, doch um ihn abzulenken, schlug Marc einen Spaziergang am Ufer vor. Nachdem er den Reißverschluss seines Blousons geschlossen hatte, nahm er den Kleinen auf den Arm, und sie schlenderten auf der Promenade den East River entlang. Erst als er den Kleinen auf den grauen Holzplanken abgesetzt hatte, fuhr er mit seinem schmerzhaften Geständnis fort.

»Als man die verkohlte Leiche von Louise bei Kieffer entdeckte, empfand ich zunächst fast so etwas wie Erleichterung. Du sagst dir, weil deine Tochter tot ist, muss sie wenigstens nicht mehr leiden. Doch der Schmerz kommt sehr schnell wieder zurück wie ein Bumerang. Und die Zeit heilt gar nichts: Es ist das Grauen auf Lebenszeit. Ein Grauen ohne Ende. Glaub bloß nicht an den Blödsinn, den du in Magazinen oder Psychobüchern lesen kannst: die Trauerarbeit, der Trost … All das existiert nicht. Auf jeden Fall nicht, wenn ein Kind unter solchen Umständen verschwunden und gestorben ist wie Louise. Meine Tochter wurde nicht von einer schrecklichen Krankheit hinweggerafft. Sie ist auch nicht bei einem Verkehrsunfall gestorben, verstehst du? Sie hat mehrere Jahre in den Klauen des Teufels überlebt. Wenn ich an ihr Martyrium denke, möchte ich mir eigentlich nur noch eine Kugel in den Kopf jagen, um der Flut von Horrorbildern, die durch meinen Schädel jagen, ein Ende zu bereiten!«

Caradec hatte fast geschrien, um den Wind zu übertönen.

»Ich weiß, dass du schwanger bist«, sagte er und suchte Claires Blick. »Wenn du erst Mutter geworden bist, wirst du verstehen, dass sich die Welt in zwei Bereiche aufteilt, in den Bereich, in dem die Leute Kinder haben, und in den anderen. Vater oder Mutter zu sein macht dich glücklicher, aber auch unendlich verletzbar. Ein Kind zu verlieren ist ein Kreuzweg auf Lebenszeit, eine Wunde, die nie verheilt. Jeden Tag glaubst du, den absoluten Tiefpunkt erreicht zu haben, doch das Schlimmste liegt immer noch vor dir. Und, weißt du, was letzten Endes das Grausamste ist? Das sind die Erinnerungen, die verblassen, die verkümmern und schließlich ganz verschwinden. Eines Morgens, wenn man aufwacht, wird einem plötzlich klar, dass man die Stimme seiner Tochter vergessen hat. Ihr Gesicht, das Leuchten in ihrem Blick, die Bewegung, wie sie eine Haarsträhne hinters Ohr streicht. Man ist außerstande, sich den Klang ihres Lachens ins Gedächtnis zurückzurufen. Dann versteht man, dass der Schmerz nicht das Problem war. Denn mit der Zeit ist er eine Art steter Begleiter geworden, ein vertrauter Therapeut der Erinnerungen. Wenn einem das klar wird, ist man bereit, seine Seele dem Teufel zu verschreiben, um den Schmerz neu zu beleben.«

Marc zündete sich eine Zigarette an und schaute hinüber zu den Booten, die an den Piers schaukelten.

»Um mich herum ging das Leben weiter«, erklärte er und stieß dabei eine Rauchwolke aus. »Meine Kollegen fuhren in den Urlaub, bekamen Kinder, ließen sich scheiden, heirateten erneut. Und ich tat nur so, als würde ich leben. Ich war wie ein Zombie, des Nachts immer am Rand des Abgrunds. Ich hatte keine Kraft, keine Lebensfreude mehr. Für mich war alles nur noch eine Last. Und dann, eines Tages ... Eines Tages bin ich dir begegnet ...« Der Blick des Ermittlers flackerte.

»Es war ein Morgen gegen Ende des Frühjahrs. Du hast Raphaëls Wohnung verlassen, um zum Krankenhaus aufzubrechen. Unsere Wege kreuzten sich im sonnigen Hof des Gebäudes. Du hast mich schüchtern gegrüßt und den Blick gesenkt. Trotz deiner Zurückhaltung konnte man dich nicht übersehen. Aber etwas machte mich stutzig. Und jedes Mal, wenn ich dich wiedersah, empfand ich dasselbe Unbehagen. Du erinnertest mich an jemanden; eine weit zurückliegende Erinnerung, die ich nicht zu präzisieren wusste. Zugleich verschwommen und doch präsent. Ich brauchte mehrere Wochen, bis mir klar wurde, was es war: Deine Ähnlichkeit mit Claire Carlyle, dieser kleinen Amerikanerin, auch ein Entführungsopfer von Kieffer, deren Leiche aber nie gefunden worden war. Ich habe lange versucht, diesen Gedanken zu verdrängen. Zunächst, weil er absurd war und ich glaubte, er würde nur meine Obsessionen widerspiegeln. Aber er hatte sich in mein Gehirn eingebrannt. Er verfolgte mich. Und ich wusste keinen anderen Weg, mich davon zu befreien, als deine Fingerabdrücke zu nehmen und einen Kollegen zu bitten, sie in die Zentrale Datenbank einzugeben. Und vor zwei Wochen hat das Ergebnis das Unmögliche bestätigt: Du ähnelst nicht nur Claire Carlyle. Du bist Claire Carlyle.«

Marc warf seine Kippe auf die Holzlatten und zerdrückte sie mit dem Schuh wie eine Wanze.

»Seither hatte ich nur noch eine fixe Idee: dich beobachten, verstehen und mich rächen. Das Leben hatte dich nicht zufällig meinen Weg kreuzen lassen. Jemand musste zahlen für das Übel, für alles, was du angerichtet hattest. Das war meine Mission. Etwas, das ich meiner Tochter schuldete, außerdem meiner Frau wie auch den Familien der anderen Opfer von Heinz Kieffer: Camille Masson und Chloé Deschanel. Sie sind durch dein Verschulden gestorben«, knurrte er.

»Nein!«, protestierte Claire.

»Warum hast du nicht die Polizei informiert, nachdem dir die Flucht gelungen war?«

»Raphaël hat mir gesagt, dass Sie die Nachforschungen zusammen mit ihm durchgeführt haben. Also wissen Sie sehr genau, warum ich niemanden benachrichtigt habe: Ich hatte gerade erfahren, dass meine Mutter tot war! Ich wollte nicht zur Medienattraktion werden. Ich musste in aller Ruhe wieder zu mir finden.«

Mit irrem Blick starrte Caradec sie an.

»Eben weil ich eingehende Nachforschungen durchgeführt habe, bin ich zu der Überzeugung gelangt, dass du den Tod verdient hast. Ich wollte dich wirklich umbringen, Claire. So wie den Gendarm von Saverne, diesen Dreckskerl Franck Muselier.«

Plötzlich wurde Claire der Ablauf der Ereignisse klar.

»Und wie haben Sie versucht, Clotilde Blondel umzubringen?«

»Blondel, das war ein Unfall!«, verteidigte sich Marc mit erhobener Stimme. »Ich wollte sie befragen, sie aber glaubte, ich wollte sie angreifen, und da ist sie auf ihrer Flucht aus dem Fenster gestürzt. Versuch nicht, die Rollen zu vertauschen. Die einzige und wahre Schuldige bist du. Wenn du deinen gelungenen Ausbruch irgendwo gemeldet hättest, wäre Louise noch am Leben. Camille und Chloé auch!«

Schäumend vor Wut packte er Claire beim Arm und brüllte seinen ganzen Kummer heraus:

»Ein einfacher Anruf! Eine anonyme Nachricht auf einem Anrufbeantworter. Es hätte dich keine Minute gekostet, und du hättest drei Leben gerettet! Wie kannst du wagen, das Gegenteil zu behaupten?«

Erschrocken fing Theo an zu weinen, fand aber niemanden, der ihn tröstete. Claire befreite sich aus Marcs Griff und entgegnete:

»Die Frage hat sich niemals so gestellt. Ich habe nämlich nicht eine Sekunde gedacht, dass noch andere Personen außer mir dort gefangen gehalten wurden!«

»Ich glaube dir kein Wort!«, knurrte er.

Theo – hilfloser Zeuge dieser Auseinandersetzung – schluchzte.

»Sie waren nicht in diesem verdammten Haus!«, brüllte Claire. »Ich war 879 Tage in einem Raum von zwölf Quadratmetern eingesperrt. Meistens angekettet. Manchmal mit einem eisernen Ring um den Hals. Soll ich Ihnen die Wahrheit sagen? Ja, es war grauenhaft! Ja, es war die Hölle! Ja, Kieffer war ein Monster! Ja, er hat uns gefoltert. Ja, er hat uns vergewaltigt!«

Überrumpelt senkte Marc den Kopf und schloss die Augen wie ein Boxer, der in die Ringecke gedrängt wird.

»Kieffer hat mir nie von anderen Mädchen erzählt, hören Sie, nie! Ich war die ganze Zeit eingesperrt. Innerhalb der zwei Jahre habe ich vielleicht fünfmal die Sonne gesehen, und nicht ein Mal ist mir der Gedanke gekommen, ich könnte eventuell nicht allein in diesem Gefängnis sein. Trotzdem trage ich dieses Schuldgefühl seit zehn Jahren mit mir herum, und ich glaube, ich werde mich niemals davon befreien können.«

Sie bückte sich, um Theo auf den Arm zu nehmen. Während der Kleine sich, den Daumen im Mund, fest an sie schmiegte, fuhr sie mit ernster Stimme fort:

»Ich verstehe Ihren Zorn angesichts dieser Ungerechtigkeit. Töten Sie mich, wenn Sie glauben, das könnte Ihren Schmerz auch nur im Geringsten lindern. Aber täuschen Sie sich nicht darüber, wer Ihr Gegner ist. Es gibt nur einen Schuldigen in dieser Angelegenheit, und das ist Heinz Kieffer!«

473

In die Enge getrieben, stand Caradec wie erstarrt da, seinen Blick ins Leere gerichtet. So verharrte er eine Weile reglos im eisigen Wind. Dann gewann langsam wieder der Polizist in ihm die Oberhand. Ohne dass er hätte sagen können, warum, ging ihm ein scheinbar nebensächliches Detail nicht mehr aus dem Kopf. Eine Frage, die ohne Antwort geblieben war. Eine einfache Frage, die bei der Ermittlung zweimal aufgetaucht war. Und zweimal ist für einen Ermittler ein Mal zu viel.

»Vor deiner Entführung hast du immer gesagt, du wolltest Anwältin werden«, sagte er. »Das war offenbar eine ganz fest beschlossene Sache.«

»Das stimmt.«

»Aber nach deinem Ausbruch hast du dein Berufsziel radikal geändert. Allen Schwierigkeiten zum Trotz wolltest du plötzlich Ärztin werden. Warum dieser …«

»Es ist wegen Ihrer Tochter«, fiel Claire ihm ins Wort. »Wegen Louise. Das wollte sie doch immer werden, oder?«

Marc spürte, wie er den Boden unter den Füßen verlor.

»Woher weißt du das? Du hast doch gesagt, du kennst sie nicht!«

»Später hab ich sie kennengelernt.«

»Was erzählst du da?«

Claire stellte Theo auf den Boden und zog das große kartonierte Heft mit blauem Einband aus dem Rucksack.

»Ich habe das in Kieffers Tasche gefunden«, erklärte

sie. »Es ist das Tagebuch von Louise. Ich weiß nicht genau, warum es dort war, zusammen mit dem Lösegeld von Maxime Boisseau. Kieffer hat es Ihrer Tochter wahrscheinlich weggenommen. Das hat er oft gemacht: Er ließ uns schreiben und nahm dann das an sich, was wir zu Papier gebracht hatten.«

Sie wollte Caradec das Heft reichen, doch der verharrte wie versteinert, außerstande, sich zu rühren.

»Nehmen Sie es. Es gehört ab jetzt Ihnen. Während ihrer Gefangenschaft hat Louise viel geschrieben. Anfangs hat sie fast jeden Tag einen Brief an Sie verfasst.«

Caradec griff mit zitternder Hand nach dem Heft, während Claire Theo wieder auf den Arm nahm. In der Ferne, am Ende der Promenade, entdeckte sie Raphaël, der in ihre Richtung gelaufen kam.

»Komm, wir gehen Papa entgegen«, sagte sie zu dem Kleinen.

Marc hatte sich auf eine Bank gesetzt. Er schlug das Heft auf und überflog die ersten Seiten. Er erkannte sofort die enge und spitze Handschrift seiner Tochter und die Motive ihrer Zeichnungen: Vögel, Sterne, Rosen, miteinander verbunden durch gotische Ornamente. Am Rand, neben den Skizzen, waren zahlreiche Verse gekritzelt. Auszüge aus Gedichten oder Texten, die ihre Mutter ihr beigebracht hatte. Marc erkannte Victor Hugo – »In seiner Nacht geht jeder Mensch hin zum Licht« –, Paul Éluard – »Ich war dir so nah, dass mich in der Nähe der anderen fröstelt« –, Antoine de Saint-Exupéry – »Es wird so aussehen, als wäre ich schon tot, und das wird dir wehtun, obwohl es nicht wahr ist ...« – und Denis Diderot – »Überall, wo nichts sein wird, lesen Sie, dass ich Sie liebe«.

Die Emotionen übermannten ihn und schnürten ihm die Kehle zu. Der Schmerz war zurückgekehrt, stechend, erstickend, zerstörerisch. Doch er brachte eine Reihe von Erinnerungen mit, die erneut erwachten und Marc belebten.

Marc konnte Louise wieder hören.

Er hörte ihr Lachen, den Tonfall ihrer Stimme, spürte ihre Energie.

Sie war ganz und gar zwischen diesen Seiten.

Sie lebte zwischen diesen Seiten.

Louise

Ich habe Angst, Papa …

Ich will dir nichts vormachen: Ich zittere am ganzen Leib, und mein Herz krampft sich zusammen. Ich habe oft den Eindruck, Zerberus würde meinen Bauch zerfleischen. Ich höre ihn bellen, weiß jedoch, dass das alles nur in meinem Kopf passiert. Ich habe Angst, versuche aber, wie du's mir so oft geraten hast, keine Angst vor der Angst zu haben.

Und wenn die Panik mich zu beherrschen droht, sage ich mir, dass du mich retten wirst.

Ich habe dich arbeiten und spät nach Hause kommen sehen.

Ich weiß, dass du nie den Mut verlierst, dass du einen Fall nie aufgibst. Ich weiß, dass du mich finden wirst. Früher oder später. Der Gedanke gibt mir die Kraft, durchzuhalten und stark zu bleiben.

Wir beide haben uns nicht immer gut verstanden. In letzter Zeit haben wir kaum mehr miteinander gesprochen. Wenn du wüsstest, wie sehr ich das heute bedauere. Wir hätten uns öfter sagen müssen, dass wir uns lieben und wie wichtig wir füreinander sind.

Wenn man in der Hölle landet, ist es wichtig, eine Reserve an glücklichen Erinnerungen zu haben. Ich durchlebe sie in Gedanken immer wieder. Um weniger zu frieren, weniger Angst zu haben. Ich sage mir Gedichte auf, die Maman mir beigebracht hat, ich spiele mir in Gedanken Klavierstücke vor, die ich in der Musikschule geübt habe, ich erzähle mir Geschichten aus Romanen, die du mich hast lesen lassen.

Die Erinnerungen schießen wie Fontänen hervor. Ich sehe mich auf deinen Schultern, ganz klein noch, bei einem Spaziergang, mit meiner peruanischen Mütze auf dem Kopf. Ich rieche den Duft der Schokocroissants, die wir am Sonntagmorgen in der Konditorei am Boulevard Saint-Michel gekauft haben, wo mir die Verkäuferin immer ein Sandplätzchen in die Hand gedrückt hat, das gerade aus dem Backofen kam. Später unsere Reisen quer durch Frankreich, wenn du mich zu meinen Reitwettkämpfen begleitet hast. Auch wenn ich das Gegenteil behauptet habe, brauchte ich deine Gegenwart und deinen Blick. Wenn du da warst, wusste ich, dass mir nichts Schlimmes passieren konnte.

Ich erinnere mich an die Ferien, die wir drei – Maman, du und ich – gemeinsam verbracht haben. Ich habe zwar geschimpft, weil ich mitfahren musste, doch mir wird heute klar, wie sehr mir die Erinnerung an diese Reisen hilft, mich aus meinem Gefängnis zu befreien.

Ich erinnere mich an die Palmen und die Cafés an der Plaça Reial in Barcelona. Ich erinnere mich an die wunderschönen Giebel der Häuser an den Kanälen von Amsterdam. Ich erinnere mich an unser unbändiges Gelächter im schottischen Regen mitten in einer Schafherde. Ich erinnere mich an das Blau der *azulejos*, der wunderschönen Kacheln von Alfama, an den Geruch der gegrillten Pulpo in den Straßen von Lissabon, an die sommerliche Frische von Sintra und die *pastéis de nata* von Belém. Ich erinnere mich an das Spargelrisotto in einem Lokal auf der Piazza Navona, an das ockerfarbene Licht von San Gimignano, an die Olivenbäume der Landschaft um Siena, an die versteckten Gärten im alten Prag.

Innerhalb dieser vier kalten Mauern sehe ich niemals das Tageslicht. Hier ist immer Nacht. Ich füge mich, aber zerbreche nicht. Und ich sage mir, dass dieser abgemagerte und von roten Flecken übersäte Körper nicht der meine ist. Ich bin nicht diese Untote mit grauem Teint. Ich bin nicht dieser Kadaver zwischen Leichentuch und Sarg.

Ich bin jenes strahlende Mädchen, das über den warmen Sand von Palombaggia läuft. Ich bin der Wind, der die Segel des auslaufenden Schiffes bläht, das unendliche Wolkenmeer.

Ich bin das Freudenfeuer der Sommersonnenwende. Die Kiesel von Étretat, die über den Strand rollen. Eine venezianische Laterne, die den Stürmen widersteht.

Ich bin ein Komet, der den Himmel in Glut taucht. Ein Goldblatt, getragen von Windböen. Ein Refrain, gesummt von vielen Menschen.

Ich bin der Passat, der die Wellen liebkost. Der heiße Wind, der über die Dünen streicht. Eine Flaschenpost, verloren im Atlantik.

Ich bin der Duft der Meeresluft und der betörende Geruch feuchter Erde.

Ich bin der Flügelschlag des Silbergrünen Bläulings.

Das Irrlicht, das über die Sümpfe streicht.

Ich bin Sternenstaub, der zu früh gefallen ist.

Anmerkung des Autors

Ich habe mir für diesen Roman hier und da ein paar Freiheiten erlaubt, sowohl was die französische und amerikanische Geografie betrifft als auch Regeln und Ablauf des politischen Lebens in den USA.

Was den wissenschaftlichen Teil der Ermittlung angeht, so beruht er bisweilen auf Anekdoten, die ich in den letzten Jahren bei meinen diversen Lektüren aufgeschnappt habe. Zu Ebony & Ivory hat mich ein Artikel inspiriert, in dem die Arbeit der New Yorker Künstlerin Heather Dewey-Hagborg vorgestellt wird. Die aus einer Mücke gewonnene DNA wurde in den 2000er-Jahren bei einem Mordfall in Sizilien als Beweisstück herangezogen – nachzulesen im Blog von Pierre Barthélémy auf der Site der Tageszeitung *Le Monde*. Das Konzept des *Ghost* schließlich, das Raphaël anspricht, wird von John Truby in *The Anatomy of Story,* Faber and Faber, 2007, entwickelt.

Quellenverzeichnis

SEITE 19: Gustave Flaubert, *Briefe an George Sand*, aus dem Französischen von Else von Hollander © Aufbau Verlag GmbH & Co. KG, Berlin 1956, 2008.

SEITE 27: Albert Cohen, *Das Buch meiner Mutter*, aus dem Französischen von Lilly Sauter © 2014 Nagel & Kimche.

SEITE 28: Paul Auster, Interview mit Michael Wood © 1997 The Paris Review.

SEITE 38: Alfred de Musset, http://gutezitate.com/zitat/ 265702.

SEITE 52: Leopold von Sacher-Masoch, *Venus im Pelz* © 2013 Fischer Taschenbuch Verlag.

SEITE 64: Sascha Arango, *Die Wahrheit und andere Lügen* © 2014 C. Bertelsmann Verlag.

SEITE 82: Ernesto Sabato, *Über Helden und Gräber*, aus dem Argentinischen von Otto Wolf © 1967 Limes Verlag in der F.A. Herbig Verlagsbuchhandlung GmbH, München – mit freundlicher Genehmigung des Limes Verlags, München.

SEITE 85: Matthäus Evangelium 13,24; *Die Bibel – Einheitsübersetzung.*

SEITE 95: Haruki Murakami, *1Q84 Buch 1 + 2* , aus dem

Japanischen von Ursula Gräfe. Für die deutsche Ausgabe © 2010 DuMont Buchverlag, Köln; © 2009 Haruki Murakami.

Seite 105: Stephen King, *Der Anschlag*, aus dem Amerikanischen von Wulf Bergner © 2012 Heyne Verlag.

Seite 127: Jean Racine, »Athalja« in *Dramatische Dichtungen und Geistliche Gesänge*, deutsche Nachdichtung von Wilhelm Willige © 1956 Hermann Luchterhand Verlag.

Seite 143: Victor Hugo, *Océan. Tas de pierres* © 1941 P. Ollendorff und Albin Michel.

Seite 161: Maj Popken, *Wie wirklich ist die Wahrheit* © 2015 Publié.

Seite 186: Stieg Larsson, *Verdammnis*, aus dem Schwedischen von Wibke Kuhn © 2007 Heyne Verlag.

Seite 189: Gustave Flaubert, *Lettre à Amélie Bosquet* © 1881 Calmann-Lévy.

Seite 193: Anatole France, *Die Schuld des Professor Bonnard* © 1970 Birkhäuser.

Seite 213: Jean Giono, *Ein König allein*, aus dem Französischen von Richard Herre © 1951 J.G. Cotta'sche Buchhandlung Nachfolger.

Seite 235: Cesare Pavese, *Hunger nach Einsamkeit. Sämtliche Gedichte*, aus dem Italienischen von Dagmar Leupold, Michael Krüger und Urs Oberlin © 1966, 2012 Giulio Einandi editore s.p.a.,Torino; © der deutschsprachigen Übersetzung 1988 Claassen Verlag in der Ullstein Buchverlage GmbH, Berlin.

SEITE 250: Boris Cyrulnik, *Die Kraft, die im Unglück liegt. Von unserer Fähigkeit, am Leid zu wachsen*, aus dem Französischen von Friedel Schröder und Rita Kluxen-Schröder © 2001 Goldmann Verlag.

SEITE 265: Sigmund Freud, *Das Unbehagen der Kultur* © 1974 Fischer Taschenbuch Verlag.

SEITE 273: Pierre de Marbeuf, »À Philis« in *Recueil de vers* © 1628 Imprimerie de David du Petit Val.

SEITE 290: Gustave Flaubert, *George Sand, Eine Freundschaft in Briefen*, aus dem Französischen von Annette Lallemand, Helmut Scheffel und Tobias Scheffel © 1992 Verlag C. H. Beck.

SEITE 313: Seneca, *Briefe an Lucilius*, aus dem Lateinischen von Heinz Gunermann, Franz Loretto und Rainer Rauthe © 2014 Reclam.

SEITE 332: Guillaume Apollinaire, *Trauer um einen Stern* © 1992 Piper Verlag.

SEITE 341: Ridley Scott, *Alien/Alien – das unheimliche Wesen aus einer fremden Welt*, Film, USA, 1979.

SEITE 347: Paul Valéry, *Tel Quel* © 1941 Gallimard.

SEITE 349: Louis Aragon, *Pariser Landleben*, aus dem Französischen von Rudolf Wittkopf © 1969 Rogner & Bernhard.

SEITE 370: Gerald Martin, *Gabriel García Márquez, A Life* © 2008 Bloomsbury.

SEITE 371: Ernest Hemingway, *Paris – ein Fest fürs Leben*, aus den Französischen von Werner Schmitz © 2012 Rowohlt Taschenbuch Verlag.

SEITE 382: Stefan Zweig, *Marceline Desbordes-Valmore*.

Das Lebensbild einer Dichterin, aus dem Französischen von Gisela Etzel-Kühn © 1927 Insel Verlag.

Seite 400: Arthur Schopenhauer, *Aphorismen zur Lebensweisheit* © 2013 Antiquariat und Verlag Dr. Haack.

Seite 411: Robert Greene, *Power: Die 48 Gesetze der Macht*, aus dem Englischen von Hartmut Schickert und Birgit Brandau © 2013 Carl Hanser Verlag.

Seite 430: Honoré de Balzac, *Das Chagrinleder*, aus dem Französischen von Hedwig Lachmann © 1990 Insel Verlag.

Seite 475: Victor Hugo, *Les Contemplations* © 1856 Nelson.

Seite 475: Paul Éluard, *Mort vivante* in *Le temps déborde* © 1947 Les Cahiers d'Art.

Seite 475: Antoine de Saint-Exupéry, *Der kleine Prinz*, aus dem Französischen von Hans Magnus Enzensberger © der deutschsprachigen Ausgabe: 2015 dtv Verlagsgesellschaft München.

Seite 476: Denis Diderot, *Lettre à Sophie Volland*.

Inhaltsverzeichnis

Auf und davon   7

Erster Tag
Verwischte Spuren   17

1. Der Papiermensch   19
2. Der Professor   38
3. Die dunkle Nacht der Seele   52
4. Verschwinden lernen   64
5. Die kleine Indianerin und die Cowboys   95
6. Riding with the King   105

Zweiter Tag
Der Fall Claire Carlyle   125

7. Der Fall Claire Carlyle   127
8. Geistertanz   143
9. Die Blaubeerstraße   161
10. Zwei Schwestern lebten in Frieden   186
11. Frauen, die keine Männer liebten   213
12. Harlem bei Nacht   235
13. In den Augen der anderen   250

Dritter Tag, morgens
Der Fall Joyce Carlyle   271

14. Angel Falls   273
15. Der Fall Joyce Carlyle   290
16. Cold Case   313
17. Florence Gallo   332

Dritter Tag, nachmittags
Die Drachen in der Nacht   345

18. Die Straße Richtung Westen   347
19. Biopic   365
20. Alan und die Muckrakers   370
21. Die Zeit des Kummers   382
22. Zorah   400
23. Rauchender Colt   411
24. Ein Nachmittag in Harlem   430

Die Welt teilt sich in zwei Teile …   439

Anna   441
Claire   447
Raphaël   454
Marc   463
Louise   477

Anmerkung des Autors   481
Quellennachweise   482

Eine Nacht ohne Erinnerung, die trotzdem unvergesslich bleibt ...

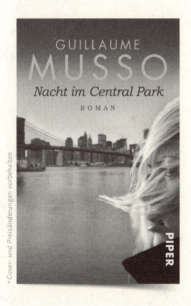

Guillaume Musso

Nacht im Central Park

Roman

Aus dem Französischen von
Eliane Hagedorn und Bettina Runge
Piper Taschenbuch, 384 Seiten
€ 9,99 [D], € 10,30 [A]*
ISBN 978-3-492-30925-7

New York, acht Uhr morgens. Alice, eine Polizistin aus Paris, und Gabriel, ein amerikanischer Jazzpianist, wachen auf einer Bank im Central Park auf – mit Handschellen aneinandergefesselt. Und sie sind sich nie zuvor begegnet. Wie in aller Welt sind die beiden hierher gekommen? Und vor allem: Warum?

»Wieder gelingt es Musso, uns zu überraschen – bis zur letzten Seite hält man den Atem an.« *France Info*

Vom Autor des Bestsellers »Vielleicht morgen«

Leseproben, E-Books und mehr unter **www.piper.de**

»Perfekter Mix aus rasanter Spannung und Liebe!« Joy

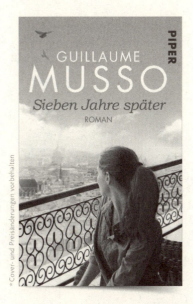

*Cover- und Preisänderungen vorbehalten

Guillaume Musso

Sieben Jahre später

Roman

Aus dem Französischen von
Eliane Hagedorn und Bettina Runge
Piper Taschenbuch, 432 Seiten
€ 9,99 [D], € 10,30 [A]*
ISBN 978-3-492-30519-8

Nikki und Sebastian sind geschieden – und glücklich darüber. Doch als ihr Sohn Jeremy spurlos verschwindet, müssen sie sich zusammen auf die Suche nach ihm machen. Auf ihrer atemlosen Verfolgungsjagd stellen sie sich den schwierigsten Herausforderungen: rätselhaften Botschaften, skrupellosen Gegnern – und ihren eigenen Gefühlen.

PIPER

Leseproben, E-Books und mehr unter www.piper.de

Folge den Spuren im Sand ...

*Cover- und Preisänderungen vorbehalten

Lucy Clarke

Die Bucht, die im Mondlicht versank

Roman

Aus dem Englischen
von Claudia Franz
Piper Taschenbuch, 416 Seiten
€ 10,00 [D], € 10,30 [A]*
ISBN 978-3-492-31280-6

Als Jacob sich von seiner Mutter Sarah verabschiedet, um zu einer Strandparty zu gehen, ist alles wie immer. Am nächsten Morgen ist nichts mehr, wie es war – Jacob ist verschwunden. Verzweifelt sucht Sarah nach Spuren und stößt dabei auf viele Fragen: Wo war ihr Mann in der Nacht, als Jacob verschwand? Warum ist ihre beste Freundin Isla so überstürzt abgereist? Und was verschweigt der Fischer, der vor sieben Jahren einen toten Jungen aus dem Meer barg? Stück für Stück setzt sich ein Bild der Ereignisse zusammen, das Sarah dazu zwingt, sich einer Wahrheit zu stellen, vor der sie so viele Jahre lang die Augen verschlossen hat.

PIPER

Leseproben, E-Books und mehr unter www.piper.de

Vier einsame Herzen – und ein Happy End?

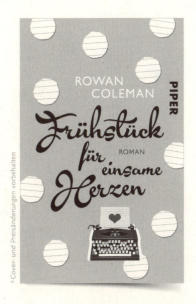

Rowan Coleman
Frühstück für einsame Herzen
Roman

Aus dem Englischen
von Theresia Übelhör
Piper Taschenbuch, 432 Seiten
€ 10,00 [D], € 10,30 [A]*
ISBN 978-3-492-31180-9

Seit dem Tod ihres Mannes hat sich Ellen mit ihrem kleinen Sohn zurückgezogen. Sie geht kaum noch auf die Straße und flüchtet sich in Liebesromane. Als das Geld immer knapper wird, beschließt sie, einige Zimmer in ihrem Haus zu vermieten. Bald bringen drei Mitbewohner Ellens wohlgeordnetes Leben durcheinander: Sabine, die sich von ihrem Mann getrennt hat, die exzentrische Schriftstellerin Allegra und Matt, ein aufstrebender junger Journalist. Ellen ahnt, dass noch einige Überraschungen auf sie warten – und vielleicht eine neue Liebe ...

Leseproben, E-Books und mehr unter www.piper.de